박 인 환

朴 寅 煥

박 인 환

朴 寅 煥

글누림 작가총서

박 인 환

위대한 반항과 우울한 실존

오문석 엮음

글누림

모더니즘과 리얼리즘의 경계에 서 있는 전후시인

박인환은 젊은 시인이다. 우리들의 기억 속에 영원히 서른 한 살의 젊은 나이로 멈춰버린 시인이기 때문이다. 그가 시인으로 살아간 시간도 10년 안팎에 지나지 않는다. 또한 그의 연보를 보면 1952년부터 1956년까지 마지막 5년에 대부분의 작품이 몰려 있는 것을 알게 된다. 그는 이제 막 날개를 달고 날아오르려던 순간에 추락한 시인인 것이다. 다시 말해서 그는 갑작스런 죽음으로 인해 나머지 작품을 분실한 시인이다. 특히 미국여행의 충격 이후 박인환은 전혀 다른 사람이 될 수도 있었다. 그 모든 기대와 가설이 영원한 미궁 속으로 빠져버렸지만 말이다.

그래서 대부분의 시인은 그 생애를 통해 충분히 완결성을 갖는다고 생각할 수 있지만, 박인환은 왠지 미완결의 시인이라는 인상이 짙다. 특히 능숙치 못한 한글 사용, 센티멘털리즘의 혐의 등은 자주 미성숙의 징표로 거론된다. 그런 의미에서 그는 불운한 시인인 셈이다. 청소년기를 일본 국민으로 살았으므로 한글세대를 능가하지 못할 것은 당연하고, 나머지 시작 인생이 전쟁에 시달리면서 삶을 향한 허무와 감상성을 오가는 것도 자연스럽다. 그렇다고 모든 비난의 원인을 전적으로 시대 탓으로만 돌릴 수도 없는 일이다. 좋은 시인이라면 시대의 한계를 반영하면서도 곧 초극할 수 있어야 하기 때문인데, 박인환은 다만 그 초극의 원점에서 생을 마감한 것이다.

이를 전제로 하여 우리들은 여기에서 박인환에 대한 최근의 연구 성과를 확인하고자 한다. 첫 번째는 박인환의 모더니티에 대한 인식이다. 박인환은 모더니즘의 시인으로 알려져 있지만, 그것은 대개 모더니티에 대한 진지한 고민의 산물이다. 세계의 시민으로서, 구미제국이 아시아를 범한 식민지의 기억을 되살리고 아시아 연대의 소망을 담아낸 것은 그 일부에 지나지 않는다. 이와 더불어 박인환의 부정성의 징표였던 센티멘털리즘에 대한 적극적인 해석도 가능해진다. 그것은 거의 우울의 차원으로까지 승화된다.

두 번째로 박인환의 현실주의를 심도 있게 해명한 글들이 이어진다. 잘 알다시피 순수와 참여, 모더니즘과 리얼리즘의 줄타기는 김수영만의 몫이 아니다. 박인환의 모더니즘에도 김수영 못지않게 현실주의적 잠재력이 충분히 내재되어 있음은 최근의 연구자들이 밝혀내고 있다. 그런 의미에서 박인환은 경계의 시인이다. 리얼리즘과 모더니즘만 그런 것이 아니라, 아시아주의와 아메리카니즘의 사이에서 배회하는 시인이기도 하다. 또한 식민지의 무의식과 탈식민지의 의식을 동시에 보여준다는 점에서도 복합성이 두드러진다.

마지막으로 그의 작품에 대한 참신한 해석을 제시하고자 했다. 소수의 작품에 한정된 이해의 결핍을 극복하면서, 상식에 머물러 있는 통념의 무게를 들어 올릴 글들을 선보였다. 이런 과정을 통해서 박인환 연구의 현재 지형도를 그려볼 수 있을 것이다. 이 책이 향후 박인환 연구의 새로운 방향을 모색하는 데 발판이 되기를 기대해 본다. 끝으로, 재수록을 허락해 주신 여러 선생님들과 글누림출판사의 최종숙 사장님, 그리고 편집실무진에게 감사의 마음을 전하고 싶다.

2011년 6월 초여름

오 문 석

차 례

제 1 부 | **박인환의 삶과 문학**

제 2 부 | **주제론 1 : 박인환 시의 미적 모더니티**

제 3 부 | **주제론 2 : 박인환 시의 현실주의적 경향**

제 4 부 | **작품론 : 박인환 시 읽기**

제 5 부 | **부록**

제 1 부
박인환의 삶과 문학

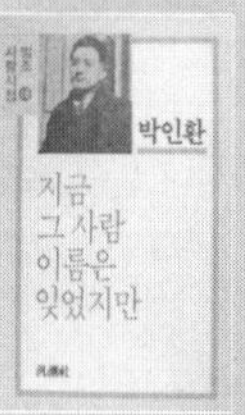

박인환에 대한 오해와 이해

1. 위대한 반항에서 죽음의 발견까지

박인환에 대한 세인들의 기억은 '통속적'이다. 「목마와 숙녀」의 버지니아 울프, 「세월이 가면」의 창작 에피소드, 그리고 서른 한 살의 젊은 나이로 요절한, 멋쟁이 시인의 이미지가 통속성을 강화한다. 과거에는 학계의 평가도 다르지 않았다. 특히 값싼 센티멘털리즘, 부족한 한국어 구사력은 시인으로서의 자질을 의심케 하는 요인이 되곤 했다.

이러한 편견에서 벗어나기 시작한 것은 비교적 최근의 일이다. 1950년대 모더니즘 시운동을 주도하였던 '후반기' 동인의 존재가 학계의 조명을 받으면서, 그 중심에 박인환이 있다는 사실이 부각되었기 때문이

* 오문석 / 조선대학교 국어국문학과 교수

다. 더욱이 '후반기'보다 앞서서 해방 직후에 조직된 '신시론'으로까지 관심 영역이 확장되면서 박인환의 비중은 더욱 높아지게 되었다. 박인환의 열정으로 '신시론'에서 '후반기'로 이어지는 전후 모더니즘 시운동의 계보가 중단되지 않고 이어졌음이 강조되면서, 박인환은 전후 모더니즘 시운동의 기반을 마련한 시인으로 기록될 수 있었다. 하지만 이것은 아직 시인으로서의 박인환 개인에 대한 평가라고 할 수는 없다.

실제로 박인환 개인의 이력을 들여다보면 특이점이 많이 발견된다. 강원도 인제에서 태어나 평양에서 의학을 공부하였고, 해방 이후 서울로 내려와 '마리서사'라는 서점을 운영하였다는 것도 특이사항에 속한다. 문인들이 '출판사'를 차린 경우는 많아도 '서점'을 경영한 사례는 흔치 않은 일이기 때문이다. 더군다나 그의 서점은 단순히 생계의 수단인 것만은 아니었다. 그것은 해방 직후 미군 부대의 진출과 더불어 시작된 '아메리카니즘'의 산실로서, 다시 말해 일종의 문화 운동의 방식으로 이해될 수 있기 때문이다. 이는 마치 1970~1980년대 대학가 주변에 즐비했던 인문사회과학 서점들이 당시 청년 문화 운동의 중심에 있었던 사실에 견줄 만한 일이다. 당연한 일이지만 박인환이 대단한 애서가(愛書家)였다는 사실은 그의 작품과 여러 에피소드를 통해서 전해지고 있다.

> 내가 옛날 위대한 반항을 기도하였을 때
> 서적은 백주(白晝)의 장미와 같은
> 창연하고도 아름다운 풍경을
> 마음속에 그려 주었다.
> (…중략…)

나는 눈을 감는다.
평화롭던 날 나의 서재에 군집했던
서적의 이름을 외운다.
한 권 한 권이
인간처럼 개성이 있었고
죽어간 병사처럼 나에게 눈물과
불멸의 정신을 알려 준 무수한 서적의 이름을…

―「서적과 풍경」 부분

전쟁 기간에 쓰여진 작품이지만 책에 대한 박인환의 애정을 엿볼 수 있게 해준다. 모든 책에서 개성을 읽어내고 그 이름을 불러주는 행위는 '서적의 인격화'를 지향하고 있다. 박인환에게 책은 살아 있는 인격체와 같았다. 그는 책과 더불어 "위대한 반항"을 시도하고, 미래의 "아름다운 풍경"을 설계할 수 있었던 것이다. 그러나 전쟁과 더불어 그것은 어느덧 과거의 일이 되어버렸다. 그의 책은 "죽어간 병사"로 전락한 것이다. 책은 죽었다. 이것은 다시 말해 책을 통한 미래의 설계가 좌절되었음을 뜻한다. '책의 죽음'은 곧 미래의 죽음, 인간의 죽음, 그리고 신의 죽음으로 이어지는 어두운 통로를 개방하는 사건에 속한다. 그 중심에 한국전쟁이 있음은 물론이다.

전쟁 때문에 나의 재산과 친우가 떠났다.
인간의 이지를 위한 서적 그것은 잿더미가 되고
지난날의 영광도 날아가 버렸다.

―「잠을 이루지 못하는 밤」 부분

무리하게라도 박인환의 10년 시작생활(1946~1956)을 전기와 후기로 나눌 수만 있다면, 그 기점에는 한국전쟁의 체험이 자리하게 될 것이다. 후기시를 장악하고 있는 '죽음'의 테마가 그 사실을 확증해준다. 그의 대표작으로 알려진 「목마와 숙녀」, 「세월이 가면」에서도 죽음의 이미지는 쉽게 확인할 수 있는데, 이 작품들 또한 후기시에 속하는 까닭이다. 세인들은 그것을 다만 '센티멘털리즘'으로 치부해버리지만, 거기에는 전쟁으로 인한 '죽음의 발견'이 자리하고 있음을 무시해서는 안 된다. 그것으로부터 인간의 죽음, 미래의 죽음, 신의 죽음, 그리고 무엇보다 책의 죽음으로 이어지는 일련의 세부 주제들이 파생된 것이다. 이처럼 박인환의 센티멘털리즘에는 심오한 철학적 배경이 뒤를 받치고 있다.

2. 오든 그룹의 한국판, 신시론 동인

하지만 한국전쟁 이전의 박인환은 달랐다. 그는 결코 허무주의자가 아니었다. 그렇기는커녕 진보적 시간을 신뢰하는 '미래파'였다. 미래는 열려 있었고, 과거는 청산의 대상이었다. 무엇보다 박인환을 중심으로 결성된 '신시론'이라는 동인지 명칭이 그것을 잘 말해준다. '신시론'이라는 명칭은 서정주, 조지훈 등으로 대표되는 구시론(전통 서정시)에 맞서겠다는 의지의 표현인 것이다.

이처럼 적어도 한국전쟁 이전까지 박인환은 '진보적' 시인으로 분류되기에 충분했다. 「목마와 숙녀」, 「세월이 가면」 등으로 인해서 생성된 절망의 시인이 아니었다. 한국전쟁 이전의 시인 박인환에게는 세간에 알려진 것과는 전혀 다른 모습이 숨겨져 있었던 것이다. 다만 세간에 많이 알려진 후기시의 센티멘털리즘이 충분히 복잡한 맥락을 통해 이해되어야 하는 것처럼, 그 동안 잘 알려지지 않았던 전기시의 진보적 성격 또한 신중하게 접근할 이유는 충분하다.

전기시의 특징으로서 주목할 점은 반자본주의, 반제국주의의 테마를 적극 수용하고 있다는 것이다. 그것이 바로 앞서 말했던 "위대한 반항"(「서적과 풍경」)의 실질적인 내용을 구성하고 있다. 훗날 그는 그때 그 시절의 열정을 가리켜 "한때 청춘과 바꾼 반항"이라고 하면서 그것도 "이젠 서적처럼 불타버렸다"(「부드러운 목소리로 이야기할 때」)는 고백을 남긴 바가 있다. 박인환의 "위대한 반항"은 한국전쟁 이전에 한정된다는 뜻이다.

박인환의 "위대한 반항"이 1930년대 영미의 진보적 모더니스트 시인 그룹인 '오든 그룹(Auden Group, 일명 뉴 컨트리파)'의 영향으로 이루어진 것이라는 분석은 많다. 우선적으로 그의 진술에만 의존하더라도 그렇다. 그는 직접 이렇게 말하고 있다. "나는 오래전부터 S. 스펜더 시의 시 작품과 그 문예 비평 또한 그의 시인으로서의 사회적 참가에 크게 공명(共鳴)한 나머지 해외의 시인으로서는 그의 오랜 친우인 W. H. 오든과 아울러 가장 존경했고 건방진 표현이긴 하나 크게 영향을 받은 바 있다고 스스로 자부"(「S. 스펜더 별견」)한다고 말이다. 이 진술에서는 "시인으로서의 사회적 참가"에 방점을 찍어야 할 것이다. 박인환 초기시의 반자본주의, 반제국주의가 이러한 "사회적 참가"에 속함은 물론이다.

　이러한 직접적 진술 외에도 '오든 그룹'의 흔적은 박인환의 작품 곳곳에서 쉽게 발견된다. 예컨대 문제의 공동시집『새로운 도시와 시민들의 합창』에 실린 작품「열차」에는 스티븐 스펜더(Stephen Spender)의 유명한 작품「The Express」에서 인용한 구절이 서두를 장식하고 있고,「일곱 개의 층계」는 오든(Auden)의 작품『불안의 시대(the Age of Anxiety)』를 배경으로 창작된 것이며, 그의 유일한 시집『선시집』이 스펜더의『Collected Poems』(1955)를 모방했다는 추측 등이 대표적이다. 그밖에도「현대시의 불행한 단면」(1952),「S. 스펜더 별견」(1953) 등의 산문을 통해서 '뉴 컨트리파'에 대한 상세한 소개와 분석이 이어지고 있다. 이것은 적어도 '오든 그룹'에 대한 박인환의 애정이 후기까지 이어지고 있음을 입증한다.

　그 중에서도 "자본의 군대가 진주한 시가지는 지금은 증오와 안개 낀 현실이 있을 뿐"으로 시작되는『새로운 도시와 시민들의 합창』서문은 그중 가장 급진적이었던 시절을 대변한다. 이와 더불어 특기할 점은 그 시집에 아시아 일대의 식민지역에 대한 박인환의 연대의식이 반영되어 있다는 사실이다. 식민지에서 해방된 직후에 여전히 식민지의 문제를 거론한다는 것도 쉽지 않은 일인데, 더욱이 식민지의 문제를 다루되 일국의 경계를 넘어 아시아 전체로까지 확장하는 시야의 확보는 박인환만의 특장에 해당한다. 이는 일종의 아시아 국제주의적 관점이라 할 수 있다. 예컨대 그의 초기작「인천항」,「인도네시아 인민에게 주는 시」,「남풍」등은 각각 영국의 식민지 홍콩, 네덜란드의 식민지 인도네시아, 프랑스의 식민지 베트남과 캄보디아 등지에서 여전히 진행 중에 있는 탈식민지 해방운동을 상기하고 있다.

민족의 운명이
크메르 신의 영광과 함께 사는
앙코르 와트의 나라
월남 인민군
멀리 이 땅에도 들려오는
너희들의 항쟁의 총소리

— 「남풍」 부분

삼백 년 동안 너의 자원은
구미 자본주의 국가에 빼앗기고
반면 비참한 희생을 받지 않으면
구라파의 반이나 되는 넓은 땅에서
살 수 없게 되었다 그러는 사이
가물란은 미칠 듯이 울었다

— 「인도네시아 인민에게 주는 시」 부분

베트남, 캄보디아, 인도네시아 등 동남아시아의 식민지 경험 국가를 중심으로 하는 아시아 연대의식은 박인환의 시를 통해 새롭게 시도된 '동양주의'로 볼 수 있다. 이것은 일본 제국주의의 관점에서 구성된 동양주의와 구별되는 것으로, 탈식민주의와 탈제국주의, 그리고 탈자본주의를 중심 내용으로 삼고 있다. 박인환의 동양주의는 그러므로 해방 이후 '구시론' 측에서 제출하였던 '전통 서정시'의 복고주의적 경향과는 정반대로 상당히 진보적인 경향성을 띠고 있었던 것이다.

이러한 '진보적 동양주의'의 맥락이 갑작스럽게 단절된 데에는 한국 전쟁보다 앞서 발생한 것으로 박인환 개인에게 들이닥친 불행한 사건이 전제되어 있다. 그것이 최근 몇몇 연구자들에 의해서 밝혀지고 있는 것으로, 박인환이 국가보안법 위반 혐의로 체포된 사건이다. 1949년 7월 당시 『자유신문』 기자로 근무하던 박인환이 다른 신문사 소속의 기자 네 명과 함께 남로당 평당원 혐의로 체포된 것으로, 박인환은 곧 풀려나면서 혐의를 벗게 된다. 하지만 이 사건이 앞서 말했던 진보적 동양주의 계열의 시편들(「인천항」, 「인도네시아 인민에게 주는 시」, 「남풍」 등)이 발표된 직후에 발생한 것이어서 그 관련성을 의심할 만하다.

이 사건 이후로 박인환의 '정치적' 진보성은 그의 작품에서 사라지게 된다. '문학적' 진보성과 '정치적' 진보성의 공존의 시도가 무산된 것이다. 사실상 이것은 박인환이 조직했던 '신시론' 동인의 실험적 성격이 붕괴된 것을 의미하기도 한다. '신시론'은 1947년 하반기에 결성된 시동인의 이름이지만, 시인이 아닌 사람들(소설가, 평론가, 학자)까지 포함될 정도로 느슨한 조직이었으며, 남북한 단독정부의 수립 이전의 정치적 상황을 배경으로 탄생하여 진보적인 인사들도 대거 포함된 상태였다. 숱한 내분을 겪으면서도, 1948년 4월에는 『신시론』 1집을 발간하고, 1949년 4월에는 『신시론』 2집을 대신해서 공동시집 『새로운 도시와 시민들의 합창』까지 간행했지만, 앞서 말했던 국가보안법 위반 사건을 기점으로 박인환은 더 이상 진보적 성향의 인물들과 공존할 수 없게 된다. 이 사건이 '신시론' 동인의 발전적 해체를 촉진하는 기폭제가 된 것이다.

해가 바뀌어 1950년 4월이 되었지만 『신시론』 3집은 발간되지 않는다. 그 자리를 「1950년의 만가」가 대신하고 있다.

무거운 고뇌에서 단순으로
나는 죽어 간다
지금은 망각의 시간
서로 위기의 인식과 우애를 나누었던
아름다운 연대를 회상하면서
나는 하나의 모멸의 개념처럼 죽어 간다

— 「1950년의 만가」 부분

박인환의 관점에서 '신시론' 시절은 한때 "서로 위기의 인식과 우애를 나누었던 / 아름다운 연대"로 기억된다. 따라서 신시론 동인의 해체는 박인환 시의 모태라고 할 수 있는 '오든 그룹' 스타일의 "무거운 고뇌"에서 풀려났다는 뜻이기도 하다. 그는 더 이상 반자본주의와 반제국주의와 같은 "무거운 고뇌"에서 시적 기원을 찾지 않아도 된다. 그 대신에 새로운 변신이 필요해진 것이다. 하지만 신시론 동인의 해체 이후 그에게서 "무거운 고뇌"는 사라졌지만 사고가 "단순"해지면서 자신이 "죽어간다"는 자의식에 사로잡히게 된다. 신시론 동인의 해체가 박인환의 시작 인생에서 전반부를 마감하는 상징적 죽음에 견줄 수 있는 사건에 해당되기 때문이다.

3. 한국전쟁과 '검은 신(神)'의 신학

이처럼 한국전쟁 직전에 박인환은 자신의 죽음을 애도하는 '만가(輓歌)'를 만들어 두었다. 시적 변신을 모색할 시점에 와 있었던 것이다.

전쟁은 바로 그 순간에 찾아왔다. 이때 그는 둘째 아이의 출산을 앞둔 아내 때문에 피난도 가지 못한 채로 3개월 동안 서울에서 죽음의 공포를 온몸으로 체험하게 된다.

기총과 포성의 요란함을 받아 가면서
너는 세상에 태어났다 주검의 세계로
그리하여 너는 잘 울지도 못하고
힘없이 자란다.

—「어린 딸에게」 부분

전쟁의 한복판에서 태어난 딸을 보면서 그는 이 세상이 "주검의 세계"라는 생각에 도달하게 된다. 그것은 인간의 '유한성'에 대한 새삼스러운 확인, 더 정확히는 죽음을 통한 '시간성'의 발견으로 이어지게 된다. 특히 미래가 보장되지 않는 불확실성에 대한 인식은 '진보'를 신뢰하던 옛날의 박인환과 구별되는 부분이다.

언제 죽을지도 모르는 나는
생에 한없는 애착을 갖는다.

—「잠을 이루지 못하는 밤」 부분

나는 영원히 약속될
미래에의 절망에 관하여 이야기도 하였다.

—「밤의 노래」 부분

그저 간직한 페시미즘의 미래를 위하여

우리는 처량한 목마 소리를 기억하여야 한다.

—「목마와 숙녀」 부분

미래는 불확실성과 절망의 근원이며, 앞을 내다볼 수 없는 어둠으로 둘러싸여 있다. 아무것도 약속된 것은 없지만 약속된 것이 있다면 '절망'이 기다리고 있다는 사실에 국한된다. 전쟁을 통해서 깨달은 바, 박인환의 시간에서 미래를 지배하는 것은 빛이 아니라 어둠인 것이다.

여기에서 박인환 후기시의 독특한 테마가 형성된다. 미래의 어둠을 지배하는 '신', 즉 '검은 신'의 출현이 그것이다. 그것은 밝은 미래를 약속하는 진보의 신이 아니라, 어둠의 미래를 약속하는 퇴폐의 신이다. 니체(Nietzsche)에 의존하자면 그것은 빛과 질서의 신 아폴론이 아니라 어둠과 혼돈의 신 디오니소스에 가깝다는 인상을 준다. 혹자는 그것을 벤야민(Benjamin)의 '새로운 천사'에 견주어 해석하고자 하지만, 박인환의 '검은 신'에는 니체와 벤야민의 도움으로도 충분히 설명되지 않는 그만의 독창성이 내재되어 있다.

예컨대 그의 작품 「검은 신이여」는 한용운의 「님의 침묵」과 유사하게 '침묵하는 신'을 향한 절망적인 호소문으로 이루어져 있다. "누구입니까", "무엇입니까" 등의 질문형식도 만해의 작품과 유사한 부분인데, 다만 그것이 훨씬 더 절규에 가깝다는 점이 다르다. 이 시의 또 다른 특징은 한 행을 한 연으로 처리하여 줄과 줄 사이에 여백을 만들어둔 점이다. 그 여백이란 신의 답변이 있어야 할 자리를 공백(=침묵)으로 남겨두려는 시적인 장치로 보인다. 그리고 몇 차례의 질문에도 침묵으로 일관하는 신을 향해서 마지막에는 절망적인 호소가 이어진다.

— 「검은 신이여」 부분

　이 시를 통해 보건대 박인환의 '검은 신'은 침묵하는 신, 응답하지 않는 신, 그리하여 검은 베일에 가려져 있는 신이다. 인간들이 서로 죽고 죽이는 피의 현장에서조차 직접 개입하거나 출석하지 않는 신이다. 물론 신과 인간 사이에 소통은 단절되었으며 그 사이를 중재할 수 있는 사람도 그런 장소도 신뢰를 잃게 된 것은 근대 사회의 일반적인 현상에 속한다. 인간은 절망적으로 부르짖지만 신은 결코 응답하지 않는 상황의 참혹함을 위 작품은 시의 구조를 통해 재현해보이고 있다. 하지만 전쟁을 통한 살육전은 그 이상의 것을 말해주고 있다. 지나치게 신학적으로 해석하지만 않는다면 신의 침묵은 근대적 인간이 가장 확실하기 때문에 믿고 따를 수 있었던 존재, 곧 진리의 근원이 사라진 자리를 보여준다. 미래의 불확실성과 절망만이 그 자리를 대신하고 있을 뿐이다. 이처럼 절망의 늪에 빠진 인간이 호소할 수 있는 존재를 통칭하여 '신'이라 불러도 좋을 것이다.

— 「미래의 창부(娼婦)-새로운 신에게」 부분

여기에서 신의 이름은 "내일", 그것도 약속된 내일이 대신한다. 약속된 내일이 사라졌다는 것은 곧 신의 침묵에 비견할 수 있는 사건이다. 이때의 약속이란 다른 말로 하면 '미래'가 될 터인데, 미래가 사라진 모습이 "승객이 사라진 열차"를 통해 감각적으로 재현되고 있다. 그 열차는 데뷔 초기 박인환이 모방했던 스티븐 스펜더의 진보적인 직진 열차를 상기하게 만든다. 그 당시의 열차는 "깨진 유리창 밖 황폐한 도시의 잡음을 차고/ 율동하는 풍경으로/ 활주하는 열차"(「열차」)였다. 도시문명과 자본의 장막을 뚫고 "아름다운 풍경"을 꿈꾸며 미래를 향해 질주하는 진보의 대명사였다. 하지만 전쟁과 더불어서 그런 열차에 올라탔던 승객들이 사라진 것이다. 미래에 대한 믿음이 사라졌기 때문이다.

당시에는 열차가 '신'의 다른 이름이기도 했다. 하지만 전쟁 이후에는 '창부(娼婦)'가 신의 새로운 이름이 된 것이다. 창부라는 단어는 거짓된 미래를 제시하여 남성을 유혹한 후 종국에는 파멸로 유도하는 행위를 지칭한다. 과거에는 믿고 의지할 수 있는 든든한 열차가 있었다면, 전쟁 이후에는 사방에 온통 믿을 수 없는 창부가 즐비하게 된 것이다. 전쟁 이후에 등장한 새로운 신은 인간에게 거짓된 미래를 제시하여 파멸로 몰아가는 창부의 역할을 자처하고 있다.

　　과거는 무수한 내일에
　　잠이 들었습니다.
　　불행한 신
　　어디서나 나와 함께 사는

불행한 신
당신은 나와 단둘이서
얼굴을 비벼 대고 비밀을 터놓고

─「불행한 신」 부분

신이란 본래 무소부재(無所不在)를 그 속성으로 한다. 하지만 그것은 신의 초월성을 전제로 하는 속성이며, 전지전능(全知全能)과 상통한다. 하지만 위 작품에서 "불행한 신"은 초월성이 상실된 것처럼 보인다. 신은 너무나도 나의 삶에 밀착하여서 "어디서나 나와 함께" 살고 있으며, 심지어는 "얼굴을 비벼 대"는 친밀성에 심취하여 서로 "비밀"조차 없어졌다. 인간의 비밀을 신이 알 수는 있지만, 신의 비밀을 인간이 알아차린다면 그 또한 '신의 불행'이다. 비밀이 없는 신, 모든 비밀을 인간에게 들켜버린 신이야말로 '불행한 신'이다. 본래 신이 가지고 있는 최고의 비밀은 '인간의 죽음'과 관련되어 있다. 언제 어떻게 죽을지를 결정하는 것은 전적으로 신의 몫이기 때문이다. 죽음의 비밀을 알지 못하는 인간은 신에게 삶을 구걸하게 된다. 그러나 전쟁으로 인해서 죽음은 사방에 널려 있는 흔한 일이 되어버렸다. 죽음은 더 이상 비밀이 아니다.

그러나 허망한 천지 사이를
내가 있고 엄연히 주검이 가로놓이고
불행한 당신이 있으므로
나는 최후의 안정을 즐깁니다.

─「불행한 신」 부분

"허망한 천지 사이"에서 인간의 죽음이 "엄연"한 사실로 드러나 있다면, 그 사이에서는 오히려 "최후의 안정을 즐"길 수 있는 역설이 가능하다. 그러므로 신을 테마로 하는 박인환의 작품은 결코 '기도문'이 아니다. '검은 신'은 검은 베일에 가려져 침묵하는 신, 응답하지 않는 신이기 때문이다. 미래에 대한 약속을 받아낼 수도 없는 '검은 신'에게 분명한 것은 오직 '인간의 죽음' 뿐이다. 박인환의 '검은 신'은 미래의 불확실성과 죽음의 절망을 어둠 속에 펼쳐놓는다.

여기에서 박인환의 '현대성'의 정신이 발원하게 된다. 그의 유일한 시집 『선시집』(1955)의 후기에서 박인환은 "신조치고 동요되지 아니한 것이 없고 공인되어 온 교리치고 마침내 결함을 노정하지 아니한 것이 없고 또 용인된 전통치고 위태에 임하지 아니한 것이 없"음을 상기하고 있다. 신조와 교리, 전통에도 불멸은 허용되지 않는다. 왜냐하면 확실성의 신은 사라졌기 때문이다. 이제 불확실성의 '검은 신', 죽음의 신이 인간 세상을 지배하게 된다.

4. 아메리카니즘과 오리엔탈리즘의 사이

공교롭게도 한국전쟁 기간에 박인환이 몰두했던 '검은 신'의 이미지는 그가 『경향신문』 기자로 근무하던 기간과 중복되고 있어서 주목된다. 잘 알다시피 당시의 『경향신문』은 가톨릭 재단에서 발간하던 신문으로, 박인환의 시에 자주 등장하는 교회, 성당, 신부, 천사 등등의 기독교 이미지에 상당한 영향을 준 것으로 판단된다.

‘검은 신’을 통해서 미래의 불확실성과 죽음을 통한 절망에 탐닉하던 박인환은 전쟁 기간에 ‘신시론’의 후신이라 할 수 있는 ‘후반기(後半紀)’ 동인 결성에서도 중요한 역할을 담당하게 된다. 사실 ‘신시론’과 ‘후반기’를 하나로 묶어서 보는 경향이 있는데, 실제로 양자 사이에는 연속성보다는 불연속성이 많음은 강조할 필요가 있다. 전쟁의 한 가운데서 결성된 ‘후반기’는 ‘신시론’의 실패를 거울삼아 정치적 진보성을 삭제하고 문학적 진보성의 척도를 강조하여 순수 시동인지로 기획된 것이다. 문학적으로는 진보적이지만 정치적으로는 반공주의적 보수 성향을 보이는 시인 조향이 그 색깔을 대변하고 있다. 하지만 ‘신시론’ 시절에 비해서 ‘후반기’는 동인지도 한 번 제대로 만들어보지 못한 채 허망하게 해체되어 버린다. 이때부터 박인환은 관심을 오히려 영화 쪽에 집중하게 된다.

휴전협정 직후 박인환은 ‘후반기’를 통해 인연을 맺게 된 김규동, 이봉래 등과 더불어 ‘영화평론가협회’(1953)를 결성하는 데도 적극성을 보인다. 이때부터는 시인으로서보다는 영화 평론가로서 더욱 활발한 활동을 보이게 된다. 반자본주의의 정신으로 무장하고 시단에 들어선 박인환이 이제는 자본집약형 예술에 대한 옹호자로 돌아서게 된 것이다. 마찬가지로 반제국주의의 구호에서 시작된 그의 시작 인생은 1955년 제국의 현장을 19일간 여행하는 것으로 마무리되는데, 이 또한 아이러니한 데가 있다.

박인환은 1955년 3월 5일에 미국을 향해 출발하여 4월 10일에 귀국하기까지 한 달여 기간을 미국여행으로 소일할 수 있는 기회를 얻게 된다. 물론 절반 정도의 날짜를 태평양 바다 위에서 소진하고 순수하게 미국여행에만 19일을 투입할 수 있었던 여행이었다. 비록 3주도 안되는 짧은 기간이었지만 첫 번째 해외여행의 충격은 오래 지속되었다. 같은 해 10월에 발간된 그의 『선시집』의 일부를 '아메리카 시초'로 장식하고, 적지 않은 양의 산문에서 미국여행을 회상하는 것을 보면 충분히 짐작할 수 있다. 문제는 그 충격의 내용에 있다.

> 대낮보다도 눈부신
> 포틀랜드의 밤거리에
> 단조로운 글렌 밀러의 랩소디가 들린다.
> 쇼윈도에서 울고 있는 마네킹.
> (…중략…)
> 천사처럼
> 나를 매혹시키는 허영의 네온.
> 너에게는 안구(眼球)가 없고 정서가 없다.
>
> —「새벽 한 시의 시」 부분

미국사회에 대한 박인환의 인상은 "쇼윈도에서 울고 있는 마네킹"이 대변해주고 있다. 겉으로는 화려한 것처럼 보이지만 거대한 대중적 소비문화의 뒷면에는 '고독한 군중'의 모습이 숨겨져 있는 것이다. 잘 알다시피 『고독한 군중』(1961)의 저자 데이빗 리스먼(David Riesman)에 따르면 미국사회의 군중들은 타인의 승인을 받아내기 위한 심리적 불안 상태에 시달리고 있으며, 그것을 그는 '타인지향형' 사회의 특징이라고 보았다. 그것은 전통지향의 아시아와 내적 지향의 유럽사회와는 구별되는 성격으로 현대성의 징표로 자주 인용된다. 아시아—유럽—미국으로 이어지는 성격유형의 시대적 변천의 과정을 고려한다면, 미국으로 건너간 한국 시인 박인환이 느꼈을 심리적 소외감에 충분히 공감할 수 있다.

> 바람에 날려온 먼지와 같이
> 이 이국의 땅에서 나는 하나의 미생물이다.
> 아니 나는 바람에 날려와
> 새벽 한 시 기묘한 의식으로
> 그래도 좋았던
> 부식된 과거로
> 돌아가는 것이다.
>
> —「새벽 한 시의 시」 부분

박인환의 시계에서 아시아는 "부식된 과거"에 멈춰 있다. 반제국주의와 반자본주의의 모토를 내세우면서 범아시아 지역연대의 희망을 꿈꾸었던 것이 불과 10년 전이다. 그로부터 10년 뒤에 아시아는 다시 "좋았던/ 부식된 과거로" 되돌아가고 있다. 한때 미래형이었던 진보적 동양주의는 미국여행 이후에 다시 과거형 동양주의로 후퇴하고 있다. 박인환은 다시 오리엔탈리즘의 덫에 걸리고 만 것이다. 심지어 미국에 온 동양인 박인환은 "바람에 날려온 먼지"고 "하나의 미생물"에 불과하다. 심리적으로 그는 이미 고향을 향해 달려가고 있는 것이다.

> 당신은 일본인이지요?
> 차이니스? 하고 물을 때
> 나는 불쾌하게 웃었다

거품이 많은 술을 마시면서
나도 물었다
당신은 아메리카 시민입니까?
나는 거짓말 같은 낡아 빠진 역사와
우리 민족과 말이 단일하다는 것을
자랑스럽게 말했다.

— 「어느 날의 시가 되지 않는 시」 부분

박인환의 미국여행은 자신이 동양인이라는 것, 더군다나 일본인도 중국인도 아니고 한국인이라는 것, 그리고 한국인이라는 사실이 무엇을 뜻하는지를 알려주는 정체성 확인의 여행이기도 하다. 그는 끊임없이 질문한다. "저기/ 가는 사람은 나를 무엇으로 보고 있는가"(「여행」)라고. 타인의 시선은 내가 나를 향해 질문을 던지도록 유도하고 있다. 자기가 자신의 정체성에 대해 묻고 답해야 하는 황당한 체험은 박인환의 미국여행에서 매우 주목해야 할 대목이다. 미국인은 누구이며, 미국사회는 어떤 사회인가라고 묻는 것은 바로 그렇게 질문하고 있는 나는 누구이며, 우리 사회는 어떤 사회인가를 되묻는 것과도 같다. 이방인의 시선은 나의 정체성을 내가 스스로 심문하도록 만든다는 것이다.

한국에서는 묻지 않아도 될 것, 당연한 것들이 미국이라는 사회를 배경으로 하는 순간 이상한 것, 부자연스러운 것으로 된다는 것은 소중한 경험이다. 비록 그것은 단지 미국에 한정된 경험이긴 하지만 젊은 혈기에 아시아 연대를 부르짖었던 관념적 탈식민주의자를 실질적 탈식민주의자로 거듭나게 하는 계기를 마련해주고 있다. 당시 그는 이제 막 그러한 경험을 하고 돌아온 것이다. 박인환의 미국여행이 이후 어떤 결실을 맺게 될지는 아무도 알 수 없었지만, 그는 서른 한 살의 젊은 나이로 삶을 서둘러 마감했다. 모든 것이 다시 원점으로 돌아갔는데, 모든 것이 다시 처음부터 시작될 수 있었는데 말이다.

> 장미는 강가에 핀 나의 이름
> 집집 굴뚝에서 솟아나는 문명의 안개
> '시인' 가없은 곤충이여
> 너의 울음이 도시에 들린다.

—「기적인 현대」 부분

제 2 부

주제론 I : 박인환 시의
미적 모더니티

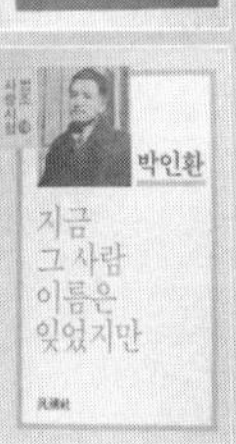

1950년대 모더니즘의 묵시록적 우울

―박인환의 시를 중심으로

1. 서론

1950년대 한국문학은 생존의 위협과 문화의 총체적 위기를 불러온 현대 전쟁의 폐허 위에 일어선 문학이라고 할 수 있다. 그리고 그것은 현재의 가까운 전사(前史)이면서도 잊혀질 운명을 지니고 태어난 문학이었다고도 할 수 있다. 해방의 혼란 속에서 세계냉전체제의 포화를 맞아야 했던 1950년대는 그 이후 문학적 계승이나 발전의 면에서 흡수하기 어려운 이질적인 경험이 존재하는 공간일 수밖에 없기 때문이다.

문화적인 측면에서 일본이라는 제한되고 굴절된 식민주의적 경로가

* 곽명숙 / 아주대학교 국어국문학과 교수

사라지고 새로운 현대성의 통로가 열리면서, 현대시문학에서는 실존주의와 모더니즘으로의 전면적인 경도가 일어났다. 아울러 전쟁 체험과 개인의 실존이라는 문제가 문학적 주제로 부상하지 않을 수 없었다. 시 연구에서도 그러한 조건과 관련해 전쟁과 관련된 현실적인 측면들이 우선적으로 정리된 바 있고,[1] 박인환, 김수영, 김경린 등 <후반기> 동인을 중심으로 한 모더니즘 시인들에 대한 관심이 높아졌다. 이들에 대해 기존 연구에서 1950년대 모더니즘의 수준이 1930년대 모더니즘을 능가하지 못하고 재환기 시키는 데에 머물렀다는 비판이 주류를 이루고,[2] 1930년대와 1960년대 모더니즘의 교량적 역할을 하였다는 정도의 제한적인 긍정[3]이 있었지만 연구가 축적됨에 따라 실존적 의식과 표현의 문제 등에 대해 그들의 시적 성취에 대한 다양한 평가가 이루어졌다.[4]

1950년대 모더니즘 시의 시적 성취에 대한 평가를 위해서 박인환의 경우에 그가 독자적으로 이룩한 영역에 대해 보다 세밀하게 살펴볼 필

---

1) 1950년대 문학에 대해 전쟁 체험을 중심으로 전체적인 조망을 던진 연구로는 다음이 있다. 한형구, 「1950년대의 한국시−전쟁시 혹은 전후시의 전개」, 문학사와 비평연구회(편), 『1950년대 문학 연구』, 예하, 1991 ; 이영섭, 「50년대 남한의 현실 인식과 시적 형상」, 한국문학연구회(편), 『1950년대 남북한 문학연구』, 평민사, 1991 ; 유성호, 「1950년대 후반 시에서 '참여'의 의미」, 『한국 현대시의 형상과 논리』, 국학자료원, 1997.
2) 서준섭, 「모더니즘과 문학의 신비」, 『외국문학』, 1988 겨울, 215면.
3) 오세영, 『20세기한국시연구』, 새문사, 1989, 286~287면.
4) 문혜원, 「한국 전후시의 실존 의식 연구」, 서울대 박사학위논문, 1996 ; 송기한, 「전후 한국시에 나타난 시간의식 연구」, 서울대 박사학위 논문, 1996 ; 류순태, 「1950년 한국 모더니즘 시의 표상 연구」, 서울대 박사학위논문, 1999 ; 금동철, 「1950~60년대 한국 모더니즘 시의 수사학적 연구」, 서울대 박사학위논문, 1999.

요가 있다고 본다. 시대적 특징을 아우르는 이론적 틀에서 작품을 해명하는 것도 필요하지만, 개별적 시인들의 경향에 대한 해석을 통해 시대적 특징이 검출되는 것도 의미가 있기 때문이다. 박인환은 그 생존 시기와 시적 특징을 통해 자신이 가장 50년대적인 시인임을 증명하고 있다. 1946년 해방과 더불어 문학 활동을 시작했지만 1955년 유일한 시집『선시집』을 내고 다음해 3월 심장마비로 타계함으로써 문학적 활동이 1950년대로 국한되어 있기 때문이었다. 그러나 무엇보다도 문제 삼아야 할 것은 여타의 시인들과 다르게 1950년대적인 지평에서 문명을 바라보는 시선의 깊이를 작품에서 보여주고 있다는 점이다. 한계전은 박인환을 비롯한 후반기 동인들이 전쟁을 "현대인의 상처의 심화"로 인식하고 있었음에 주목한 바 있다.[5] 특히 박인환에게서는 모더니즘의 다양성과 가능성이 한꺼번에 드러나 있는데, 그에 비한다면 김수영이나 김춘수, 김경린, 김종삼 등의 시적 세계는 그 영역이 넓지 못하다는 것이다.

이후 박인환의 시세계에 대한 논의는 현실인식과 죽음의식의 측면에서 집중적으로 이루어졌다고 볼 수 있다. 박인환의 시에서 한국전쟁을 전후로 달라진 현실인식의 변모 과정을 적극적으로 규명한 연구[6]와 '죽음의식'과 관련된 정신적 작용이나 주체의 내면을 상세하게 분석한 연구[7]들이 그러한 예이다. 이러한 연구들은 미학적 인식론적 이론

---

5) 한계전, 「전후시의 모더니즘적 특성과 그 가능성 (2)」, 『시와 시학』, 1991 여름, 404면.
6) 송기한, 「역사의 연속성과 그 문학사적 의미―박인환의 경우」, 문학사와 비평연구회(편), 앞의 책 ; 송기한, 『한국전후시와 시간의식』, 태학사, 1996.
7) 윤정룡, 「1950년대 한국 모더니즘 시 연구」, 서울대 박사학위논문, 1992 ; 조영복,

틀을 가지고 접근하였다는 점에서 인상주의 비평에 의존했던 연구 수준을 진일보시켰다고 할 수 있다. 그러나 대부분의 미학적 연구에서는 다른 시인들과의 비교 목적 속에서 선택된 특징이 거론되는 데 그쳤다는 점에서 박인환의 고유성을 설명해주기에는 아쉬움이 남아 있다고 본다.

박현수의 연구는 새롭게 발굴된 박인환의 시를 포함하여 해방 공간의 시가 인민민주주의 민족문학론과의 친연성이 있음을 상세하게 논구하고 전쟁 후의 시적 성취에 대해 높은 평가를 내리고 있다.[8] 이 연구에서는 박인환의 전후 시에서 초월적 권능을 상실한 초월적 존재와 파편적 세계관, 진보적 이념에 대한 비판과 폭풍의 이미지를 추출하여 박인환이 전쟁 체험을 통해 형성된 비극적 전망을 뛰어나게 형상화하였음을 분석하고 있다. 이 연구의 관점은 이 글의 문제의식과 상통하는 바가 있어 이 글의 논지를 전개하는 데 그 실증적인 논거와 치밀한 해석의 도움을 입은 바가 크다. 그러나 이 글에서는 '검은 신'에 대한 해석을 전망 부재 의식이나 진보적 이념에 대한 비판에 한정하는 것에 거리를 두고 역사에 대한 인식을 '우울'이라는 정서와 '알레고리'라는 수사학적인 태도의 측면에서 재해석해보고자 한다.

박인환의 시를 두 계열로 나누어 본다면, 하나는 감상적이고 낭만적

「1950년대 모더니즘 시에 있어서 '내적체험'의 기호화과정 연구」, 서울대 석사학위논문, 1992 ; 조영복, 「죽음의 친화성과 단절의 언어」, 『한국 현대시와 언어의 풍경』, 태학사, 1999 ; 박슬기, 「한국 전후시의 그로테스크 시학연구」, 서울대 석사학위논문, 2004.

8) 박현수, 「전후 비극적 전망의 시적 성취」, 『한국 모더니즘 시학』, 신구문화사, 2007.

인 계열이고 다른 하나는 환멸과 체념이 지배적인 계열이라고 할 수 있다. 박인환의 환멸과 체념은 그의 다른 감상적이고 낭만적인 계열의 시에 비해 비극적인 어조로 비춰진다. 그러나 이 두 계열에 공통적으로 찾을 수 있는 감정을 '우울'이라고 할 수 있다. 이에 대해 한계전은 그것이 미묘한 문제점을 내포하고 있다는 점을 지적한 바 있다. 그의 '우울'을 감상주의적인 것으로 보느냐 예언적, 구원적인 것에 호소하는 것으로 보는가가 박인환 연구에서 결정적인 대목이라는 것이다.[9] 그는 박인환이 전후 모더니즘 시들에 관류하는 공통분모를 누구보다도 폭넓게 소유하고 있으며 한편, "누구에게도 없는 우울증과 그로부터 탈출하게 해주는 초월적 존재를 불러"내고자 했다고 보았다.[10] 박인환의 우울과 초월적 존재는 상관관계를 맺고 있으며, 그의 시에 편재해 있는 묵시록적 풍경과 더불어 그의 시를 새롭게 평가할 수 있는 가능성을 열어줄 수 있다고 생각한다. 그리고 이러한 환멸과 우울의 정서가 다른 모더니스트들에게서는 볼 수 없었던 예언적 목소리를 가지고 있었음에 주목해 볼 필요가 있다. 그러한 점에서 이 글에서는 박인환 시의 '우울'이 감상주의적인 것이 아닌 역사적 인식에서 비롯된 구원적 태도라는 점을 밝히고자 한다. 이러한 해석을 통해 1950년대 모더니즘의 본래성 가운데 하나를 이해하는 하나의 열쇠가 될 수 있기를 기대한다.

---

9) 한계전, 앞의 글, 405면.
10) 위의 글, 406면.

2. 전쟁체험 이전의 현실인식

박인환의 시가 전쟁 전후 일관되게 모더니즘의 자질을 지니고 있음은 시 작품에서 어렵지 않게 찾아볼 수 있다. 자기 파괴적인 언어 혼란과 이미지의 파편화 등을 통해 현대의 혼란스럽고 파편화된 세계를 보여주는 특성을 지니고 있기 때문이다. 전쟁이 발발하기 전 박인환이 현실에 대해 보인 반응은 이미 여타의 시인들과 상당한 변별성을 띠고 있었다. 해방공간인 1949년 김경린, 김수영, 임호권, 양병식과 5인 합동 시집인 『새로운 도시와 시민들의 합창』을 내던 무렵 그는 누구보다도 강하게 현실에 대한 발언을 하고 있었기 때문에, 그의 시를 리얼리즘적인 경향의 시로,[11] 혹은 리얼리즘적 모더니즘으로[12] 보기도 하였다. 무엇보다 최근 제기된 실증적 자료를 토대로 한 연구에서는 박인환이 진보적 좌파 문학단체인 조선문학가동맹의 사상과 친연성을 지니고 있고 남로당의 노선과 일종의 연계가 있지 않았을까 추측하고 있다.[13] 해방 공간에서 박인환의 행적과 관련된 연구들은 박인환의 사상적 근거를 새롭게 조명해 주었다는 점에서 큰 의미를 지니고 있다고 할 수 있다.

이 글에서는 이러한 논의를 참고로 하여 박인환의 시에 등장하는 현실인식의 전환 내지 굴절이 전쟁 발발 이전에 이미 나타나고 있음을

---

11) 송기한, 앞의 글, 157면 ; 윤정룡, 앞의 글, 88면.
12) 조영복, 앞의 글, 10면.
13) 박현수, 앞의 책, 227~235면 ; 방민호, 「박인환 산문에 나타난 미국」, 『한국현대 문학연구』 19집, 2006, 421~422면. 방민호의 논문은 이러한 전기적 사실뿐만 아니라 박인환의 영화평과 전후 말년에 다녀온 아메리카 기행 산문 등을 통해 박인환의 현실문명 비판적 인식을 면밀히 추적해내고 있다.

강조하고자 한다. 그의 현실비판 의식이 어떠한 정치적 당파성 내지 친연성을 갖는가도 중요한 의미를 지니겠으나, 그의 현실비판 의식이 전쟁이라는 절대적 파국의 상황을 맞기 이전에 어느 정도 한계를 인식하고 내면 속으로 유폐되어 가는 양상을 보여준다는 점을 강조하고자 한다. 이것은 전쟁이라는 외부적 충격에 앞서 그 출발지점을 명확히 확인해본다는 의의를 갖는다.

박인환의 초기 시세계가 스티븐 스펜더와 같은 문명비평적인 시운동에 사상적 맥을 두고 있음은 잘 알려진 사실이다. 그의 시 「열차」에는 스펜더의 시가 인용되어 있고, "가난한 사람들의 슬픈 관습과/ 봉건의 턴넬"을 뚫고 "아름다운 새날"을 향한 역사의 진보가 비유적으로 그려져 있다. 『새로운 도시와 시민들의 합창』에 실린 후기를 통해서도 박인환은 자본주의와 문명에 대한 비판을 드러낸다.

> 나는 不毛의文明 資本과思想의 不均整한 싸움 속에서 市民精神에 離反된 言語作用만의 어리석음을 깨달었었다. 資本의 軍隊가 진주한 市街地는 지금은 憎惡와 안개낀 현실이 있을 뿐…14)

그는 "자본의 군대가 진주한 시가지"라는 비유를 사용하며 문명의 불모성과 자본의 침략성을 고발할 뿐만 아니라, 그에 맞선 싸움 속에서 시민정신에 유리된 언어작용의 어리석음을 말한다. 그에게서 세계와 문명은 자본과 사상, 즉 물질과 정신의 균형이 파괴된 세계로 인식

---

14) 박인환, 「후기」, 김경린 외, 『새로운 도시와 시민들의 합창』, 도시문화사, 1949, 451면.

된다. 화자가 말하는 시민정신이란 문명과 자본에 대해 저항하는 비판 정신으로서 정치 사회의식의 차원뿐만 아니라 문화와 역사의식의 각성을 포함하고 있다고 할 수 있다. 이것은 박인환이 자본의 물질적 파괴력에 맞선 시민정신의 창조력을 하나의 문학적 신념으로 지니고 있음을 보여주는 것이기도 하다. 이러한 시민정신의 창조력이 해방공간에 분출된 '나라만들기'의 신념으로까지 갔는가를 시에서 구체적으로 확인하기는 힘들다. 다만 일관된 비판의 자세를 볼 수 있을 따름이다.

> 밤이 가까울수록
> 星條旗가 퍼덕이는 宿舍와
> 駐屯地의 네온·싸인은 붉고
> 짠그의 불빛은 푸르며
> 마치 유니온·짝크가 날리든
> 植民地 香港의 夜景을 닮어 간다
> 朝鮮의海港 仁川의埠頭가
> 中日戰爭때 日本이支配했든
> 上海의밤을 소리없이 닮어간다

— 「인천항」15)

위 시의 인천항에 대한 묘사에는 식민주의에 대한 비판적 인식이 담겨있다. 성조기와 "유니온 짝크"의 유사성, '인천'과 홍콩, 상해로 이어지는 연상은 식민지와 피식민지의 권력관계에 대한 언급으로 확장되고 이를 통해 항구의 밤풍경은 식민지의 풍경으로 의미가 확대된다.

---

15) 『새로운 도시와 시민들의 합창』, 64면.

구체적인 감정 상태가 드러난 것은 아니지만, 해방 이후 자주적인 정부 수립에 성공하지 못한 상태에서 새로운 주둔군의 국기를 바라보는 화자의 시선에는 일종의 회한이 느껴진다. 이처럼 박인환이 해방공간에서 쓴 현실비판적인 시들은 아직 식민지의 체험이 채 가시지 않은 포스트식민지의 상황16)에서 중심부(제국주의)에 대한 반감을 나타내고 있음을 볼 수 있다.

그러나 박인환은 포스트식민지의 상황을 직접적으로 드러내는 것이 아니라 위의 시에서 볼 수 있듯이 우회적인 방식으로 언급한다. 즉, 다른 제국주의 지배하의 약소국가를 떠올리는 방식으로 현실에 대해 발언하는 방식이다. 그가 인도네시아 인민에게서 약소민족 국가로서의 동질감을 느끼고 연대의식을 드러내는 다음 시도 유사하다고 할 수 있다.

> 동양의 오-케스트라
> 가메란의 伴奏樂이 들려온다
> 오 弱小民族
> 우리와같은 植民地의 인도네시아
> (…중략…)
> 마땅히 요구할수잇는 人民의解放

---

16) post-colonialism이라는 용어는 접두사 'post'가 지니고 있는 시간적 의미로서의 '-이후'의 뜻과 식민지의 청산이라는 '탈(脫)-'의 의미가 모두 내포되어 있다. 1945년 이후 남북한의 단독정부가 수립되기 전까지를 비유적으로 일컫는 해방공간에는 식민지의 청산이라는 벗어남의 과제와 서구의 보편주의와 제국주의에 대한 수용과 묵인, 반발이 교차하고 있었다고 할 수 있을 것이다. 포스트 식민주의라는 용어는 리얼리티를 포용하는 동시에 글쓰기와 관련된 심리적 단초를 제공하는 측면이 있다. 빌 애쉬크로프트 외, 이석호 역, 『포스트 콜로니얼 문학이론』, 민음사, 1996, 44~45면.

세워야할 늬들의나라

인도네시아共和國은 성립하였다 그런데

연립정부란 또 다시 迫害다

支配權을 回復할라는 謀略을 부셔라

이제는 植民地의 고아가 되면 못쓴다

全人民은 一致團結하야 스콜처럼 부서져라

帝國主義의 野蠻的制裁는

너이뿐만아니라 우리의侮辱

힘있는데로 英雄되어 싸워라

— 「인도네시아 인민에게 주는 시」[17]

위 시의 서두에서 나오는 인도네시아의 전통 타악기 가멜란(gamelan)의 리듬과 진동을 타듯이 시 전체에서 화자는 격정적이고 직설적인 어조로 웅변하고 있다. 약소민족이며 식민지라는 공통점을 갖고 있는 인도네시아를 향해 당연한 권리로서 "인민의 해방"을 주장하라고 촉구하고, 연립정부에 대해서는 박해와 모략이자 "식민지의 고아"가 되는 길이라고 비판한다. 박인환이 이 시기 '말리서사'를 운영하면서 김기림, 오장환 등과 친분이 있었고, 아나키스트 화가 박일영과 가까웠다는 김수영의 진술[18]과 앞선 연구에서 밝혀진 전기적 사실들을 참고한다면 이러한 시들의 격정적 어조는 박인환의 정치적 태도와 결부되어 있다고 보아야 한다.

해방 직후 정치적 혼란 속에서 이러한 인민주의적 경향은 우회적으

---

17) 위의 책, 69면.
18) 김수영, 「말리서사」, 『김수영전집 2』, 민음사, 1983, 72면.

로 현실을 다룰 수밖에 없었다. 박인환이 인도네시아 인민들에게 보내는 "영웅되어 싸워라"는 말은 곧 그 자신과 독자를 향한 말이라고 볼 수도 있다. 이러한 태도는 추상적이고 보편적인 이익을 영웅적 행위자의 생명보다 우위에 놓는 판단에서 나오는 영웅주의[19]적인 태도라고 부를 수 있을 것이다.

그의 문명비판적 시민정신이 포스트 식민주의적 상황에 기반한 제국주의에 반대하는 인민주의의 지향을 갖고 있다고 볼 수 있으나 명확한 논설의 형태로 발표된 것이 아니기 때문에 시 자체에서 읽어내는 데에는 한계를 가질 수밖에 없다. 더구나 그 시민정신은 구체적인 현실과 관련되어 다양한 시적 형상화로 나타나지 못하고, 곧 내면의식으로의 급격한 함몰을 보여준다.

> 黃褐色階段을 내려와
> 모인 사람은
> 都市의地平에서 싸우고왔다
> 눈앞에 어리는 푸른시그날
> 그러나 떠날수 없고
> 모다들 鮮明한 記憶속에 잠든다

— 「지하실」, 『민성』(1948. 3)

위 시를 보면, "도시의 지평"에서 싸우던 사람들은 이제 "황갈색"의 "계단"을 내려와 지하실에 모여 있다. 희망과 전진을 의미하는 푸른 신호는 눈에 어른거리지만 어떠한 출발도 결별도 없이 과거만을 추

---

19) S. Freud, 김석희 역, 『문명 속의 불만』, 열린책들, 1997, 68면.

억하고 잠들어 있는 상태로 그려진다. "기억 속에 잠든다"는 과거에 집착하여 현재는 무기력한 상태에 빠지는 것이며, 역설적으로 미래에 대한 망각이라고 볼 수 있다. 시민정신의 잔상은 남아 있으나 현저히 "내면공간으로 함몰"[20]되어 있다고 보는 것도 틀리지 않다. 지하실의 밖에서 싸움의 목적이나 현재 무기력에 빠진 이유에 대해서는 해명되지 않는다. 다만 쇠퇴를 의미하는 황갈색과 기억으로의 침잠을 통해 화자의 비판적 시민정신이 꺾이고 어떠한 심리적인 좌절을 맛봤음을 짐작하게 한다. 실천적인 행동이 차단된 상황에서 박인환은 외적인 현실을 구체적으로 드러내거나 비판하여 맞서기보다는 내면으로 시선을 돌리고 갈 곳 모르는 정신적 공황 상태를 표현하는 것으로써 좌절된 정신적 상태를 드러낸다.

이러한 박인환의 현실인식과 표현의도는 다음의 시 「정신의 행방을 찾아」의 관념적인 언어들 속에서 읽을 수 있다.

온 世上에 피의 비와 鐘소리가 끄칠 때
시끄러운 時代는 어데로 가나
强烈한 싸움 속에서
自由와 民族이 이즈러지고
모든 建築과 原始의 平和는
새로운 憎惡에 쓰러져간다.
아 오늘날 모든 시민은
靜寞한 生命의 存續을 지킬 뿐이다.

—「정신의 행방을 찾아」(『민성』, 1949. 4)

---

20) 송기한, 앞의 글, 159면.

1949년에 발표된 위 시는 곧 닥쳐올 전운을 예감한 듯, "강렬한 싸움"과 "새로운 증오" 속에 모든 것이 파괴된 파국이 왔음을 노래하고 있다. 그 속에서 시민은 "생존의 존속"에 매달리게 될 뿐 박인환이 견지하고자 했던 '시민정신'은 찾기 어렵게 된 상황이다. 「인도네시아 인민에게 주는 시」에서 울려 퍼졌던 "영웅"적인 목소리는 "적막한 생존의 존속"을 냉소적으로 읊조리는 목소리로 바뀌어 있다. 「정신의 행방을 찾아」라는 위 시는 시민정신의 추구에서 다른 방향으로 선회할 수밖에 없게 된 박인환의 정신의 행방을 알려주고 있는 셈이다.

그의 시민정신은 해방공간이라는 포스트식민지적인 상황에서 청년적 울분과 자본주의 문명에 대한 비판의식에서 출발하였다. 그러나 점차 심각해지는 사회적 정치적 혼란과 대립, 그 증오의 격랑 속에서 자신이 꿈꾸었던 시민정신과 자유로운 개인의 완성이라는 이상이 더 이상 실현되기 어렵다는 좌절을 겪었음을 보여주고 있다. 시대적 혼란 속에서 무기력한 개인이 견뎌낼 수 있는 하나의 방법으로 그는 "지하실"이라는 유폐된 공간으로 내려간다. 그러나 박인환은 그곳에 유폐된 채 머물지 않고, 새로운 세계상을 직시하고 분열된 정신을 구원할 수 있는 자신만의 방법을 찾아 나선다. 이에 대해서는 다음 장에서 살펴보고자 한다.

3. 전후 분열된 정신과 묵시록적 우울

1) 분열된 정신과 세계에 대한 환멸

「세월이 가면」이나 「목마와 숙녀」와 같이 대중적으로 알려진 감상적인 작품도 있으나 박인환의 대부분의 시편들은 쉽게 해독되지 않는 난해함을 지니고 있다. 이러한 난해함은 전쟁 체험 이후에 쓴 시편들에서 가중되는데 전쟁과 같은 대변화 속에서는 어느 누구도 미래의 방향을 예측할 수 없고 그 윤곽조차 알기 어렵기 때문이다. 전쟁의 상황에서 대부분의 사람들은 생존 외의 다른 방향감각을 잃고 만다. 전투원이라면 맹목적으로 승리를 위한 방향만을 가지겠지만, 전투원이 아닌 사람들은 전쟁이 가져오는 환멸과 강요되는 죽음에 대한 태도 변화로 인해 정신적 고통을 겪게 된다.[21] 즉 인간들 자신의 의지와 무관하게 압도하는 전쟁의 힘에 눌리며 죽음에 대해 비극적인 태도를 갖게 되는 것이다.

박인환의 경우도 죽음에 대한 경사를 보이는 것에서 예외가 아니었다. 조영복은 '죽음편호증'이라는 개념을 들어 이를 현실적인 욕망과 의식의 무화, 일상성의 무의미성에 대한 통찰로 파악하고 있다.[22] 그러나 박인환의 경우 죽음에 대한 경사는 실질적인 자포자기의 죽음충동이라기 보다는 전쟁이라는 외적 상황에 의해 자신의 욕망과 환상이 깨어지는 데에서 오는 고통과 불안의 표출이었다고 볼 수 있다. 박인환이 유일하게 남긴 시집『선시집』(1955)의 후기에는 그가 당대를 어떠한 시선을 바라보고 무엇을 추구했는가에 대한 단서를 엿볼 수 있다.

　　나는 十餘年 동안 詩를 써왔다. 이 世代는 世界史가 그러한 것과 같이
　참으로 기묘한 不安定한 時代였다. 그것은 내가 이 세상에 태어나고 成

---

21) S. Freud, 앞의 책, 40면.
22) 조영복, 앞의 글, 32, 36면.

長해 온 그 어떠한 時代보다 혼란하였으며 精神的으로 苦痛을 준 것이
었다. (…중략…)

　하영든 나는 우리가 걸어온 길과 갈 길, 그리고 <u>우리들 自身의 分裂</u>
<u>한 精神을 우리가 사는 現實社會에서 어떻게 나타내 보이며 純粹한 本</u>
<u>能과 體驗을 通해 본 不安과 希望의 두 世界에서 어떠한 것을 써야 하는</u>
<u>가</u>를 항상 생각하면서 作品을 發表하였다.[23] (밑줄 인용자)

　그는 자신의 시대를 불안정하며 어느 시대보다도 혼란스러운 "검은
준열(峻烈)의 시대"라고 밝히고 있다. 처음에는 이것으로 시집의 제목으
로 삼으려는 생각도 했다고 적고 있다. 그리고 자신이 그러한 시대적
혼란으로부터 정신적 고통을 받았음을 고백한다. 초기에 그가 추구했
던 시민정신은 이제 갈 곳을 잃고 "분열된 정신"이 되어 불안한 오늘
을 살고 있다. 박인환이 고민하는 것은 그러한 분열된 정신을 나타내
는 한편, 오늘의 불안과 내일의 희망에 대해 어떻게 노래할 것인가였
다. 그는 전쟁 이전의 시에서도 이미 좌절을 맛보고 시민정신이 갈 곳
을 잃었음을 고백했지만, 오히려 극도의 불안한 시대 속에서 그가 시
에 담아야 할 것이 '불안'이냐 '희망'이냐에 대해 고뇌하고 있는 것이
다. "폐쇄된 대학의 정원은/ 지금은 묘지"(「최후의 회화」)가 되어버렸고
폐허 위에서 살아남은 생은 죽음보다 더한 허무에 직면할 뿐이다. "살
아 있는 것이 있다면/ 그것은 나와 우리들의 죽음보다도/ 더한 냉혹하
고 절실한/ 회상과 체험"(「살아 있는 것이 있다면」)만이 남아 시인을 환멸
과 우울로 인도하는 것이다.

---

23) 박인환, 『선시집』, 산호장, 1955, 238~239면. 이하 박인환의 시들은 이곳에서
　　인용한다.

한 걸음 한 걸음 나는 허무러지는
靜寂과 硝煙의 都市그 暗黑 속으로…
瞑想과 또다시 오지 않을 永遠한 未來로…
살아 있는 것이 있다면
流形의 愛人처럼 손잡기 위하여
이미 消滅된 靑春의 反逆을 回想하면서
懷疑와 不安만이 多情스러운
侮蔑의 오늘을 살아 나간다.

— 「살아 있는 것이 있다면」

전쟁이 휩쓸고 간 폐허에서 살아감에 대해 노래하고 있는 위의 시에서 화자는 불안함을 느낀다. 정적과 초연이 메운 도시의 암흑 속에서 화자의 허무와 불안을 배가시키는 것은 다시 오지 않을 "영원한 미래"이다. 그리고 유일하게 자기를 위안해 줄 수 있는 것은 이미 소멸된 "청춘의 반역"이다. 미래와 과거 어느 곳에도 긍정할 수 없는 화자의 상태는 회상이라는 자기 위안에 빠진 현재의 자신에 대해서도 회의를 느낀다. 화자는 자기 자신에 대한 회의감에서 "회상도 고뇌도 이제는 망령에게 팔은 철없는 시인"이라고 자탄하며 현재의 상태를 "시체"와도 같이 느낀다. 박인환이 말한 분열의 정신은 이렇게 시대와 불화하는 정신이기도 하지만, 한편으로 환멸을 느끼는 자신과 그럼에도 생에 애착을 느끼며 오늘을 살아야 하는 자신을 두고 느끼는 자의식이기도 하다.

戰爭 때문에 나의 財産과 親友가 떠났다.
人間의 理智를 위한 書籍 그것은 잿더미가 되고

지난날의 영광도 날아가 버렸다. (…중략…)
그러나 不斷한 自由의 이름으로서
우리의 뜰 앞에서 버려진 싸움을 洞察할 때
나는 내 출발이 늦은 것을 告한다(…중략…)
이 넓고 個體 많은 土地에서 나만이 遲刻이다
언제 죽을지도 모른 나는
生에 한 없는 愛着을 갖는다

—「잠을 이루지 못하는 밤」

화자는 전쟁 때문에 모든 것이 떠나거나 잿더미가 되었음을 말한다. 모든 것이 폐허가 된 상태이다. 그러나 폐허가 된 속에서 화자가 새로운 자신에 대한 반성을 하며 잠을 이루지 못한다. 그의 환멸감은 모든 과거의 영광이 사라졌다는 것이지만, "부단한 자유의 이름으로서/ 우리의 뜰 앞에서 버려진 싸움"을 통찰하면서 '생'은 아직도 끝나지 않았음을 깨닫고 있다. 한편으로 해방공간의 「지하실」에서 희미하게 드리워져 있던 "우리들"의 연대의식이 여전히 남아 있음을 볼 수 있다. 박인환의 시에 등장하는 '숙녀'나 '소녀'는 이러한 '우리들' 가운데 일부라는 점은 추후 재논의가 필요하다. 대부분의 시에서 화자가 자유로운 정신적 동질감을 느끼고 연대의식을 가지고 있던 동료로 회상하던 그들은 예술가(앙드레 말로, 아라공 등(「일곱개의 층계」))의 부류로 이제는 사라져 버린 이들이다. 그들에 대한 추억은 망각이라는 자의식과 더불어 박인환의 시에 자주 환기된다.

이러한 인식 속에서 화자는 아직 출발하지 못하고 있는 자신을 반성하고 있다. 폐허 속에서 "생에 대한 한 없는 애착"을 갖게 되는 자기

반성이 시간적인 차원에서 일어나고 있음은 흥미로운 대목이다. 자신이 지각(遲刻)했다고 느낀다는 것은 무엇인가가 앞질러 있음을 인식하고 자신은 그것을 따라가야 한다고 생각하기 때문이다. 박인환의 시에 나타나는 환멸과 허무의 근원은 그의 의식 속에 자신의 현재 시간 앞에 앞질러 놓여 있는 무엇인가와 자신이 처해 있는 현재 사이의 괴리에 놓여 있는 것이라고 추론해 볼 수 있다. 그것은 그가 시에 담아야 하는 것이 현재 체험하고 있는 '불안'이냐 언젠가는 오거나 결국 오도록 해야 하는 미래의 '희망'이냐에 대한 시적 주제에 대한 자기 고민의 다른 형태였을 것이다.

2) 묵시록적 우울과 '불행한 신'의 알레고리

박인환의 여러 시편들에 두루 등장하는 '센티멘털리티'한 감수성은 일종의 슬프고 불행한 감정, 즉 우울(melancholy)의 정서라고 구체적으로 부를 수 있다. 앞서 살펴본 불안과 환멸의 정서와 맞닿아 있기도 한 그 우울은 죽음의 불가피성과 인간의 유한성, 비극적인 역사에 대한 애도 등의 인식에서 비롯된다. 사라져 버린 사람들과 소멸해 버린 "청춘의 반역"을 회상하는 슬픔에 빠진 화자는 현재를 불행하게 느끼며 은총의 상태를 포기하고 있기 때문이다. 그리고 세상의 종말, 신학적 구원에 대한 부정적 상상력을 배경으로 하고 있다는 점에서 박인환의 시편에 등장하는 정서를 '묵시록적 우울'이라고 부르고자 한다. '우울'은 알브레히트 뒤러의 판화 <멜랑콜리아 I>에서 볼 수 있듯이 고대로부터 창조성과 독창성의 징표였다.[24] 세계에 대해 묵시록적 태도로 바라보는 박인환의 우울은 전쟁이라는 직접적 체험을 신학적으로 변용한 새로운 이미지를 창출해내는데, 바로 '검은 신' 또는 '불행한 신'의 이미지였다. 그것은 그가 현재의 절망 내지 환멸에 맞서 어떻게 미래의 희망을 말할 것인가라는 도저한 자기 물음 끝에 찾은 극적인 시적 방법이었다고 해도 좋을 것이다.

인간의 이해나 의지를 떠나 존재하는 초월적인 존재에 대한 앎과 이해를 바탕으로 한 것이 신학적인 인식이라고 할 때, 박인환이 보여준 태도는 부정적인 신학이라고 부를 수 있다. 그것은 그러한 초월적 존재가 존재하지만 그 존재는 구원과 선의 은총과는 무관하며 인간에 드리워진 것은 오직 피할 수 없는 파국과 종말의 어두운 운명이라는 태도였다.

> 江 기슭에서 期約할 것 없이 쓰러지는
> 하루만의 인생
> 華麗한 욕망
> 旅券은 산산이 찢어지고
> 落葉은 길 위에 떨어지는
> 캘린더의 鄕愁를 안고
> 자전거의 少女여 나와 오늘을 살자.

---

24) '우울' 혹은 '우수'로 번역되는 멜랑콜리(melancholy)는 인간의 권위가 회복되어 인간에 대한 낙관주의가 풍미했을 것으로 여겨지는 르네상스 시대에도 만연했다. 1514년 뒤러의 판화 작품에는 검은 태양과 우울한 천사가 있다. 이 천사도 발터 벤야민의 '역사의 천사'처럼 파국의 역사 앞에 어떠한 의지도 욕망도 보여주지 못한 채 그림에는 어두운 우수만이 압도하고 있다. 임철규, 『눈의 역사 눈의 미학』, 한길사, 2004, 263면 참조.

군인이 피워 물던
물뿌리와 검은 연기의 印象과
위기에 가득찬 세계의 邊境
이 回想의 긴 溪谷 속에서도
列을 지어 죽음의 비탈을 지나는
서롭고 또한 幻想에 속은
어리석은 영원한 殉敎者.
우리들.

—「회상의 긴 계곡」

전후 세계상을 환멸로 그려내던 박인환은 현실에 "검은 연기"와 "검은 환영"이 어리는 것처럼 일상과 인간의 운명에 부정적인 신학의 이미지를 덧씌워 우의적으로 그려낸다. 그것은 그 자신의 새로운 해석에 의해 창조된 알레고리적인 이미지라고 할 수 있다. 생명은 연속되지만 욕망은 부서지거나 시들고 최후의 송가가 황폐한 토지에 울려 퍼진다. "자전거의 소녀"와 물뿌리를 피우던 "군인"과 같은 일상의 인간들은 이 죽음의 그림자가 드리워진 "계곡"에서 모두 한 무리의 "열을 지어" 정해진 운명을 가야 하는 존재들이다. 전쟁체험으로 인한 환멸은 이곳을 "위기에 가득찬 세계의 변경"으로, "죽음의 비탈"로 그려낸다. 이 위태로운 곳에 있는 사물과 사람들의 인상은 모두 서롭고 우울하다. 그곳에서 "우리들"은 "환상에 속은/ 어리석은/ 영원한 순교자"라고 화자는 탄식한다. 이러한 탄식 속에는 인간에게 불가피하게 몰아닥치는 전쟁과 죽음의 운명을 바라보는 우울한 역사인식이 깔려 있다.

한국전쟁을 치른 박인환처럼 세계대전에 휩싸인 유럽에서 유태인의 예속된 운명을 치러야 했던 발터 벤야민은 이러한 역사의 이미지를 17세기 바로크 예술에서 찾아낸 바 있다. 그는 바로크 예술의 양식에서 잔해 더미로 붕괴해 가는 역사의 이미지를 '알레고리'로 해석한다. 알레고리는 단순히 말하면 '하나의 사물을 말하면서 다른 사물을 의미한다'는 것이다. 그것은 도덕적이고 교훈적인 의도에서 낮은 비유의 수사법으로 치부되기도 하지만, 벤야민은 알레고리의 이접적이며 이중적인 성격에 새로운 의미를 부여한다. 유기적으로 단일화되고 통일되어 있는 상징적 예술에서는 무시되는 소외와 고통과 역사의 실패가 알레고리에서는 불완전하고 조화를 모르는 파편들로 나타나는 것이다.[25] 그 파편화된 언어와 시각적 이미지들 속에서 짜 맞춘 글자(monogram) 가운데 개념이 아닌 이념을 찾아내는 것이 비평의 역할이라고 본 벤야민은 일종의 '신학적' 해석학을 제시한다. 알레고리는 '눈에 보이지 않는 것'을 '눈에 보이는 것'의 형상을 빌려 표현하기 때문이다. 바로크 양식의 알레고리 안에서 세계는 수난의 역사로 드러나고 소외와 고통의 역사(facies hippocratica)가 자연에 새겨져 있는 것이다.[26] 알레고리는 의미들을 상징처럼 조화와 화해 속에 구원하는 것이 아니라 파편화된 상태 그대로 드러낸다. 이 점은 박인환의 시에 등장하는, 의미연관이 제대로 전

---

25) W. Benjamin, *The Origin of German Tragic Drama,* John Osborne(tran.), NLB, 1977, p.189. 이를 두고 벤야민은 개인을 넘는 사물의 우위, 전체를 넘는 파편의 우위라고 설명하고 있다. 이런 점에서 벤야민이 해석해낸 바로크의 알레고리 양식은 조형적 상징과 유기적 총체성을 추구한 고전주의의 절대적 반대자로 등장하며, 기존의 고전주의와 낭만주의로 대비되던 예술양식에 역사적 인식과 결부된 새로운 예술 양식으로 추가된다.

26) *Ibid.,* p.167.

달되지 않는 파편적인 이미지의 나열과 '신'과 관련된 묵시록적 어휘들을 모더니즘의 기법으로만 치부할 수 없도록 한다. 바로 그 속에 인간이 역사 속에서 겪는 불행과 고난을 보여주기 때문에 역설적으로 구원을 암시할 수 있다는 점을 읽어야 하기 때문이다.

박인환의 "검은 신"이나 "불행한 신"은 전후의 혼란된 세계상이자 동시에 그 역사의 알레고리라고 할 수 있다. 그 신은 마치 바로크예술에서 폭군이면서 동시에 순교자인 군주처럼 등장한다.

戰爭이 뺏아간 나의 親友는 어데서 만날 수 있습니까.
슬픔 대신에 나에게 죽음을 주시오.
人間을 대신하여 世上을 風雪로 뒤덮어 주시오.
建物과 蒼白한 墓地 있던 자리에
꽃이 피지 않도록.

하루의 一年의 戰爭의 凄慘한 追憶은
검은 神이여
그것은 당신의 主題일 것입니다.

— 「검은 神이여」

오늘 나는 모든 욕망과
사물에 작별하였습니다
그래서 더욱 친한 죽음과 가까워집니다
과거는 무수한 내일에 잠이 들었습니다
불행한 神
어디서나 나와 함께 사는
불행한 神

> (…중략…)
> 또 다시 우리는 結束되었습니다.
> 皇帝의 臣下처럼 우리는 죽음을 約束합니다.
> 지금 저 廣場의 電柱처럼 우리는 存在됩니다.
> 쉴 새 없이 내 귀에 울려오는 것은
> 불행한 神 당신이 부르시는
> 폭풍입니다.

— 「불행한 신」

박인환의 시에서 '신'은 그 자신이 절대적이고 권능을 가진 존재로서 인간에게 운명을 짐 지우는 자이면서 동시에 자기 자신이 미래로부터 불어오는 파멸의 폭풍 앞에서 우울에 빠진 자로 등장한다.[27] 「검은 신이여」에서 볼 수 있듯이 그 신은 '죽음'을 줄 수도 있고 세상을 "풍설"로 덮을 수도 있으며, 하루라는 시간부터 일년 그리고 전쟁이라는 장시간에 이르도록 인간에게 "처참한 추억"을 선사할 수 있는 두려운 권능을 지닌 초월자로 등장한다. 신에 의해 세상이 심판받고 종말을 맞게 된다는 묵시록의 상상력과 우울을 배경으로 죽음에 대한 갈구가 나오고 있다.

그러나 동시에 「불행한 신」에서 그 신은 나와 함께 결속되어 있다.

---

27) 벤야민의 역사인식과 비교하여 박인환의 '검은 신'을 해석하고, '역사의 천사'나 '폭풍' 이미지를 분석한 박현수의 논의를 참고할 수 있다. 이 글에서도 벤야민의 「역사철학테제」를 참고하고 있지만, 이 글에서 바로크적 알레고리와 묵시록적 우울의 개념을 말하는 것은 이와 같은 부정적 신학의 상상력이 역설적으로 세속적 구원을 보여줄 수 있다는 점을 재해석하고 강조하고자 한다는 점에서 차이를 갖는다고 할 수 있다.

그것은 내가 욕망을 잃어버리고 죽음에 가까워졌기 때문이다. "과거는 무수한 내일에 잠이 들"어 있다는 말은 곧 미래의 희망과 욕망의 의지가 소멸하였기에 내일과 과거의 차이가 무화되어 버렸다는 의미가 된다. 오직 과거의 추억을 회상하며 그것에 매달린다면 미래는 아무런 의미를 갖지 못한다. 만일 신의 창조에 의해 시간이 시작되었다면 미래의 시간이 무의미해졌을 때 시간도 무화되며 나에게 있어 신의 존재도 소멸되는 것이 아닌가. 그런 점에서 '불행한 신'은 나와 결속되어 있고 그 신의 표정은 결국 몰락의 역사 속에 파멸하고 마는 인간의 운명을 닮아 있는 것이다. 신마저도 "저 광장의 전주처럼", "존재"될 뿐이다. 그의 신도 역시 죽음의 약속을 피할 수 없는 '불행한' 존재인 것이다.

화자의 귀에는 이 불행한 신이 부르는 '폭풍'만 쉴 새 없이 울린다. 그 불행한 신이 불러오는 폭풍은 파괴를 가져온 것이지만, 동시에 지금까지의 모든 잔해를 쓸어버릴 수 있는 파괴이기도 할 것이다. 즉 역설적으로 파괴 후의 폐허 위에서 이 모든 것을 쓸어버릴 힘을 갈구한다는 것은 새로운 파국, 새로운 미래에 대한 요청이라고 볼 수 있을 것이다. 그 때문에 박인환은 비록 부정적이긴 하지만 이러한 일련의 시편들 가운데 한편에 '새로운 신에게'라는 부제를 붙이고 있는 것은 아닌가 생각해 볼 수 있다.

> 여윈 목소리로 바람과 함께
> 우리는 來日을 約束ㅎ치 않는다.
> 乘客이 사라진 列車 안에서

오 그대 未來의 娼婦여

너의 希望은 誤解와

感興만이다.

戰爭이 머물은 庭園에

설래이며 닥아 드는

不運한 遍歷의 사람들

그 속에 나의 靑春이 자고

絶望이 살던

오 그대 未來의 娼婦여

너의 慾望은

나의 嫉妬와 發狂만이다.

(…중략…)

너의 目標는 나의 무덤인가

너의 終末도 永遠한 過去인가

—「未來의 娼婦 – 새로운 神에게」

위의 '새로운 신에게'라는 부제가 붙은 시에서 진보를 상징하는 '열차'안의 승객은 사라지고 미래를 부여받은 것은 '창부'라는 존재이다. "미래의 창부"도 "불행한 신"과 마찬가지로 부정적으로 그려진 존재이다. 한 연구에서도 언급된 바 있듯이 "미래의 창부"는 "검은 신"과 더불어 벤야민의 「역사철학테제」에 등장하는 "역사의 천사"를 연상시킨다.[28] 「역사철학테제」에서 연상되는 구절은 다음과 같다.

---

28) 박현수, 앞의 책, 246~249면. 이 연구에서는 「밤의 미매장」에 나오는 '뇌우 속의 천사'를 두고 "역사의 천사"와 직접적으로 연관시키고 있으나, 필자가 보기에 이 시의 "호흡이 끊어진 천사"라는 구절로 보아 여기에서 '천사'는 화자가

　　역사의 천사도 바로 이렇게 보일 것임에 틀림없다. 우리들 앞에서 일
련의 사건들이 그 모습을 드러내고 있는 바로 그곳에서 그는, 잔해 위
에 잔해를 쉬임없이 쌓이게 하고 또 이 잔해를 우리들 발 앞에 내팽개
치는 단 하나의 파국을 바라보고 있다.29)

　　그러나 위와 관련하여 박현수의 연구에서는 박인환의 시에 등장하
는 '신'이나 '미래의 창부' 등을 세계의 파국을 멍하니 바라볼 수밖에
없는 수동적 존재로 해석하고 있다. 즉 구원의 필연적 실패를 의미한
다고 보는 것이다. 그러나 벤야민의 '구제비평(Rettende Kritik)'은 아담의
언어 이래로 타락한 언어 속에 궁극적인 진리가 상기되듯이, 혹은 비
의적인 문자의 글자 맞추기 속에 하나님의 이름이 등장하듯이, 예술작
품이 섬광처럼 구원을 보여주는 순간을 드러내는 것을 의도하고 있다.
　　박인환의 시에 자주 등장하는 죽음의 이미지는 일정한 의미맥락을
잡기 힘들어 죽음충동만을 드러내는 것으로 간주되기 쉽다. "미래의
창부"도 '역사의 천사'처럼 모든 것을 절망으로 몰아가는 시간의 파괴적
인 힘 앞에 무력한 것이 사실이다. 그리고 화자는 절망에 사로잡혀 미래
에 대해 오해와 질시와 발광과 같은 부정적인 이미지만을 언급한다.
　　그러나 '미래'와 '과거'의 역설적인 결합을 통해 "영원성"에 대한 순
간적인 섬광을 일으킨다. '미래의 창부'는 타락한 유혹의 표상이지만,
동시에 "향기 짙은 젖가슴을/ 총알로 구멍 내고/ 암흑의 지도 고절된
치마끝을/ 피와 눈물과/ 최후의 생명으로 이끌며" 가는 존재이다. 그렇

사랑하지만 죽음을 맞은 여인에 대한 명명 정도로 보는 것이 더 나을 듯하다.
29) W. Benjamin, 차봉희 역, 『발터 벤야민의 문예이론』, 민음사, 1980, 348면.

게 이끌고 가서 도달하는 목표가 "나의 무덤"이고 "영원한 과거"라는 것이다. 마치 '불행한 신'이 권능자이면서 우리와 같은 순교자인 것처럼, '미래의 창부'는 훼손된 육체로 최후의 생명으로 이끌고 나가는 희생양과 같은 모습을 띠고 있다.

박인환의 시에서 '과거'는 지금은 소멸되었지만 정신적 고양으로 가득 찼던 시절이다. "영원한 과거"는 그런 점에서 닫히고 밀폐된 전망, 역사의 절망만으로 해석되지 않을 수 있다. 파국과 폭풍을 기다리며 잔해 위에 잔해를 쌓고 있는 '불행한 신'과 '미래의 창부'는 결국 역설적으로 이 지상에 구원이 필요함을 호소하고 있는 것이라고 할 수 있다.

4. 결론

이상으로 박인환의 시에 나타나는 전쟁체험으로 인한 환멸과 역사의식을 묵시록적 상상력에서 배태된 우울과 알레고리라는 관점에서 살펴보았다. 전쟁 이전의 박인환의 시에는 이미 외적인 한계로 인한 좌절감과 과거에 대해 애도하는 모습이 나타나고 있었다. 이후 전쟁체험을 계기로 환멸과 불행의 정서가 비극적인 파멸의식, 즉 묵시록적인 우울로 나아가게 되었음을 보았다.

이러한 감수성과 상상력은 일방향적인 죽음에 대한 도착이나 충동으로 매몰되지 않으면서도 현재의 절망을 정직하게 드러낼 수 있는 방법을 모색하는 과정에서 배태된 것임을 강조해 둘 필요가 있다. 박인환의 시에 나타난 전쟁 체험의 시적 변용은 부정적 신학에 기대어 구

원을 노래하고자 한 역설적 상상력으로서 1950년대 모더니즘의 한 가
능성을 이루었다고 평가해 볼 수 있을 것이다.

전후 센티멘털리즘의 전위와 미적 모더니티

—박인환의 경우

1. 전후 코스모폴리탄과 문명비평적 시선

박인환 산문이 가지고 있는 문명비평적 세계주의 시각에도 불구하고 박인환 시에 대한 평가는 그리 긍정적인 것 같지 않다. 박인환은 실제 문학비평, 영화비평, 연극 비평, 시사 칼럼, 기행문, 서한문 등 여러 가지 산문의 다양한 지적 규모를 보여주었을 뿐만 아니라 전후(2차 세계대전) 세계사상과 세계사적 폭넓은 문명인식에 대한 지식인적 성찰, 영미 모더니스트의 사상에 대한 심취[1] 등을 보여주었다. 당대 매체와

---

* 김용희 / 평택대학교 국어국문학과 교수
1) 방민호, 「박인환 산문에 나타난 미국」, 문승묵 편, 『박인환 전집, 사랑은 가고 과

의 긴밀한 교류를 감안할 때 박인환 시에 대한 접근은 좀 더 입체적 해석이 요한다.

박인환 시에 대한 부정적 평가는 우선 해방과 전후(한국전쟁)라는 혼란과 격동 속에서 모더니스트를 자처하는 박인환 시의 도시적 서정이 지성화, 철학화되지 못하고 자기 체념적 센티멘털리즘으로 전락[2]했다는 점, "어휘력의 빈곤, 이미저리의 불통일, 경박한 멋내기"라는 지적[3] 등이 그것이다.[4] 이런 평가는 무엇보다 "코스츔"만 있다는 김수영의 비판에서 연유한 바가 큰데 실제 김수영이 당대 모더니즘의 주류였던 박인환에 대한 어떤 심리적 콤플렉스를 지니고 있었던 것은 아닌가에 대해서는 좀 더 치밀한 실증적 접근이 이루어져야겠지만 박인환의 시는 이후로 경박한 서구화 유행의 피상성과 포즈에 불과하다는 평가에서 자유롭지 못했다. 더욱이 「목마와 숙녀」, 「세월이 가면」 등의 작품이 대중매체와 연결, 낭독, 작곡되면서 대중적 감상성은 박인환 시의 평가를 협애화하는 이유가 되기도 했다.

박인환이 등단한 것은 1946년 「거리」라는 작품을 발표하면서부터였

거는 남는 것』, 예옥, 2006, 581면. "산문에 따르면 박인환은 무엇보다 자신의 시 작 활동을 문명 비평적인 실천 행위로 파악했던 것으로 나타난다."
2) 오세영, 「<후반기> 동인의 시사적 위치」, 『20세기 한국 시 연구』, 새문사, 1989, 281면.
3) 이동하 편저, 『목마와 숙녀와 별과 사랑―목마와 숙녀와 별과 사랑』, 문학세계사, 1986, 33면.
4) 그 외의 부정적 평가로 이주형, 「박인환시고」, 『국어교육연구』 10, 1978 ; 정재찬, 「예술가의 초상에 관하여―박인환론」, 구인환 외, 『한국전후문학연구』, 삼지원, 1995 ; 김병태, 「박인환 시에 있어서의 모더니즘 수용과 시대인식」, 『한국현대시 인론』, 국학자료원, 1991, 177면 ; 고명수, 「박인환론」, 『한국 모더니즘 시인론』, 문학아카데미, 1995, 200면.

다. 박인환은 10년 연상인 오장환 시인을 따라다녔고[5] '마리서사'도 오장환 시인으로부터 물려받게 된다. 이데올로기의 구획이 분명치 않았던 해방기의 혼란 속에서 '마리서사'는 구미 문예서뿐만 아니라 좌익서적 총판[6]의 역할을 하였던 바 2차세계대전 이후 세계동시대적 감각 아래 진귀한 외국서적이 모여 있는 전문고서점으로서 당시 청년 모더니스트들에게는 서구적 인문교양의 세례를 만끽할 수 있는 문화예술의 장소였다. 김광규의 증언대로 박인환이 책을 파는 것보다 시와 시인에 관한 대화에 목적을 두고 있었던 만큼[7] 마리서사는 당대 신세대였던 김수영, 양병식, 이봉구 등의 모더니스트뿐만 아니라 오장환, 김기림, 이흡 등 좌파문단의 작가들까지 출입하는 자유로운 문예공간이었다.[8] 박인환은 국내 시보다 서구 모더니즘 시인들, 특히 칼 샌드버그, 스티븐 스펜더의 시에 심취했고 사상적 거점으로 W. H. 오든과 스펜더의 문명비평적 관점[9]에 몰두해 있었다. 박인환은 기질적으로 진보

---

5) 박인환은 옷차림이며 행동거지도 오장환과 비슷했다. 주머니는 늘 비어 있었지만 (평생 제대로 돈벌이를 해본 일이 없다 한다), 모습만 보면 그는 갈 데 없는 부잣집 도령이었다. 또한 귀족 취미도 있어 고급이 아니면 무엇이고 거들떠보지 않았다(신경림, 「젊음과 슬픔과 리듬의 시인 박인환」, 『초등우리교육』 통권 82호, 1996. 12, 231~233면 참조).

6) 이중연, 「시인, 고서점을 경영하다 (2)−박인환과 마리서사」, 『고서점의 문화사』, 혜안, 2007, 192~193면.

7) 김광규, 「마리서사 주변」, 『김광균 외, 세월이 가면』, 근역서재, 1982, 138면 참조.

8) 이중연, 앞의 글, 2007, 180~190면 참조.

9) 박인환은 국내 시보다는 외국 시를 좋아하여 특히 칼 샌드버그, 스티븐 스펜더, W. H. 오든 같은 시인들의 시집을 끼고 다녔다. 미국의 자본주의를 비판한 샌드버그의 『시카고시집』은 그의 교본이었으며 진보주의를 찬양하고 서구의 제국주의를 비판하는 성격이 짙은 시집들인 스펜더의 『헌정(獻呈)시집』과 오든의 『불안한 시대』를 모르는 동료시인들을 경멸했다(신경림, 위의 글, 231~233면 참조).

주의자[10]였고 이는 진보적인 서구시 취향과도 무관하지 않았을 터였다. 해방기 박인환의 문명비판과 세계주의적 관심은 해방공간의 흥분과 열정, 당대 시의 주류적 경향과 다소 관련이 있는 바, 해방기 「거리」(1946), 「남풍」(1947), 「인천항」(1947), 「인도네시아 인민에게 주는 시」(1948), 「지하실」(1948), 「언덕」(1948), 「전원시초」(1948), 「열차」(1949), 「정신의 행방을 찾아서」(1949) 등, 대부분의 시들이 현실에 대한 시인의 강한 관심을 보여주고 있다. 특히 「남풍」, 「인도네시아 인민에게 주는 시」는 제국주의 식민지에 대한 제3세계와의 연대적 발언을 강하게 드러내면서 해방공간의 신식민화에 대한 경계의 메시지를 담고 있다. 해방기 제3세계 아시아 식민화 현실에 대한 주목은 매우 독특한 시점[11]으로 박인환의 세계주의적 현실비판의식[12]을 암시할 수 있는 대목이다.

이와 같은 서구 모더니즘 시인에 대한 경도, 1930년대 모더니즘과의 연속선상에서 "재래 시 특히 <청록파>로 대표되는 한국적인 시에 대한 강력한 반발을 시도"[13]하면서 1948년 김경린, 양병식, 김수영, 임호권, 김병욱 등과 동인지 『신시론』 발간, 1949년 김병욱을 제외한 5인 합동시집 『새로운 도시와 시민들의 합창』을 펴내고 동인 그룹 <후반기>를 발족하게 된다. 이러한 가운데 나타난 박인환의 시는 등단작 「거

---

10) 신경림, 앞의 글, 231~233면 참조.
11) 김예림, 「냉전기 아시아 상상과 반공 정체성의 위상학」, 『상허학보』 제20집, 상허학회, 2007, 317~321면 참조(박인환의 초기시를 "드물지만 이 시기 한국의 아시아 상상이 구체적으로 재현되고 있는 중요한 자료"로 거론한다).
12) 이와 같은 관점에서 박인환의 현실비판의식을 다루는 연구가 있다. 김영철, 「박인환의 현실주의 시 연구」, 『관악어문연구』, 1996 ; 김은영, 「박인환 초기 시의 서사정신과 현실비판의식」, 『사림어문연구』, 1999.
13) 정한모, 『현대시론』, 민중서관, 1973, 230면.

리」(1946)에서부터 나타나는 시어들, '스코올, 코코아, 아세틸렌, 크리스마스' 등의 이국취향의 문명어들이 일종의 무차별적 서구문화 수입, 서구중심의 보편주의 추구라는 비판적 평가로 이어지게 했다. 특히 50년대 지식인의 세계지향은 "서구사회와 유사한 풍토에 놓여 있다는 환상"14) 이나 "허구뿐인 세계주의에 빠져있는 현실"15)이라는 비판을 받게 되는데 박인환 시의 서구 문명 수용으로서의 현대화, 세계주의, 문화교류라는 측면도 해방과 전후 신식민주의에 대한 포섭, 문명화에 대한 피식민의 상상적 동일시라는 비난으로 이어지게 했고 그것은 다시 경박성과 피상성으로 치부되었던 것이다. 그러나 박인환의 시쓰기는 현실 사회 속에서 그가 어떤 방식으로 현실사회의 조건을 고려하고 있고 어떤 시인적 자의식을 지니고 있는가를 보여주는 한 지점을 제공한다.

> 나는 우리가 걸어온 길과 갈 길 그리고 우리들 자신의 분열한 정신을 우리가 하는 현실사회에서 어떻게 나타내 보이고 순수한 본능과 체험을 통해 본 불안과 희망의 두 세계에서 어떠한 것을 써야하는가를 항상 생각하면서 여기서 실은 작품들을 발표했었다.16)

한국전쟁 이후 나온 박인환 시집후기는 이와 같은 현실사회에 대한 '분열한 정신'을 드러내고 있는데 이와 같은 박인환의 발언은 초기 현실비판적 의식이 전쟁 이후 센티멘털리즘으로 전락하게 되었다는 평

---

14) 최유찬, 「1950년대 비평연구」, 『1950년대 남북한 문학』, 평민사, 1991, 14면.
15) 박헌호, 「50년대 비평의 성격과 민족문학론의 도정」, 『한국 전후문학 연구』, 성균관대학교 출판부, 2000, 243면.
16) 박인환, 『박인환 선시집』, 산호장, 1955, 238~239면.

가 등에 대한 재고의 여지를 주고 있다. 실제 그의 산문에서도 나타난 바 그는 "1920년대 불안의 세계에 태어난" 세대들의 황폐한 정신적 풍토를 드러내며 "지적 불안" 속에서 "건조된 지성의 리리시즘"[17]을 구현해 나가고자 했던 것이다. "하나의 현실은 과학적인 면에서 정확한 속도로 채택되어야 하며 그 현실은 그 현실과의 새로운 결합에서 신선한 회화적 이매지네이션으로 구상화되어야 한다."[18]는 언급은 결국 현실을 '지성적인 안목'으로 관찰, 회화적 이미지로 구상화해야 한다는 발언인 셈이다. 그런 관점에서 보았을 때 박인환에 대한 평가를 단순한 감상성, 낭만성으로 언급한다거나 이와 또 달리 2차대전 이후 재구축되는 제국의 식민지적 입장에서 코스모폴리탄적 관념과 결합된 탈국민적 주체의 가능성, 즉 전후(한국전쟁) 국민적 알레고리로 결코 소급되지 않는 자유로운 지식인상의 하나로 언급하는 부분[19]도 충분히 동의하기 힘들다. 박인환은 1949년 남로당 당원으로 활동한 혐의로 한국경찰에 체포[20]되고 모윤숙의 혐의사실에 대한 증언 등, 분명치는 않지

---

17) 박인환, 「현대시의 불행한 단면」, 『주간국제』, 1952. 6.

18) 이동하 편저, 『박인환』, 문학세계사, 1993, 31면.

19) 박연희, 「전후, 실존, 시민 표상―청년 모더니스트 박인환을 중심으로」, 『한국문학연구』 제34집, 동국대학교 한국문학연구회, 2008. 6, 165면(박연희는 박인환을 1948년 단정수립 이후 '시민' 표상이며 '자유로운 개인'을 재현하는 방식이자 정치적 중간자적 개인을 창안한 선진적 세대라 칭하고 있다. 매우 선진적 논의 방식이라 할 수 있는데 그럼에도 불구하고 박인환의 해방이후 진보적 좌파 문학단체와의 관련성, 남로당 당원으로 활동한 혐의로 체포된 사건 등으로 충분히 계급의식의 시선을 자지고 있었다 할 수 있다).

20) 자유신문 기자였던 박인환은 다른 4명의 기자와 함께 남로당 평당원으로서 국가보안법 2항을 위반한 혐의로 체포된다. 1949년 7월 19일자 유엔한위의 미국무부 보고문서에서 국무장관에게, "신문기자 체포"로서 체포사실을 간단하게 알리는 보고문이 나오며 4건의 첨부문서(1. Letter from UNCOK to Clarence

만 그의 이념적 친연성은 분명히 있었던 것으로 보인다. 박인환은 "역사적 단절을 내면화하는 신생 주체"[21]라기 보다 여전히 혼란스러운 현실의 분열 속에서 현실 조건에 대한 시인적 자의식에 시달리는[22] 시인이었다. 그의 시가 보여주는 센티멘털리즘은 현실사회와 싸우기 위한 필연적 결과이며 동시에 미학적 전략[23]이 되는 것이다.

이와 같은 관점에서 본 논문은 박인환 시에 대한 지금까지의 평가, 특히 감상성이나 서구지향의 피상성이란 관점을 배제하면서 그의 시가 갖는 문명비평적 현실인식과 센티멘털리즘, 센티멘털리즘[24]의 심미성을 구체적으로 분석하는 것으로 그의 시가 갖는 선진적 모더니티, 심미성으로서의 시적 현대성을 살펴보고자 한다.

Ryee, 2. UNCOK document, 19 July 1949, 3. UNCOK document, 20 July 1949, 4. Letter to UNCOK from C. C. Ryee) 중 제3의 문건이 모윤숙의 편지로 구성되어 있다(박현수, 「전후 비극적 전망의 시적 성취」, 『한국 모더니즘 시학』, 신구문화사, 233면 재인용. 방민호, 「박인환 산문에 나타난 미국」, 『박인환 전집』, 예옥, 2006, 참조).

21) 박연희, 앞의 글, 162면.

22) "나는 지도자도 아니며 정치가도 아닌 것을 잘 알면서 사회와 싸웠다."(박인환, 「『선시집』후기」, 산호장, 1955, 238면)

23) 정영진, 「박인환 시의 탈식민주의 연구」, 『상허학보』 제15집, 2005. 8, 389면. 박인환 시의 센티멘털리즘을 시적 긴장의 하나로 문제제기하는 흥미로운 논문이다. 그러나 이에 대한 이후의 좀 더 구체적 논의전개가 없다.

24) 이 글에서 '센티멘털'은 감정적 감상성이라기보다는 심미적 현상, 예술적 현상으로서 무드로 논의하겠다.

2. 은유적 중첩, '지적 불안'의 심미성

　해방기 단정수립 이후 박인환은 좌파지식인과의 교류로 인해 1949년 7월 국가 보안법 위반으로 체포된다.[25] 이후 전쟁과 분단의 압력 속에서 박인환을 포함한 남한의 지식인들은 국가이데올로기의 제도화된 정체성의 혼란과 극단적 불안과 분열을 체험한다. 불분명한 주체의 문제(코스모폴리탄적 세계시민 / 국민국가 국민)와 정치적 전환기를 통과하게 된 것이다. 해방기 제3세계 식민경험의 아시아적 운명 공동체를 인식하던 박인환의 사상적 급진성은 한국전쟁을 통과하면서 현실인식에 대한 내면화의 국면으로 접어들게 된다. 이와 같은 박인환의 사상적 편력에 크게 작용한 것은 1940년대 말부터 한국의 지식인들 사이에서 유행한 실존주의담론이다. 해방과 전후의 남한 문예사상 일반을 '실존주의'의 범주로 환원시켜버리는 일반화의 우려는 경계해야겠지만 실존주의 담론은 기자였던 박인환에게 현대사조로서 전후 코스모폴리탄적 감각을 재규정하는 정체성 규정의 방식이었다. 실존주의는 파시즘 이후 신식민화가 진행된 세계사적 전환기에 청년 모더니스트들이 스스로 받아들인 세계 전후 감각의 일부였다. 실존주의는 당시 한국 지식인사회 내부에서 역사적 현실적 개인 정체성 형성에 중요한 영향력을 행사하는 중요한 문화담론으로 유행한다.[26] 박인환에게서 실존의식은

---

25) 『조선중앙일보』, 1949. 8. 4. "유연한국위원단 출입기자 2명, 국가보안법 위반 혐의로 송청"

26) 김동석, 양병식, 박인환 등은 『신천지』의 '샤르트르의 실존주의' 특집(1948. 10)에서 실존주의에 대한 비판적 논평을 한다. 양병식은 1950년대에 들어서 로버트 잠펠의 번역글 「사르트르의 실존주의」, 『신사조』, 1950. 1과 동년의 5월 『학

단순한 감상적 멜랑콜리의 개인주의의 '포즈에 불과한 코스츔'(김수영)
이 아니라 역사적 현실적 인식 속에 있는 '개인'을 발견하는 한 계기가
된다.

> 장미는 강가에 핀 나의 이름
> 집 집 굴뚝에서 솟아나는 문명의 안개
> '시인' 가엾은 곤충이여
> 너의 울음이 도시에 들린다
>
> 오래토록 네 욕망은 사라진 繪畵
> 무성한 잡초원에서
> 幻影과 애정과 비벼대던
> 그 年代의 이름도
> 허망한 어제 밤 버러지.
>
> 사랑은 彫刻에 나타난 추억
> 泥濘과 작별의 여로에서
> 기대었던 수목은 썩어지고
> 電信처럼 가벼웁고 재빠른
> 불안한 속력은 어데서 오나.

—「기적인 현대」중에서

1930년대 피식민 주체로서 강요된 근대화를 경험하던 조선 지식인

풍』에「전후의 불란서문학과 사상」에서 실존주의를 "선진적이고 획기적"인 문
학성으로 고평한다(박연희,「전후, 시존, 시민표상—청년 모더니스트 박인환을
중심으로」,『한국문학연구』제34집, 동국대학교 한국문학연구회, 2008. 6, 171면
에서 재인용).

들과 달리 해방과 전후 남한 지식인들은 신식민의 제국주의 근대화를 재경험하게 된다. 미국중심의 현대화(문명화) 동참을 통한 세계성 획득의 문제는 단순한 서구문명수용의 의미를 넘어서는 훨씬 복잡한 현대화의 문제를 함의하고 있던 바, 1950년대 한국은 미국중심 반공 냉전질서제를 따르는 정치적 메커니즘이 작용하면서 다시 주체는 '식민／탈식민'이라는 중층적 억압의 문제, '지배／저항'이라는 이분적 구조로 주체의 분열을 경험하게 된다. 한국은 '현대, 문화, 민주주의'라는 캐치프레이저 아래[27] 미국 중심 경제발전과 민주주의에의 편입, 근대화 세계화라는 명제[28]로 재편성되는 시기였다. 식민화의 틈새에서 갈등하는 주체와 타자의 간극, 제국과 대면하는 피식민주체의 존재방식은 다시 한 번 일본이라는 타자가 아메리카라는 새로운 제국의 기표로 전치되는 신식민의 문제와 당면하게 된 것이다. 이 가운데서 '마리서사'를 통해 현대적 감각과 문명을 접한 박인환의 경우, 현대화라는 세계적 규모의 문화적 감각으로 현대 세계문화 지식을 자유롭게 번역 치환할 수 있는 자유로운 세계 인식의 안목을 형성하게 된다. 즉 박인환에게 전후는 단순한 '죽음', '불안', '고통'의 의미가 팽만 하는 '불안의 시대'만이 아니라 훨씬 중층적 정서, 즉 '환상／고통', '환영／불안'이 교착 갈등하는 혼종의 상황이었다. 이와 같은 측면이 50년대 박인환의 자기 성찰의 철저함을 보이는 지점이다.[29] 또한 이러한 점이 후반기 모더니스

---

27) 이철범, 「실존주의와 휴머니즘의 관계」, 『문학예술』, 1957. 12, 190면.
28) 강정인, 「서구중심주의와 세계사적 전개과정」, 『계간 사상』, 2003 가을, 203면, 213면.
29) 조영복, 「죽음과 친화성과 단절의 언어」, 『한국 현대시와 언어의 풍경』, 태학사, 1999, 233면.

트들에 비해 역사체험을 내적 기호로 드러낼 줄 알았던 박인환의 긍정적인 지점이라 할 수 있다. 즉 박인환은 전후의 피폐한 상황과 공포체험을 근원적 비극으로 치환함으로써 모더니스트들의 파행적인 리리시즘을 절제하고 있다. 이와 같은 역사체험의 내적 기호화는 박인환 시특유의 '지적 불안'의 방식으로 형상화된다.

"장미는 강가에 핀 나의 이름/ 집집 굴뚝에서 솟아나는 문명의 안개/ '시인' 가엾은 곤충이여." 문명의 근대화는 충격과 파편, 혼란과 격동 속에서 어떤 슬픔의 정조를 내재화할 수밖에 없는데 특히 예리한 지성과 센티멘털리즘의 지적 작용은 센티멘털리즘을 단순한 슬픈 감정으로 떨어지지 않게 하는 기제가 된다. 보들레르에게서 도시에서 지적 우울은 문명 속에서 비루한 자신의 상황을 인식하는 주체인식의 지적 기호이자 현대 미학성의 전제이다. 급진적인 현대문명 속에서 지적 우울은 자신을 인식하는 사회철학적, 미학적 입장(인식)인 셈이다.[30] 시인에게 '현대'는 '기적'처럼 다가오는데 그것은 대개 "환영"과 "허망", "욕망"과 '사라짐'의 방식으로 중첩된다. 집집의 굴뚝마다 문명의 안개가 솟아나고 '시인'은 "가엾은 곤충"처럼 도시에서 울음을 운다. 여기서 시인의 정서적 슬픔을 자극하는 것은 모두 '문명의 환영과 애정', '이 연대의 이름'들이다. 이 연대의 문명은 지성의 혼란과 환영과 우울함과

---

30) 최문규, 「근대성과 심미적 현상으로서의 멜랑콜리」, 『자율적 문학의 단말마? – 문화학적 경향과 문학의 새로운 지평 탐색』, 글누림, 2006, 352~363면. 최문규는 멜랑콜리를 타자를 상실한 데서 오는 분열로 규정하면서 '현실도피주의'의 부정적 의미가 아닌 전복적 사고로 보고 있으며 현실에 더 이상 순응하지 않으려는 비판적인 감정으로 해석하고 있다. 또한 그것은 '근대성'과 연결된 '심미적 현상'의 하나라고 언급한다.

고독을 불러일으킨다. 도시는 그야말로 "불안한 속력"으로 "電信처럼 가벼웁고 재빠르"게 달려오면서 자유와 분열의 이중성을 띤다. 마찬가지로 개인도 이상과 현실 간에 분열에 시달리게 된다.

박인환은 현대문명의 기적과 문명의 고독을 '지적 불안'의 방식으로 형상화하는데 시에 나타나는 '문명어', '개념어', '추상어'는 근대적 이념을 지식인적 관념으로 드러내는 현대적 엘리티즘이라 할 수 있다. 이를테면 「기적인 현대」에서 '장미', '문명', '시인', '곤충', '도시', '욕망', '회화', '환영', '애정', '연대', '허망', '조각', '추억', '이녕', '작별', '여로', '전신', '속력'이 모두 한자어 명사(名辭)들이다. 새 문명의 이입(일어 한자어)이 '새로운 언어'와 함께 등장하며 근대의 물적 기반이 '문명의 이기'와 함께 출현, 생산, 유통, 소비된다는 것을 환기할 때 신문물의 수용과 도시화의 과정은 이와 같은 현대화된 명사 이름을 획득하는 것과 관련한다.31) '장미', '문명', '도시', '욕망', '조각(彫刻)', '전신(電信)' 등은 문명어이자 문명 형성 과정에서 태어난 새 언어라 할 수 있다. 전후 모더니스트들은 재래의 전통서정시를 배제하면서 "~러라"체의 음악성을 배제하고 "~다"체의 산문형 서술을 지향한다. 또한 '묘사'가 아닌 '나열', '배열'을 중심으로 하는 명사들의 재조합을 보여준다. 익히 알려진 바대로 1920년산 세대들은 1930년대 시인들에 비해 일본어를 '쓰기 언어'로 배운 세대였고 해방이 되자 모국어로서의 한국어를 구사하기 힘든 곤혹한 상황에 놓이게 된다. 1950년대 시인들 박인환, 김수영, 박태진 등에게서도 나타나는 현상인 바 이는 김수영의 아름다운 우리말

---

31) 졸고, 「시어의 혼성성과 다중언어의 자의식」, 『한국현대시어의 탄생』, 소명출판, 2009, 262면.

열 개에서도 고백한 바 있는 즉, '언어이민' 세대의 혼란스러움이었다. 김수영은 자기가 써온 언어가 "어머니에게서 배운 본능적인 언어를 제외하면 대부분 서적이나 신문에서 배운 시사어이며 그것이 일상어"[32]라고 말한다. 여기서 어머니에게서 배운 본능적 언어란 바로 '말하기 언어'로서의 한국어를 의미하며 '쓰기 언어'는 일본어였던 바, 이들은 일본어로 글을 쓰고 다시 한국어로 번역하는 이중의 과정을 겪게 된다.[33] 박인환의 시에서도 시어의 묘사보다 배열의 언어, 일본식 한자어 의존과 산문성이 심각하게 두드러지는 것은 이와 같은 이유에서다. 박인환 시가 사념적이고 관념적인 것은 언어이민 세대의 문제, 지성과 문명의 결합에서 나타나는 새 문명어 유입의 실험성과 연결된다. 결국 근대화란 것은 근대문화를 수용하는 것이고 근대문화를 수용한다는 것은 근대 지식, 지식어, 문명어, 즉 '말'을 수용하는 것이라 할 수 있다. 당시 잡지 신문 지상에서 중요한 카테고리로 등장한 것은 이와 같은 식자층의 '첨단 문화' 수용과 연결되는 것이고 이것이 1950년대 미국 문화에 경도된 예술가들에게 하나의 '코스튬'이 될 만큼 지적 유행이 되었다.[34] 김수영은 박인환에 대하여 "그는 일본말이 무척 서툴렀고 조선말도 제대로 아는 편이 못되었지만, 그 대신 그의 시에는 내가

---

32) 김수영, 「작가는 말한다」, 『한국전후문제시집』, 신구문화사, 1964.
33) 조영복, 「죽음과 친화성과 단절의 언어」, 『한국 현대시와 언어의 풍경』, 태학사, 1999, 255면 ; 졸고, 「이중어 글쓰기 세대의 한국어 시쓰기 ─ 김종삼론」, 『한국 현대시어의 탄생』, 소명출판, 2009, 332~339면 ; 김현, 「전봉건을 찾아서」, 『김현문학전집』 3권, 문학과지성사, 1991, 409~410면.
34) 김덕호, 「해방이후 한국에서의 소비와 미국화 문제」, 『미국학 논집』 37권, 3호, 2005 겨울, 163면.

모르는 멋진 식물, 도물, 기계, 정치, 경제, 수학, 철학, 천문학, 종교의 요란스러운 현대 용어들이 마구 나열되어 있었다.”35)고 고백한다. 예를 들면 “루즈벨트”, “뉴기니아”, “오키나와”, “전함 미주리호”, “스코틀랜드”, “잔 다르크”, “페르디난드”, “코레히도르”(「서적과 풍경」) 그리고 아메리카 시초에서 보여주는 외래어들 “타이프라이터”, “트럼펫”, “데모크라시”, “트렁크”, “크레졸 냄새”, “스트립쇼”, “필립 모리스 모리스 브리지”(「투명한 버라이어티」) 등이다. 박인환은 김수영의 지적대로 다양한 현대어들을 마구 나열하는 시의 지적 토대를 보여준다. 이는 물론 세계정세와 지식을 폭넓게 인지할 수 있었던 신문기자라는 점이 한 몫을 하긴 했다.

박인환은 새 문명어로 과학적 시를 쓰기 위해 시어의 배열과 시어의 은유적 중첩을 시도한다. “장미 → 강가에 핀 나의 이름”, “굴뚝 연기 → 문명의 안개”, “나 → 가엾은 곤충”, “욕망 → 사라진 회화”, “연대의 이름 → 밤 버러지”, “사랑 → 조각속 추억”. 이와 같은 관념어와 사물어를 직접적 은유의 방식으로 결합하는 방식은 박인환 자신이 샌드버거 등 영미 모더니스트들에게 영향 받은 바도 크지만 모더니즘 주체가 은유적 동일성을 상실하고 소외·고립될 수 있는 상황에서 사물어와 관념어를 은유적 동일성으로 묶음으로써 고립 주체의 현대 불안을 강화 내지 소멸시킬 수 있다 생각하기 때문이다. 즉 격동의 물질성과 불안의 관념을 결합함으로써 현대의 불안을 지적인 심미성 혹은 지적인 불안감으로 형상화한다. “사랑 — 彫刻에 나타난 추억”, “電信 — 불안한 속

---

35) 김수영, 「말리서사」, 이동하 편저, 『박인환 평전』, 문학세계사, 1986, 92면.

력” 문명과 관념의 결합은, 인공적인 현대성의 의미를 보여준다.

이와 같은 인공어 명사어와 관념어들의 은유방식은 다른 시에서도 나타난다. “적막한 가운데/ 인광처럼 비치는 무수한 눈/ 암흑의 지평은/ 자유에의 경계를 만든다.// 사랑은 주검의 사면으로 달리고/ 취약하게 조직된/ 나의 내면은/ 지금은 고독한 술병.”(「밤의 노래」)에서 ‘인광－눈’, ‘암흑의 지평－자유의 경계’, ‘나의 내면－고독한 술병’과 같은 중첩으로 나타난다. “유행은 섭섭하게도/ 여자들에게서 떠났다./ 왜?/ 그것은 스스로의 기원을 찾기 위하여// 어떠한 날/ 구름과 환상의 접경을 더듬으며/ 여자들은/ 불길한 옷자락을 벗어버린다.// 회상의 푸른 물결처럼/ 고독은 세월에 살고/ 혼자서 흐느끼는/ 해변의 여신과도 같이/ 여자들은 완전한 시간을 본다.// 황막한 연대여/ 거품과 같은 허영이여/ 그것은 깨어진 거울의 여윈 인상”(「1952년 여자」)에서 “회상의 푸른 물결－고독”, “여자－해변의 여신”, “황막한 연대－거품같은 허영”, “황막한 연대－깨어진 거울의 여윈 인상”과 같은 은유를 보여준다. 사물어와 관념어의 결합, 관념과 관념의 결합을 통해 현대 모더니즘의 주체의 고립과 지적 불안, 상실감에 대한 지식인의 사유와 지적 고독을 드러낸다.

　　나와 나의 청순한 아내
　　여름날 純白한 결혼식이 끝나고
　　우리는 유행품으로 화려한
　　상품의 쇼우윈도우를 바라보며 걸었다

　　전쟁이 머물고
　　평온한 地坪에서

모두의 단편적인 기억이
비둘기의 날개처럼 솟아나는 틈을 타서
우리는 內城과 悔恨에의 여행을 떠났다

평범한 수확의 가을
겨울은 백합처럼 향기를 풍기고 온다
죽은 사람들은 싸늘한 흙 속에 묻히고
우리의 가족은 세 사람

토르소의 그늘 밑에서
나의 불운한 편력인 일기책이 떨고
그 하나 하나의 지면은
음울한 回想의 지대로 날아갔다
아 창백한 세상과 나의 생애에
종말이 오기 전에
나는 고독한 피로에서
永花처럼 잠들은 지나간 세월을 위해
시를 써 본다

그러나 窓들 밖
암담한 商街
고통과 嘔吐가 동결된 밤의 쇼우윈도우
그 곁에는
절망과 기아의 행렬이 밤을 새우고
내일이 온다면
이 정막의 거리에 폭풍이 분다

— 「세 사람의 가족」 전문

　　예술을 위해서 정신적 우울은 필수적인 요인이다. 센티멘털리즘은 정신적 질병이 아니라 예술을 위한 정신 활동인 셈이다. 특히 모더니스트에게 도시는 센티멘털리즘의 우울과 고독, 그리고 개인주의적 성찰과 자신만의 사유와 고독을 드러낸다. 이렇게 해서 나타난 것이 도시에서 고독한 산책자의 몽상이다. 위의 시에서 시적 화자는 아내와 함께 여름거리에 화사한 산책을 가는 도시인으로 등장한다. "나와 나의 청순한 아내"는 "여름 純白한 결혼식이 끝나고", "유행품으로 화려한/ 상품의 쇼우 윈도우를 바라보며" 걷고 있다. 전쟁의 흔적이 남아 있지만 평온한 "地坪" 위에 전쟁의 기억은 단편적인 기억으로 "비둘기의 날개처럼 솟아"나고 시적 화자 부부는 내면의 여행을 떠난다. 이 시는 "회한", "죽은 사람", "불운", "음울", "창백", "고독", "암담", "고통", "구토", "절망", "기아"에서처럼 우울하고 무거운 정서를 드러내는 관념어들이 나열되는데 그럼에도 불구하고 현대적 도시의 멋진 거리 풍경과 한가로운 듯 고독하고 고통스럽지만 정열의 폭풍이 불어올 것 같은 대립적인 것들의 충돌로서 현대성 경험을 하게 한다. '흰색과 검은 색', '낮과 밤', '결혼의 화려함과 암담한 상가', '겨울과 백합향기', '순백과 고통', '죽은 사람들과 우리 가족 세 사람'의 교차, 즉 삶과 죽음, 풍성함과 기아, 종말과 시작의 대립적 구도 속에서 기묘하고 몽환적인 분위기를 보여준다. 이는 전쟁을 겪고 난 황폐한 거리에서 피로에 지친 인간의 소외와 고립감, 단절감을 극적으로 기호화[36]하고 있다. 이것이 무엇보다 박인환 시에 나타난 절망과 암담함이 센티멘털리즘

---

36) 조영복, 「죽음의 친화성과 단절의 언어」, 『한국 현대시와 언어의 풍경』, 태학사, 1998, 238면.

의 낭만성을 지니면서 도시적 세련된 우울이나 대도시를 외롭게 거니는 댄디 혹은 배회자의 모습을 띠게 한다는 것이다. 실제 박인환은 당시 대부분 지식인들이 그러했던 것처럼 빈한했음에도 불구하고 모던한 외양에 꽤나 신경을 썼던 사람으로 지인들은 기억하고 있다. 박인환이 부르주아 계급과 구별되면서 타협하지 않는 미학적 도시적 양식을 고집하는 엘리트적 문화 취향에 몰두했다고 볼 때 유행품이 걸려있는 상가의 쇼우윈도우를 '바라보며' 걸어가는 모습은 스스로의 제 모습을 유리에 비춰보며 나르시시즘에 젖는 댄디즘의 고상함이다. 그런 점에서 '토르소의 그늘/ 나의 생애', '불운(不運)/ 밤의 쇼우윈도우'는 현대 미학적 인공물과 자신의 실존을 결합시키는 모더니즘의 미학성이라 할 수 있다. 댄디한 현대적 자아는 단순히 현대문명 부르주아 문화에 반감을 보이며 단지 외양 가꾸기에만 그치는 것이 아니라 순간순간 삶에 충실하려는 보들레르식 자아만들기에 열중한다.[37] 그런 점에서 여름낮의 순백의 결혼식, 화려한 상품의 쇼우윈도우, 다시 동결된 밤의 쇼우윈도우의 등치와 대립은 자본주의 사회에 대한 혐오이면서 사회적 부적응, 혹은 정서적 귀족주의와 예술가적 자부심으로서의 산책, 고독한 피로(행복한 피로감)인 셈이다. 박인환 시에서 현대적 거리로 산책하는 댄디한 청년은 곧 전쟁이라는 지금 이곳 현실로서의 '로컬리즘'과 동시에 화려한 쇼우윈도우로 대변되는 도시거리의 환영 / 피로라는 '엑조티즘'을 공유하고 있다.

요컨대 박인환 시에서 지식인과 센티멘털리즘은 현대 문명과 대면

---

37) 보들레르에게 현대적 자아는 부르주아 사회에 대한 비판으로서의 '댄디즘'으로서의 자아이다.

하는 자의 마땅한 예술가적 우울이라 할 수 있는 바, 이는 철저하게 역사적 현실적 체험을 내면화한 실존적 개인의 '환영/파국체험'이라 할 수 있다. 시인은 문명어, 개념어, 관념어의 배열을 통해 문명의 환상과 황폐를 중첩시키고 기묘한 은유적 등치를 통해 시적 모더니티의 특유의 패러독스적 균형을 보여준다. 이러한 지점이 박인환 시의 심미적 모더니티이다.

3. 환유적 욕망, 교양적 허무주의와 엑조티즘

박인환의 도시 모더니즘은 문명에 대한 환상과 환멸을 드러내면서 센티멘털리즘의 기묘한 패러독스와 균형을 보여주었다. 이는 영미 모더니즘 세계관 속에서 인공성과 지적 관념을 결합하는 방식의 은유 중첩이라 할 수 있다. 이와 더불어 박인환 시에서 두드러지는 수사의 방식은 초현실주의나 다다이즘의 영향을 받은 환유의 수사학[38]이다. 박인환의 센티멘털리즘 시가 1920년 낭만주의 시와 분명한 차이는 지적 절제와 언어 기호에 대한 시인의 지적 지배로 '만들어진 시'라는 점이다. 도시 문명이 충격과 격동을 내장하고 세계가 분열을 함의할 때 언어는 의미의 통일성으로 나아가지 못하고 언어 기호의 물질성을 드러낸다. 언어 의미의 부정은 언어 기호의 놀이, 언어의 환유적 연쇄를 통

---

38) 금동철, 「환유의 수사학과 허무주의적 세계관」, 『한국현대시의 수사학』, 국학자료원, 2001, 163면. 금동철은 이 논문에서 박인환의 시가 환유의 세계관을 드러낸다고 하였는데 필자가 보기엔 은유의 중첩과 함께 환유적인 수사학도 함께 나타난다고 보인다.

한 이미지 형성으로 나아간다. 박인환 시에서 센티멘털리즘은 현실 체계에 대한 진지한 동일성을 찾지 못할 때 나타나는 서정성의 해체라 할 수 있다.

한 잔의 술을 마시고
우리는 버지니아 울프의 생애와
목마를 타고 떠난 숙녀의 옷자락을 이야기한다
목마는 주인을 버리고 **거저** 방울 소리만 울리며
가을 속으로 떠났다 술병에서 별이 떨어진다
상심한 별은 내 가슴에 가벼웁게 부서진다.
그러한 잠시 내가 알던 소녀는
정원의 초목 옆에서 자라고
문학은 죽고 인생이 죽고
사랑의 진리마저 애증의 그림자를 버릴 때
목마를 탄 사랑의 사람은 보이지 않는다.
세월은 가고 오는 것
한때는 고립을 피하고 시들어가고
이제 우리는 작별하여야 한다
술병이 바람에 쓰러지는 소리를 들으며
늙은 여류작가의 눈을 바라다보아야 한다

— 「목마와 숙녀」 중에서

박인환의 시는 흔히 불안과 죽음의식, 허무주의로 논의되는데 특히 「목마와 숙녀」는 그의 현실 도피적 허무주의라는 비판을 받아왔다. 그러나 이 시가 불안과 죽음의식이 단순한 관념주의의 추상성 차원으로 드러나는 낭만적 허무주의는 아니다. 불안은 전쟁이라는 외부 세계의 경험으로부터 생겨나는 것이지만 주관적이고 현실을 보는 내적 체험의 질서에 의해 새로운 실존적 글쓰기의 방식을 찾아가는 정조이다. 박인환은 현실과 상상의 틈바구니에서 환상적 형식의 길을 추적하며 그것을 미학적 차원으로 이끌어나가기를 원한다. 실제 박인환 시에서 '환상'이란 단어는 '고독'이란 단어만큼 자주 등장한다. "알래스카에 다녀온 갈매기처럼/ 나의 **환상**의 세계를 휘돌아야 한다."(「15일간」), "갈매기들이 나의 가까운 시야에서 나를 조롱한다./ '**환상**'/ 나는 남아 있는 것과 잃어버린 것과의 비례를 모른다"(「태평양에서」) 또한 박인환의 시에서 "센티멘탈"[39]이란 단어도 종종 등장하는데 "아 **센티멘탈** 저니"(「센티멘탈 저니」), "서울로 빨리 가고 싶다고/ **센티멘탈**한 소리를 한다"(「어느 날의 시가 되지 않는 시」) 등이다. 박인환은 현실의 경계를 넘어 환상의 형식 속에서 센티멘털리즘의 심미성을 극대화하고자 한다. 이것은 이미지의 연쇄, 환상과 회상의 교차 속에서 가능하다. 이는 박인환이 산문에서 이미 언급했던 "불안과 희망"[40]의 양극에서의 망설임, 그 속에서 '환상'의 형식과 '고독'의 형식을 결합시키고자 한다. 「목마와 숙녀」는 이와 같은 현대적 고독과 현대적 환상의 복합성을 결합시킨다. 박인환은 "시란 모순의 확대인 경우도 있지 않는가."라고 언급하며 조병화 시를 언급하는 서평에서 "시를 쓰는 것만이 그의 고독을 풀어주는 열쇠"이며 "시인에게서 압제할 수 없는 것은 향수와 페시미즘이며 결코 우리는 이것을 배격할 수는 없을 것이다."[41]라고 말한다. 페시미즘

---

39) 영국작가 스턴이 요양여행을 가서 쓴 기행문의 제목으로 이후 센티멘탈이라는 어휘를 유행시킨다.
40) 박인환, 『박인환 선시집』, 산호장, 1955, 238~239면.

과 센티멘탈의 유행 속에서 박인환이 찾는 시쓰기의 고독은 끈질기게 허무주의를 내재하고 글쓰기와 사유에 대한 지속적인 성찰을 하는 것이라 할 수 있다.

「목마와 숙녀」에서 시적 방점은 의미의 전달성과 메시지의 핵심에 놓여 있지 않다. 시는 근원을 알 수 없는 슬픔과 외로움, 그 분위기를 읽게할 뿐이다. 페시미즘과 고독의 교양주의를 위해 시인은 "한 잔의 술"[42]을 준비하고 다시 동양의 작은 나라에서 저 먼 원경의 영국 여류 소설가[43]를 떠올린다. 버지니아 울프의 소설은 삶의 고독을 미묘한 감정의 명암으로 이끌어가는 소설인데 이 지점을 박인환이 사로잡힌 지점으로 유추해볼 수 있다. 우선 이 시에 등장하는 시적 대상들 '버지니아 울프', '목마', '숙녀의 옷자락', '별이 떨어지는 술병', '청춘을 찾는 뱀' 등은 엑조티즘 지향이 센티멘털리즘과 결합한 국면이다. 그리하여 "세월은 가고 오는 것", "상심한 별" 등에서의 페시미즘은 서구취향의 교양주의, 도시적 댄디즘과 결합함으로써 고독의 귀족주의와 지적 엘리티즘을 완성한다. 그것은 페시미즘을 세계에 대한 극단적 비관으로

---

41) 박인환, 「시에 대한 몇 가지 생각―『사랑이 가기 전에』와 『동토』에서」, 조선일보, 1955. 11, 28~29면.

42) 박인환의 시에서 '술'이 자주 등장한다.

43) 버지니아 울프는 19세기 말에서 20세기 초(1882~1941)에 걸쳐 있던 시절, 빅토리아 시대 지적 귀족을 대표하는 집안에서 태어났다. 시에 나오는 『등대로』는 페미니즘 소설의 효시로 일컬어진다. 그녀의 소설은 조금은 귀족적이고 조금은 탈속적이다. 감정의 명암에 대한 미묘하고 정확한 감각을 지닌 문장에도 불구하고 소설의 분위기는 늘 어둡다. 삶의 고독과 남과 함께 할 수 없는 오뇌, 이것이 그녀의 소설의 밑바탕을 흐르고 있다고 말해지기도 한다(신경림, 「시인을 찾아서 15 젊음과 슬픔과 리듬의 시인 박인환」, 『초등우리교육』 통권 82호, 1996. 12, 94면).

몰아가지 않는 센티멘털리즘의 '지적 흥분'으로서의 고독이라 할 수 있다.

'한잔의 술 → 버지니아 울프 → 목마 → 숙녀의 옷자락 → 주인 → 방울소리 → 가을 → 술병 → 별 → 상심한 별 → 내 가슴 → 소녀 → 초목 → 문학 → 인생 → 사랑 → 애증 → 목마 → 사랑 → 세월 → 고립 → 작별 → 술병 → 바람 → 여류작가의 눈'은 환유적 연쇄 이미지를 옮겨가면서 시적 아포리즘과 분위기를 압도해 나간다. 이와 같은 환유적 연쇄는 다음 시에서도 나타난다.

> 주말 여행
> 엽서……낙엽
> 낡은 유행가의 설움에 맞추어
> 피폐한 소설을 읽던 소녀.
> (…중략…)
> 세월은 관념
> 독서는 위장
> 거저 죽기 싫은 예술가

— 「센티멘탈 저니」 중에서

이 시에서도 '주말 여행 → 엽서 → 낙엽 → 낡은 유행가 → 설움 → 피폐한 소설 → 소녀 → 세월 → 독서 → 예술가'와 같은 환유적 욕망이 등장한다. 이때 등장하는 시적 대상들은 한결같이 서구적 소재다. 주말여행, 엽서, 유행가, 소설, 소녀, 독서, 예술가는 모두 서구 근대화에 의해 형성된 구성물이다. 도시적 문물과 교양취미를 드러내는 소재들을 어떤 인과적 필연성 없이 연결, 나열하고 있다. 이것은 댄디한 페시미즘이라 할 수 있다. 이와 같은 댄디한 페시미즘이 박인환의 시를 무거운 허무주의로 이끌지 않는 원인이 된다.

「목마와 숙녀」에서도 살폈듯 삶에 대한 가벼운 체념과 허무주의가 센티멘털리즘을 심미성으로 이끄는 요인이 된다. 목마는 "거저" 방울만 울리고 미래는 "거저" 간직하고 인생은 "거저" 잡지 표지처럼 통속하다. 박인환 시에서 "거저"는 자주 등장하는데 "**거저** 옛날로 가는 것이다"(「센티멘칼 저니」), "아무 회한도 거리낌도 없이 **거저**/ ……/ 옛날이 아니라 **거저** 절실한 어제의 이야기"(「새로운 결의를 위하여」)를 생각해 볼 수 있다. 박인환이 사용하는 '거저'라는 부사는 목적과 의도가 분명히 나타나지 않는 '우연성의 세계'로 이끌어간다. '거저'는 어떤 의지나 절실함도 허무의 소용돌이 속에 빠트려 버리는 전쟁체험이 무의식적으로 이끌어낸 어휘이다.44) 비극적 현실인식 속에서 체념과 운명적 한탄을 드러내는 어휘이다. 단정적 의지의 무의미성을 알아버린 현실인식을 드러낸다. 그런 점에서 '거저'는 극단적 현실의지가 아닌 교양적 서정으로서의 페시미즘과 가벼운 허무로서의 센티멘털리즘을 암시한다. 삶은 '이미' 통속적이며 세월은 가고 오는 것이며 세계에 대한 낙관적 전망도 비관적 단정도 굳이 유예된 상황, 극단적 현실주의도 아니면 극단적 냉소주의도 아닌 이와 같은 유예된 슬픔은 어디에서 비롯된 것

---

44) 박현수, 「전후 비극적 전망의 시적 성취」, 『한국 모더니즘 시학』, 신구문화사, 2006, 257면. "'그저(거저)'라는 말은 "어떤 이유 목적 없이 아무 생각 없이"라는 의미를 지닌다. 확립된 사념이 없는 필연적으로 존재하는 것이 있을 수 없는 세계"를 암시한다.

일까.

　이는 박인환이 탐독하는 서적과 그 풍경에서 비롯되었다 할 수 있다. 박인환은 "서적은 황폐한 인간의 풍경에 광채를 띄웠다/ 서적은 행복과 자유와 어떤 지혜를/ 인간에게 알려주었다"(「서적과 풍경」)라고 노래한다. 일제식민강점기 때부터 유학생들을 통해 서구 사상과 지식을 수용해 왔던 터, '마리서사'를 운영했던 박인환의 책에 대한 탐닉은 충분히 짐작이 가고도 남는다. 박인환은 서양 지식, 특히 미국 잡지와 서적에서 당대 지식을 수용하는 화려한 문학적 경력을 보여준다. 이는 그가 단순히 '코스츔'으로서 겉멋이었다고만은 말할 수 없는 근거가 된다. 박인환의 '책'에 대한 몰입은 그의 시에 난해한 현대 용어들이 나열되는 사정만 보아도 알 수 있다.45) "낡은 雜誌의 표지처럼 通俗"한 세상이지만 박인환은 '서적'을 통해 세상을 인식하고 지식과 문명을 발견한다. 김수영 시에 나타나는 수많은 잡지들과 박인환 시에서의 책과 활자들, '서적'은 이념의 혼란, 서구문명의 격변기에 주체의 자아 구성을 가능하게 해 주는 중요한 이념의 환상이 된다. 그런 점에서 박인환은 서적 환상을 통해 서구 지식 환상을 작동시킨다. 책 속의 지식은 관념과 상상력으로 작동하면서 현실의 페시미즘은 교양주의로서의 센티멘털리즘을 완성한다. 이때 도시적 페시미즘으로서의 센티멘털리즘은 서구적 취향으로서의 상상적 낭만성을 지니면서 심미화된다. 서적 환상과 상상은 서구 역사 지식46)을 전해주는 동시에 센티멘털리즘을

---

45) 조영복, 「근대 문학의 '도서관 환상'과 '책'의 숭배─박인환의 서적풍경을 중심으로」, 『한국시학연구』 제23호, 한국시학회, 2008. 12, 358면.
46) "1951년의 서적/ 나는 피로한 몸으로 백설을 밟고 가면서/ 이 암흑의 세대를 휩

환유적 이미지로 구성하는 한 매개가 된다. "목마는 하늘에 있고/ 방울 소리는 귓전에 철렁거리는데/ 가을바람소리는/ 내 쓰러진 술병 속에서 목 메어 우는데"에서 '목마'의 상징성과 애매성, '목마의 방울소리'의 환각성이 환유적 이미지의 연쇄로 이어지면서 시적 환상과 상상력을 엑조티즘으로 완성시킨다.

요컨대 박인환 시에서 현실이 사라지고 서적의 환상이 대신 자리 잡으면서 시적 몽환이 형성되는 것은 이와 같은 서적 환상에서 나오는 '환유적 욕망'과 연결된다. 이것이 당시 50년대 지식인들의 지적 사변성을 만들어내는 바탕이 된다. 박인환의 센티멘털리즘이 무엇보다 이와 같은 서적 환상, 서구취향에 대한 댄디즘으로 형성되었다는 말은 실제 당시 모더니스트들이 거닐었던 '도시'가 결코 이와 같은 현실풍경을 띠지 못했다는 데도 이유를 찾을 수 있다. 당시 도시는 이농과 월남 등 인구 이동에 의해 진행되어 오히려 도시 빈곤을 초래하였으며[47] 도시 공간 자체에서 새로운 근대적 체험을 발견하는 데는 분명한 한계가 있었다. 이런 사정을 생각해본다면 박인환 시는 현실적 국면을 외면한 도피적 감상성으로 보일 수도 있다. 하지만 박인환은 오히려 현대문명과 도시적 감각을 센티멘털리즘의 미적 전략으로 삼으면서 비관적 허무주의를 넘어서는 시쓰기의 한 미학성을 드러내고자 하였다. 초현실주의적 다다이즘은 현실의 불확실성에 대한 수사학적 대응이며 환유적 욕망은 서정적 동일성을 해체하면서 현실의 부정과 불안을 미

쓰는/ 또하나의 전율이/ 어데 있는가를 탐지하였다."(「서적과 풍경」)
47) 김도종, 「정부수립 초기 사회 경제구조 변화와 사회의식」, 『한국현대사의 재인식 3』, 오름, 1998, 136~138면.

학적으로 완성하는 한 방식이다. 요컨대 박인환의 센티멘털리즘과 환유적 욕망은 시적 심미성을 구성하면서 유토피아적 동경과 시쓰기의 심미적 탐색을 보여준다.

4. 결론

박인환의 시는 오랫동안 김수영의 경멸적 폄하 이후 감상성과 서구추수의 피상성으로 평가절하 되어 왔다. 최근 연구에서 박인환 시에 대한 '리얼리즘적 접근'이 이루어진 것도 사실이다. 해방과 전쟁 속에서 남한 지식인 개인주체는 신식민화에 대한 공포와 제국주의적 신문물의 이입에 따른 또 다른 환상과 환멸의 이중적 욕망에 봉착하게 된다. 이 가운데서 이념 전쟁이후 남한은 국가이데올로기의 강화 속에서 '국민'으로서의 강력한 개인 호명을 시도하며 자유롭고자 하는 개인 주체를 또다시 억압한다. 박인환은 외국서적과 잡지로 가득 차 있던 고서점 '마리서사'를 운영하면서 당대 많은 이념을 넘어선 문인들과 함께 전후 모더니즘의 새로운 시적 실험을 시도하고자 한다.

본 논문은 지금까지 단순한 허무주의의 관념적 추상성에 빠져있다는 박인환의 센티멘털리즘에 대한 새로운 접근을 시도하고자 하였다. 박인환은 문명어와 관념어를 은유 중첩으로 센티멘털리즘의 상실감을 드러낸다. 불안을 지적인 불안, 지적 절제로 드러낸다. 또한 센티멘털리즘을 서구 문화취향적 환상과 겹쳐놓음으로써 환유적 이미지의 상상적 구성을 극대화한다. 이와 같은 은유적 중첩과 환유의 욕망은 시의 이미지를 역동적으로 심미화하는 요인이 된다. 박인환 시는 해방과 전후 서적과 견문으로 얻은 세계문명적 시각 속에서 한국 현대시를 통해 어떤 미적 현대성을 실험해야 하는가 하는 지점을 극명하게 보여준 예다. 박인환의 시는 1950년대 로컬리즘과 엑조티즘의 충돌을 보여주면서 '센티멘털리즘'의 현대적 심미성을 드러내는 전위적 시도라 할 수 있다.

전후 비극적 전망의 시적 성취

—박인환론

1. 서론

10년을 단위로 문학사의 시기를 구분하는 것이 불합리할 수 있겠지만, 그것이 1950년이나 1960년일 경우는 상황이 다르다. 1950년대는 한국전쟁으로, 1960년대는 4·19혁명으로 시작되어 그것이 역사의 흐름을 결정하였기 때문이다. 특히 1950년은 해방 이후 국가 건설이라는 거대한 기획의 무한한 가능성을 발견하면서 동시에 현실적 카오스 속에서 그만큼의 절망을 읽어야 했던 해였다. 즉 해방 공간에 내재한 엄청난 균열을 극단적인 방법으로 확인하며, 그 공간을 미완으로 완료할

---

* 박현수 / 경북대학교 국어국문학과 교수

수밖에 없는 해였다. 만일 시대소(時代素)라는 것이 있다면, 우리 문학의 경우 1950년대의 시대소는 당연히 그 극단의 균열이 만들어낸 '전쟁'이다. 박인환이 스스로 인정하였다시피, "정치나 경제뿐만 아니라 문화면에서도 전쟁이 던져주는 영향은 재언할 바도 없이 막대한 것"[1]이기 때문이다.

1950년대의 이념을 가장 잘 구현하고 있는 시인, 즉 가장 50년대 다운 시인은 누구일까. 그는 그 시대소인 '전쟁'의 본질을 가장 잘 체득하고, 작품으로 가장 적절하게 구현한 사람이어야 한다. 그리고 더 엄격하게 그 공간 속에서 자신의 모든 것을 보여줄 수 있어야 한다. 그렇다면 박인환이 적격이다. 몇 편의 작품을 해방공간에서 발표하였지만, 이후의 작품 세계는 1950년대에 철저하게 귀속되어 있었다. 그리고 그의 생애는 1950년대로 완료되었다. 그는 1955년에 그의 유일한 시집 『선시집』을 내고, 1956년 3월에 심장마비로 세상을 떠났다. 그는 전쟁을 몸으로 읽고 머리로 정리하기에 직접적이면서도, 그 의미가 퇴색하기 직전의 적절한 시기, 전쟁 종료 후 3년 정도의 시간을 방황하다가 전후의 세계를 떠났다.

그동안 박인환의 시에 대해서는 부정적인 평가가 압도적이었다.[2] 이런 입장에 따르면 그의 시는 "어휘력의 빈곤, 이미저리의 불통일, 경박한 멋내기"[3]라는 치명적인 약점을 지닌 것이다. 이런 평가는 김수영의

---

1) 박인환, 「사르트르의 실존주의」, 『신천지』, 1948. 10.
2) 부정적인 평가는 다음의 논문이 대표적이다. 이주형, 「박인환시고」, 『국어교육연구』 10, 1978 ; 이동하 편저, 『목마와 숙녀와 별과 사랑―목마와 숙녀와 별과 사랑』, 문학세계사, 1986 ; 정재찬, 「예술가의 초상에 관하여―박인환론」, 구인환 외, 『한국전후문학연구』, 삼지원, 1995.

신랄한 비판에 힘입은 바 클 것이다. 그는 박인환을 회고하는 글에서 "그(박인환)처럼 시인으로서의 소양이 없고 그처럼 경박하고 그처럼 값싼 유행의 숭배자는 없었"[4]다며 박인환을 공개적으로 경멸한 바 있다. 그러나 김수영의 인신공격적 발언은 미묘한 경쟁의식의 소산으로 보이는 측면이 많아 전적으로 신뢰하기 힘들다.[5] 박인환 역시 이런 혐의로부터 자유롭지 않다. 그도 김수영에 대해 그렇게 우호적이지 않았던 것 같다. 그는 「센치멘탈・쨔-니」[6]라는 시를 『신태양』에 발표할 때 마치 김수영을 센티멘탈 쟈니라고 부르듯이 "洙暎에게"라는 부제를 붙이고 있다. 그 시 속의 "세월은 관념/ 독서는 僞裝/ 그저 죽기 싫은 예술가"라는 구절은 김수영에 대한 비난으로 보아도 무관하다고 할 수 있다. 그러나 김수영이 박인환 사후에 영향력이 커지면서 그의 부정적인 평가가 많은 선입견을 만들었다는 사실은 부정할 수 없을 것이다.

'겉멋', '피상성'이라는 이름으로 대표되는 부정적인 평가에는, 김수영의 이런 지적 외에도 박인환의 대중적 명성도 일조를 하였다. 그러나 대중성을 획득하게 만든 「목마와 숙녀」, 「세월이 가면」 등의 작품들이 그의 시적 본령과 무관한 것은 아니지만, 이 시들에 특히 강조되어 있는 감상성이 그의 다른 시들에 대한 치밀한 독서를 방해하였던

---

3) 이동하, 앞의 책, 33면.
4) 김수영, 「박인환」, 이동하 편저, 앞의 책, 94면.
5) 박인환과 김수영의 미묘한 경쟁의식에 대해서는 한명희, 「박인환과 김수영, 그 영향의 수수 관계」(『어문론총』 43, 한국문학언어학회, 2005) 참조. 이동하의 평전은 김수영의 신랄함을 무비판적으로 수용한 논의로 균형감각에 있어서 아쉬운 점이 많다.
6) 박인환, 「센치멘탈・쨔-니―洙暎에게」, 『신태양』, 1954. 7. 그러나 일 년 후 발간된 『선시집』에서 이 부제는 사라진다.

것은 사실이다. 문제는 기존의 평가가 이와 같은 박인환 시의 부정적인 일부분을 지나치게 강조한 것이며, 주로 가십 차원의 에피소드 중심이었다는 점에 있다. 많은 논자들은 이런 일면적 인상에 기반을 둔 기존의 평가를 반복하는 수준에서 박인환을 다루고 있다.

이와 달리 긍정적인 시각에서 접근한 논의는 그다지 많지 않으나 시간이 지날수록 더욱 확산되고 있다는 점에서 주목할 만하다.[7] 이런 시각은 기존의 '겉멋' 혹은 '피상성'이라는 단선적인 평가를 넘어서서 "모더니즘의 다양성과 가능성"의 확보,[8] "전쟁 체험의 실존적 의미를 '시적 글쓰기'를 통해 반성적으로 구현해 낸" 드문 경우[9]로 박인환의 시적 성취를 긍정적으로 평가한다. 그러나 긍정적인 측면을 부각시키려는 새로운 시도는 종종 자료의 정치한 분석이 뒷받침되지 않은 측면이 많다는 점에서 일정 부분 한계를 지닌다. 이 글은 긍정적인 입장을 비판적으로 계승하여 지금까지 평가절하된 박인환 시의 새로운 측면을, 기존에 알려진 작품 및 새로 발견된 작품과 자료들을 중심으로 논의하고자 한다.[10]

---

7) 송기한, 「역사의 연속성과 그 문학사적 의미―박인환의 경우」, 문학사와 비평연구회 편, 『1950년대 문학연구』, 도서출판 예하, 1991 ; 한계전, 「50년대 모더니즘 시의 가능성」, 『한양어문』 13, 한양어문학회, 1995 ; 조영복, 「죽음의 친화성과 단절의 언어」, 『한국 현대시와 언어의 풍경』, 태학사, 1999.
8) 한계전, 위의 글, 307면.
9) 조영복, 앞의 책, 263면.
10) 기존의 전집에 실리지 않은 시와 산문이 꽤 발굴되었으며, 이는 문승묵 편, 『박인환 전집―사랑은 가고 과거는 남는 것』(예옥, 2006)에 정리되어 있다. 시보다는 산문이 압도적으로 많은데, 시와 관련된 산문은 몇 편 되지 않고 대중적인 영화평이 주를 이루고 있다. 기존의 작품집에 실리지 않은 새로운 시 작품 목록은 다음과 같다.

2. 해방공간의 시와 진보 이념과의 친연성

박인환이 시작 활동을 시작한 것은 해방 이듬해인 1946년, 해방공간이었다. 현재까지 확인된 바에 의하면 그는 해방공간에서 11편 정도의 작품을 발표하였다. 「거리」(1946), 「남풍」(1947), 「인천항」(1947), 「사랑의 Parabola」(1947), 「나의 생애에 흐르는 시간들」(1948), 「일곱 개의 층계」(1948), 「인도네시아 인민에게 주는 시」(1948), 「지하실」(1948), 「언덕」(1948), 「전원시초」(1948), 「열차」(1949), 「정신의 행방을 찾아서」(1949) 등이다.[11] 이들 작품에는 대부분 현실에 대한 시인의 발언이 강조되어 있다. 현실에 대한 강렬한 비판 정신과 이에 기반을 둔 미래 지향적 전망 등이 이 시들의 주저음이다. 그리고 몇몇 논자는 이런 시 세계에서 상당한 가능성을 찾고 있다. 「남풍」을 성공적인 작품으로 평가하며, "이러한 작품 세계를 좀 더 끈질기게 추구했더라면 그는 우리 현대시에 좀 더 큰 자취를 남길 수 있었을지 모른다."[12]며 아쉬워한 논의가 그 중 하나이다.

해방공간의 시에는 새로운 세계에 대한 기대와 열정이 표현되어 있다. 식민지의 예속에서 예기치 않게 맞이한 해방은, 모든 잠재력을 무

「언덕」(동시), 『자유신문』, 1948. 11. 25 ; 「1950년의 만가」, 『경향신문』, 1950. 5. 16 ; 「봄은 왔노라」, 『신태양』, 1954. 3 ; 「봄 이야기」, 『아리랑』, 1955. 4 ; 「주말」, 『시작』, 1955. 5 ; 「인제」, 『조선일보』, 1956. 3. 11 ; 「삼일절의 노래」, 『아리랑』, 1957. 4.

11) 『박인환 선시집』에 실린, 발표일자가 알려지지 않은 작품 가운데 「자본가에게」, 「문제되는 것」, 「식민항의 밤」, 「최후의 회화」 등은 시의 내용상 전쟁 이전에 쓰인 작품으로 추정할 수 있다.

12) 이동하, 앞의 책, 35면.

제한적으로 실현시킬 수 있을 듯한 열정적인 에너지로 해방공간을 충일하게 만들었다. 이 속에서 문인들은 정치와 문학이 혼융된 상태에서 저마다 나라만들기의 프로젝트를 기획하고 느슨하나마 조직적 행동을 통하여 실천방향을 모색하였다. 이런 열정적 기획 속에서 나온 것이 박인환의 시들이라 할 수 있다. 그 시들은 미래에 대한 밝은 전망으로 가득하다. 이런 경향을 가장 잘 보여주고 있는 것이 「열차」일 것이다. 스티븐 스펜더의 작품을 인용하고 있는 이 작품은 "가난한 사람들의 슬픈 慣習과/ 封建의 턴넬 特權의 帳幕을 뚫고", "光線의 進路"를 따르는 열차를 통해 새로운 가능성으로 충만한 해방공간 속에서의 기대와 열정을 표현하고 있다. 이 시에서 그는 이 열차가 도달할 곳, 즉 나라만들기 프로젝트의 목표를 비유적으로 제시하고 있는데, 그곳은 "혜성보다도/ 아름다운 새날보다도 밝게" 빛나는 곳으로 그려진다. 이외에도 해방 공간의 시는 이와 유사한 전망으로 시종일관하고 있다.

　박인환이 보여준 이런 전망을 두고 일시적 기분에 의한 현실추수적 경향으로 치부하는 기존의 평가는, 그의 현실비판적 경향이 일관성이 있으며 구체적인 측면을 뚜렷이 보여준다는 점에서 재고되어야 한다. 사화집 『새로운 도시와 시민들의 합창』에 실린 5편의 시는 모두 일관된 현실 인식을 바탕으로 삼고 있다. 자신의 이념적 지향을 보이는 듯 사화집 모두에 놓인 작품 「지하실」은 "도시의 지평에서 싸우고" 온 "우리"의 미래에 대한 굳건한 믿음을 보여주며, 「열차」는 진보적 이념을 희망적으로 제시하고 있다. 또한 「인천항」은 일제로부터 벗어난 인천항이 다시 제국주의의 식민지로 전락해가는 모습에 우려를 나타내고, 「남풍」, 「인도네시아 인민에게 주는 시」는 외국(말레이지아, 인도네시아)의 현실을 빌어 우리의 현실을 비판하고 있다. 이들 시에는 부정적인 현실에 대한 일관된 비판과 미래에 대한 낙관적 전망이 공통적으로 드러나고 있다.

이들 시뿐 아니라 개인적인 사랑을 다루고 있는 것처럼 보이는 「사랑의 Parabola」(『새한민보』, 1947. 10)라는 작품도 단순한 연애시가 아니라 앞에서 다룬 해방공간의 현실 인식을 보여주는 시라 할 수 있다.

> 어제의 날개는 忘却 속으로 갔다./ 부드러운 소리로 窓을 두들기는 햇빛/ 바람과 恐怖를 넘고/ 밤에서 맨발로 오는 오늘의 사람아// 떨리는 손으로 안개 낀 時間을 나는 지켰다./ 희미한 등불을 던지고/ 열지 못할 가슴의 門을 부쉈다.// 새벽처럼 지금 幸福하다./ 周圍의 血液은 살아 있는 人間의 眞實로 흐르고/ 感情의 運河로 漂流하던/ 나의 그림자는 지나간다.// 내 사랑아/ 너는 찬 氣候에서 긴 行路를 시작했다. 그러므로/ 暴風雨도 서슴치 않고 慘酷마저 무섭지 않다.// 짧은 하루 허나/ 너와 나의 사랑의 抛物線은/ 權力 없는 地球 끝으로/ 오늘의 位置의 延長線이/ 노래의 形式처럼 來日로/ 自由로운 來日로……

—「사랑의 Parabola」 전문

이 시에서 화자가 부르고 있는 "내 사랑"은 단순한 연인으로 읽기에는 너무 무겁다. 그는 감상적인 연정 속에서 가볍게 오는 사람이 아니라, "바람과 恐怖를 넘고/ 밤에서 맨발로 오는 오늘의 사람"이기 때문이다. 그는 "바람과 공포"를 극복하고 시련의 시간인 밤을 견디어 낸 투사의 이미지를 지닌다. 그를 맞이하기 위해 시적 화자는 "안개 낀 시간"을 지키고, 마음의 빗장을 열 정도의 열정을 바친다. "안개 낀 시간"은 그를 기다리기 위해 견디어야 할 부정적인 현실, 지양되어야 할 불투명한 현실의 비유로서, 서문의 "안개낀 현실"[13]과 유사한 의미를 지닌다. 그러나 "내 사랑"의 등장과 더불어 부정적인 이미지는 사라지고, 화자는 "새벽처럼 지금 행복하다"고 말할 수 있게 된다. 많은 의미를 함축하고 있는 이 구절은 앞에 등장한 '밤'이라는 어휘와 대조를 이루면서 시적 전망을 낙관적으로 전환시킨다. 이제 불투명한 시간은 "너와 나의 사랑"을 통하여 "자유로운 내일"로 이어지는 것이다. 이처럼 이 시는 그동안 '겉멋' 부린 감상적인 연애시로 다루어져 주목받지 못하였지만, 구체적으로 분석해볼 때 철저한 현실 인식을 시적으로 형상화한 작품이라 할 수 있다.

해방공간의 시들이 박인환 시의 출발점에 있다는 사실은 중요하다. 물론 해방공간의 흥분과 열정, 그리고 당연히 뒤따르는 현실에 대한 관심, 이것은 해방 공간에 들어선 모든 시인의 특성이자 당대 시의 주류적 경향이기도 하였다는 점에서 그 변별성이 다소 미약한 감이 있다. 그러나 해방공간에 발표된 당대의 다른 시들과 비교해볼 때 오히려 박인환의 시가 질적으로 비교우위에 놓인다는 점을 간과해서는 안 될 것이다.

박인환의 현실 인식은 그냥 한두 편의 시에서 일회적으로 나타나는 것이 아니라, 앞에서 살펴본 바와 같이 일관된 이념적 지향을 바탕으로 이루어졌다는 사실이 중요하다. 그가 겉멋으로 현실 비판적인 시를 쓴 것이 아니라 어떤 뚜렷한 지표를 지니고 있다는 점이 주목되어야 한다. 그래서 앞에서 다룬 「열차」라는 작품에 나오는 열차의 지향점,

---

13) 김경린 외, 『새로운 도시와 시민들의 합창』, 도시문화사, 1949, 53면.

즉 "列車가 지나온/ 커다란 苦難과 勞動의 불"이 "혜성보다도/ 아름다운 새날보다도 밝게" 빛나는 곳에 대한 구절을 달리 읽을 수 있다. 고난을 이겨내고 성취할 노동의 불은, "인민의 해방"을 갈구하는 「인도네시아 인민에게 주는 시」나 자본가를 비판하는 「자본가에게」의 사유와 동궤에 놓이는 것으로, 이는 임화가 주창한 인민민주주의 민족문학론의 사상적 지향과 연계될 만하다. 「열차」라는 시에 얼핏 등장하는 반봉건, 친노동자적 사유는 이런 경향이 녹아든 것이라 할 수 있다. 그래서 초기시들에 보이는 낙관적 전망에서 "조선문학가동맹의 창작지도노선인 진보적 리얼리즘, 그리고 임화의 평문 「문학의 인민적 기초」에서 제기된 창작방법"14)을 읽어내는 논의는 단순한 비약이라 할 수 없을 것이다. 그가 계급에 대한 뚜렷한 인식을 지니고 있었음은 당시에 발표된 그의 산문에서도 확인되는 바이다.

> 우리는 아메리카인의 기계화되고 모노프리화된 영화 가치보다도 흥행 가치에 중점을 둔 영화로 잠시간은 재미있게 보내나 그 영화가 우리에게 주는 한 가지 의문은 자기 계급이 어디 있는지 똑바로 생각하라는 것이다. (…중략…) 아메리카 영화에 있어서는 탄압을 당한 몇 명의 예술가의 영화 외에서 모두 우리의 사상보담도 퇴보된 것을 그리고 있다. (…중략…) 옛날 영화에는 혁명을 취급한 것, 농업 개량과 경영에 관한 것, 인종 문제와 지리적 해방 또는 노동자의 생활을 그린 영화도 간혹 있었으나 요즘에는 겨우 인간 생활과 죽음의 신비 정도의 영화를 만들고 만족하는 모양이다.

---

14) 송기한, 앞의 글, 156면. 이에 대한 반론으로 김영철, 「박인환의 현실주의 연구」, 『관악어문연구』 21집, 서울대학교 국어국문학과, 1996 참조.

　　나는 또 다시 아메리카 영화가 영화 예술과 오락의 발전을 위하여 새
로운 단계로 들어가고 기계문명의 지반을 벗어나기를 급하게 애쓰라는
것을 말하고 싶다. 그러면 아메리카 영화를 불안 없이 자본주의 문화일
지언정 사랑하는 마음으로 감상할 수 있을 것이다.[15]

　　미국 영화의 특성과 한계를 명쾌하게 해명하고 있는 이 글에서 박인
환은 미국 자본주의 영화를 볼 때 주의할 사항으로 "자기 계급이 어디
있는지 똑바로 생각하라는 것"을 든다. 영화 감상에 있어서 자기 계급
의 정체성을 인식해야 한다는 주장은 흥행 위주의 자본주의 문화에 대
한 비판적 준거를 계급의식적인 시선에서 찾고 있음을 암시한다. 글의
성격상 계급의 문제를 이론적 관점에서 뚜렷하게 적용하지 않고 있지
만, 글의 전반적인 흐름을 고려할 때 영화 감상에 있어서도 계급의 시
각을 빌려 비판적 거리를 유지하려는 태도에서 진보 이념에 대한 그의
친화적 입장을 읽어낼 수 있다. 마지막 부분에 보이듯이 그는 자본주
의 문화에 대한 비판적 자세를 분명하게 드러내며, 그런 자세의 바탕
에 놓인 "우리의 사상"에 대한 자부심을 보여준다. 이때 그 사상이란
위의 글이 발표된 시점을 고려하면, 1946년 2월 통합된 진보적 좌파
문학단체인 조선문학가동맹의 사상과 동궤에 놓인다고 할 수 있다.

　　이와 관련해서 박인환과 관련된 유엔한위의 미국무부 보고문서에
주목할 필요가 있다. 이 문건은 당시 유엔한위 출입기자들의 사상 문
제와 관련하여 남로당 당원으로 활동한 혐의가 있는 기자 5명을 한국
경찰이 체포한 사실을 다루고 있다.[16] 해당 문건에 따르면 그 다섯 명

---

15) 박인환, 「아메리카 영화 시론」, 『신천지』, 1946. 5.

은 최영식(서울타임스), 심래섭(국도신문), 박인환(자유신문), 허문택(조선중앙
일보), 이문남(고려통신)[17] 등이다. 그러나 당시 신문기사에 따르면 이 중
최영식, 이문남, 허문택만이 재판에 회부되어 징역 2년에 집행유예 2년
이라는 형을 받게 된다.[18] 박인환과 심래섭은 재판에 회부되지 않은
것으로 나타난다. 박인환은 체포 후 무혐의로 풀려난 것으로 보인다.[19]
그러나 이 문건에는 그들이 남로당원임에 틀림없음을 증명하는 모윤
숙의 편지도 함께 들어 있는데, 당시 유엔한위의 연락원으로 활동하던
그녀는 "언급된 5명의 기자들이 남한의 주도적인 공산주의 정당인 남
로당의 평당원("the normal member of the southern Korean Labor Party")이며, 이

---

16) 관련 문서는 두 건인데, 하나는 1949년 7월 19일자 유엔한위의 미국무부 보고
    문서(제목이 없으나 국사편찬위원회 홈페이지에서는 "신문기자 체포"로 붙이고
    있다. 다음은 그에 따른 문서명이다 : 1949년 7월 19일자 서울(무초)에서 국무장
    관에게, "신문기자 체포" / Seoul(Muccio) to Secretary of State, 19 Jul 49, "Arrest
    of newspaper reporters")로서, 체포사실을 간단하게 알리는 보고문이다. 다른 하
    나는 1949년 7월 28일자 보고문서로 제목은 "유엔한위에 알려진 기자 5명 체포
    ("Arrest of five reporters accredited to UNCOK")"이다. 이 두 번째 문건은 제목
    과 요약문이 실린 표지와 4건의 첨부문서(1. Letter from UNCOK to Clarence
    Ryee, 2. UNCOK document, 19 July 1949, 3. UNCOK document, 20 July 1949,
    4. Letter to UNCOK from C. C. Ryee. 이 중 제3의 문건이 모윤숙의 편지이다)
    로 구성되어 있다. 이 문서는 "국사편찬위원회" 홈페이지에서 이미지자료로 확
    인할 수 있다.
17) 보고문의 불확실한 신문명(Seoul Times, Korea Press)은 방민호 교수의 조사에 의
    거하여 수정하였다. 방민호, 「박인환 산문에 나타난 미국」, 문승묵 편, 『박인환
    전집－사랑은 가고 과거는 남는 것』, 예옥, 2006, 604~605면.
18) "崔永植 記者 等에 二年懲役을 求刑", 『동아일보』, 1949. 9. 2 ; "崔永植 等 言渡公
    判", 『동아일보』, 1949. 9. 3.
19) 그의 무혐의 석방은 사상적 무혐의라기보다 주위 사람의 도움으로 가능한 것이
    아니었을까 추정해볼 수 있다. 회고에 따르면 전쟁 이후의 일이긴 하지만, 그의
    처삼촌인 이순용이 내무부 장관이 되어 박인환이 인사 관련 청탁을 받은 일도
    있다. 현재로서는 이런 처가 쪽의 어떤 도움이 있었을 것으로 추정된다.

들이 국가보안법 2조를 위반했음이 분명하다."[20]고 증언하고 있다.

현재로서는 그 이면의 내용을 분명하게 알 수 없지만, 박인환이 남로당 노선과 어떤 연계가 되어 있지 않았을까 추정해볼 수는 있다. 그것이 적극적인 행동으로 표출되는 수준에 이르지는 않았지만 어떤 이념적 친연성을 지니고 있었던 것으로 보인다. 그럴 때 "나는 너희들의 마니페스트의 결함을 지적한다."로 시작하는 「자본가에게」라는 시의 당당한 어조가 이해될 수 있을 것이다.

이와 관련하여 김차영의 다음 회고가 이 사건과 연계된 것은 아닐까 생각해볼 수 있다.

> 이 노인(朴麟煥으로 김차영의 셋방 주인-인용자)이 하루는 나에게 자기가 인환이 때문에 크게 봉변을 당했던 얘기를 들려주었다. 8·15 이듬해 봄 남산에서 피살당한 고 배인철 시인의 살해 용의 선상에 인환이 걸려 그를 잡으려고 어느날 밤중에 자기 집을 10여 명의 형사가 포위, 권총을 빼들고 덮치더라는 것이다.[21]

인용문은 박인환과 이름이 비슷한 셋방주인(朴麟煥)이 그 이름 때문에 당한 봉변을 김차영이 기록하고 있는 부분이다. 그러나 김차영의 이 회고는 부정확한 곳이 많다. 배인철은 1946년에 피살당한 것이 아니라, 1947년 5월에 남산 미군 사격장에서 괴한에게 피살당한 것으로 알려져 있다. 그러나 이 에피소드에서 중요한 것은 배인철과 박인환의

---

20) "UNCOK document, 20 July 1949"
21) 김차영, 「박인환에 대한 몇 가지 추억-초기 <후반기> 동인 멤버로서」, 이동하, 앞의 책, 98면.

교분이다. 배인철은 남로당의 조직에 깊이 관여하고 있었으며, 해방공간 중 인천에서 문화단체를 결성하여 주도하였다. 그 단체 주관으로 문화강연회를 열어 임화, 김남천, 이원조 등을 초청한 사실도 있다. 그는 박인환의 '마리서사'에 드나들며 박인환을 비롯하여 오장환, 임호권 등과 교분을 나누었다.22) 앞으로 검토해보아야 하겠지만 위의 회고는 바로 유엔한위 출입기자 체포와 관련된 기억일 가능성도 있다. 이와 관련된 연구가 보완된다면 해방공간에서의 박인환의 활동과 사상적 근간이 드러나면서 그의 시가 새롭게 조명될 수 있다고 생각한다.

이와 더불어 박인환에 있어서 해방공간의 작품이 어떤 의미를 지니는 것은 그것이 그의 시적 본령인 1950년대적인 것의 문학적 구현에 어떤 교량 역할을 했다는 점이다. 한국전쟁은 해방공간의 시적 경향을 새로운 국면으로 전환시켰다. 전쟁을 통해 박인환은 그의 전형적인 시적 특성을 확보하게 되는 것이다. 그는 포연이 뒤덮인 거리에서 생활과 문학을 꾸려가며 전쟁의 본 얼굴을 정면으로 바라보았던 몇몇 되지 않은 시인 중의 하나이기에 그에게 있어서 전쟁과 문학은 내적 필연성을 지니고 있는 것이었다. 그의 급격한 시적 전환이 그 증거가 된다. 바로 그 변모를 이해하는 데 어떤 열쇠 역할을 한다는 점에서 해방공간의 시들이 주목되어야 할 것이다.

---

22) 배인철에 대해서는 윤영천, 「배인철의 흑인시에 대하여」, 『창작과비평』 63, 1989. 3 참조. 배인철의 사망에 대해서 당시 경찰은 치정에 의한 살인사건으로 규정하여 범인으로 박인환, 김수영 등을 지목하기도 하였지만, 우익에 의한 테러로 추정되고 있다. 김차영, 임호권 등은 배인철 관련 회고기록을 남기기도 하였다.

3. 비극적 전망의 기원

한국전쟁이 그의 시에 핵심적인 코드이기는 하지만, 모든 특성의 기원을 전쟁에서 찾는 것처럼 단순한 논리는 없을 것이다. 여기에 하나의 교량으로서 그 이전 시와의 연계가 검토될 이유가 존재한다. 주지하다시피 1950년대에 들어서면서 박인환의 시적 경향은 완전하게 달라진다. 해방공간에서 보여주던 미래지향적 현실비판의식이 사라지고 그 대신 암울한 시선이 그의 시에 가득하게 된다. 흔히 이런 변화는 한국전쟁에 의해서 생긴 것으로 판단되어 왔다. 하지만 새로 발굴된 「1950년의 만가(輓歌)」라는 시를 보면, 그런 예측이 구체적인 자료에 근거한 것이기보다는 상황 논리에 너무 쉽게 의존한 결과임을 알 수 있다.

> 不安한 언덕 위에로/ 나는 바람에 날려간다/ 헤아릴 수 없는 慘酷한 記憶 속으로/ 나는 죽어간다/ 아 幸福에서 遮斷된/ 紙幣처럼 더럽힌 여름의 湖畔/ 夕陽처럼 타올렀던 나의 慾望과/ 禮節 있는 淑女들은 어데로 갔나/ 不安한 언덕에서/ 나는 陰影처럼 쓰러져간다/ 무거운 苦惱에서 單純으로/ 나는 죽어간다/ 지금은 忘却의 時間/ 서로 危機의 認識과 友愛를 나누었던/ 아름다운 年代를 回想하면서/ 나는 하나의 侮蔑의 槪念처럼 죽어간다

— 「1950년의 만가(輓歌)」 전문23)

한국전쟁 발발 직전에 발표된 이 시의 "헤아릴 수 없는 참혹한 기억", "불안한 언덕", "망각의 시간", "위기의 인식" 등은 그의 한국전쟁

---

23) 박인환, 「1950년의 만가(輓歌)」, 『경향신문』, 1950. 5. 16.

체험을 바탕으로 하는 시에 자주 등장하는 부정적인 어휘와 같은 계열이다. 발표 연대를 확인하지 않을 경우 이 작품은 전형적인 전쟁 체험의 시가 될 것이다.

그러나 이 시에 등장하는 "불안"은 발표 시기상 한국전쟁과 무관한 것으로, 해방공간에서 느꼈던 현실인식의 결과라 할 수 있다. 이 시의 행간에는 정치적 혼란이 강도를 더하고 있던 해방공간이 있다. 1949년에 반민특위의 활동 시작과 이를 저지하려는 암살, 음모 등으로 정국이 혼란스러웠으며, 결국 같은 해 8월, 폐지안이 국회에서 통과되어 반민특위는 정식으로 해체되었다. 5월에는 남로당 프락치 사건, 6월에는 김구 피살 등으로 정국은 극도의 혼란에 빠지게 되었다. 또한 1950년 3월에는 내각책임제가 부결되고, 남로당 총책 김삼룡, 이주하 등이 검거되었다.

인용된 시에는 이런 일련의 사건들에 반응하는 박인환의 시선이 담겨 있다고 할 수 있다. 이런 사건들을 계기로 해방공간에 있어서 새로운 국가 건설의 가능성이 그 전망의 투명성을 잃기 시작한 것으로 보인다. "서로 위기의 인식과 우애를 나누었던/ 아름다운 연대(年代)"는 흔히 구체적인 현실 감각이 결여된 단순한 겉멋부리기의 표현으로 볼 수 있다. 그러나 이것은 기존 연구의 피상성을 반영한 시각에 불과하다. 앞에서 다룬 현실 인식과 연계시켜 볼 때, 이 '연대'는 "도시의 지평에서 싸우고" 지하실로 내려와 "지하의 비밀"(「지하실」)을 간직하며 '우리들'이라는 연대의식을 통하여 새로운 시대를 기다리는 시대상황 즉 해방공간을 의미한 것이라 할 수 있다.

그러나 이제 그 시대는 '회상'의 대상일 뿐 현실적 가능성을 상실해

버린 것으로 표현된다. 따라서 혼란스런 해방공간에서의 낙관적인 전망 상실이 그 "불안", "참혹한 기억"의 현실적인 근거라 할 수 있다. 전망의 부재가 "1950년"의 송가(頌歌)가 아니라 "만가(輓歌)"를 부르게 한 것이다. 해방공간의 가능성은 이제 "지폐처럼 더럽힌 여름의 호반"과 같이 부정적 현실논리에 의해 오염되어 버렸던 것이다. 그가 "모멸의 개념처럼 죽어간다"고 한 것은 희망과 열정으로 가득하던 해방공간이 이처럼 비극과 혼란으로 마무리된다는 사실에서 느끼는 시대적 모멸감의 표현이라 할 수 있다.

해방공간은 남한단독정부의 성립과 더불어 폐쇄된다. 이와 더불어 진보적 이념의 설 자리도 더욱 축소되어 많은 좌파 문인들의 월북이 대거 이루어졌다. 박인환이 말한 "영원히 약속될/ 미래에의 절망"(「밤의 노래」)은 이런 상황과 연결되어 있다고 할 수 있다. 이런 절망적 전망을 더 구체적으로 보여주는 시로 「벽」을 들 수 있다.

> 그것은 분명히 어제의 것이다./ 나와는 관련이 없는 것이다./ 우리들이 헤어질 때에/ 그것은 너무도 무정하였다.// (…중략…)// 지금 거기엔 파리와/ 아무도 읽지 않고/ 아무도 바라보지 않는/ 격문과 정치 포스터가 붙어 있을 뿐/ 나와는 아무 인연이 없다.// 그것은 감성도 이성도 잃은/ 멸망의 그림자/ 그것은 문명과 진화를 障害하는/ 사탄의 사도
>
> —「벽」 부분

시인은 "파리와 격문과 정치 포스터"가 붙어 있는 벽을 자신과 아무 관련이 없는 것으로 본다. 진보 친화적인 그가 이런 변화를 보이는 이유는 그것이 현재적 의미를 상실한 "어제의 것"이기 때문이다. 해방공

간의 폐쇄와 함께 진보적인 이념 대신 반공이데올로기가 전면적으로 등장하였으며, 그것이 모든 벽을 도배하였다. 그러니 그 벽은 "문명과 진화를 障害하는/ 사탄의 사도"라 불리기에 족한 것이다. 그는 이제 이것을 "어제의 것"으로 부르고, "감성도 이성도 잃은" 것, "나와는 관련이 없는 것"으로 본다. 이 시는 새로 변화된 현실 속에서 정치적 열망의 소멸을 보여주는 작품이라 할 수 있다. 발표 시기를 분명하게 알 수 없지만 「불신(不信)의 사람」이라는 시도 이런 인식을 반영한 것으로 보인다.

> 나는 바람이 길게 멈출 때/ 港口의 등불과/ 그 偉大한 意志의 설음이/ 不滅의 씨를 뿌리는 것을 보았다. (…중략…)// 오 共同墓地에서 퍼덕이는/ 始發과 終末의 旗ㅅ발과/ 지금 密閉된 이런 世界에서/ 倦怠롭게/ 우리는 무엇을 이야기 하는가.
>
> ─「불신의 사람」 부분

이 시는 어떤 강인한 의지를 지닌 존재의 현실적 좌절로 시작되고 있다. "위대한 의지의 설음"은 그런 의지가 현실 속에서 개화하지 못하고 실패하고 말았음을 의미한다. 그러나 그런 실패는 실패 그 자체로 종료되지 않고 새로운 의미를 획득하게 되는데, 이를 시인은 "불멸의 씨"로 표현하고 있다. 현실적 좌절이 불멸의 의미를 획득하는 과정은 해방공간에서 진보적 이념을 실천하고자 했던 모든 이들이 겪어야 했던 수순이었다. 시인에게 그런 존재는 이 개조되어야 할 현실에 반드시 와야 할 존재이지만 현실적인 조건에서 좌절되고 말 존재라는 점에서, 그리고 예정된 미래의 약속을 성취하지 못한 현실의 희생양이라는 점에서 "불신(不信)의 사람"이라 할 수 있다. "위대한 의지"가 "설음"으로 종결되고 마는 이런 현실을 시인은 "지금 밀폐된 이런 세계"라고 명명한다. 밀폐된 세계는 곧 전망이 차단된 세계이다. 이 세계에서 가능한 전망의 유일한 형태는 '밀폐된 전망'일 뿐이다.

4. 검은 '역사의 천사'와 밀폐된 전망

해방공간에서와 달리 1950년대에 근접할수록 그 강도가 심해지는 '밀폐된 전망'으로서의 비극적 전망은 사실상 출구가 없는 전망이라는 점에서 비극적 전망이면서 동시에 전망 부재의 인식이기도 하다. 이런 밀폐된 전망은 한국전쟁을 거치면서 확정적인 형태를 취하게 된다. 비극적 전망의 싹이 한국전쟁 이전인 1949년 후반과 1950년 초기에 형성되었지만 그것에 명확한 형태를 부여한 것은 역시 한국전쟁이다. 그의 시의 핵심코드가 여전히 전쟁일 수밖에 없는 이유가 여기에 있다.

1950년 전후는 진보이념의 시선으로 볼 때 이념적 좌절의 시기이다. 이념전쟁으로서의 한국전쟁은 또한 이의 연장선상에 있다고 할 수 있다. 그러나 현실에 현현한 비극이라는 점에서 잠재적 가능성으로나마 존재하던 진보적 이념은 전쟁으로 인하여 존재 기반 자체를 잃어버리고 만다. 해방공간에서 이 시대의 무한한 가능성에 고무되어 있던 박인환의 진보지향적 의식은 전쟁을 통해 탈이념의 성격을 지닌다. 다음 시들에서 그런 경향을 확인할 수 있다.

얇은 고독처럼 퍼덕이는 기/ 그것은 주검과 관념의 거리를 알린다.//
피폐한 토지에선/ 한 줄기 연기가 오르고/ 우리는 아무 말도 없이 눈을
감았다// (…중략…)// 195… 년의 여름과 가을에 걸쳐서/ 애정의 뱀은
어두움에서 암흑으로/ 세월과 함께 성숙하여 갔다 (…중략…) // 잊을 수
없는 의혹의 기/ 잊을 수 없는 환상의 기/ 이러한 혼란된 의식 아래서/
아포롱은 위기의 병을 껴안고/ 고갈된 세계에 가라앉아 간다

— 「의혹의 기」 부분

군인이 피워물던/ 물뿌리와 검은 연기의 인상과/ 위기에 가득 찬 세
계의 변경/ 이 회상의 긴 계곡 속에서도/ 찔을 지어 죽음의 비탈을 지나
는/ 서럽고 또한 환상에 속은/ 어리석은 영원한 순교자./ 우리들.

— 「회상의 긴 계곡」 부분

「의혹의 기」의 '기(旗)'는 앞에 보았던 '벽'의 변화와 유사한 과정을
거치는데, 이것은 사람들을 이끌었던 이데올로기의 다른 이름이라 할
수 있다. 박인환은 해방공간에서 이것의 가치를 굳게 믿었던 사람의
하나이다. 하지만 이 기는 지금('피폐한 토지'는 전쟁 발발 이후의 상황으로
볼 수 있다) "주검과 관념의 거리"를 알려주는 비정한 표지일 뿐이다.
죽음이 현실의 다른 이름에 불과한 현재, 그가 추종했던 이념은 이 비
극적 현실과 무관한 일종의 관념에 불과한 것이었다. 그는 이 기를 의
혹의 눈으로 바라보며, 동시에 그의 이념이 일종의 환각에 불과한 것
은 아니었는지 성찰해본다. "잊을 수 없는 의혹의 기/ 잊을 수 없는 환
상의 기"라는 표현은 바로 이런 복잡한 의식을 나타낸 표현이다. 여러
관념적인 표현들로 의미를 쉽게 전달하지 않는 이 모던한 시는 바로
이런 "혼란된 의식"을 표현한 시라 할 수 있다. 「회상의 긴 계곡」은 이

런 이념에 대한 회의를 더 직접적으로 표현하고 있다. "환상에 속은 어리석은 영원한 순교자"는 이념의 환멸을 표현한 것으로 볼 수 있기 때문이다.

이런 변화는 전쟁에 대한 인식의 전환에 기인하는 것으로 보인다. 당대 다른 모더니스트와 마찬가지로 박인환에게 있어서 전쟁은 책 속의 전쟁, 관념에 불과한 지식으로서의 전쟁이었을 뿐이다. 그가 "정치나 경제뿐만 아니라 문화면에서도 전쟁이 던져주는 영향은 재언할 바도 없이 막대한 것"24)이라고 했을 때 이때의 전쟁이 바로 그런 지식으로서의 전쟁이다. 1948년에 쓰인 이 문장에서 '막대한 것'이라는 표현에 울림이 없는 것도 바로 이런 이유 때문이다. 피 냄새가 제거된 먼 나라 뉴스로서의 이 전쟁이 자신의 눈앞에 펼쳐졌을 때 그의 시는 질적으로 '막대한' 변화를 겪게 된다.

> 저 묘지에서 우는 사람은 누구입니까.// 저 파괴된 건물에서 나오는 사람은 누구입니까.// 검은 바다에서 연기처럼 꺼진 것은 무엇입니까.// 인간의 내부에서 사멸된 것은 무엇입니까.// 일 년이 끝나고 그 다음에 시작되는 것은 무엇입니까.// 전쟁이 뺏어간 나의 친우는 어디서 만날 수 있습니까.// 슬픔 대신에 나에게 죽음을 주시오.// 인간을 대신하여 세상을 風雪로 뒤덮어 주시오.// 건물과 창백한 묘지 있던 자리에// 꽃이 피지 않도록.// 하루의 일 년의 전쟁의 처참한 추억은/ 검은 신이여/ 그것은 당신의 主題일 것입니다.
>
> —「검은 신이여」 전문

24) 박인환, 「사르트르의 실존주의」, 『신천지』, 1948. 10.

이 시에 나오는 전쟁은 앞에서 본 '지식으로서의 전쟁'이 아니다. 자신이 직접 체험한 전쟁은 모든 관념에 앞서서 존재한다. 묘지에서 우는 사람, 파괴된 건물, 죽은 친우 등은 관념적 대상이 아니라 그의 체험의 소산이다. 그 체험의 극단을 의문문으로 나열해나갈 때 그 울림의 강도는 더 강렬해진다. 그는 이런 의문문을 하나의 연으로 처리하여 그 행간을 주목하게 만든다. 그래서 그가 "인간을 대신하여 세상을 풍설로 뒤덮어 주시오.// 건물과 창백한 묘지 있던 자리에// 꽃이 피지 않도록"이라는 구절로 의문문을 종결시킬 때, 이 구절은 엘리엇의 「황무지」 서두보다 더 큰 울림을 준다. 이 구절은 폐허가 된 세계를 경험한 인간이 지닐 수 있는 절망의 극단을 보여준다. 이 세계에는 어떤 꽃도 피울 수 없는 영원한 풍설(風雪)만이 합당하다는 인식은 전쟁 경험이 도달한 뛰어난 통찰 중의 하나라 할 수 있다. 폐허가 된 세계를 앞에 두고 어떤 희망을 이야기하는 사람이 있다면 그것은 이데올로기를 통해 현실을 망각한 자일 것이다. 시인은 이 절망을 가장 극단적으로 표현함으로써 독자로 하여금 전쟁의 맨 얼굴(그것을 그는 '검은 신'25)이라 불렀다)과 대면하게 만든다. 이 극단의 정신이 그를 가장 1950년대다운 시인으로 만든 것이다. 그래서 이 구절은 이육사의 "푸른 하늘에 다을드시/ 세월에 불타고 웃둑 남아서서/ 차라리 봄도 꽃피진 말어라" (이육사, 「교목」)라는 구절과 동일한 정신적 극점을 지닌다.26)

---

25) 「미래의 창부」라는 시에서 이 신은 "향기 짙은 젖가슴을/ 총알로 구멍 내고/ 암흑의 지도 고절된 치마 끝을/ 피와 눈물과/ 최후의 생명으로" 이끄는 존재로 그려진다.
26) 김흥규는 이 시의 해설에서 이 구절을 "극한의 절망 속에서 차라리 모든 자연의 질서가 정지하기를 바란다는 점에서" 이상화의 「통곡」의 "해야 웃지 마라/

　전쟁은 박인환 시의 내용과 형식을 새롭게 형성하였다. 폭격이 남긴 잔해의 더미 앞에서 그의 시는 도저한 절망으로 점철되어 있다. 그는 그 절망을 가장 정직하게 받아들였다. 그의 시에 나타나는 비극적 전망이 가장 잘 투사되어 있는 것은 초월성을 상실한 신의 이미지이다. 현실의 폐허에 어떤 낙관적인 전망도 제시해주지 못하는 무력한 신이 그의 세계 인식을 대신하여 나타난다. 1950년대 다운 통찰은 이 신의 이미지에 집약되어 있다.

　날개 없는 여신이 죽어 버린 아침/ 나는 폭풍에 싸여/ 주검의 일요일을 올라 간다

—「영원한 일요일」 부분

　쉴 새 없이 내 귀에 울려오는 것은/ 불행한 신 당신이 부르시는/ 폭풍입니다.

—「불행한 신」 부분

　하루의 일년의 전쟁의 처참한 추억은/ 검은 신이여/ 그것은 당신의 주제일 것입니다.

—「검은 신이여」 부분

　박인환에게 신은 폐허가 된 이 지상에 철저하게 귀속되어 인간을 초월적인 세계로 인도할 수 있는 능력을 상실한 존재이다. 초월적 비전

달아 뜨지 마라”라는 부르짖음을 연상하고 있다. 김흥규, 「‘검은 신이여’에 대하여」, 이동하 편, 『박인환 평전─목마와 숙녀와 별과 사랑』, 문학세계사, 1986, 166면.

을 암시하는 "날개"를 상실한 신은, 인간처럼 포연이 가득한 현실에 내던져진 유한한 존재일 뿐이다. 그런 신의 죽음으로 인하여 이 지상의 시간은 "영원한", "주검의 일요일"이 될 수밖에 없다. 신의 시간인 주일(主日)로서의 일요일은 죽음과 불행의 시간으로 영원히 지속된다. 그런 신은 폐허 더미에 던져진 인간에게 어떤 구원이나 전망도 제시할 수 없다. 그가 인간에게 속삭이는 것은 인간을 고양시키는 예언이 아니라, 인간을 파멸로 이끌고 그들에게 재해만을 가져다주는 "폭풍"이다. 그의 유일한 주제는 "하루의 일년의 전쟁의 처참한 추억"이다. 전쟁은 하루가 일 년과 같이 느껴질 정도로 극단적이고 처참한 비극을 구현하기에 "하루의 일년의 전쟁"은 하루와 일 년이라는 시간적 변별성을 전혀 지니지 못 한다. 신은 이 역설적인 시간 속에서 "처참한 추억"을 인간에게 가져다주는 존재이다.

이처럼 박인환의 신은 죽은 존재이거나 불행한 존재, 더 나아가서는 "미래의 창부"(「미래의 창부―새로운 신에게」)와 같은 부정적인 존재이다. 이런 특성을 비유적으로 나타낸 말이 바로 "검은 신"이다. 여기에서 "검은"은 초월적 전망의 부재를 나타내는 형용사이다. 초월적 전망을 지니지 못하는 이런 무기력한 신은 박인환의 전쟁 체험에 기인한 밀폐된 전망 혹은 전망 부재 의식이 투사된 것이다.

박인환의 이런 인식을 새롭게 보는 데에는 벤야민의 세계인식과 비교하는 것이 도움이 된다. 질감에 있어서 그 둘은 가족유사성을 보이고 있기 때문이다. 특히 벤야민의 비극적 역사관을 보여주는 「역사철학테제」 9항은 세계관과 표현의 차원에서 박인환의 시와 상당한 동질감을 지니고 있다.

클레가 그린 '새로운 천사'라고 불리우는 그림이 하나 있다. 이 그림의 천사는 마치 그가 응시하고 있는 어떤 것으로부터 금방이라도 멀어지려 하고 있는 것처럼 보이도록 묘사되어 있다. 그 천사는 눈을 크게 뜨고 있고, 그의 입은 열려 있으며 또 그의 날개는 펼쳐져 있다. 역사의 천사도 바로 이렇게 보일 것임에 틀림없다. 우리들 앞에서 일련의 사건들이 그 모습을 드러내고 있는 바로 그곳에서 그는, 잔해 위에 또 잔해를 쉬임없이 쌓이게 하고 또 이 잔해를 우리들 발 앞에 내평개치는 단 하나의 파국을 바라보고 있다. 천사는 머물러 있고 싶어하고, 죽은 자들을 불러 일깨우고 또 산산이 부서진 것을 모아서는 이를 다시 결합하고 싶어한다. 그러나 천국으로부터는 폭풍이 불어오고 있고, 그 폭풍은 그의 날개를 꼼짝달싹 못하게 할 정도로 세차게 불어오기 때문에 천사는 그의 날개를 더 이상 접을 수도 없다. 이 폭풍은, 그가 등을 돌리고 있는 미래 쪽을 향하여 간단없이 그를 떠밀고 있으며, 그의 앞에 쌓이는 잔해의 더미는 하늘까지 치솟고 있다. 우리가 진보라고 일컫는 것은 바로 이러한 폭풍을 두고 하는 말이다.[27]

벤야민 역시 전쟁의 비극적인 희생양으로 사라졌다. 그가 전쟁을 겪으면서 역사에 대한 비극적이면서 신비적인 인식을 정리한 것이 유명한 「역사철학테제」이다. 이 글에 나타난 "미래의 천사" 혹은 "역사의 천사"는 세계의 파국을 멍한 눈으로 바라볼 수밖에 없는 수동적 존재이다. 그는 자신의 눈앞에서 펼쳐지고 있는, 잔해들이 하늘까지 치솟도

---

27) Walter Benjamin, 반성완 역, 『발터 벤야민의 문예이론』, 민음사, 1983, 348면. 「역사철학테제」는 현재 총 18개로 이루어져 있다. 이 글에 대한 풍부한 설명은 Josef Wohlmuth, 박영옥 역, 「발터 벤야민의 "역사 테제"가 그리스도교 종말론에 대해 갖는 의미에 관하여」, 『신학사상』 87호, 1994 겨울 ; 최문규, 「역사성＋심미성으로서의 "순간" : 발터 벤야민의 "역사의 개념에 대하여"」, 『뷔히너와 현대문학』, 한국뷔히너학회, 1991 참조.

록 쌓이는 파국을 종결시킬 수가 없다. 그는 자신이 "응시하고 있는 어떤 것"을 회피하려고 하지만 그것조차 허락되지 않는다. 또한 그는 "머물러 있고 싶어 하고, 죽은 자들을 불러 일깨우고 또 산산이 부서진 것을 모아서는 이를 다시 결합하고 싶어"하지만, 그런 권능은 회복되지 않는다. "등을 돌리고 있는 미래 쪽을 향하여 간단없이 그를 떠밀고 있"는 폭풍 때문에 그는 자신의 의지로 어떤 것도 이룰 수가 없다. 그저 파국의 장면에 놀란 듯 그의 눈은 열려 있고, 그의 입은 벌려져 있다.

이런 천사의 이미지는 박인환의 시에 등장하는 초월적 이미지의 본질과 그것의 수사학적 변용을 이해하는 데 도움이 된다. 벤야민과 박인환의 작품에서 드러나는 초월적 존재의 외적 유사성은 단순한 소재의 차원이 아니라 포연 속에서 파악한 전쟁의 본질에 대한 통찰의 차원이라는 점에서 의미가 있다. 따라서 이미지의 유사성은 내적 필연성을 지닌다. 유사성은 권능을 상실한 초월적 존재, 진보적 이념에 대한 비판, 폭풍의 이미지 등으로 나타나며 이는 전쟁 체험이 가져다주는 절망 의식이 구경적으로 도달할 수 있는 어떤 극점의 비유적 표출이라 할 수 있다. 이런 이미지의 분석을 통해 박인환의 시적 본령을 보여주는 전후 시들의 중요한 특성을 이해할 수 있다.

먼저 박인환의 시에 등장하는 초월자는 권능을 상실한 초월적 존재이다. 앞에서 살펴본 것처럼 이 초월자는 이 세계를 파국으로부터 구할 능력이 없으며, 바로 그 점 때문에 스스로 어떤 초월성을 지니지 못한다. 그럼에도 불구하고 그들은 여전히 '신' 혹은 '천사'라는 이름을 지닌다. 이것이 전쟁 상황에 연루된 신의 운명이다. 구원은 당위적이면서 또한 필연적으로 실패할 수밖에 없다는 인식이 여기에 함유되어 있다. 박인환의 시에 등장하는 신의 모호한 성격, 즉 끊임없이 갈구하면서도 동시에 비난하는 대상이 될 수밖에 없는 신의 모호한 위상도 이런 인식에 기인한다고 할 수 있다. 경어체로 신에게 갈구하는 어조를 지니면서도 비극적인 내용을 담고 있는 「검은 신이여」("슬픔 대신에 죽음을 주시오", "전쟁의 처참한 추억은/ 당신의 주제일 것입니다")나 「밤의 미매장」이 대표적인 시라 할 수 있다.

> 사랑하는 당신의 寢臺 위에서/ 내가 바랄 것이란 나의 悲慘이 連續되었던/ 수없는 陰影의 年月이/ 이 幸福의 瞬間처럼 속히 끝나줄 것입니다./ …… 雷雨 속의 天使/ 그가 피를 吐하며 알려 주는 나의 位置는/ 廣漠한 荒地에 세워진 宮殿보다도 더욱 꿈같고/ 나의 編曆처럼 애처럽다는 것입니다.

— 「밤의 미매장」 부분

이 시에서 "당신"은 신과 같은 존재로 그려지고 있다. 이 신의 품안에서 화자는 비참만으로 연속되었던 자신의 시간이 "행복의 순간처럼 속히 끝나줄 것"을 간청하고 있다. 불행을 기원하는 대상이 되어버린 이 신은, 화자의 긍정적인 기원을 받아줄 수 있는 초월적 능력을 지니지 못한다는 인식이 전제될 때에만 존재할 수 있다. 그것은 "천사"인 그가 알려주는 "나의 위치"가 결코 구원이 예정된 긍정적인 상황이 아니라는 사실에서도 확인된다. 이 초월적 존재가 화자의 불행을 한탄하거나 그 불행을 확인시켜주는 대상일 뿐임에도 불구하고 화자는 그를 여전히 기원의 대상으로 설정하고 있다. 이 양가성은 전쟁으로 모든 희망이 사라진 비극적 세계를 입을 벌린 채 멍한 눈으로 그저 바라보는 것 이외에는 다른 것을 전혀 할 수 없는 상황인식의 결과이다. 그래서 이 천사는 폭풍에 떠밀려 어떤 권능을 발휘하지 못 하는 무력한 벤야민의 천사처럼, 불행과 좌절 속에서 존재하는 "뇌우 속의 천사"가 될 수밖에 없는 것이다.

다음으로 다룰 것은 부재와 다를 바 없는 초월자의 존재는 진보 이데올로기와 거리를 두게 된다는 점이다. 벤야민 역시 낙관적인 진보 이데올로기를 비판하는 관점에 서 있다. 과거를 부정하고 미래만을 강요하는 "폭풍"이 그런 이데올로기의 비유로 사용되고 있다. 앞에서 살펴본 바처럼 박인환의 시에서 이것은 해방공간의 진보적 전망과 거리를 두고 파국의 세계에 집착하는 경향으로 나타난다. 현실적 혼란에 의해 좌절된 진보적 성향은 이제 "우리는 내일을 약속하지 않는다"(「미래의 창부」)는 절망적인 선언으로 귀결하고 만다. 미래에 대한 낙관적 전망이 완전히 사라지고 마는 것이다.

> 虛妄한 時間/ 또는 줄기찬 幸運의 瞬時/ 우리는 倒立한 石膏처럼/ 不吉을 바라볼 수 있었다./ 落葉처럼 싸움과 靑年은 흩어지고/ 오늘과 그 未來는 確立된 思念이 없다.
>
> —「의혹의 기」 부분

"허망한 시간"이 동시에 "행운의 순시"가 되고 비유기표(보조관념)가 오히려 비유기의(원관념)를 모호하게 만드는 단절의 수사학이 드러나는 이 시에서 오늘과 미래는 "확립된 사념"으로 표현될 어떤 전망도 지니지 않는다. 초기시 「열차」에서 보이듯, 열차의 직선적인 전진과 맞닿아 있는 진보적 이념은 전후의 시에서 자취를 감추어 버렸다. 그는 자신의 딸에게조차 미래에 대한 확신을 주지 못한다. "엄마는 전쟁이 끝나면 너를 호강시킨다 하나/ 언제 전쟁이 끝날 것이며/ 나의 어린 딸이여 너는 언제까지나 행복할 것인가"(「어린 딸에게」) 하는 한탄 속에는 확신과 의지가 존재하지 않는다. 전쟁으로 인하여 그의 비극적 전망은 더욱 강도를 더해갈 뿐이다.

비극적 전망과 관련해서 주목할 만한 것은 박인환과 벤야민의 글에 동시에 등장하는 폭풍의 이미지이다. 이들의 글에서 폭풍은 혁명의 폭발적 에너지나 변화의 갈망과 같은 긍정적인 의미와 무관하다. 폭풍은 파국과 관련이 깊은 이미지로서, 부정적인 뉘앙스를 지닌다. 특히 박인환의 시에서 이 폭풍 이미지의 변화가 주목된다. 해방공간에서 폭풍의 이미지는 긍정적인 요소를 포함하고 있다.

> 폭풍이 머무른 정거장 거기가 출발점/ 정력과 새로운 의욕 아래/ 열차는 움직인다
>
> ─「열차」 부분

> 나는 너희들의 마니페스트의 缺陷을 指摘한다/ 그리고 모든 資本이 崩壞한 다음/ 颱風처럼 너희들을 휩쓸어갈/ 危險性이/ 波長처럼 가까워진다는 것도
>
> ─「자본가에게」 부분

「열차」의 폭풍은 새로운 출발을 더욱 강렬하게 만들 수 있는 잠재력을 의미한다. 폭풍이 머무른 정거장은 그것에 의해 파괴되는 것이 아

니라 열차의 출발을 더욱 강력하게 만들기 위한 잠재적인 강력한 동력을 지니게 된다. 그리고 「자본가에게」에서 이 폭풍은 자본가라는 비판적 대상을 소멸시키는 강렬한 힘을 상징한다. 이때 폭풍은 정화의 권능을 지닌다. 현실의 부정적인 상태를 일소하고 새로운 세계를 가져다줄 수 있는 힘을 태풍이 지니고 있는 것이다. 이 두 이미지 모두 혁명적 에너지와 연계된다. 미래지향적 전망을 불투명하게 만드는 제요소를 소멸시키며 새로운 출발을 강력히 추동하게 만드는 이 태풍은 박인환이 해방공간에서 가졌던 미래에 대한 기대와 열정을 비유적으로 표출한 것이라 할 수 있다. 이런 비유는 치열한 현실 인식 없이 단순한 겉멋으로 만들어낼 수 없는 차원의 것이라 할 수 있다.

전후의 시에서 폭풍의 혁명적 에너지는 소멸해버리고, 폭풍은 부정적인 상황을 더욱 악화시키는 재해의 이미지로 바뀐다.

> 그러나 窓 밖/ 暗澹한 商街/ 苦痛과 嘔吐가 凍結된 밤의 쇼오위인드/ 그 곁에는/ 切望과 飢餓의 行列이 밤을 새우고/ 來日이 온다면/ 이 靜寞의 거리에 暴風이 분다.
>
> —「세 사람의 가족」 부분

> 쉴 새 없이 내 귀에 울려오는 것은/ 불행한 신 당신이 부르시는/ 폭풍입니다./ 그러나 허망한 천지 사이를/ 내가 있고 엄연히 주검이 가로 놓이고/ 불행한 당신이 있으므로/ 나는 최후의 안정을 즐깁니다.
>
> —「불행한 신」 부분

「세 사람의 가족」은 처참한 전후 풍경을 보여준다. 창 밖에는 암담한 상가, 고통과 구토가 얼어붙어 있는 쇼윈도우, 절망과 기아의 행렬이 있다. 이곳에 내일은 없다. 시에 나오다시피 이곳에 "내일이 온다면 / 이 정막(靜寞)의 거리에 폭풍(暴風)이" 불 뿐이다. 내일은 폭풍의 다른 이름이다. 여기에서 폭풍은 비극적인 현실을 새로운 방향으로 전환시킬 힘을 가진 존재가 아니라 이 처참한 풍경을 더욱 악화시키는 재해의 이미지만 지닌다. 「불행한 신」에서도 신이 화자의 귀에 속삭여주는 것은 구원의 예언이 아니라 "허망한 천지 사이"에 불행을 가져다주기만 하는 폭풍이다. 나지막하고 달콤한 예언을 대신하는 것은 엄청난 파괴력을 지닌 폭풍의 불길한 소리이다. 이 폭풍 속에서 시인이 즐기는 "최후의 안정"은, 그래서 절망 속에서 탈출할 길을 영원히 찾을 수가 없는 한계 상황의 역설적 표현이라 할 수 있다. 시인의 세계 인식의 변화와 더불어 폭풍의 이미지도 이처럼 급격한 변화를 지니게 되는 것이다.

지금까지 살펴본 초월적 권능을 상실한 초월적 존재, 진보적 이념에 대한 비판, 폭풍의 이미지 등은 박인환 시의 본질을 내용과 형식 측면에서 접근하는 데 많은 도움이 된다. 1950년대 다운 통찰의 결과라 할 수 있는 이들 특성의 근원적인 기반은 절대적 진리의 소멸에 따른 필연성의 상실이다. 앞에 열거한 특성은 이것의 다른 표정에 불과한 것이라 할 수 있다. 이로부터 여러 수사학적 변용이 파생되는데, 다음 절에서는 그것의 양상을 다루고자 한다.

5. 우연성의 수사학

전후 세계는 총체성을 상실한 파편의 세계이다. 그 세계는 초월적 신이라는 '초월기의'28)에 의해 보증되지 않는 잔해 더미의 세계이므로, 거기에서 모든 것은 잠정적인 의미만 지닌다.29) 필연성이 결여되어 있으므로 모든 진리는 임시적으로만 유효하다. 총체성을 상실한 세계에서 하나의 발언을 뒷받침해줄 절대적인 진리가 부재하므로 모든 발언은 일회적이고 표층적인 차원에서 자체의 논리에 의해 전개되어야 한다. 초월기의와 무관한 기표들이 우연의 논리에 의해 나열된다. 이는 박인환 시에 자주 나타나는 난삽한 구절들의 비밀을 밝혀준다. 그의 시에 있어서 의미가 불명료한 구절, 모더니즘적 기법으로 읽히는 구절들이, 해방공간의 시에서는 보이지 않다가 전쟁 이후의 시들에서 빈번하게 나타나는 이유도 여기에 있다. 다음 시는 표현과 내용에 있어서 그런 수사학의 특성을 잘 보여준다.

戰爭이 머물고/ 平穩한 地坪에서/ 모두의 斷片的인 記憶이/ 비둘기의 날개처럼 솟아나는 틈을 타서/ 우리는 內省과 悔恨에의 旅行을 떠났다.

—「세 사람의 가족」 부분

이 시의 통사적인 질서는 깨어져 있고("전쟁이 머물고"와 다음 구절의

---

28) 초월기의는 모든 기의의 존재 근거를 제공하는 절대적 기의로서의 신을 의미한다. 이성중심주의는 초월기의의 설정과 관련된다. 데리다는 "초월기의에 대한 다급하고도 긴요하며, 체계적이면서도, 누를 길 없는 욕망을 현존의 형이상학과 이성중심주의라고 규정한다."고 하였다. Jacque Derrida, 김보현 역, 『해체』, 문예출판사, 1996, 88면.
29) 벤야민에게 있어서 잔해더미는 파편화된 현실을 통해 총체성의 세계를 엿볼 수 있다는 믿음을 반영하고 있어 구체적인 의미에 있어서는 박인환의 인식과 차이가 난다. 그것은 벤야민이 유대교 신비주의와 친연성을 지니고 있기 때문이다. 그러나 세계의 현상을 바라보는 시선과 그 진단은 동질적이라 할 수 있다.

연결이 비문법적이다), 구체적인 의미는 모호하다. 그 모호함은 표현들이 어울림(decorum)의 규칙에 어긋나기 때문일 것이다("단편적인 기억"과 "비둘기"의 연계는 낯설다). 서두에서 전쟁이 머문 곳이 평온하다고 한 것 역시 어울리지 않는 역설이다. 그러나 그것은 초월적인 진리를 담지한 역설이 아니라 현실적인 불연속이 그대로 담긴 역설이다. 전통적인 역설이라면 표면적 대립 근저에 존재하는 초월기의를 통해 내적 질서를 지니며 긍정적인 의미를 획득하게 된다. 그러나 이 구절은 그런 함의를 전혀 지니지 않는다. 시인의 눈앞에 벌어지는 풍경과 그 인상이 논리적 질서 없이 그대로 시구절로 옮겨진 것이다. 이런 세계에서는 일관되고 명쾌한 논리가 존재하기 힘들며, 오로지 가능한 것은 "단편적인 기억"뿐이다. 단편적인 기억은 파편화된 세계에서 가능한 기억의 양식이다. 이 세계에서는 모든 것이 단편으로만 존재하며, 그것은 어수선한 비둘기의 날개처럼 부유할 뿐 총체적인 질서로 편입되지 않는다. 벤야민의 언급에 나온 것처럼, 이런 세계에서 "산산이 부서진 것을 모아서는 이를 다시 결합하고 싶어"도 그것은 현실적으로 불가능하다. 이 세계에는 파편화된 세계를 통합시켜줄 전망이 존재하지 않고, 현실적인 좌절과 연결되어 있는 "내성(內省)과 회한(悔恨)"만이 가능하기 때문이다. 문장 속에 어떤 단절이 계속 개입하는 이런 수사학이 그의 시에 보편적으로 드러나는데, 이런 인식과 기법을 사조적인 입장에서 본다면 모더니즘적이라 할 수 있을 것이다.

초월기의의 상실이 초래한 필연성의 상실은 이 세계로부터 모든 당위적 요구들을 추방시킨다. 당위적 요구는 절대적 진리를 확신한 자에 의해서만 제기될 수 있기 때문이다. 전쟁은 이 세계의 이면에 초월기의적인 그 어떤 것도 존재하지 않음을 확신시켜준다. 이제 '우연성'[30] 이 이 세계의 유일한 기준이 된다. 박인환은 필연성이 사라진 세계에 통용될 수밖에 없는 어휘를 자주 사용하는데, 그것이 바로 '거저(그저)' 라는 표현이다.

> 老人은 한숨도 쉬지 않고/ 더욱 아무것도 바라지 않으며/ 聖書를 에우고 불을 끈다./ 그는 幸福이라는 것을 말하지 않았다./ 거저 고요히 잠드는 것이다.
>
> —「행복」부분

> 木馬는 主人을 버리고 거저 방울소리만 울리며/ 가을 속으로 떠났다 술병에서 별이 떨어진다 (…중략…)/ 불이 보이지 않아도/ 거저 간직한 페시미슴의 未來를 위하여/ 우리는 처량한 木馬 소리를 記憶하여야 한다 (…중략…)/ 人生은 외롭지도 않고/ 거저 雜誌의 表紙처럼 通俗하거늘/ 한탄할 그 무엇이 무서워서 우리는 떠나는 것일까
>
> —「목마와 숙녀」부분

'그저(거저)'라는 말은 "어떤 이유·목적 없이, 아무 생각 없이"라는 의미를 지닌다. 낙관적인 전망이 사라진 세계에 어떤 목적이나 어떤 생각("확립된 사념")이 있을 리가 없다. 필연적으로 존재하는 것이 있을 수 없는 이 세계에서 우연성, 무목적성을 드러내는 이 어휘는 절망의 깊이를 반영한다. 따라서 이 세계에서 낙관적 비전의 유무로 시를 평

---

30) 김규동 역시 박인환 시의 특징으로 '偶有性(accidentia)'을 지적한 바 있다. 김규동, 「박인환론―신화와 창백한 마법의 법칙」, 이동하 편, 『박인환 평전―목마와 숙녀와 별과 사랑』, 문학세계사, 1986, 130면.

가하는 것은 무의미할 뿐이다. 「행복」은 엘리어트의 「게론천(Gerontion)」
이라는 시의 이미지와 유사하다. 둘 다 노인을 대상으로 하여 무기력
한 현실을 다루고 있다. 노인은 아무 것도 바라지 않으며 행복이라고
말하지도 않는다. 제목과 달리 이 시는 이 세계의 불행을 잔잔하게 잘
그려내고 있다. 전후의 세계는 모든 에너지가 소진된 이 노인처럼 무
기력하다. 거기에는 어떤 전망도 주어지지 않는다. 그는 어떤 목적이나
의도 없이 일상을 지내고 '거저' 고요히 잠들 뿐이다.

「목마와 숙녀」는 한 작품에서 '거저'라는 어휘를 가장 많이 사용하
고 있는 작품이다. 목마는 '거저' 방울소리만 울리고, 페시미즘의 미래
는 '거저' 간직하고, 인생은 '거저' 잡지 표지처럼 통속하다. 미래의 전
망에 입각하여 필연적으로 혹은 의도적으로 이루어지는 것은 아무 것
도 없다. 모든 이를 설복할 만한 인과적인 고리가 여기에는 존재하지
않는다. 이 시에서 자주 사용되는 당위적 요청을 뜻하는 '―해야 한다'
는 표현이 문맥에 있어서 강렬한 의지의 표명이 아니라 일종의 한탄,
즉 "체념적 표현의 위장"[31]으로 읽히는 이유도 여기에 있다. 이런 점
에서 이 작품은 무목적성과 우연성이 전경화 되어 있는 시로서, 사실
상 그의 전후 세계 인식을 잘 담고 있는 시라 할 수 있다. 그는 이런
인식을 스스로 "페시미즘"이라 부르고 있다. 이 페시미즘은 센티멘털리
즘과 내적 연관을 지닌다. 둘 다 세계의 낙관적 전망과 초월적 질서와
거리를 두고 있기 때문이다. 그래서 '거저'는 페시미즘과 센티멘털리즘
의 본질을 단적으로 나타내는 어휘라 할 수 있다. 이런 이유로 「센치멘

---

31) 권영민, 「모든 떠나가는 것을 위하여―'목마와 숙녀'론」, 이동하 편, 『박인환 평
전―목마와 숙녀와 별과 사랑』, 문학세계사, 1986, 167면.

탈·자니」라는 작품에 이 어휘가 등장하는 것(우리들은 여행을 떠난다/ 주말 여행/ 별 말씀/ 거저 옛날로 가는 것이다)은 필연적이라 할 수 있다.

박인환에게 '거저'는 문맥에 있어서 목적과 의도가 분명히 나타나는 곳에서도 사용된다. 이 어휘는 모든 의지와 목적을 무화시키며 문맥을 우연성의 세계로 이끌어간다. "거저 意志의 믿음만을 위하여/ 深幽한 바다 위를 흘러가는 것이다"(「태평양에서」), "옛날이 아니라 거저 절실한 어제의 이야기"(「새로운 결의를 위하여」) 등이 좋은 예가 된다. "의지의 믿음"은 마음속의 뚜렷한 지향성을 나타내는 말로서, 정상적인 문법에서는 이 말에 '거저'가 붙게 되면 부자연스러운 표현이 된다. 자신의 의지에 대한 믿음은 분명한 목적을 지닐 때 가능한 것이기 때문이다. 마찬가지로 "절실한"이라는 말도 '거저'의 꾸밈을 받기에 부적절하다. 긴요하고 다급함을 나타내는 이 어휘가 무목적, 무의지의 이런 부사와 어울리지 않는다.

'거저'는 어떤 의지나 절실함도 허무의 소용돌이 속에 빠트려 버리는 전쟁 체험이 무의식으로부터 끌어낸 어휘이다. 그런 점에서 이것은 전후의 비극적 현실 인식이 응축된 단어라 할 수 있다. 이 어휘가 해방 공간의 시에서 단 한 번도 등장하지 않는다는 점을 고려할 때, 이에 대한 의미 부여는 결코 과장이라 할 수 없다. 따라서 이런 용법을 문법적 지식의 부족이나 겉멋 때문에 생긴 것이라 단정해버린다면 너무 무책임한 논의가 될 것이다.

우연성의 수사학에 비추어 볼 때 박인환이 시를 거꾸로 쓰는 연습을 한 에피소드는 오히려 자연스러운 일로 받아들여진다.[32] 필연적 인과가 부정되는 세계에서 시의 선조적 진행방향의 절대적 근거는 어디에

도 존재하지 않는다. 선조적 질서를 존중하는 시 쓰기야말로 기존의
질서에 안이하게 의지하는 구태의연한 방식으로, 일상의 자동성에 침
윤되어 독자에게 각성과 새로움을 주기에 역부족이다. 따라서 이런 에
피소드는 폄하의 대상이 아니라 시창작 방법론에 대한 미학적 자각을
보여주는 예로 평가되어야 할 부분이라 할 수 있다.

> 함부로 개최되는 酒場의 謝肉祭/ 흑인의 트럼펫/ 구라파 신부의 비명/
> 정신의 황제!/ 내 비밀은 누가 압니까?/ 체험만이 늘고/ 실내는 잔잔한
> 이러한/ 환영의 침대에서.
>
> ―「최후의 회화」 부분

파편적인 구절의 불연속적 나열은 구체적인 의미 파악을 방해하지
만 박인환의 거꾸로 쓰기와 같은 의도적인 기법을 염두에 두면, 뒷부
분("내 비밀은 누가 압니까?"와 "체험만이 늘고", "실내는 …… 침대에서")의 돌
연한 연결은 어느 정도 이해될 수 있다. 먼저 "체험만이 늘고/ 실내는
잔잔한 이러한/ 환영의 침대에서"는 거꾸로 읽을 경우, 아주 자연스러
운 문장이 된다. "조용한 실내의 침대(구체적인 침대인지는 알 수 없지만)
에서 체험만이 늘고"라는 의미가 되는 것이다. 또 "체험"은 그것의 다
양성과 개인적 특수성으로 인하여 "비밀"이라는 어휘를 연상시킨다.
그러나 시에서처럼 이런 연상의 방향이 역전되었을 때, 즉 구문상의
단순한 도치가 이루어졌을 때 이 부분은 상당히 난해한 구절이 되는

---

32) 박인환이 시를 마지막 행부터 거꾸로 쓰는 연습을 했다는 일화는 김규동, 『시인
   의 빈 손』, 소담출판사, 1994, 114~115면 참조. 여기에서 그는 「밤의 노래」 끝
   연을 가지고 설명하고 있다.

것이다. 이런 식으로 "비밀"은 "정신의 황제"로 연결되는데, 이 연계에는 특수한 독서경험이 바탕이 되어 있다. '비밀'은 이상이 말한바 "사람이 비밀이 없다는 것은 재산 없는 것처럼 가난하고 허전한 일이다."(이상, 「실화」)라는 구절을 연상시킨다. 이 구절에서 "내 비밀은 누가 압니까"라는 구절이 탄생한 것으로 보인다. 그리고 "정신의 황제"는 이 구절의 주인공인 이상을 가리킨다. 박인환의 시에서 나타나고 있듯이 그는 직접적으로 이상을 "정신의 황제"(「죽은 아포롱」)라 부르고 있다. 뒷부분(즉 인용문의 앞부분)은 독립된 부분으로 주점의 상황을 가리키는 것으로 보인다. 이렇게 정리해놓으면 이 시의 문맥이 어느 정도 정리가 된다. 그러나 이런 재구성도 시 읽기의 한 방법일 뿐, 모더니즘 시에서 절대적인 의미는 존재하지 않음을 기억해야 할 것이다.

박인환의 시는 1950년에 들어 우연성의 수사학을 적극적으로 차용하여 시의 맥락을 더욱 난해하게 만든다. 통사적 구조의 혼란, 파편적 구절의 불연속적 나열, 문맥으로부터 이탈한 관념어의 사용은 '주어진 세계의 질서'에 대한 회의와 부정이 낳은 우연성의 수사학에 기인한 것이다. '거저'라는 어휘는 그 우연성의 직접적인 기표라 할 수 있다.

6. 결론

박인환 시에 대한 논의는 김수영으로부터 비롯한 '겉멋'과 '피상성'이라는 부정적인 평가의 지루한 반복이 되어 왔다. 그러나 박인환의 시를 꼼꼼하게 읽어보면 이런 판단이 얼마나 성급하고 조잡한 것인가

하는 점을 쉽게 알 수 있다.

박인환은 해방 공간에서 명확한 현실 인식에 바탕을 두고 낙관적인 전망을 보여주는 시를 창작하였다. 그의 이런 시도 현실추수적인 경향에 의해 창작된 것으로 평가절하 되어왔다. 그러나 그의 시가 사상적으로 일관성이 있으며 표현의 적절성도 획득하고 있다는 점을 고려할 때 그의 해방공간의 시는 새롭게 평가될 필요가 있다. 특히 새롭게 발견된 미군정 문서에 그의 남로당 관련 혐의가 있다는 점에서 좀 더 세밀한 접근이 요구된다고 하겠다.

마찬가지로 전후 세계인식을 반영하고 있는 1950년대의 시 역시 '겉멋'으로 일괄적으로 재단되어 왔지만, 그 역시 가장 절실한 전후 세계인식을 적절한 표현으로 묘사한 작품들이 많다는 점에서 새로운 접근이 필요한 시점이다.

이 글에서는 몇 편의 새로운 자료와 기존의 자료를 바탕으로 박인환 시의 새로운 면모를 검토하였다. 그 결과 박인환의 해방 공간의 시가 인민민주주의 민족문학론과 친연성이 있으며, 시적 성취도 역시 당대 다른 시들의 수준을 고려할 때 비교우위에 놓여있음을 확인하였다. 또한 1950년대 시 역시 해방공간의 낙관적 전망의 상실과 전쟁의 체험을 통해 형성된 비극적인 전망을 가장 절실하게 문학적으로 형성한 것임을 보여주었다. 그리고 그런 전망을 가장 잘 보여주는 초월적 이미지를 분석함으로써 박인환 시의 특성을 추출하였다. 초월적 권능을 상실한 초월적 존재, 파편적 세계관, 진보적 이념에 대한 비판, 폭풍의 이미지 등이 그것이다. 또한 이런 특성의 핵심으로 필연성이 사라진 전후 세계의 논리를 보여주는 '거저'라는 어휘에 주목하여 그 의미를 검토하였다.

박인환의 전후 세계 인식은 철저하고 성실한 측면이 강하며 그의 시는 그런 인식을 잘 형상화한 것으로 보인다. 그런 전망의 시적 성취는 세계사적 비극에 대한 철저한 "내성(內省)과 회한(悔恨)"(「세 사람의 가족」) 없이 획득될 수 없는 것이다. 박인환은 전쟁이라는 '검은 신' 혹은 '검은 역사의 천사'의 참혹한 얼굴을 정면으로 바라보며 얻은 통찰을 그에 맞는 수사학으로 정직하게 그려준 1950년대의 유일한 시인이었다.

제 3 부
주제론 2 : 박인환 시의 현실주의적 경향

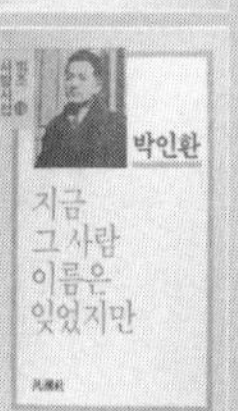

해방기 박인환의 문학적 변모 양상

1. 박인환 문학의 이원적 양상

박인환이 해방기, 좀 더 정확히 말해서 한국전쟁 이전까지 발표한 시작품은 13편 정도이다.[1] 짧은 시기임에도 불구하고 그의 작품의 경

---

* 엄동섭 / 중앙대학교 문학박사, 창현고등학교 교사

[1] 한국전쟁 전까지 박인환이 발표한 시는 「거리」(傳『國際新報』, 1946), 「仁川港」(『新朝鮮』 3호, 1947. 4), 「南風」(『新天地』 2-6호, 1947. 7), 「사랑의 Parabola」(『새한민보』 1-11호, 1947. 10), 「나의 生涯에 흐르는 時間들」(『世界日報』, 1948. 1. 1), 「인도네시아 人民에게 주는 詩」(『新天地』 3-2호, 1948. 2), 「地下室」(『民聲』 4-3호, 1948. 3), 「골키-의 달밤」(『新詩論』 1집, 1948. 4), 「언덕」(『自由新聞』, 1948. 11. 25), 「田園」(『婦人』 17호, 1948. 12), 「列車」(『開闢』 81호, 1949. 3), 「情神의 行方을 찾아」(『民聲』 5-4호, 1949. 3), 「1950年의 輓歌」(『京鄕新聞』, 1950. 5. 16) 등이 확인된다. 그리고 영화, 미술, 사진과 관련된 산문을 제외한 문학론으로는 「詩壇時評」(『新詩論』 1집, 1948. 4), 「金起林詩集 새노래 評」(『朝鮮日報』, 1948. 7. 22), 「사르

향은 『새로운 都市와 市民들의 合唱』(1949. 4)의 간행을 기점으로 하여 뚜렷하게 변화한다. 『새로운 都市와 市民들의 合唱』의 간행 시기, 즉 대체적으로 신시론(新詩論) 동인 활동에 주력했던 시기까지는 현실주의의 양상이 두드러지는 반면에, 1949년 중반 후반기(後半紀) 동인 결성에 동참할 무렵부터는 내면공간으로 침잠하려는 경향이 확연하게 나타난다. 이러한 박인환의 문학적 변모 양상은 『새로운 都市와 市民들의 合唱』의 서문을 통해 그 전조가 제시된 바 있다. 이 글은 '그러나'라는 접속부사를 경계로 하여 전반부는 '시민정신'에, 후반부는 '시의 원시림'에 초점이 맞추어짐으로써 그의 상반된 정신세계가 긴장 관계를 형성하고 있다.

> 나는 不毛의文明, 資本과思想의 不均整한 싸움속에서 市民精神에離反된 言語作用만의 어리석음을 깨닳었었다.
>
> 資本의 軍隊가 進駐한 市街地는 지금은 憎惡와 안개낀 現實이 있을 뿐……더욱멀리 지낸날 노래하였든 植民地의 哀歌이며 土俗의 노래는 이러한 地區에가란져간다.
>
> 그러나 永遠의日曜日이 내가슴속에 찾어든다. 그러할때에는 사랑하든 사람과 詩의散策의 발을 옴겼든 郊外의 原始林으로 간다. 風土와 個性과 思考의自由를 즐겼든 詩의原始林으로 간다.
>
> 아 거기서 나를 괴롭히는 無數한 薔薇들의 뚜거운 溫度.[2]

트르의 實存主義」(『新天地』 3-9호, 1948. 10), 「金起林 長詩 氣象圖 展望」(『新世代』 4-1호, 1949. 1) 「新刊評 趙炳華 詩集 『버리고 싶은 遺産』」(『朝鮮日報』, 1949. 9. 27) 등이 있다.
2) 朴寅煥, 「薔薇의 溫度 서문」, 新詩論 동인회, 『새로운 都市와 市民들의 合唱』, 都市文化社, 1949, 53면.

박인환은 이 글의 전반부에서 해방기의 혼란한 사회적 현실을 '자본과 사상의 불균정한 싸움'으로 인해 '자본의 군대가 진주한 시가지'의 '안개 낀 현실'로 묘파했다. 해방기 현실이 신제국주의의 팽창기였고, 이데올로기의 극심한 갈등기임을 객관적으로 인식했던 것이다. 아울러 그는 '식민지의 애가나 토속의 노래'로는 이러한 '불모한 문명'의 시대를 담보할 수 없다는 점을 자각하고 새로운 문학적 방법을 모색하려고 했다. 그 결과 박인환은 해방기 현실을 바라보는 주체적인 시선을 '시민정신'을 통해 자각하게 된다. 해방기라는 특성상 시민정신에 민감한 시인이라면 누구나 새나라 건설의 열정을 노래하거나, 아니면 이를 가로막는 '자본과 사상'의 부당성을 비판하는 책무를 수행해야만 했다. 「仁川港」, 「南風」, 「인도네시아 人民에게 주는 詩」, 「골키-의 달밤」, 「列車」 등은 이러한 경향을 대표하는 작품이다. 하지만 '그러나'로 역접된 후반부의 진술에는 그동안 견지했던 시민정신을 상실한 채, '풍토와 개성과 사고의 자유를 즐겼던 시의 원시림'으로 침잠할 수밖에 없는 '괴로움'이 배어 있다. 그 정신적인 방황의 뒷모습은 「地下室」 등에서 확인되며, 후반기 시절에 창작된 「情神의 行方을 찾아」, 「1950年의 輓歌」 등에서는 절망과 불안의 자의식이 짙게 드러난다.

박인환 초기시의 현실주의적 경향을 고찰했던 대부분의 연구자들은 그의 이러한 변모 양상을 시대적 한계에 따른 불가피한 변화였다고 분석한 바 있다. 박인환 시에서 발견되는 외적 대상화와 공동체를 향한 연대의식은 해방이 가져다 준 현실의 가능성에 대한 그의 열정의 표현이었으나, 단정의 수립과 점증하는 제국주의의 압력은 그에게 존재했던 공동체의식을 탈각하게 만들었고, 결국 '시의 원시림'이란 내면공간

으로 함몰하게 되었다는 지적이 그 대표적인 경우에 해당한다.3) 또한
해방기 현실이 만들어낸 리얼리즘과 모더니즘의 변증법이 전쟁과 반
공 이데올로기의 양산으로 인해 그 위치를 상실하게 되었고, 그에 따
라 박인환과 같은 진보적인 지식인이 선택할 수 있는 유일한 사상의
출구는 실존주의 이외에는 없었다는 주장도 비슷한 논의 수준을 보여
준다.4)

이러한 견해들은 박인환 초기시의 변화 양상을 적절히 설명했다는
점에서 수긍되지만, 공동체의식 혹은 리얼리즘에 대한 박인환의 인식
수준이나 그의 문학 이념이 변모하게 되는 계기 등을 구체적으로 설명
하지 못했다는 점에서 아쉬움이 남는다. 문헌 자료의 한계로 인해 빚어
진 이 문제들은 최근 들어 문학사의 화석으로 여겨지던 『신시론』 1집
(1948. 4)5)이 발견되고, 국가보안법 위반 혐의로 체포된 일(1949. 7. 16) 등
그 동안 알려지지 않았던 박인환의 전기적 사실들이 확인됨으로써 그
해결의 단초를 마련할 수 있게 되었다. 이 글에서는 새로운 문헌 자료
들을 바탕으로 하여 해방기 신진 시인들의 시동인인 신시론의 전개 과
정에 미친 박인환의 영향력을 살펴보고, 그의 문학적 변모 양상을 규

---

3) 송기한, 「역사의 연속성과 그 문학사적 의미―박인환의 경우」, 문학사와 비평연
   구회 편, 『1950년대 문학연구』, 예하, 1991, 157~159면.
4) 조영복, 「1950년대 모더니즘 시에 있어서의 '내적 체험'의 기호화 연구」, 서울대
   석사학위논문, 1992, 14면.
5) 『신시론』 1집은 박인환의 주도에 의해 간행된 시동인지로, 필자의 논문(「해방기
   시의 모더니즘 지향성 연구―新詩論 동인을 중심으로」, 중앙대 박사학위논문, 2006)
   을 통해 그 전모가 문학사에 최초로 보고되었다. 『신시론』 1집의 문학사적 의의는
   그동안 『새로운 都市와 市民들의 合唱』에 한정되었던 해방기 모더니즘 시운동의 연
   구 수준을 한걸음 진전시킬 수 있는 연구 자료라는 점에서 찾을 수 있다.

명해보도록 한다.

2. 신시론의 전개 과정과 박인환의 영향 관계

신시론[6]은 해방기에 등장한 신진 시인들인 김경린(金璟麟), 김경희(金景熹), 김병욱(金秉旭), 박인환, 임호권(林虎權) 등이 1947년 하반기에 결성한 시동인이다.[7] 1948년 4월 『신시론』 1집과 1949년 4월 합동시집 『새로운 都市와 市民들의 合唱』을 간행함으로써 우파 시단의 청록파(박목

---

6) '신시론(新詩論)'이란 명칭은 1940년대 일본 모더니즘 시운동의 영향을 많이 받은 것으로 여겨진다. 일본 모더니즘 시운동은 '詩と詩論'(1928)으로부터 출발하여 1930년대 중반 이후 프랑스 초현실주의 및 영미 이미지즘적인 요소가 강했던 'VOU'(1935)와 영국 'New Country'파의 영향을 받아 사회의식적인 면이 강했던 '신영토(新領土)'(1937)로 분화되었다. VOU는 1940년부터 '신기술(新技術)'이란 명칭을 병행하여 사용했는데, 신시론 동인 중 김경린이 여기에 가담하여 활동하였다. 신영토는 1942년 동인지가 폐간된 후 '신시론(新詩論)'으로 명칭을 바꾸었는데, 여기에는 김병욱(金秉旭)이 동인으로 참여하였다. 신시론의 주요 동인인 김경린과 김병욱이 1940년대 일본 모더니즘 시운동에 관여하였고, 그 동인의 명칭이 각각 신기술, 신영토, 신시론 등이었다는 점을 고려할 때, 신시론은 그 명칭에서부터 일본 모더니즘 시운동의 영향을 크게 받았다고 볼 수 있다.(長谷川泉 編, 『日本文學新史 現代』, 至文堂, 1991, 288~301면과 金璟麟, 「기억 속에 남기고 싶은 그 사람 그 이야기」, 5회, 1993, 『詩文學』 263호, 24~25면 및 최하림, 『김수영 평전』, 실천문학사, 2001, 96면 참조)
7) 신시론의 초기 동인이 5명이었음은 김경희가 동인들의 면면을 인상적으로 묘사한 『신시론』 1집의 후기에서 여실히 확인된다. "寅煥이가 結婚할 날도 머지 않았다. Will-Mrs.와 함께 거니는 그의 모습은 단듸스럽다. 計算器와 같은 璟麟의 微笑가 二層아래로 그들을 따라간다. 거북이같은 虎權이가 한잔의 위스키에 얼근하여 그에게 說敎한다. 노가다를 했다는 秉旭이는 女學生들을 앞에 두고 무슨말을 하는지. 나는 봄이되어 濟州 바다 넘어서 돌아올 病妻를 위해 조고만 準備를 하느라고 바쁘게 도라다니고있다."(金景熹, 「後記」, 新詩論 동인회, 『新詩論』 1집, 珊瑚莊, 1948. 4, 16면)

월, 조지훈, 박두진), 좌파 시단의 전위시인(김광현, 김상훈, 이병철, 박산운, 유진오)들과 함께 해방기 신진 시인의 주요 세력으로 부상하였다. 신시론의 초기 동인은 앞에서 언급한 대로 5명이지만 신시론의 결성을 주도하고 『신시론』 1집을 발간하는 등 동인 활동의 핵심적인 역할은 박인환이 맡은 것으로 알려져 있다.

어느날 茶房에서 T. S. 애리옷의 「荒蕪地」의 飜譯에關하여 이야기하고있는분을 처다보았드니 그는 내가잘아는 C씨의 親友인 金景熹氏라는 것을 알게되었다. 며칠後 前記茶房에서 雜談비슷한 同人誌의말을하고 있었는데 偶然이도 나타나신분이 張萬榮氏이다. 張氏는 곧 당신네들이 새로운詩運動을 끝끝내 하신다면 넉넉지못한 財政이나마 힘자라는데까지 協力을 하여주겠다는 믿을수없는 善意의 말이었다. 그리하여 그길로 林虎權氏 金璟麟氏를 찾았다. 얼마되여 金璟麟氏가 釜山에 네려가 金秉旭氏에게 連絡을 하였다. 참으로 偶然한小事件이었다. 이리하여 新詩論이라는 題號는 誕生하였다.[8]

장만영이 새로운 시운동을 후원하겠다는 견해를 박인환에게 일차적으로 표명했고, 그가 다시 이 말을 신시론 동인인 임호권과 김경린 등에게 전언했다는 사실은 박인환이 신시론 결성 초기에 동인 활동의 중심에 있었음을 증명하는 유력한 근거가 된다. 박인환이 이와 같은 중개 역할을 할 수 있었던 것은 그가 마리서사를 통해 기성과 신인을 아우르는 문인 교류의 중심축을 형성하고 있었기 때문이다.

---

8) 朴寅煥, 「後記」, 『新詩論』 1집, 16면.

　　그의 책방에는 그 방면의 베테란들인 李時雨 趙宇植 金起林 金光均
등도 차차 얼굴을 보이었고, 그밖에 李洽 吳章煥 裵仁哲 金秉旭 李漢稷
林虎權 등의 리버럴리스트도 자주 나타나게 되어서 전위 예술의 소굴같
은 감을 주게 되었지만, 그때는 벌써 茉莉書舍가 俗化의 제1보를 내딛기
시작한 때이었다.9)

　　『기상도』의 시인 김기림과 『와사등』의 시인 김광균, 이한직, 이시우
(李時雨), 조우식(趙宇植), 이활(李活), 배인철, 양병식(梁秉植), 김병욱(金
秉旭), 김경희(金景熹) 등이 종종 얼굴을 보였고, 박일영, 임호권(林虎權)
은 살다시피했다.10)

　　위의 증언들을 통해 마리서사 시절의 박인환과 임호권, 김병욱, 김
경희, 김수영, 양병식 등의 교우 관계를 확인할 수 있다. 박인환은 신
시론에 대한 결성 논의가 있기 전부터 이러한 친교를 바탕으로 하여
새로운 시운동을 전개하려는 움직임을 보인 적이 있다. 1946년 7월 20
일에 개최하기로 계획된 '전후세계(戰後世界)의 현대시(現代詩)의 동향(動
向)과 새 시인(詩人) 소개(紹介)'라는 문학 행사가 그것이다. 박인환이 작
성한 이 행사의 프로그램 초안을 살펴보면, 선언문 낭독(송기태), 현 시
단에 보내는 메시지(박인환), 번역시 낭독(박인환, 김수영), 원시(原詩) 낭독
(김수영, 김병욱, 이한직)과 회원들의 자작시 낭독 및 강연 등이 계획되었
음을 알 수 있다.11) 모임이 무산되어 행사의 구체적인 내용을 파악하

---

9) 金洙暎, 「茉莉書舍」, 황동규 편, 『金洙暎 全集 2』, 민음사, 1981, 72면.
10) 최하림, 앞의 책, 94면.
11) 金光均 외, 『歲月이 가면』, 근역서재, 1982 화보 참조. 양병식이 보관하다 소개
　　한 박인환의 육필 초고에는 '20日. July. 46'이라는 일시와, '김병욱, 양병식, 박
　　인환, 김수영, 박일영, 송기태, 이한직' 등의 참가 회원, 그리고 행사 순서가 기

기는 어렵지만, '전후세계의 현대시의 동향과 새 시인 소개'라는 행사명과 현 시단에 보내는 메시지, 선언문 낭독 등을 준비한 것으로 미루어 보아 그 성격을 어느 정도 짐작할 수 있을 듯싶다. 즉 전후 서구의 새로운 시적 경향을 소개하고, 기성 시단에 대해 반성과 새로운 변혁을 촉구하는 동시에 새로운 시운동이 지향하는 문학적 이념을 제시하는 데 그 주요한 목적이 있었을 것으로 여겨진다.

치밀한 준비 없이 계획된 '전후세계의 현대시의 동향과 새 시인 소개'가 무산된 이후에도 박인환은 김경희, 김병욱, 김수영, 양병욱, 임호권 등과의 느슨한 친교 관계를 보다 밀도 있는 문학 활동으로 견인하고자 다각적인 노력을 경주하였다. 먼저 그는 일본 문단에서 글을 썼다는 자책감으로 인해 1947년 상반기까지 작품 활동을 하지 않고 있던 김경린과 접촉하여 새로운 시운동을 함께 하기로 합의하였다. 김경린과의 만남을 계기로 하여 동인 구성이 급진전되어 1947년 하반기에 신시론이 결성되자, 박인환은 그 무렵 출판사(珊瑚莊) 등록을 마친 장만영을 만나 『신시론』 1집의 간행을 약속받기까지 한다.12) 이러한 사실들을 종합할 때, 박인환은 신시론 동인의 구성에서 『신시론』 1집의 간행

록되어 있다.

12) 박인환의 『新詩論』 1집 후기에 보면 장만영은 신시론 동인들에게 재정적인 지원을 약속했는데, 그는 자신이 설립한 출판사인 산호장에서 『新詩論』 1집을 간행해줌으로써 그 약속을 이행하였다. 장만영은 『新詩論』 1집을 간행한 이후 김기림의 『氣象圖』 재간본(1948), 趙炳華의 『버리고 싶은 遺産』(1949) 등과 자신의 시집 『幼年頌』(1948) 등을 연속적으로 간행하였다. 이러한 경향은 1950년대에도 이어져 조병화의 『人間孤島』(1954), 박인환의 『選詩集』(1955), 김규동의 『나비와 廣場』(1955), 김광균의 『黃昏歌』(1957) 등의 시집이 장만영의 손을 거쳐 출간되었다. 그는 해방 이후 모더니즘 논의를 주도한 김기림이나 김광균과는 달리 출판 활동 등을 통해 모더니즘 시운동을 측면에서 지원했던 것이다.

에 이르기까지 전 과정에 걸쳐 주도적인 역할을 담당했다고 할 수 있다.

박인환의 역할 중심을 입증할 수 있는 또 다른 근거는『신시론』1집의 표지 장정으로 할스만(Halsman. 1906~1979)의 인물 사진(Lauren Bacall was named "The Look")이 사용된 점에서 확인된다. 할스만은 예술가, 정치가, 과학자 등 유명인들의 인물 사진을 주로 찍은 사진작가로, 그의 초기 대표작에는 초현실주의 화가인 살바도르 달리의 기괴한 포즈를 찍은 사진집『달리의 콧수염(Dali's Mustache)』이 있다. 김수영의 회고에 의하면 박인환은 할스만의 이 사진을 마리서사에 걸어놓고 있었다고 한다.13) 한편 박인환은 사진뿐만 아니라 비평문을 쓸 정도로 영화에 많은 관심을 기울이기도 했다.14) 따라서 영화배우 로렌 바콜의 인상적인 시선을 포착한 할스만의 사진을『신시론』1집의 표지에 사용한 것은, 영화나 사진 등에 관심이 많았던 박인환의 취향이 반영된 결과라고 생각된다.15) 이처럼 동인들을 구성하고,『신시론』1집의 간행을 주관했으며,

---

13) "용수철같은 수염을 뻗친 달리의 사진이 2, 3년 전의 일처럼 눈에 선하다."(金洙暎, 「茉莉書舍」, 71면)

14) 박인환이 한국전쟁 전까지 쓴 사진 비평문에는 「報道寫眞 雜考」(『民聲』 4-11호, 1949. 11)가 있고, 영화 비평문에는 「아메리카 映畵 試論」(『新天地』 3-1호, 1948. 1), 「戰後 美英의 人氣俳優들」(『民聲』 5-11호, 1949. 11), 「美英佛에 있어서의 映畵化된 文藝作品」(『民聲』 6-2호, 1950. 2) 등이 있다.

15) 신시론 동인들 중 표지 장정에 가장 뛰어난 솜씨를 보인 인물은 김경린이었다. 그는 김기림의 재간시집『氣象圖』(1948), 산문집『바다와 肉體』(1948), 시론집『詩의 理解』(1950)와 新詩論의 앤솔로지『새로운 都市와 市民들의 合唱』(1949) 및 조병화의 시집『버리고 싶은 遺産』(1949) 등의 표지 장정을 맡아 솜씨를 발휘했다. 김경린의 장정은 간결한 선과 면을 위주로 한 추상적인 시각성이 특징이다. 하지만 김경린은『新詩論』1집이 간행될 당시까지만 해도 신시론 내부에서 주류적인 위치에 있지 않았기 때문에『新詩論』1집의 장정은 영화와 사진에 관심이 많았던 박인환이 담당했을 것으로 추정된다.

그 표지 장정까지 꾸몄을 정도로 신시론의 결성에 미친 박인환의 영향력은 매우 컸다고 볼 수 있다.

한편 박인환 등은 『신시론』 1집이 간행될 당시부터 새로운 동인들의 참여를 적극적으로 권유하였는데,16) 이 과정에서 김종욱(金宗郁), 김수영, 양병식 등이 가세함으로써 신시론은 그 본격적인 진용을 마련할 수 있었다.

새로운시의 운동을위하여 애써오던 신시론동인 김병욱 임호권 김경린 김종욱 박인환등제씨는 이번최초의안소로지 『새로운 도시와시민들의합창』을 발간키로 되었다는바 편집겸발행인은 홍성보(洪性普)씨이며 명년정월二십일경에 발간되리라한다.17)

『새로운 都市와 市民들의 合唱』의 발간을 알리는 기사에서 우선 김종욱이 새로운 동인으로 가담했음을 확인할 수 있다. 이 기사에 김수영과 양병식의 이름이 언급되지는 않은 점으로 미루어 이들은 김종욱보다 약간 늦은 시기인 1949년 초반 무렵에 신시론에 합류한 것으로 보인다.18) 따라서 『새로운 都市와 市民들의 合唱』이 발간되기 직전까

---

16) "詩와文化의새로운 發展을 위해서 上記(김경린, 김경희, 김병욱, 박인환, 임호권 －필자 주)의詩人들이 먼저同人이되고 거기애 새로운詩와 詩論의 寄稿를 記載할 뿐이다. 그러므로 同人이되고 싶으신분은 이러한 點을 理解하시고 極力 參加하기바란다."(朴寅煥, 「後記」, 『新詩論』 1집, 16면)
17) 기사(1948. 12. 25), 「신시론동인들 안소로지발간」, 『서울신문』, 1948. 12. 25.
18) 「신시론동인들 안소로지발간」 기사에서 김종욱의 이름은 확인되는 반면, 김수영이나 양병식의 이름이 거론되지 않는 것으로 보아 이들은 적어도 1948년 말까지 신시론에 가담하지 않았던 것으로 여겨진다. 그와 양병식이 『새로운 都市와 市民들의 合唱』(1949. 4)의 간행 직전에 신시론을 탈퇴한 김병욱 등에 동조하여 『새로운 都市와 市民들의 合唱』의 간행에 참여하지 않으려고 했다는 김수영의

지 새로운 시운동에 참여한 신시론 동인들은 김경린, 김경희, 김병욱, 김수영, 김종욱, 박인환, 양병식, 임호권 등 8명에 달하게 된다.

그러나 신시론 동인들은 새로운 시운동에 대한 의욕만을 공유하였을 뿐, 이념적인 측면에서 그 결속력은 강하지 않았을 것으로 판단된다. 「新詩論동인들 안소로지발간」 기사에 예고된 대로 『새로운 都市와 市民들의 合唱』이 1949년 1월에 간행되지 못하고 4월에야 발행된 점이나, 8명의 동인들 중 김경희, 김병욱, 김종욱 등 3명이 이 앤솔로지에 참여하지 않았다는 사실은 신시론 내부에 어떤 문제가 있었음을 짐작하게 한다. 김수영은 이 문제를 김경린과 김병욱 사이의 헤게모니 다툼으로 보고 있다.

> 寅煥이가 『새로운 都市와 市民들의 合唱』을 계획하였을 때 秉旭도 처음에는 한몫 끼일 작정을 하고 있었는데, 璟麟이와의 헤게머니 다툼으로 秉旭은 빠지게 되었다. 그렇지 않아도 寅煥의 모더니즘을 벌써부터 불신하고 있던 나는 秉旭이까지 빠지게 되었다는 말을 듣고, 나도 그만 둘까 하다가 겨우 두 편을 내주었다.[19]

하지만 김경린과 김병욱의 갈등은 그 원인을 살펴볼 때, 단순한 헤게모니 다툼이 아니라 문학 이념의 정면적인 충돌로 파악된다. 이러한 내부 분열은 조선문학가동맹이 주최한 문학의 밤에 참여하는 문제를 둘러싼 의견 대립에서 촉발되었다. 이때 조선문학가동맹에 관여하고 있던 김경희와 김병욱 등은 참가를 주장한 반면, 김경린과 박인환은

회고를 감안한다면, 이들은 1949년 초반 무렵 신시론에 가담했다고 볼 수 있다.
19) 金洙暎, 「演劇하다가 詩로 轉向」, 『金洙暎 全集 2』, 228면.

반대했다고 한다.[20] 현실주의를 문학적 토대로 삼았던 김병욱 등은 민족의 현실을 직시하고 이에 대응하는 시운동을 벌이려고 했던 반면, 김경린은 '언어의 구상성(具象性)'에 관심이 많았기 때문에 양자 간 문학 이념의 충돌은 필연적일 수밖에 없었다. 주목할 점은 이러한 문학적 갈등이 이미 신시론의 결성 과정에서부터 배태되었다는 사실이다.

> 지난번 公務로因하여 釜山에 出張을 갔을때 金秉旭씨를 맞날수가있었다. 그는바다가 가까이 보이는 某學校의 층내우에서 새로운 感覺을 비둘기처럼 날리고있었다. 그와 나는特別히 親交는 없었지만 그리고 詩의 所屬團體도 달렸지만은 우리는 다같이 現代詩의 世界的인 흐름속에서 詩의 展開를위하여 鬪爭하여온것만큼 共通한 立場에서 現代詩의 새로운 方向을 論議할수가 있었다. (…중략…) 또한 우리의 새로운 詩의運動이 앞으로 가저야할 方向에關하여 가벼운 意見의 一致도보았다.[21]

신시론의 결성 과정에서 김경린과 김병욱은 새로운 시운동을 전개한다는 대원칙에 대해서만 '가벼운 의견의 일치'를 보고 있을 뿐이다. 서로 '시의 소속단체'가 달랐다는 김경린의 진술은 그와 김병욱 사이에 내재했던 문학적 거리감의 표현이다. 실제로 김경린과 김병욱은 일본 모더니즘 시단에서 활약했던 이력을 공유하지만, 김경린은 프랑스 초현실주의 및 영미 이미지즘적인 요소가 강했던 VOU에서, 김병욱은 영국 New Country파의 영향을 받아 사회의식적인 면이 강했던 신영토(新領土)에서 각각 활동했기 때문에 양자의 문학 이념은 뚜렷한 차이를 지

---

20) 최하림, 앞의 책, 109면.
21) 金璟麟, 「後記」, 『新詩論』 1집, 16면.

니고 있었다.

동인 간의 사상적인 불일치로 인하여 조선문학가동맹에 가담했던 김병욱, 김경희, 김종욱 등은 신시론에서 이탈하고, 『신시론』 2집에 해당하는 『새로운 都市와 市民들의 合唱』[22]에는 김경린, 박인환, 임호권, 김수영, 양병식 등 5명만이 참여하게 되었다.[23] 그러나 김병욱 등이 신시론을 탈퇴한 이후에도 남은 동인들 사이의 갈등은 여전해서 박인환과 김경린이 신시론을 주도하게 된 것에 대해 김수영, 양병식, 임호권의 불만은 매우 컸다고 한다. 김수영이 김병욱 등에 동조하여 『새로운 都市와 市民들의 合唱』의 간행에 참여하지 않으려다가 시 2편만을 수록한 점이나,[24] 임호권이 『새로운 都市와 市民들의 合唱』 서문에서 자신의 시세계를 모더니즘과 의도적으로 차별화한 점을 그 근거로 들 수 있다.[25] 현실주의를 지향했던 임호권이 스스로 신시론의 동

---

22) 『새로운 都市와 市民들의 合唱』을 『신시론』 2집으로 볼 수 있는 근거는 『새로운 都市와 市民들의 合唱』의 장정에서 확인된다. 『새로운 都市와 市民들의 合唱』의 앞표지 하단에 'SIN SHI RON ANTHOLOGY'로, 속표지에 '新詩論詩集'으로 명시된 점이 그 분명한 증좌이다. 따라서 『새로운 都市와 市民들의 合唱』은 『신시론』 제2집의 성격을 지닌 사화집으로 볼 수 있다.

23) 합동시집 『새로운 都市와 市民들의 合唱』에는 '魅惑의 年代'라는 소제목 하에 김경린 5편(「波長처럼」, 「무거운 地軸을」, 「나부끼는 季節」, 「旋回하는 가을」, 「빛나는 光線이 올 것을」), '雜草園'이라는 소제목 하에 임호권 5편(「生命의 노래」, 「生活」, 「등잔」, 「검은 悲哀」, 「시내」), '薔薇의 溫度'라는 소제목 하에 박인환 5편(「列車」, 「地下室」, 「仁川港」, 「南風」, 「인도네시아 人民에게 주는 詩」), '明白한 노래'라는 소제목 하에 김수영 2편(「아메리카·타임지」, 「孔子의 生活難」) 등 창작시 17편과 양병식의 번역시 3편(「決코 實在하지 않지만」, 「友人 피카소에게」, 「나는 自己를」) 등 모두 20편의 시작품이 실려 있다.

24) 최하림, 앞의 책, 109~110면.

25) "轉換하는 歷史의 움직임을 모더니즘을 통해 思考해 보자는 新詩論 同人들의 意圖와는 내 詩는 表現方式에 있어 距離가 멀다. 이러한 意味에서 처음부터 나는

인이 될 자격이 없다고 공표한 점은 김경린이 주도한 모더니즘 시운동에 대한 반발일 가능성이 농후하다. 또한 양병식이 김경희, 김병욱, 임호권이 불참한 동인회는 신시론과는 전혀 성격이 다르기 때문에 후반기에 불참했다[26]고 밝힌 점 역시 신시론의 해체를 불러올 만큼 동인들 간의 내부 갈등이 심각했음을 입증해 준다.

이러한 동인들의 갈등 관계와 관련하여 가장 문제적인 위치에 있었던 인물 역시 박인환이었다. 그는 『새로운 都市와 市民들의 合唱』의 간행 이후 김경린에 대해 반발했던 동인들, 김경희와 김병욱은 물론이고 김수영이나 양병식과도 거의 어울리지 않았다고 한다.[27] 『새로운 都市와 市民들의 合唱』이 간행될 무렵까지만 해도 박인환은 「仁川港」, 「南風」, 「인도네시아 人民에게 주는 詩」, 「골키-의 달밤」 등의 시작품과 「詩壇時評」 등의 시론을 통해 반제국주의적, 반자본주의적인 작품 세계를 구현한 바 있다. '자본의 군대가 진주한 시가지는 지금 증오와 안개 낀

同人될 資格을 갖지 못했다."(林虎權, 「雜草園 서문」, 『새로운 都市와 市民들의 合唱』, 31면)

26) 윤정룡, 「전후 모더니즘 시론의 새로운 양상」, 한계전 외, 『한국 현대시론사 연구』, 문학과지성사, 1997, 259면.

27) 박인환은 『새로운 都市와 市民들의 合唱』 간행을 전후하여 동인들 간의 갈등이 격화되자 신시론을 탈퇴한 김경희, 김병욱은 물론이고, 김수영, 양병식, 임호권 등과도 일정한 거리를 유지했다고 알려져 있다. 이러한 사실은 신시론의 모태가 되었던 마리서사 중심의 친교 관계가 와해되었음을 의미하며, 그 결과 신시론은 해체의 과정에 놓이게 된다. 이러한 정황에 대해서는 다음의 인용문을 참고할 만하다. "『새로운 도시와 시민들의 합창』이 나온 뒤, 박인환은 김수영이나 양병식과 그다지 어울리지 않았던 듯하다. 김수영이나 양병식, 그리고 그들과 친교가 두터웠던 이봉구의 산문에는 『새로운 도시와 시민들의 합창』 이후에 그들이 어울렸다는 기록이 없다. 몸이 날랜 박인환은 그들을 떠나 명동과 문단을 헤집고 다녔다."(최하림, 앞의 책, 131면)

현실이 있을 뿐'이라는 『새로운 都市와 市民들의 合唱』의 서문은 이러한 현실 인식의 수준을 잘 대변하여 준다. 그러나 박인환은 1949년 7월 국가보안법 위반 혐의로 내무부 치안국에 체포된 것[28]을 기점으로 하여 이념의 변화 과정을 겪게 된다.[29] 그는 현실주의적 성향이 강했던 마리서사파 인물들과 결별하고, 좌파 이데올로기에 치중하는 문학은 낡은 것이라는 김경린의 견해를 전폭적으로 수용하기에 이른다.[30] 이처럼 박인환이 이념의 변화 과정을 겪게 되는 시기는 그가 김경린과 함께 새로운 동인, 즉 후반기를 결성해가는 때와 거의 일치하고 있다.

---

28) 당시 신문을 비롯한 여러 기록에 따르면 박인환은 1949년 7월 16일에 다른 네 명의 기자들과 함께 내무부 치안국에 체포된다. UNCOK, 즉 유엔한국위원회에 소속되어 있던 이들 다섯 명의 기자들은 남로당의 평당원(normal member)으로서 당시의 국가보안법 2항을 위반한 혐의를 받은 것이다. 『朝鮮中央日報』 기사에 의하면 이들 가운데 서울타임스 기자 최영식, 고려통신 기자 이문남, 조선중앙일보 기자 허문택 등 3인은 구속되고, 국도신문 기자 심내섭, 자유신문 기자 박인환, 공립통신 기자 정중안 등은 곧 석방되었다. 이들 중에서 공립통신 기자 정중안은 7월 16일에 체포된 기자 명단에는 없었던 인물이다. 최영식에 대한 외신기자 인터뷰에 따르면 그는 실제로 남로당 당원이었던 것으로 밝혀졌으며, 조사 및 수감 과정에서 전향의 뜻을 표명한 것으로 되어 있다. 그는 서울타임스를 'a liberal paper'로 만드는 임무를 띠고 있던 남로당 하급 조직의 세포원이었던 것이다. 곧 석방된 것으로 보아 박인환은 남로당과는 거리가 있었지만, 체포되기 이전까지만 해도 언론사에 침투에 있던 좌파 인사들과 어울리면서 남한의 단독정부 수립에 대해 어느 정도 불만을 토로했던 것으로 추측된다.(기사, 1949. 8. 4, 「유엔韓國委員團 出入記者 3名, 國家保安法 違反 嫌疑로 送廳」, 『朝鮮中央日報』 및 American Embassy(1949. 8. 2), Foreign Press Interview with Choi Yung Sik Reporter for The Seoul Times Arrested July 16th for Violation of the National Security Law, 국사편찬위원회 한국사데이터베이스 참조)
29) 박인환의 처가가 이왕가의 가계이고, 장인이 은행 지점장을 지냈으며, 처삼촌인 이순용이 한국전쟁 중 내무부 장관을 역임한 사실 등을 염두에 둔다면, 그의 이념적 변화에는 집안의 분위기 역시 큰 영향을 미쳤을 것으로 추측할 수 있다.
30) 金璟麟, 「기억 속에 남기고 싶은 그 사람 그 이야기」 13회, 『詩文學』 271호, 1994, 22면.

『새로운 都市와 市民들의 合唱』발간 이후 내부 갈등으로 인해 더 이상의 신시론 활동이 불가능하게 되자, 김경린은 1949년 여름 이한직을 통해 조향(趙鄉)을 알게 된 것을 계기로 하여 새로운 동인 활동을 계획하게 된다. 김경린이 박인환을 조향에게 소개하면서 형성되기 시작한 후반기 동인의 면모는 박인환이 이상로(李相魯)와 김차영(金次榮)을 동인으로 넣자고 제의하면서 그 1차적인 진용이 구축되었다. 작품집 발간을 준비하던 중 한국전쟁을 맞이한 후반기는 이상로와 이한직이 탈퇴하는 대신 김규동(金奎東)과 이봉래(李奉來)를 동인으로 받아들임으로써31) 1950년대 시단의 전초를 마련하게 된다.

따라서 박인환의 이념적 변모 과정은 신시론의 해체와 후반기의 결성이라는 문학적 사건에 직접적인 영향을 미쳤다고 볼 수 있다. 현실주의와 결별한 박인환이 김경린의 모더니즘을 지원하게 됨으로써 신시론은 더 이상의 동인 활동이 불가능하게 되었고, 곧이어 김경린과 박인환은 사실상 해체된 신시론을 대신하여 조향 등과 함께 새로운 시 동인인 후반기를 출현시켰기 때문이다. 이러한 동인 활동의 변모와 맞물려 박인환의 작품 경향 역시 신시론 시기의 외향적인 현실주의에서 후반기 시기의 내면적인 자의식 세계로 변화하게 된다. 민족국가 수립의 좌절이라는 객관적인 현실 정세의 악화와 국가보안법 위반 혐의로 피체된 체험은 박인환으로 하여금 역사적인 존재로서가 아니라 자연적인 존재로서 자신을 인식하게 만들었다. 1950년대 박인환 시의 특징을 불안의식, 내성과 회한, 허무주의, 죽음의식 등이라고 규정할 때, 이

---

31) 趙鄉, 「인환과 '후반기'」, 『歲月이 가면』, 116~121면.

러한 경향은 한국전쟁을 거치면서 뚜렷하게 강화되었을 뿐 이미 해방기 현실의 체험 속에서 싹트고 있었던 것이다.

3. '공동체의식(共同體意識)'의 지지 논리와 '시민정신'의 상실 과정

『신시론』1집과 『새로운 都市와 市民들의 合唱』으로 대변되는 신시론 시기의 박인환은 다수의 동인들과 마찬가지로 현실주의적 창작 태도를 견지하였다. 그를 위시하여 현실주의를 지향한 대다수의 신시론 동인들은 민족의 공통된 염원인 새나라 건설을 위해 시인이 정치에 참여할 것을 주장한 김기림(金起林)의 '공동체의식(共同體意識)'을 지지함으로써 문학의 사회성을 중시하는 시운동을 적극적으로 견인하였다. 김병욱은 김기림의 시집 『새노래』에 대한 서평을 통해 단편적이기는 하지만 김기림의 입장에 거의 전적으로 동조하고 있다.

八·一五가 왔을때 새노래의 저자는 그 염원으로서 올라가던 文明段階에서 民衆의 속으로 돌아왔다. 새로운 見聞과 敎養의 報告를 한다. 눈 비비며 걸어오는 아침의 얼굴들을 爲하여 新發聲法을 가르친다. 우리는 그가 무엇을 말 하는가를 明確히 안다. (…중략…)
우리는 傳統과 傷心의世代─武裝하지않은 눈으로서의 可視的世界의 記錄을 武裝한 오늘의 눈으로서의 可視的世界의 記錄으로 置換하기 爲하여 措辭作用의 科學化한 世界의 開拓을使命띤位置에 서있는 筆者와 같은 젊은 世代로서는 著者의 表現腕力의 的確함과 탁월함에 僭越唐突한 拍手를 안할수 없다. 國家運命의 自覺에關한 洞察이 素材로서의 그것이 사람이 살아나가는 政治, 社會, 哲學, 科學, 經驗의 全系列의 公約數인 세

계관에 對하여는 脫毛 以前에 握手를 보내고 싶다.[32]

김병욱은 해방 이후 김기림의 문학적 관심이 '문명 단계', 즉 1930년 대의 문명 예찬 및 문명 비판의 세계에서 '민중'의 세계로 변화했다고 지적했다. 김기림이 '민중'의 개념을 '인민대중이야말로 역사적 사회적 현실적인 민족의 중추며 공동체의식의 유지자'[33]라는 말로 적절히 함축한 점을 염두에 둘 때, 그의 분석은 매우 정확하다고 볼 수 있다. 김병욱은 김기림의 '국가운명의 자각에 관한 통찰'과 '세계관'에 전적으로 공감하고 있으며, 그를 자신과 같은 젊은 세대들이 본받을 만한 도표(道標)로 인식하고 있기도 하다.

임호권은 김병욱처럼 공동체의식에 대한 직접적인 찬동을 표명하지는 않았지만 『기상도(氣象圖)』에서 『새노래』로의 시적 변화를 긍정함으로써 김기림에 대한 공감의 태도를 드러내고 있다. 그는 『기상도(氣象圖)』가 전시대 모더니즘의 찬연한 영광이기는 하지만, 기상대에서 발휘된 김기림의 예지는 해방 이후에도 새로운 것, 옳은 것, 멋진 것을 구한 결과 『새노래』의 세계에 이르렀다고 평가하였다. 아울러 김기림이 『새노래』의 권두에 인용한 "나는 새 都市와 새 百姓을 노래하는 걸세"라는 샌드버그의 시 구절을 지적하면서 그의 시정신이 계속 전진하기를 당부하기도 했다.[34]

흑인시를 번역한 김종욱의 경우 뚜렷한 시론을 남기지 않은 까닭에

---

32) 金秉旭, 「金起林詩集 새노래 新刊評」, 『文章』 속간호, 1948. 10, 254면.
33) 金起林, 「詩와 民族」, 『詩論』, 白楊堂, 1947, 212면.
34) 林虎權, 「金起林 長詩 氣象圖를 읽고」, 『自由新聞』, 1948. 11. 16.

김기림과 세계관이나 창작방법론의 유사성을 구체적으로 논증하기는 어렵다. 하지만 김기림이 자신의 흑인시 번역에 많은 교시를 주었다[35]는 김종욱의 언술이나 김기림이 흑인시의 의의를 사회적 자각의 결과로 본 점[36]을 참고로 할 때, 김종욱에게 미친 김기림의 영향 역시 클 것으로 짐작된다.

공동체의식에 대한 박인환의 인식은 『신시론』 1집의 「詩壇時評」에서 명료하게 제시되고 있다. 그는 먼저 글의 앞부분에서 해방기 시단의 현황을 객관적으로 소개한 후, 진정한 '조선의 현대시'에 대한 자신의 견해를 개진하였다.

> 오늘날 南部朝鮮의詩人들은 所謂 純粹文學을 부르짖는 詩人들을 除外하고서는 모다들 크다란 社會混亂속에서 헤메고있다. 그들은 아름다움을 노래하기보담도 險惡한 現實의 反抗을 스스로 노래하였다.
> 現代詩가 지금까지 逢着하지못한 時代에서 누구를莫論하고 피흘리며 싸우고있는것이다. 여기서뛰여나온詩 가장 主觀이 明白하고 流行에서 超脫한詩 共通된感情을 率直하게 傳하여주는詩 이러한詩만이 拒否할수없는 朝鮮의現代詩일것이다.[37]

박인환은 해방기 시인들을 혼란한 사회 현실을 외면한 채 아름다움만을 노래하는 순수문학파의 시인들과 험악한 현실에 대한 반항을 노래하는 시인으로 대별하고 있다. 그는 전자를 '자연발생적 시인'으로,

---

35) 金宗郁 역편, 『强한 사람들』, 民敎社, 1949, 150면.
36) 金起林, 「黑人詩의 擡頭」, 『自由新聞』, 1949. 1. 11.
37) 朴寅煥, 「詩壇時評」, 『新詩論』 1집, 5면.

후자를 '필연적 시인'으로 규정함으로써 해방기 시단을 이분법적으로 인식한다.38) 양자 간의 정신적 거리는 순수 지향 / 현실 지향 사이에 놓여있다. 따라서 이 도식에 따르면 자연발생적인 시인은 시대적 현실성을 자각하지 못했기 때문에 '식민지의 애가나 토속의 노래'만을 부를 수밖에 없다. 반면에 박인환은 '험악한 현실에 반항'하는 시, 민족의 '공통된 감정'을 솔직하게 전해주는 시들을 진정성을 지닌 조선의 현대시로 평가하고 있다. 이러한 시들만이 비판적인 시대정신인 '시민정신'에 충실할 수 있기 때문이다.

> 일즉이 우리의詩는 封建과特權에 作別을하고 民族的인 創造情神속으로 드러갔으나 지금까지의 作品을볼때 暗澹하기짝이없다. 創造情神이란 곧 人民의것이요 여러가지의 우리의 所有임에 틀림없다. 勿論 오늘같이 壓制밑에서 살고잇는 詩人들임으로 完全한詩의機能을 뵈일수는없으나 詩의 自由精神의 流動은 이와는 反對되는것이다. 우리는 形相的生命에 現實的精神을 附合식히지 못하고서는 처음부터 詩를쓸資格이없는것이다.39)

해방기 문학의 가장 당면한 과제는 지난날의 '봉건과 특권'을 타파하고 '민족적인 창조정신'을 구현하는 데 있다. 그렇기 때문에 민족문학을 건설하는 '창조정신은 인민의 것'이 마땅하다고 박인환은 주장한다. 이 논리는 해방기 시의 의의를 '민족의 공통된 감각과 감정의 발로'에 둔 김기림의 공동체의식과 매우 흡사한 면모를 보인다. 또한 박

---

38) 朴寅煥, 앞의 글.
39) 위의 글.

인환은 창조정신을 '형상적 생명에 현실적 정신을 부합'시키는 것으로
규정함으로써 김기림이 강조한 시대정신을 중시하는 태도를 보이기도
한다. 이런 점에서 신시론 시기의 박인환은 해방기 김기림 문학론의
골자인 인민성과 시대정신을 매우 충실하게 수용했음을 알 수 있다.
박인환의 초기 문학론의 요체인 '시민정신'은 김기림의 인민성과 시대
정신을 자기 논리로 정초한 개념인 것이다.

　박인환의 초기시들은 이러한 '시민정신'을 바탕으로 창작되었다. 「南
風」과 「인도네시아 人民에게 주는 詩」는 제국주의의 식민지 지배에
항거하는 베트남과 인도네시아 인민들의 모습을 통해 약소민족의 위
기감을 경각하는 동시에 투쟁성을 고취시킨 작품이다. 하지만 이 두
작품은 "안콜왓트의나라/ 越南人民軍/ 멀리 이땅에도/ 너이들의 抗爭
의 총소리// 가슴 부서질듯 南風이분다/ 季節이 바뀌면 南風이온다"[40]
라는 구절이나, "帝國主義의 野蠻的制裁는/ 너이뿐만아니라 우리의侮
辱/ 힘있는데로 英雄되어 싸워라/ 自由와 自己保存을 위해서만이 아니
고/ 野慾과 暴壓과 非民主的인 植民政策을 地球에서/ 부서내기위해/
反抗하는 인도네시아 人民이여/ 最後의 한사람까지 싸워라"[41]라는 구
절처럼 풍유적인 시적 구조로 인해 현실감이 다소 약화된 느낌을 준
다. 반면에 '자본의 군대가 진주'한 조선의 현실을 사실적으로 묘사함
으로써 박인환이 지향한 현실주의의 면모를 가장 잘 형상화한 작품으
로 「仁川港」을 꼽을 수 있다.

---

40) 朴寅煥, 「南風」, 『新天地』 2-6호, 1947. 7, 13면.
41) 朴寅煥, 「인도네시아 人民에게 주는 詩」, 『新天地』 3-2호, 1948. 2, 125면.

海外에서 同胞들이 故國을 찾어들때 그들이 처음上陸한 곳이 仁川港
이다

그러나 날이 갈수록 銀酒와 阿片과 호콩이 密船에 실려오고 太平洋을
건너 貿易風을 탄 七面鳥가 仁川港으로 羅針을 돌린다

서울에서 모여든 謀利輩는 中國서온 헐벗은同胞의 보따리 같이 貨幣
의 큰 뭉치를 등지고 埠頭를 彷徨했다

웬사람들이 이같이 많이 걸어다니는 것이냐 船夫들인가 아니 담배를
살라고 軍服과 담요와 또는 캔디를 살라고─ 그렇지만 食料品만은 七面
鳥와함께 配給을 한다.[42]

밤이 가까울수록 星條旗가 퍼덕이는 숙소와 駐屯所의 네온 싸인은 불
고 짠그의 불빛은 푸르며 마치 유니온 짝크가 날리는 植民地 香港의 夜
景을 닮어간다 朝鮮의海港 仁川의 埠頭가 中日戰爭에 日本이 支配했든
上海의밤을 소리없이 닮어간다.[43]

'가난한 조선의 인상'[44]인 인천항을 통해 해방의 이중성을 정확하게
묘파한 것이 이 시의 장점이다. 인천항은 '해외에서 동포들이 고국을
찾아들 때 그들이 처음 상륙한 곳'이기도 하지만, '날이 갈수록 은주와
아편과 호콩이 밀선에 실려 오고 태평양을 건너 무역풍을 탄 칠면조'

---

42) 이 시가 『새로운 都市와 市民들의 合唱』에 재수록 될 때, 이 연 전체는 생략되
   었다.
43) 朴寅煥, 「仁川港」, 『新朝鮮』 3호, 1947. 4, 78~79면.
44) 『새로운 都市와 市民들의 合唱』에 재수록 될 때, 이 구절은 '가난한 朝鮮의 푸로
   휠'로 수정되었다.

가 몰려드는 곳이기도 하다. 즉 인천항은 해방이라는 열려진 가능성의 이미지와 신제국주의 침략의 교두보로서의 이미지가 교묘히 대비된 공간인 것이다. 박인환은 이러한 인천항의 모습이 영국이 지배했던 '향항'이나 일본이 지배했던 '상해'와 별반 다르지 않다는 현실 인식을 드러냄으로써 해방기 미국의 신식민지 정책을 강도 높게 비판한 것이다.

그러나 민족국가 수립이 좌절되고 국가보안법 위반 혐의로 체포되는 사건을 계기로 박인환의 작품 세계는 변화의 과정을 겪게 된다. 신시론 시기 박인환에게 존재했던 공동체의식과 시민정신은 서서히 탈각되고, 그는 '시의 원시림'이란 내면공간으로 함몰되기 시작한다. 「地下室」은 이러한 변화의 단초가 되는 작품이다. 이 작품이 박인환의 시세계에서 차지하는 중요성은 객관적인 현실과 내면적인 욕망 사이의 모순이 심화됨으로써 그의 정신세계가 불안과 희망 사이에서 서성이게 되는 과정을 역력히 보여준다는 점에 있다.

> 黃褐色階段을 네려와
> 모인 사람은
> 都市의地坪에서 싸우고왔다
>
> 눈앞에 어리는 푸른시그날
> 그러나 떠날수없고
> 모다들 鮮明한 記憶속에 잠든다 (…중략…)
>
> 겨울의 새벽이여
> 너에게도 地熱과같은 따스함이있으면
> 우리의이름을 불러라[45]

'지하실'은 '도시의 지평', 즉 현실 세계에서 싸우다 물러난 사람들의 심리적 공간이다. 그들에게 남겨두고 떠나온 '도시의 지평'은 눈앞에 어른거리는 욕망의 대상이지만, '선명한 기억'으로만 남은 회복이 불가능한 공간이기도 하다. 문제는 성취가 불가능하다는 것을 알면서도 '도시의 지평'에 대한 욕망을 쉽게 저버릴 수 없다는 점에 있다. 현실과의 싸움, 그 거리 조정에 실패했지만 아직 '지열'같은 희망이 어디엔가 남아 있을지 모르기 때문이다.

그러나 불안과 희망 사이에서 자기 존재성의 위치를 조정하면 할수록, 자기 '정신의 행방'을 찾아 나서면 나설수록 박인환이 겪게 되는 것은 '우리'라는 공동체의식의 파탄이었다. 공동체의식에 바탕을 두고 박인환이 지향했던 길, 즉 '가난한 사람들의 슬픈 慣習과/ 封建의텐넬 特權의帳幕'을 뚫고 나가려고 했던 '光線의 進路'46)는 이제 '어제도 오늘도 전지에서 사라진 사고의 비극'으로 인식될 뿐이다. 이처럼 한국전쟁 이후 박인환 시의 뚜렷한 특징으로 언급되는 불안이나 회한, 허무 등은 단순히 전쟁의 부산물이 아니라 이미 해방기 현실에서 그 단초가 마련되고 있었던 것이다.

> 未來에의 樹木처럼 記憶에 依支되어 歲月을 등지고
> 肉體와 奴隷
> 어제도 오늘도 戰地에서 사라진 思考의 悲劇
>
> 永遠의 바다로 밀려간 反亂의 눈물

---

45) 朴寅煥, 「地下室」, 『民聲』 4-3호, 1948. 3, 83면.
46) 朴寅煥, 「列車」, 『開闢』 81호, 1949. 3, 75면.

火山처럼 熱을 吐하는 地球의 市民
冷酷한 資本의 權限에 시달려
또 다시 自由 精神의 行方을 찾아
追放, 飢餓
오 限 없이 移動하는 運命의 殉敎者 (…중략…)

아 오늘날 모든 市民은
靜寞한 生命의 存續을 지킬 뿐이다.[47]

걸어온 길이 사라졌다는 시간 인식은 '정막한 생명의 존속'만을 지키는 현재적 삶의 무의미성을 규정하는 동시에 걸어가야 할 길의 불투명성을 의미한다. 「地下室」의 세계까지만 해도 불안과 희망은 서로 경계를 이루고 긴장 관계를 형성했지만, 「精神의 行方을 찾아」에서는 불안과 절망이 압도적인 규정력을 장악하고 있음을 볼 수 있다. 이 작품을 마지막으로 해서 이 이후에 창작된 어떤 시편에도 열정과 희망은 더 이상 그 모습을 드러내지 않는다. 더 이상 온전한 정신의 향방을 찾을 수 없었던 박인환은 자기 스스로를 '운명의 순교자'로 인식하기에 이른다.

불안한 언덕 위에로
나는 바람에 날려간다
헤아릴 수 없는 참혹한 기억 속으로
나는 죽어간다
아 행복에서 차단된

---

47) 朴寅煥, 「精神의 行方을 찾아」, 『民聲』 5-4호, 1949. 3, 46면.

지폐처럼 더럽힌 여름의 호반
석양처럼 타올랐던 나의 욕망과
예절 있는 숙녀들은 어데로 갔나
불안한 언덕에서
나는 음영처럼 쓰러져간다.
무거운 고뇌에서 단순으로
나는 죽어간다
지금은 망각의 시간
서로 위기의 인식과 우애를 나누었던
아름다운 年代를 회상하면서
나는 하나의 모멸의 개념처럼 죽어간다.[48]

신시론이 해체되고 후반기가 결성된 직후에 이 시가 창작되었다는 사실을 염두에 둔다면, 먼저 「1950年의 輓歌」라는 제목이 주목을 끈다. '후반기(後半紀)'는 현대시의 새로운 기점을 마련한다는 점에서, 혹은 획기적인 전기를 모색한다는 의미에서 일반적으로 쓰이는 '후반기(後半期)'와 구별하여 붙여진 명칭이다.[49] 그렇다면 새로운 시운동을 전개하는 마당에 찬가나 송가가 아닌 만가(輓歌)를 부른 이유는 무엇인가. 작품 속에 '불안한 언덕', '참혹한 기억', '차단된 행복', '무거운 고뇌', '망각의 시간', '위기의 인식', '모멸의 개념' 등의 부정적인 어휘들만이 등장하는 까닭은 무엇인가. 그것은 이 시기에 이르러 박인환의 정신에서

---

48) 朴寅煥, 「1950年의 輓歌」, 『京鄉新聞』, 1950. 5. 16.(문승묵 편, 『사랑은 가고 과거는 남는 것—박인환 전집』, 예옥, 2006, 295~297면에서 재인용)
49) 金璟麟, 「기억 속에 남기고 싶은 그 사람 그 이야기」, 21회, 『詩文學』 279호, 1994, 9면.

사회적 현실과 내면적 욕망을 합치하려고 했던 '아름다운 연대'의 열정
이 완전히 사라졌기 때문이다. '망각의 시간' 위에서 미래에 대한 어떠
한 희망조차도 부재하다는 절망감으로 인해 이제 박인환의 사고는 '단
순'해질 수밖에 없었다. '나는 죽어간다'는 처절한 존재 인식만이 남게
된 것이다.

4. 1950년대 박인환 문학의 도표

　박인환은 신시론의 결성과 동인지『신시론』1집(1948. 4) 및 합동시집
『새로운 都市와 市民들의 合唱』(1949. 4)의 간행을 주도하는 등 동인 활
동의 핵심적인 역할을 담당했다. 이러한 역할 중심을 바탕으로 신시론
시기의 박인환은 「仁川港」(1947. 4), 「南風」(1947. 7), 「인도네시아 人民에
게 주는 詩」(1948. 2), 「골키-의 달밤」(1948. 4), 「列車」(1949. 3) 등 정치성
이 짙은 시를 쓰며, '창조정신은 인민의 것'이라는 현실주의적 창작 태
도를 견지할 수 있었다.

　본래 신시론 동인은 소위 '마리서사파'로 지칭할 수 있는 그룹-마
리서사를 중심으로 박인환과 교유했던 김경희, 김병욱, 김수영, 박인환,
양병식, 임호권 등-이 중심이 되고 박인환이 영입한 김경린이 합세하
여 구성되었다. 그러나 동인 간의 내부 갈등으로 김경희, 김종욱, 김병
욱이 신시론을 탈퇴하게 되고, 김경린이『새로운 都市와 市民들의 合
唱』의 간행을 주관하는 등 신시론의 주도권을 장악하게 된다. 이때 신
시론에 남아있던 마리서사파의 김수영, 양병식, 임호권은 인간적으로

친밀했던 김병욱 등이 탈퇴하고 상대적으로 소원한 관계였던 김경린이 동인회의 주도권을 행사하는 것에 대해 여러 경로를 통해 반발한 것으로 알려져 있다.

이러한 동인들의 갈등 관계와 관련하여 박인환은 김경린을 지지했다고 한다. 그는 1949년 7월 국가보안법 위반 혐의로 내무부 치안국에 체포된 것을 계기로 하여 현실주의적 성향이 강했던 마리서사파와 결별하는 한편, 좌파 이데올로기에 치중하는 문학은 낡은 것이라는 김경린의 견해를 전폭적으로 수용하기에 이른다. 박인환이 이러한 이념의 변화 과정을 겪게 되는 시기는 그가 김경린과 함께 새로운 동인, 즉 후반기를 결성해가는 때와도 거의 일치한다. 이러한 동인 활동의 변모와 맞물려 박인환의 작품 경향 역시 신시론 시기의 외향적인 현실주의에서 내면적인 자의식 세계로 변화하게 된다. 이행기의 불안정한 정신의 실루엣은 「地下室」에서 확인되며, 후반기 시절에 창작된 「情神의 行方을 찾아」, 「1950年의 輓歌」 등에서는 절망과 불안의 자의식이 짙게 배어나고 있다.

한편 박인환의 시적 정신이 역사적인 수준에서 개인적인 수준으로 변모하는 양상과 관련하여 그의 김기림에 대한 평가는 주목할 만하다. 해방기의 경우 박인환은 김기림에 대해 낡은 이미지의 형식을 깨뜨리고 언어의 구성에 지혜를 바쳐서 시문화의 새로운 발전을 위해 애써왔다고[50] 긍정적으로 평가한 바 있다. 그러나 한국전쟁 이후 박인환은 단적으로 김기림을 '유물적인 가치밖에 없다'[51]고 부정적으로 평가하

50) 朴寅煥, 「金起林詩集 새노래 評」, 『朝鮮日報』, 1948. 7. 22.
51) 朴寅煥, 「現代詩의 變貌」, 『新太陽』, 1955. 2.(문승묵 편, 『사랑은 가고 과거는 남

기에 이른다. 문제는 비판의 형식이 김기림과 스펜더를 대비하면서 이루어졌다는 사실이다. 김기림 역시 스펜더에게 영향을 받았음을 상기할 때, 박인환이 스펜더의 문학관을 근거로 김기림을 비판한 점은 언뜻 보기에 모순된 양상으로 비춰지기 십상이다. 이 문제는 박인환이 스펜더를 동일한 맥락에서 일관되게 수용한 것이 아니라, 상이한 스펜더의 문학적 변모 양상을 시차를 두고 각각 받아들였기 때문에 발생된 것이다.

해방기에 박인환은 '창조정신은 인민의 것'이라는 주장을 펼침으로써 '민족의 공통된 감각과 감정의 발로'에 둔 김기림의 공동체의식과 매우 흡사한 면모를 보인 바 있다. 아울러 김기림과 마찬가지로 문학의 정치적 참여를 내세운 스펜더의 진보적인 이론을 수용하기도 했다. '軌道우에 鐵의風景을 疾走하면서 그는 野生한新世代의 幸福을 展開한다'는 스펜더의 「The Express」의 한 구절을 부제로 삼은 「列車」는 박인환의 현실주의적 면모를 충실히 반영한 작품이다. 「列車」가 문학의 정치적 참여를 내세운 스펜더의 1930년대 진보적 이론을 수용한 결과라면, 박인환의 1950년대 스펜더 수용은 탈정치적인 측면에서 이루어졌다. 제2차 세계대전 이후 스펜더는 정치성을 강조하던 지난날의 문학적 지향을 부정하고, 개인의 경험과 내면적인 미의식을 중시하는 방향으로 입장을 선회했기 때문이다.

창조적 요소는 사회와의 어떤 유추 없이 이루어진 개인적인 전망 vision의 경이적인 방출이며, 그것은 작가들로 하여금 그들의 예술에서

는 것-박인환 전집』, 2006, 295~297면에서 재인용)

　　미적인 경험의 중요한 가치들을 탐구하고 있다고 생각하도록 했다.[52]

　　전후 사회는 전쟁으로 말미암아 집단의 개념이 붕괴되고, 개인의 경험을 통해서 모든 질서가 회복되던 시기였던 만큼 이 시기의 문학 행위는 이미 정치성이 배제될 수밖에 없었다. 따라서 문학의 창조성을 개인적인 전망에서 찾으려고 한 스펜더의 변화된 입장은 박인환과 같은 1950년대 모더니스트들에게 문학적 표본으로 수용되기에 알맞았다. 스펜더의 문학적 변화는 박인환의 경우가 그렇듯이 1950년대 모더니스트에게 모더니즘의 본질이 개성의 추구에 있으며, 또 그것이 세계 문학의 추세라고 여기게 되는 중요한 근거로 자리 잡게 된다. 해방기의 김기림이 1930년대의 스펜더 이론을 수용하여 모더니즘의 사회적인 측면을 이끌어냈다면, 1950년대의 박인환은 개성을 중시하는 입장에서 스펜더를 받아들였던 것이다. 이처럼 박인환은 스펜더를 통해 김기림을 비판함으로써 개인적 경험과 내면적 미의식을 중시하는 1950년대 자신의 문학적 도표를 세우게 된다.

---

52) S. Spender, *The Creative Element*, Hamish Hamilton, 1954, p.11.(문혜원, 「전후 모더니즘 문학의 성격 규명을 위한 시론」, 『한국 현대시와 모더니즘』, 신구문화사, 1996, 248~249면에서 재인용)

박인환의 전기 시작품에 나타난 동아시아 인식 고찰

1. 동아시아 인식

박인환은 1946년 무렵 시단에 나온[1] 뒤 한국전쟁이 발발하기 전까

---

* 맹문재 / 안양대학교 국어국문학과 교수

[1] 지금까지 박인환은 1946년 12월 『국제신보』에 「거리」를 발표하면서 등단했다고 알려져 있지만 좀 더 고찰이 필요하다. 그런데 필자가 확인한 바에 따르면 『국제신문』의 전신인 『국제신보』는 1947년 9월 1일에 『산업신문』이라는 제호로 창간되었다. 『국제신보』는 1950년 8월 19일 바꾼 제호이다. 『산업신문』의 창업주인 김형두는 『수산신문』과 『동아산업시보』를 병합해 창간했다. 이와 같은 사실로 볼 때 박인환의 등단 연도, 등단 매체, 등단 작품은 정확하게 알 수 없다. 「거리」를 등단작으로 인정한다고 치더라도 1946년에 존재하지 않은 『국제신보』를 등단 매체라고 할 수는 없다. 맹문재 엮음, 『박인환 전집』, 실천문학사, 2008, 652면.

지 등단작을 포함하여 총 13편의 시를 남겼다.[2] 해방 후의 경험을 담고 있는 이 시기의 시들은 한국전쟁을 겪고 난 뒤 발표한 것들과는 상당한 차이를 보인다. 한국전쟁을 경험한 작품들은 개인의 존엄성이 여지없이 무너진 상실감과 허무감을 나타내었는데 비해 해방을 경험한 시들은 민족 국가의 건설을 열정적으로 추구한 것이다. 따라서 한국전쟁 이후의 시편들에서는 전망의 부재를 표명했다면 해방 후의 시편들에서는 전망을 추구했다고 볼 수 있다. 박인환의 전기 시작품에 나타난 동아시아[3] 인식은 이러한 차원에서 주목된다.

지금까지 박인환의 시세계에 대한 문학사적 평가는 모더니즘의 계보를 잇는 것으로 되어 있다. 그렇지만 정답처럼 인정되고 있는 그의 시세계에 대한 평가는 다시 고찰되어야 한다. 단적으로 말해서 박인환의 시세계는 새로운 시 형식을 통해 현실을 강하게 반영했다고 볼 수 있다.[4] 새로운 형식을 추구했지만 그것 자체가 모더니즘 시가 되는 것은 아니다. 충분조건일 뿐인 이 문제가 중요한 것은 그의 시세계가 모

---

2) (1)「인천항」(『신조선』, 1947. 4), (2)「남풍」(『신천지』, 1947. 7), (3)「사랑의 Parabola」(『새한민보』, 1947. 10), (4)「나의 생애에 흐르는 시간들」(『세계일보』, 1948. 1. 1), (5)「인도네시아 인민에게 주는 시」(『신천지』, 1948. 5), (6)「지하실」(『민성』, 1948. 3), (7)「고르키의 달밤」(『신시론』, 1948. 4), (8)「언덕」(『자유신문』, 1948. 11. 25), (9)「전원시초」(『부인』, 1948. 12. 15), (10)「열차」(『개벽』, 1949. 3), (11)「정신의 행방을 찾아」(『민성』, 1949. 3), (12)「1950년의 만가」(『경향신문』, 1950. 5. 16)

3) 동아시아의 범위는 지리적으로 대한민국, 북한, 일본, 중국, 몽골, 타이완, 홍콩, 마카오, 러시아 극동지역 등이지만 이 논문에서는 문화 및 역사의 유사성을 근거로 동남아시아와 중앙아시아 등도 포함한다. 한자, 유교, 성리학, 불교, 도교 등의 문화적 요소와 근대사회 이후 제국주의에 의해 식민지화된 역사를 가지고 있다.

4) 이러한 견해는 김영철이 대표적이다(김영철, 『박인환』, 건국대학교 출판부, 2000). 이외에도 맹문재, 하상일, 공광규, 오문석 등도 동참하고 있다(맹문재 편, 『박인환 깊이 읽기』, 서정시학, 2006).

더니즘으로 규명된 결과 곧 현실인식이 없다고 평가되어 왔기 때문이
다. 한국의 경우 모더니즘을 어떤 시기의 문학운동이나 사조로 보기보
다는 리얼리즘과 대립되는 개념으로 간주하는 경향이 강하기 때문에
박인환에게도 그대로 적용된 것이다. 그것이 1960년대 이후 참여시의
기수로 평가되어온 김수영의 발언에 의해 시작되었다는 점은 시사하
는 바가 크다.5)

그렇다면 박인환이 추구한 현실인식이란 어떤 것일까? 그것은 해방
과 한국전쟁이 진행된 시대 상황에 대한 인식이었다. 이런 차원에서
보면 해방기나 한국전쟁 후의 상황을 담은 시들이 내용상으로는 다소
차이가 있지만, 관점은 같다고 볼 수 있다. 해방 후에 가졌던 현실인식
이 한국전쟁 후에도 지속되었다고 볼 수 있는 것이다.

한국은 1945년 식민지로부터 해방되어 민족의 자주적인 독립 국가
를 수립할 수 있는 기회를 가졌다. 박인환은 그와 같은 시기에 국내뿐
만 아니라 동아시아 국가들의 상황까지 인식했다. 해방의 희열을 감상
적으로 노래한 다수의 시인들과 달리 동아시아 국가들의 상황을 타산
지석으로 삼은 것은 물론 연대의 필요성을 제시한 것이다. 다시 말해
진정한 민족 국가의 수립을 위해서는 제국주의에 대항하는 것이 필요
하다고 역설한 것이다. 그와 같은 자세는 동시대의 다른 시인들에 비
해 상당히 선구적인 것으로 볼 수 있다. 따라서 그의 동아시아 인식이
"우리 민족의 특수성으로까지 심화되거나 구체화되지는 못한 채 세계
사적 보편성의 차원에서 당위적 의미의 재생산에 머무르는 한계를 넘

---

5) 맹문재, 『시학의 변주』, 서정시학, 2007, 306~315면.

어서지는 못했다."6)고 평가할 수도 있지만, 그 의의는 결코 간과할 수 없다. 그동안 왜곡되어온 그의 시세계를 바로잡는 근거를 마련할 뿐만 아니라 이데올로기의 탄압에 의해 함몰된 해방기의 시문학사를 복원하는 계기도 마련하는 것이다.

2. 동아시아 인식의 실제

1) 동아시아 인식의 토대

1945년의 민족 해방은 세계사적인 영향관계에서 이루어진 것이기 때문에 여전히 제국들로부터 간섭을 받고 있었다. 박인환은 그와 같은 상황에서 완전한 독립 국가를 이루기 위해서는 민중들이 주체가 되어 제국주의에 대항해야 한다고 판단했다. 동시대의 상당수 문인들도 민족 국가의 건설을 위해 일제 잔재의 청산, 봉건 잔재의 극복 등을 제시했는데, 박인환이 한층 더 적극성을 띠었던 것이다.

박인환의 시대 인식은 해방 후 신진 시인들이 대거 문단에 진출한 배경에서 배태되었다고 볼 수 있다. 신진 시인들은 기성 시인들과 달리 친일 혐의에서 자유로웠기 때문에 활발하게 활동할 수 있었다. 또한 해방 후 도래된 시대가 신진 시인들에게 새로운 인식과 실천을 요구했다. 그리하여 신진 시인들은 행사시를 남발한 면이 있었지만 시대를 적극적으로 품었는데, 박인환 역시 '시민정신'으로써 시대를 이끈 것이다.

---

6) 하상일, 「아시아 신식민지인으로서의 공동체 의식」, 『박인환 깊이 읽기』(맹문재 편), 서정시학, 2006, 207면.

> 나는 불모의 문명 자본과 사상의 불균정(不均整)한 싸움 속에서 시민
> 정신에 이반(離反)된 언어작용만의 어리석음을 깨달았었다.
> 자본의 군대가 진주(進駐)한 시가지에는 지금은 증오와 안개 낀 현실
> 이 있을 뿐…… 더욱 멀리 지난날 노래하였던 식민지의 애가(哀歌)이며
> 토속의 노래는 이러한 지구(地區)에 가라앉아간다.
>
> — 「장미의 온도」[7] 부분

박인환은 해방기의 정국을 "자본과 사상의 불균정한 싸움"으로 말미암아 "자본의 군대가 진주한 시가지"로 파악했다. 제국주의의 팽창으로 인한 이데올로기의 갈등이 심각한 상황을 "증오와 안개가 낀 현실"로 인식한 것이다. 그리하여 "지난날 노래하였던 식민지의 애가(哀歌)이며 토속의 노래"를 극복할 필요성을 제기했다. 일제의 강점에 따른 주권 상실의 슬픔을 토로한 시들은 감상적이기 때문에, 식민지 상황을 외면한 시들은 현실 도피적이기 때문에 배제하는 대신 "시민정신"을 민족 해방을 추구하는 토대로 삼은 것이다.

나아가 박인환은 "시민정신"으로써 동아시아 국가들과의 연대를 추구했다. 한국과 같이 식민지를 경험했던 동아시아 국가들과 공동체 의식으로 신식민지에 처할 위험을 경계하면서 진정한 해방을 추구한 것이다. 동아시아는 인류 문명의 발생지임에도 불구하고 근대사회가 도래되면서 서구의 침략으로 말미암아 민족의 정체성을 제대로 지키지 못하는 역사를 진행해왔다. 자주적이고 주체적으로 개화하거나 정책을 시행하지 못하고 선진 무기를 앞세운 서구 제국들의 침략에 속수무책

---

7) 김경인·임호권·박인환·김수영·양병식, 『새로운 도시와 시민들의 합창』, 도시
문화사, 1949, 51면.

으로 당한 것이다. 철저히 정복욕을 내세운 서구 제국들 앞에서 조화와 공존을 추구하는 동아시아 국가들의 유교적 세계관은 대응할 만한 힘이 되지 못했다.

박인환은 그와 같은 동아시아의 역사를 인지하고 서구 제국들에 적극적으로 대항할 것을 제시했는데, 이는 세계사의 흐름을 직시한 것이기에 주목된다. 마루야마 마사오가 진단했듯이 유럽에서의 민족자결주의의 승리, 러시아 혁명, 제1차 및 제2차 세계대전에서의 영국·프랑스·네덜란드 등 주요 식민 제국의 약화, 제2차 세계대전에서의 일본 제국주의 붕괴 등의 역사적 과정을 통해 민족 해방운동이 발흥하기 시작했는데,[8] 박인환은 그와 같은 세계사의 흐름을 예리하게 간파한 것이다. 그 구체적인 면이 그의 전기 시들에 나타나 있다.

2) 동아시아 국가들의 해방 인식

박인환의 전기 시작품에서 관심을 표명한 동아시아 국가는 인도네시아, 말레이시아, 캄보디아, 베트남, 투르키스탄, 홍콩 등인데 우선 인도네시아부터 살펴보기로 한다. 1500년대 초 향료를 찾아 도래했던 포르투갈인 알부께르끄(A. D. Albuquerque) 제독이 인도네시아의 말루꾸(Maluku) 군도를 점령했는데, 100년이 지나 네덜란드인들이 포르투갈을 제치고 다른 섬들까지 정복했다. 네덜란드는 향신료의 무역 이권과 운송로의 확보를 위해 동인도회사(東印度會社)를 설립해 그 세력을 넓혀갔고, 19세기 초에 이르러서는 인도네시아의 전역을 통치하게 되었다. 또한 1940년

---

8) 丸山眞男, 김석근 옮김, 『현대정치의 사상과 행동』, 한길사, 2007, 328면.

초까지 커피, 설탕, 인디고 등 수출 작물을 증산하고 조세를 징수해 자국의 경제를 회생시켰다. 그 결과 인도네시아 민중들의 "주거와 의식은 최저도(最低度)"였고, "노예적 지위는 더욱 심"해 "칠천칠십삼만 인 중 한 사람도/ 빛나는 남십자성은 쳐다보지도 못하며 살아"(「인도네시아 인민에게 주는 시」)야 했다.

1942년 네덜란드가 일본과의 전쟁에서 패하자 인도네시아는 다시 일본에 의해 지배를 받았다. 일본은 세계대전을 수행하고 있었기 때문에 전쟁에 필요한 경제적인 면과 인력적인 면을 보강하기 위해 강제 노동, 식량 징발, 구타, 약탈, 참배 강요 등 학정(虐政)을 펼쳤다.9) 1945년 일본이 제2차 세계대전에서 완전하게 패하자 인도네시아는 비로소 독립할 수 있게 되었다. 그리하여 1945년 8월 17일 수카르노(Sukarno)를 지도자로 삼고 독립을 선언했다. 그렇지만 인도네시아를 오랫동안 지배해온 네덜란드는 수용하지 않고 다시 식민 통치를 요구해왔다. 그와 같은 면은 아래에서 구체적으로 확인할 수 있다.

> 동양의 오케스트라
> 가믈란의 반주악이 들려온다
> 오 약소민족
> 우리와 같은 식민지의 인도네시아

---

9) "Japan's immediate policy was to encourage religious groups and repress th political ones. Thus, (…중략…) was used to help recruitment of a local army and to secure food supplies. (…중략…) Japanese arrogance requiring all "colonials" to bow toward Tokyo and recognize the divinity of the Japanese emperor (…후략…)" D. R. SarDesai, *Southeast Asia, past & present, colorado;* Westview Press, 1997, pp.172~173.

삼백 년 동안 너의 자원은
구미 자본주의 국가에 빼앗기고
반면 비참한 희생을 받지 않으면
구라파의 반이나 되는 넓은 땅에서
살 수 없게 되었다 그러는 사이
가믈란은 미칠 듯이 울었다

홀란드의 오십팔 배나 되는 면적에
홀란드 인은 조금도 갖지 않은 슬픔을
밀림처럼 지니고
칠천칠십삼만 인 중 한 사람도
빛나는 남십자성은 쳐다보지도 못하며 살아왔다

수도 족자카르타
상업항(商業港) 수라바야
고원 분지의 중심지 반둥의 시민이여
너희들의 습성이 용서하지 않는
남을 때리지 못하는 것은
회교 정신에서 온 것만이 아니라
동인도 회사가 붕괴한 다음
홀란드의 식민 정책 밑에
모든 힘까지도 빼앗긴 것이다

사나이는 일할 곳이 없었다 그러므로
약한 여자들이 백인 아래 눈물 흘렸다
수만의 혼혈아는
살길을 잃어 애비를 찾았으나
수라바야를 떠나는 상선(商船)은

벌써 기적을 울렸다

홀란드 인은 포르투갈이나 스페인처럼
사원을 만들지 않았다
영국인처럼 은행도 세우지 않았다
토인은 저축심이 없을 뿐만 아니라
저축할 여유란 도무지 없었다
홀란드 인은 옛말처럼 도로를 닦고
아세아의 창고에서 임자 없는 사이
자원을 본국으로 끌고만 갔다

주거와 의식은 최저도(最低度)
노예적 지위는 더욱 심하고
옛과 같은 창조적 혈액은 완전히 부패하였으나
인도네시아 인민이여
생의 광영은 홀란드의 소유만이 아니다

마땅히 요구할 수 있는 인민의 해방
세워야 할 늬들의 나라
인도네시아 공화국은 성립하였다 그런데
연립 임시 정부란 또다시 박해다
지배권을 회복하려는 모략을 부숴라
이제는 식민지의 고아가 되면 못쓴다
전 인민은 일치단결하여 스콜처럼 부서져라
국가 방위와 인민 전선을 위해 피를 뿌려라
삼백 년 동안 받아 온
눈물겨운 박해의 반응으로
너희 조상이 남겨 놓은

야자나무의 노래를 부르며
홀란드군의 기관총 진지에 뛰어들어라

제국주의의 야만적 제재는
너희뿐만 아니라 우리의 모욕
힘 있는 대로 영웅 되어 싸워라
자유와 자기 보존을 위해서만이 아니고
야욕과 폭압과 비민주적인
식민 정책을
지구에서 부숴 내기 위해
반항하는 인도네시아 인민이여
최후의 한 사람까지 싸워라

참혹한 몇 달이 지나면
피 흘린 자바 섬에는
붉은 칸나의 꽃이 피려니
죽음의 보람이 남해의 태양처럼
조선에 사는 우리에게도 빛이려니
해류가 부딪치는 모든 육지에선
거룩한 인도네시아 인민의
내일을 축복하리라

사랑하는 인도네시아 인민이여
고대 문화의 대유적 보로부두르의 밤
평화를 울리는 종소리와 함께
가믈란에 맞추어 스림피로
새로운 나라를 맞이하여라

—「인도네시아 인민에게 주는 시」 전문

“인도네시아”의 대표적인 전통 타악기인 “가믈란”(gamelan)과 전통 무용인 “스림피”(srimpi)를 작품의 도입 부분과 결구에 장치해 놓고, 인도네시아가 식민지로부터 해방되기 위해서는 “최후의 한 사람까지 싸워야” 한다고 호소하고 있다. 식민지의 세계를 이해하려면 원주민들의 춤과 신들림 현상을 주목해야 한다. “원주민의 오락은 바로 근육의 힘을 탕진하는 형태를 취하며, 그것을 통해 날카로운 공격성과 어찌할 수 없는 폭력성을 배출하고 변형시키고 쏟아내”10)기 때문이다.

인도네시아는 “홀란드의 오십팔 배나 되는 면적”을, 다시 말해 약 200만㎢의 영토를 가지고 있는 동남아 최대의 국가이자 총 17,508개의 섬으로 구성된 세계 최대의 도서국이다. 그렇지만 오랫동안 식민지의 지배를 받아 근대적 의미의 국가를 이루지 못했다. 350년이나 네덜란드의 지배를 받음으로 인해 자원은 강탈당했고 민중의 삶은 피폐되었다.11) “홀란드 인은 조금도 갖지 않은 슬픔을/ 밀림처럼 지니고” 살아야 했던 것이다. 네덜란드의 인도네시아에 대한 식민지 정책은 억압적이고 착취를 행한 것이어서 “사원을 만들지 않았”고, “은행도 세우지 않았”으며, “옛말처럼 도로를 닦고/ 아세아의 창고에서 임자 없는 사이/ 자원을 본국으로 끌고만 갔”다. 그렇기 때문에 인도네시아 민중들은 “저축심이 없을 뿐만 아니라/ 저축할 여유란 도무지 없었”던 것이다.

박인환은 그와 같은 상황에서 인도네시아 민중들이 어떻게 대응해야 되는지를 단호하게 전했다. “인도네시아 공화국은 성립하였”지만 “연립 임시정부란 또다시 박해”받고 있으므로 “지배권을 회복하려는

---

10) Franz Fanon, 남경태 역, 『대지의 저주받은 사람들』, 그린비, 2004, 78면.
11) 양승윤, 『인도네시아사』, 대한교과서주식회사, 1994, 1~16면.

모략을 부숴"야 된다는 것이었다. "이제는 식민지의 고아가 되면 못쓴다"고 경고하면서, "마땅히 요구할 수 있는 인민의 해방/ 세워야 할 늬들의 나라"이기 때문에 "국가 방위와 인민 전선을 위해 피를 뿌려"야 한다고 호소한 것이다. 실제로 식민지 국가의 민중들은 조국의 독립을 위해 폭력의 사용과 호전적 민족주의를 지향했다. 그 결과 많은 순국영웅들과 비정규 군사조식을 탄생시켰고, 카리스마적 민족 지도자를 탄생시켰으며, 또한 토착 공산당의 출현을 가져왔다.[12]

박인환의 이와 같은 항전 전략은 식민지 국가가 해방을 이루는 데 필요한 것이었다. 식민지 상황이란 본질적으로 대립할 수밖에 없는 운명을 지녔기 때문에 처절한 투쟁을 거쳐야만 해방이 가능한 것이다. 두 나라 간에 화해라든가 타협이라든가 통일은 불가능하다. 식민지 원주민들의 입장에서 볼 때 식민 정부는 본래부터 불필요한 존재이기 때문이다. 그런데 식민지의 엘리트 계급은 민중의 한가운데로 쉽사리 몸을 던지지 않는다. 폭력을 지지하는 것 같으면서도 실제로는 개량적인 행동을 띠는 것이다. 따라서 식민지의 민족 해방을 추진하는 주체 세력은 민중이고 또 민중이 되어야 한다.[13] 박인환은 그 사실을 인식하고 "전인민은 일치단결하여 스콜처럼 부서져"야 한다고, "홀란드군의 기관총 진지에 뛰어들어"야 한다고 역설한 것이다.

동아시아 국가들과 서구 제국과의 사회 구성에서 가장 큰 차이가 나는 점은 중간계급의 결여이다. 상층부에는 높은 지대(地代)를 받는 수탈적인 대지주나 외국 상사와 결탁한 매판자본가가 있지만 제대로 된 중

---

12) Frank C, Darling, 이안범 역, 『아시아의 근대화』, 문경, 1982, 397면.
13) Franz Fanon, 남경태 옮김, 앞의 책, 55~130면.

간계급이 없다. 그리하여 곧바로 "인구의 압도적 다수를 차지하며 거의 문맹인 빈농과 가공할 정도로 열악한 노동 조건하에 있는 광업, 기타 주로 원료생산업 및 교통관계의 노동자, 다양한 잡역에 종사하는 반프로레타리아트 군집이 위치해 있"[14]는 것이다. 따라서 1949년 12월 27일 마침내 독립을 이룬 인도네시아의 역사에서 보듯이 민중은 민족 해방운동의 중심이 된다.

그렇다면 박인환이 인도네시아의 민족 해방에 깊은 관심을 표명한 이유는 무엇일까? 그것은 한국의 해방을 추구하기 위해서라고 볼 수 있다. 그와 같은 면은 "오 약소민족/ 우리와 같은 식민지의 인도네시아"라거나 "제국주의의 야만적 제재는/ 너희뿐만 아니라 우리의 모욕"이라고 공동체 의식을 표명한 데서 잘 나타나 있다. 따라서 "힘 있는 대로 영웅되어 싸워라"라고 인도네시아의 민중들에게 호소한 것은 곧 한국 민중들에게 호소한 것이기도 하다. 그리하여 "자유와 자기 보존을 위해서"는 물론이고 "야욕과 폭압과 비민주적인/ 식민 정책을/ 지구에서 부숴내기 위해"서 "최후의 한 사람까지 싸워"야 한다고 항전을 촉구했다.

박인환은 그 항쟁에 대해 낙관적인 전망을 가졌다. "참혹한 몇 달이 지나면/ 피 흘린 자바 섬에는/ 붉은 칸나의 꽃이 피"어 날 것이라고, "죽음의 보람이 남해의 태양처럼/ 조선에 사는 우리에게도 빛이" 될 것이라고 보았다. "내일을 축복하리라"는 기대감을 가진 것인데, 그만큼 독립 국가를 달성하려는 박인환의 열망은 강했던 것이다. 그와 같은 면은 다음의 작품에서도 볼 수 있다.

---

14) 丸山眞男, 김석근 옮김, 앞의 책, 329면.

거북이처럼 괴로운 세월이
바다에서 올라온다

일찍이 의복을 빼앗긴 토민(土民)
태양 없는 마레—
너의 사랑이 백인의 고무원(園)에서
소형(素馨)처럼 곱게 시들어졌다

민족의 운명이
크메르 신의 영광과 함께 사는
앙코르 와트의 나라
월남 인민군
멀리 이 땅에도 들려오는
너희들의 항쟁의 총소리

가슴 부서질 듯 남풍이 분다
계절이 바뀌면 태풍은 온다

아세아 모든 위도(緯度)
잠든 사람이여
귀를 기울여라

눈을 뜨면
남방(南方)의 향기가
가난한 가슴팍으로 스며든다

—「남풍」 전문

"아세아 모든 위도(緯度)/ 잠든 사람이여/ 귀를 기울여라"라고 외친 박인환의 목소리는 마치 마르크스·엥겔스가 『공산당 선언』에서 "만 국의 노동자여 단결하라."[15]라고 호소한 것을 연상시킨다. 그만큼 박 인환은 "남풍"이 위축되어 있는 아시아 민중들의 의식을 각성시키는 "태풍"이 되기를 염원한 것이다.

박인환이 민족 해방을 추구하고 있는 한 나라는 "일찍이 의복을 빼 앗긴 토민(土民)/ 태양 없는 마레" 즉 말레이시아였다. 말레이시아가 서 구 제국에 점령당한 것은 1511년 포르투갈에 의해서였다. 포르투갈은 그 후 130년간 지배했는데, 1642년 네덜란드에 의해 지배권이 바뀌었 다. 그리고 1824년 영화(英和)조약의 체결로 인해 말레이시아는 또다시 영국에 의해 지배되었다. 영국은 말레이시아의 항구와 해상로를 확보 하고 정치 문제에는 간섭하지 않고 분할 통치를 하는 술탄(Sultan)들의 권력을 유지시켜 주었는데, 1869년 수에즈운하의 개통을 계기로 적극 적인 지배정책으로 전환했다. 그리하여 국제 무역의 중요한 항목으로 부상한 주석과 말레이시아의 가장 큰 수출품인 생고무를 강탈해갔 다.[16] 그 결과 말레이시아인들은 "백인의 고무원(園)에서/ 소형(素馨)처럼 곱게 시"들 수밖에 없었다. 식민지의 민중으로서 지배국 정부가 감시 하고 강요하는 대로 몸을 맞출 수밖에 없는 것이었다.

1941년 일본이 말레이시아를 점령했다. 일본의 점령은 다소 역설적

---

15) "WORKING MEN OF ALL COUNTRIES, UNITE!" Karl Marx and Frederick Engels, *Manifesto of the Communist Party*, New York; Verso, 1998, p.77.
16) 양종회·유석춘·박길성, 『동남아시아의 사회계층』, 고려대학교 출판부, 1996, 79~88면.

이지만 말레이시아 민중들에게 민족주의의 출현을 가져오게 했다. 일본은 영국과 달리 경제 문제에는 관심을 기울이지 않고 군사적 지위를 강화하는 데 집중했기 때문에 말레이시아 민중들로 하여금 반일감정과 민족주의를 고취시킨 것이다. 그렇지만 일본이 1945년 세계대전에서 패하는 바람에 영국이 다시 식민 정부로 복귀했다. 영국은 본질적으로 말레이시아를 보호국에서 식민지로 전환하려고 말라야연합(Malayan Union)을 발표했는데, 말레이시아의 민중들이 대대적으로 반대하고 나서자 결국 포기하고 말았다. 그 대신 1948년 자치 정부를 위한 조기 선거와 말라야연방(Federation of Malaya)을 공표했다. 그렇지만 이 역시 완전한 해방이 아니었기 때문에 말레이시아의 민중들은 계속 영국의 식민 통치를 반대하고 나섰다.[17]

또한 박인환은 "크메르의 영광과 함께 사는/ 앙코르 와트의 나라" 즉 캄보디아의 민족해방을 추구했다. 캄보디아는 발달된 관개체계와 관료제도를 통해 12세기에 절정을 이루었지만, 내정 불안과 종교간 갈등으로 국력이 약해져 15세기에 이르러서는 수도 앙코르를 방어할 수 없게 되었다. 그 후 여러 나라의 지배를 받다가 1864년 프랑스의 보호국이 되었다. 프랑스는 캄보디아 내에서 민족주의가 대두되는 것을 막기 위해 상징적인 의미로 왕권의 유지와 권한을 허용하였다. 1942년에는 일본이 프랑스를 물리치고 캄보디아를 점령했다. 일본은 왕정 세력, 민족주의 세력, 공산주의 세력 등 캄보디아가 세 정파로 분리되어 있

---

17) 그 결과 1957년 8월 31일 말레이시아는 독립에 성공했다. 자세한 내용은 Datuk Zainal Abidin bin Abdul Wahid, 소병국 옮김, 『말레이시아사』, 오름, 1998, 122～202면.

는 것을 이용해 프랑스에 반대하는 폭동을 교사하고 대동아공영권을 주창했다. 그렇지만 제2차 세계대전에서 일본이 패하자 1945년 9월 프랑스는 캄보디아를 탈환했다. 캄보디아의 민중들은 프랑스로부터 완전한 독립을 쟁취하기 위해 투쟁해 나갔다.[18]

박인환이 민족해방을 추구한 또 다른 나라는 "월남" 즉 베트남이었다. 베트남은 B.C. 2879년 반 랑국[文郞國]이라는 독립 왕국으로부터 시작된 유구한 역사를 가지고 있지만 식민지의 경험 또한 오래되었다. 214년 중국을 통일한 진나라의 침략을 시작으로 1,000년 동안 지배를 받았다. 13세기에는 몽골로부터 3차례의 침략을 받았으며, 1862년부터는 프랑스의 지배를 받았다. 1940년부터는 일본의 지배를 또한 받았다. 일본은 베트남을 중국의 장개석 정권을 타도하고 동남아시아로의 진출을 위한 군사적 전초 기지로 삼았다. 1945년 일본이 패하자 같은 해 9월 2월 공산주의자 및 민족주의자들은 호치민[胡志明]을 중심으로 베트남민주공화국을 선언했다. 그렇지만 1946년 프랑스의 반대에 부딪혀 제1차 인도차이나 전쟁을 겪었다.[19]

---

18) 1954년 2월 캄보디아는 프랑스 연방에서 탈퇴하는 형식을 거쳐 독립을 쟁취했다. 양승윤 외, 『캄보디아·라오스』, 한국외국어대학교 출판부, 2005, 51~95면.
19) 제1차 인도차이나 전쟁은 1954년 베트남이 승리하면서 종결되었다. 그렇지만 같은 해 7월 제네바 협정에 따라 소련이 지원하는 북부와 미국이 지원하는 남부로 분할되었다. 그 후 북베트남의 게릴라 활동과 남베트남 내의 친공산주의자들이 반란을 일으켜 미국의 개입을 가져온 제2차 인도차이나 전쟁(곧 베트남 전쟁)을 겪었다. 제1차 인도차이나 전쟁이 프랑스의 식민지 건설에 대한 베트남 민중들의 항전이라면, 제2차 인도차이나 전쟁은 미국의 침략에 대한 베트남 민중들의 항전이었다. 1973년 미국이 철수하면서 휴전되었고, 1976년 북베트남의 주도로 베트남사회주의공화국이 탄생되었다. 송정남, 『베트남의 역사』, 부산대학교 출판부, 2000, 439~603면.

　　위의 작품에서 보듯이 "남풍"이란 말레이시아, 캄보디아, 베트남의 민중들이 내는 "항쟁의 총소리"를 상징하는데, 박인환은 그 외침이 "이 땅에도 들려오"기를 기대했다. "가슴 부서질 듯 남풍이" 불어 "계절이 바뀌면 태풍"으로 바뀌기를 기대한 것이다. 그와 같은 기대감을 가졌기 때문에 박인환은 "눈을 뜨면/ 남방(南方)의 향기가/ 가난한 가슴팍으로 스며든다"고 인식했다. 오랫동안 식민지로 전락했던 한국 민중들의 항전을 기대한 것이다.

　　박인환이 신식민지의 상황에 놓인 동아시아 국가들의 현실을 직시하고 대항할 것을 촉구한 것은, 한 국가의 투쟁이 그 자체에 머물지 않고 다른 국가의 투쟁에도 영향을 준다는 사실을 인지한 것이기에 주목된다. 실제로 제1차 인도차이나 전쟁에서 베트남은 "디엔비엔푸처럼 승리하기 위해서는 무엇을 해야 하는가? 우리는 어떻게 그런 일을 할 수 있을까?"[20]와 같이 본받으면서 승리의 가능성을 가지고 투쟁해 프랑스로부터 목적을 달성할 수 있었다.

　　베트남이나 캄보디아의 역사에서 보듯이 동아시아 국가들이 민중들의 항쟁에 의한 공산주의 체제로 독립을 이룬 것은 시사하는 바가 크다. 공산주의는 제2차 세계대전 이후 아시아 국가들에서 가장 큰 성과를 거두었다.[21] 소련이나 코민테른에 지리적으로 가까운 것도 아니고 역사적으로 전통이 있는 것도 아닌데도 불구하고 자력으로 공산주의 체제를 수립한 것은 "민족주의 운동과 긴밀하게 연결되"[22]었기 때문이

---

20) Franz Fanon, 남경태 옮김, 앞의 책, 92면.
21) 자세한 내용은 D. R. SarDesai, 앞의 책, 310~361면.
22) 고병익, 『동아시아의 전통과 변용』, 문학과지성사, 1999, 80면.

다. 다시 말해 "민족의 보위라는 '서구의 충격' 아래의 큰 틀 안에서 이루어"[23]진 것, 즉 식민 통치에 대항하는 민족주의 운동과 민중 혁명을 추구한 공산주의 운동이 서로 결합된 결과로 볼 수 있는 것이다.

기복(起伏)하던
청춘의 산맥은
파도 소리처럼 멀어졌다

바다를 헤쳐 나온 북서풍
죽음의 거리에서 헤매는
내 성격을 또다시 차디차게 한다

이러한 시간이라도
산간에서 남모르게 솟아나온
샘물은
왼쪽 바다
황해로만 기울어진다

소낙비가 음향처럼 흘러간 다음
지금은 조용한
고르키의 달밤

오막살이를 뛰어나온
파펠들의 해머는

---

23) 최원식, 정문길 외 엮음, 「탈냉전 시대와 동아시아적 시각의 모색」, 『동아시아, 문제와 시각』, 문학과지성사, 1995, 95면.

눈을 가로막은 안개를 부순다

새벽이 가까웠을 때
해변에는
발자국만이 남아 있었다

정박한 기선은 군대를 끌고
포탄처럼
내 가슴을 뚫고 떠났다

─「고르키의 달밤」 전문

박인환이 민중 혁명에 관심을 가진 것은 "고르키"를 인용하고 있는 데서 확인된다. 고르기는 모스크바에서 35km 떨어진 마을로 러시아 혁명 이전에 불린 이름인데, 레닌의 사후에 고르키레닌스키예(Gorki Leninskiye)로 바뀌었다. 고르키는 총상을 당한 레닌이 처음 휴식을 취한 곳일 뿐만 아니라 생을 마감한 곳이기 때문에 의미가 크다.[24]

박인환이 고르키를 작품의 제재로 삼은 것은 레닌을 내세우기 위한 것이었다. 주지하다시피 레닌은 인간에 의한 인간의 착취를 이 세상에서 막을 수 있는 길은 노동자계급의 혁명에 의해서만 가능하다고 믿고 사회주의를 평생 동안 추구한 혁명가였다. 그는 볼셰비키를 창건해 공산당으로 발전시켜 1917년 10월 혁명을 성공시켜 세계 최초로 사회주의 국가를 설립했다. 뿐만 아니라 공산주의 인터내셔널을 창건해 전 세계의 정치 지형에 지대한 영향을 끼쳐 세계 사회주의의 등불이 되었

---

24) Robert Service, 정승현·홍민표 옮김, 『레닌』, 시학사, 2001, 635~854면.

다. 박인환은 그와 같은 혁명가의 삶을 가슴에 품고 레닌이 고뇌한 "고르키의 달밤"을 상상한 것이다. 그 상황이 박인환이 지향한 이상세계였다고 볼 수 있다.

3) 한국의 해방 인식

박인환은 "선량한 우리의 조상은/ 투르키스탄 광막한 평지에서/ 근대정신을 발생시켰다."(「정신의 행방을 찾아」)라는 데서 확인되듯이, 파미르고원을 중심으로 한 중앙아시아 지역인 투르키스탄을 조상들의 근대정신이 발흥된 근거지로 삼았다. 그렇지만 박인환은 조상들의 '선량함'을 보존하거나 계승하기란 여간 힘든 것이 아님을 인정했다. 투르키스탄은 기원전 2세기 초부터 나라를 이루었지만, 여러 군주들의 지배를 받다가 1210년경부터 칭기즈 칸에 의해 점령당했다. 18세기에는 러시아에 의해 지배받았고, 1759년 동투르키스탄은 청나라에 정복당해 신장성이라고 불리며 행정체계에 편입되었다. 1864년 러시아의 침략을 당한 후 러시아령 투르키스탄이 되었다. 그 후 민중들의 항쟁을 통해 1917년 투르키스탄의 자치를 선언했고, 이듬해 투르키스탄 자치소비에트사회주의공화국이 성립되었다.[25] 투르키스탄은 이민족의 침략과 지배로 인해 순수한 민족성을 계승하는 데 매우 힘든 역사를 견뎌내야 했던 것이다. 그리하여 박인환은 그 모습을 "사랑하는 사람의 의상마저/ 이미 생명의 외접선(外接線)에서 폭풍에 날아"(「정신의 행방을 찾아」)간 것으로 비유했다. 제2차 세계대전이 끝났지만 원시적인 생명이나 평화

---

25) 小松 久男, 이평래 옮김, 『중앙유라시아의 역사』, 소나무, 2005, 330~416면.

가 회복되기는 쉽지 않겠다고 생각한 것이다. 그와 같은 면은 다음의
작품에서도 나타나고 있다.

사진 잡지에서 본 향항(香港) 야경을 기억하고 있다
그리고 중일전쟁 때
상해 부두를 슬퍼했다

서울에서 삼십 킬로를 떨어진 곳에
모든 해안선과 공통되어 있는
인천항이 있다

가난한 조선의 프로필을
여실히 표현한 인천 항구에는
상관(商館)도 없고
영사관도 없다

따뜻한 황해의 바람이
생활의 도움이 되고자
냅킨 같은 만내(灣內)에 뛰어들었다

해외에서 동포들이 고국을 찾아들 때
그들이 처음 상륙한 곳이
인천 항구이다

그러나 날이 갈수록
은주(銀酒)와 아편과 호콩이 밀선(密船)에 실려 오고
태평양을 건너 무역풍을 탄 칠면조가

인천항으로 나침(羅針)을 돌렸다

서울에서 모여든 모리배는
중국서 온 헐벗은 동포의 보따리같이
화폐의 큰 뭉치를 등지고
황혼의 부두를 방황했다

밤이 가까울수록
성조기가 퍼덕이는 숙사(宿舍)와
주둔소의 네온사인은 붉고
정크의 불빛은 푸르며
마치 유니언 잭이 날리던
식민지 향항의 야경을 닮아 간다

조선의 해항(海港) 인천의 부두가
중일전쟁 때 일본이 지배했던
상해의 밤을 소리 없이 닮아 간다

— 「인천항」 전문

　"향항(香港)" 즉 홍콩 또한 동아시아 국가들과 마찬가지로 오랜 식민
지의 역사를 가지고 있다. 진시황에 의해 병합당한 이래로 당나라와
송나라 등에 의해 무역항과 해상 군사지역으로 이용되었고, 1513년 포
르투갈에 의해 서구의 지배를 받기 시작했는데 영국의 동인도회사가
무역항을 건설하면서 본격화되었다. 청나라가 아편 수입 금지안을 승
인하자 영국은 제1차 아편전쟁을 일으켜 승리를 거두고 1841년부터 홍
콩을 점령한 것이다. 1860년 제2차 아편전쟁으로 인해 홍콩은 영국에

영속적으로 귀속되었다. 1941년부터 일본이 홍콩을 새롭게 지배했는데, 그 식민 통치 동안 홍콩의 민중들은 강제 배급으로 인해 식량 부족에 시달렸고 인플레이션의 심화로 인해 삶의 고통을 겪었다. 160만 명이었던 인구가 60만 명으로 줄어든 것이 그 여실한 증거이다. 일본이 제2차 세계대전에서 패하자 홍콩의 지배권이 다시 영국으로 넘어갔다.[26]

박인환은 "인천항"으로 상징되는 해방 후의 한국 상황이 "중일 전쟁 때" 일본이 지배했던 "향항"과 다르지 않다고 보았다. "밤이 가까울수록/ 성조기가 퍼덕이는 숙사(宿舍)와/ 주둔소의 네온사인"이 붉게 빛나는 인천항의 모습과 "유니언 잭이 날리던/ 식민지 향항(香港)의 야경"과 같다고 파악한 것이다. 성조기와 유니언 잭이 날리는 모습에서 제2차 세계대전 이후 네덜란드와 프랑스는 식민지 국가들로부터 대부분 철수했지만 미국과 영국은 잔존한 경우가 많았던 상황을 연상시킨다. 또한 아시아를 지배했던 일본의 지위가 미국으로 넘어간 사실도 확인된다.[27]

"인천 항구"는 "해외에서 동포들이 고국을 찾아들 때/ 그들이 처음 상륙한 곳"일 정도로 유서가 깊은 곳이지만 현실은 그렇지 못했다. "가난한 조선의 프로필을/ 여실히 표현"했던 것이다. 그리하여 "상관(商館)도 없고/ 영사관도 없"었다. 그 대신 "날이 갈수록/ 은주(銀酒)와 아편과 호콩이 밀선(密船)에 실려"왔다. 국가의 생산력을 높이는 데 기여하는 물품이 아니라 은주 같은 소비재나 아편 같은 마약이 밀선을 타고 들

---

26) 1997년 홍콩은 1국 2체제에 의한 50년간의 현상 유지를 약속하며, 즉 한 국가에 사회주의와 자본주의라는 두 체제가 공존해 간다는 영·중협상에 의해 중국으로 반환되었다. G. B. 엔다콧, 은은기 역, 『홍콩의 역사』, 한국학술정보(주), 2006 ; 中嶋嶺雄, 김유곤 역, 『홍콩의 미래』, 우석, 1997, 40~52면.
27) 野澤豊 외, 박영민 옮김, 『아시아 민족운동사』, 백산서당, 1988, 429~430면.

어오는 상황이 진행된 것이다. 박인환은 새로운 식민지가 될지도 모를
위험에 처해 있는 그와 같은 해방기의 상황을 동아시아 국가들의 상황
과 연결시키며 예리하게 간파했다. 민족의 진정한 해방을 이루기 위해
서는 제국들의 침략에 적극적으로 대응해야 된다고 역설한 것이다.

3. 동아시아의 해방

동아시아 국가들의 "질서를 해체시키는 결정적인 원인은 이들 사회
내부에 있었던 것이 아니라 전통 사회의 지배 권력을 위협하는 제국주
의 침략에 있었"다.28) 그 결과 동아시아 국가들은 민족의 정체성을 간
난하게 지키는 역사를 진행해왔다. 이와 같은 차원에서 보면 한국의
문제 역시 개별적이거나 특수한 것이 아니라 동아시아 국가들과 긴밀
한 연관을 갖는 것임을 알 수 있다.

박인환은 「인천항」, 「남풍」, 「인도네시아 인민에게 주는 시」, 「고르
키의 달밤」, 「정신의 행방을 찾아」 등을 통해 한국을 비롯한 동아시아
국가들의 진정한 민족 해방을 추구했다. 민중이 주체가 되어 제국주의
에 대항해야만 식민 상태로부터 해방될 수 있음을 호소한 것이다. 박
인환이 "나는 지도자도 아니며 정치가도 아닌 것을 잘 알면서 사회와
싸웠다."29)라고 토로한 것 또한 그 증거이다.

동아시아 국가들은 서구 제국들의 지배를 오랫동안 받아오다가 제2

---

28) 신광영, 『동아시아의 산업화와 민주화』, 문학과지성사, 1999, 249면.
29) 박인환, 「후기」, 『선시집』, 산호장, 1955, 238면.

차 세계대전의 종결로 인해 해방될 수 있었다. 자주적인 독립 국가를 수립할 수 있는 기회를 획득한 것이다. 그렇지만 제국주의 국가들은 기존의 식민지 정책을 회복하려고 갖가지 압력을 가해왔다. 박인환은 그와 같은 상황을 파악하고 대응책으로 동아시아 국가들의 민중들이 연대해서 대항해야 된다고 제시했다. 실제로 인도네시아, 말레이시아, 캄보디아, 베트남 등은 끈질긴 민중들의 항쟁으로 말미암아 마침내 독립 국가를 이루었다. 이와 같은 차원에서 박인환이 추구한 동아시아 인식은 새롭게 조명할 가치를 지닌다.

동아시아 국가들의 해방 인식은 오늘의 상황에서도 중요하다. 동아시아 국가들은 아직도 서구 제국들의 영향을 지대하게 받고 있기 때문이고, 동아시아 국가들 사이에서도 침략과 저항이라는 관점에서 서로를 인지하고 있기 때문에 화해를 이루어내기가 어렵다. 특히 근래 일본 우익의 군국주의 태도에서 볼 수 있듯이 폐쇄적인 자국 중심주의는 동아시아의 평화관계를 더욱 어렵게 만들고 있다. 지역 통합의 움직임이나 다자간 무역 환경 등이 논의되고 있지만 불행한 역사를 청산하지 않는 한 건설적인 성취는 어렵다. 따라서 근대 시문학에 나타난 동아시아 인식은 과거의 역사를 올바로 이해하는 것은 물론 바람직한 미래를 준비하기 위해서도 필요한 것이다.

제국의 시선을 횡단하는 시쓰기

－박인환 시의 탈식민주의

1. 기억의 독법과 (탈)제국의 환상을 관통하기

'日本말보다 빨리 英語를 읽을 수 있게 된,/ 몇차례의 言語의 移民을 한 내가/ 우리말을 너무 잘해서 곤란하게 된' 내력에 대한 김수영의 자조적 고백은, '언어의 이민'이라는 독특한 역사적 경험으로 환기되는 뿌리 깊은 식민지배의 흔적을 보여준다. 일본어와 영어, 한국어 사이에서 벌어지는 미묘한 역학관계는 제국의 지배와 억압의 역사를 통과해 온 제3세계 시인의 내면에 각인된 언어적 무의식을 환기하는 것뿐만이 아니라, 그 언어의 '이민' 과정에 내재된 지배와 갈등, 저항과 절망의

* 이기성 / 이화여자대학교 강사

역사를 동시에 드러내 준다. 이렇듯 식민의 경험과 내밀하게 연관된 지식인들의 자의식은, 식민 지배담론에 대한 저항을 사유하는 동시에 자기 내부에 자리한 식민의 무의식과 싸워야 하는 지난한 과정을 비추어 낸다. 유독 시쓰기의 피로함을 호소했던 김수영의 고백이, 폭주하는 근대화의 가속도와 물신화에서 비롯된 자기 소외의 현기증만을 겨냥한 것으로 읽힐 수 없는 것은 이런 까닭이다. 그의 피로는 피식민 주체의 무의식에 각인된 식민지배의 기억이 '영어'로 상징되는 새로운 식민 권력과 조우하면서 발생하는 위기의 징후로 이해되어야 할 것이다.

　지배와 저항 사이에서 길항하는 시적 의식을 해명하기 위해서는, 일제의 지배와 해방이라는 역사적 사건, 그리고 또 다른 식민화의 과정을 관통하는 주체의 의식과 무의식을 좀 더 섬세하게 들여다볼 필요가 있다. 주지하듯 해방은 근대를 향해 질주하고자 하는 모방에의 욕망과 한편으로 이에 대한 저항이라는 딜레마 속에서 주체의 분열을 심화시켜온 과정이었다. 그런데 이러한 분열은 일차적으로 해방 이후 '식민지 / 제국'과의 결별이 제대로 이루어지지 못한 것에서 기인하는 것처럼 보인다.[1] 갑작스런 해방은 식민지인을 제국의 국민으로 포획하려는 지배의 프로젝트와 이른바 '협력과 저항'이라는 방식으로 수행된 피식민

---

1) 우리 사회에서 해방 전후의 역사적 지평의 변화는 인식적 측면에서 미묘한 딜레마를 남겨 놓는다. 그 중요한 측면은 해방 이후 '국민국가' 건설에 대한 열망의 담론이 출현하면서, '식민지'에 대한 반성이나 성찰의 기회를 갖지 못하였다는 점이다. 해방기 문단의 주요한 과제로 등장한 '자기비판'은 내면의 '식민지화'에 대한 공적 담론의 기회를 제공함으로써 식민지와의 결별을 위한 필연적 통과제의였으나, 이러한 성찰 / 반성의 담론이 정치적 담론에 묻혀버림으로써 본질적으로 제기되지 못한 것이다. 이에 대해서는 서준섭, 「한국근대시인과 탈식민주의적 글쓰기」, 『한국시학연구』 13집, 2005, 42~43면.

주체 사이의 역학관계를 붕괴시킨 사건이었다. 이후 해방기를 채운 정치적 열망은 '국가 만들기'라는 이념적 지평으로 개체의 욕망을 수렴해 버리게 된다. 이러한 해방기의 파토스 속에서 우리는 식민의 시간을 성찰하고 고통스런 기억과 단절될 계기를 만들어내는 데 실패하게 되었던 것이다. 이렇게 상실된 대상(제국)에 대한 상징적 '애도'를 수행하지 못한 결과, 식민의 흔적은 억압된 기억의 형식으로 문학 주체들의 무의식에 각인된다.[2] '일본어와 한국어 그리고 영어' 사이에 놓인 김수영의 갈등을 통해서 알 수 있듯이, 피지배의 기억은 망각 속으로 흔적 없이 사라지는 것이 아니라, 어떤 형식으로든 끊임없이 회귀하고 출몰하면서 주체의 의식을 교란시킨다. 자기 안에 자리한 제국의 그림자와 맞닥뜨리는 순간, 피식민 주체가 경험하는 혼란과 분열은 적을 닮아버린 자기를 발견한 자의 당혹스러움과 다르지 않다.

이렇게 해방 이후의 문학 주체들은 내면의 '식민'을 청산하지 못한 채 전쟁을 경험하고, 군수물자와 화려한 보그 잡지로 장식한 새로운 자본의 제국을 대면하게 된다. 식민주의와의 결별에 실패한 채 새로운 식민화의 과정을 경험하게 된 시인들이 겪는 실존적 불안과 공포의 감각은 피식민 주체의 무의식을 결정하는 중요한 요소로 등장한다. 앞에서 말했듯, 김수영이 느끼는 '피로'는 무의식 속에 내재된 식민담론에 대한 신체적 반응의 징후로 이해된다. 사라진 대상─제국에 대한 완전한 애도와 승인의 절차가 이루어지지 않았기 때문에 발생하는 이러한

---

2) 이것은 해방 이후 우리 문학 주체들이 일본이라는 타자를 통해 매개된 '일본식의 오리엔탈리즘'의 흔적과 결별하지 못하였음을 의미한다. 이에 대해서는 방민호, 「박인환 산문에 나타난 미국」, 『박인환전집』, 예옥, 2005 참조.

분열적 증상은 단지 김수영에게 국한되는 것은 아니다. 1980년대의 시인 황지우가 당대 현실을 지배하는 '끔찍한 모더니티'의 실체를 폭로했을 때, 거기서 전근대와 근대가 뒤엉킨 괴물의 형태로 자라온 식민의 기억과 다시 마주치게 되는 것은 놀라운 일이 아닌 것이다.

식민지배와 피식민 주체의 정체성 문제를 해명하기 위해서는, 식민의 기억과 흔적을 다시 펼쳐 읽는 작업이 요청된다. 탈식민적 독법은 식민화의 틈새에서 갈등하고 교차하는 의미의 혼종과 차이들, 주체와 타자 사이의 간극 그리고 타자의 인식과 재현을 둘러싸고 펼쳐지는 정체성의 문제를 전면화한다는 점에서,[3] 제국과 대면하는 피식민 주체의 존재 방식을 해명하는 데 유용한 참조가 된다. 교활하고 모순적인 식민화 전략과 여기서 파생된 식민의 기억이 어떻게 주체를 규정하는가 하는 문제는 해방 후 문학 주체들의 의식을 관통하는 '탈'식민적 사유의 최종심급이다. 주목해야 할 것은 식민 / 탈식민의 기억이라는 중층적 억압 속에 놓인 주체의 정체성 문제가 '지배 / 저항이라는 이분적 구조'로 단순하게 환원되지는 않는다는 것이다.[4] 이것은 탈식민의 주체

---

3) 문학에서의 탈식민주의 논의는, '포스트콜로니얼'이라는 용어를 식민주의로부터 현재에 이르기까지 제국주의적 영향으로부터 자유로울 수 없었던 모든 문화를 포괄하는 개념으로 사용한 애쉬크로포트의 견해에 빚지고 있다(빌 애쉬크로포트, 이석호 역, 『포스트콜로니얼 문학이론』, 민음사, 1996, 12면). 이러한 포괄적 개념을 바탕으로 할 때 탈식민주의 담론은, '혼종적' 성격을 지닌 다양한 의미항들, 식민주의와 제국주의 간의 문화적 충돌과 다문화성, 타자의 인식과 재현의 문제, 정체성과 차이 등이 교차하고 갈등하는 장, 그리고 이러한 가치들이 구체화되는 재현의 장으로 파악된다. 박주식, 「제국의 지도 그리기」, 고부응 외, 『탈식민주의 이론과 쟁점』, 문학과지성사, 2003.
4) 하정일, 『탈식민의 역학』, 민족문학사연구소 기초학문연구단, 소명출판, 2006, 27~33면.

가 지배와 저항의 틈새를 넘나드는 흔들림과 분열을 통해 새롭게 구성되는 주체임을 의미하는 것이며, 따라서 피식민 주체의 심층적 기억을 탐사하는 작업은 호미 바바의 말처럼, 주체의 정체성이라는 왜곡된 양피지 사본에 각인된 타자성을 읽어내는 일이 된다.[5] 이렇게 지배담론에 내장된 제국의 균열과 주체의 분열적 양상 모두에 주목할 때, 심미적 저항으로서의 탈식민의 텍스트에 내장된 의미를 새롭게 읽어낼 수 있을 것이다. 이것은 '식민 지배 장치와 그 재현 체계의 자기충족적 완결성'에 의심을 던지고, 이러한 지배 담론 안에 존재하는 차이와 모순, 균열의 양상을 적극적으로 이끌어내는 작업이 될 때 비로소 의미를 갖게 된다.

이를 위해서 우리의 식민지 경험으로 시선을 돌려볼 필요가 있다. 일본이라는 타자가 아메리카라는 새로운 제국의 기표로 전치되는 역사적 맥락에서, 탈식민의 문제는 식민지 시대와는 다른 매우 복잡한 역학관계를 환기한다.[6] 여기서 주목할 것은 '제국'이라는 환상을 둘러싸고 출현하는 무의식의 담론이다. '제국'의 시선은 피식민지를 폭력적으로 타자화 함으로써, 지배적 담론에 동일화시키고자 교활하고 정교한 지배 전략을 구사한다. 피식민 주체들에게 제국은 결코 동일화 될 수 없음에도 불구하고 끊임없이 동일화를 지향하게 만드는 상징적 타

---

5) 호미 바바, 나병철 역, 『문화의 위치』, 소명, 2002, 102면.
6) 해방 이후 우리에게 미국은 라캉 정신분석학적 의미에서 일종의 큰타자의 역할을 해왔다고 말할 수 있다. 우리의 의식과 무의식에 깊이 틀어 앉은 이상적 모델 국가로서의 미국의 이미지는 우리의 집단적 정체성의 형성과정에서 우리가 무의식적으로 동일시하는 대상으로서의 이상적 자아 이미지, 즉 에고—이상의 자리에 있기 때문이다. 주은우, 「미국, 그 (큰)타자의 응시」, 『문학동네』, 2003 가을호.

자로 기능한다. 그리하여 제국은 피식민 주체들에게 세계를 인식하는 기준점이 되어 이데올로기적 담론 구성의 중심이 되는 한편, 피식민 주체는 이 제국주의적 타자의 감시와 응시의 시선에 지속적으로 노출되고 관통 당하게 되는 것이다.[7]

여기에는 이중의 환상이 자리 잡게 되는데, 그 하나는 제국이 피식민 주체를 포획하는 대타자의 자리에 놓인다는 착각에서 기인하는 환상이며, 다른 하나는 피식민 주체들이 이상적 타자로서의 제국에 대해서 갖게 되는 환상이다. 제국―식민지의 사이에 가로놓인 환상은 이렇게 이중으로 접혀짐으로써, 제국과 식민지 지배를 구조화하는 원리로 작동하게 된다. 따라서 지배와 종속(저항)의 구조를 해체하려는 탈식민의 전략은 제국이라는 환상을 관통함으로써 새로운 주체의 구성 양식을 모색하는 사유와 만나게 된다. 즉 제국의 시선을 횡단하는 시적 사유란, 주체와 타자 사이에 드리운 환상의 주름을 펼쳐 읽는 작업이며, 이는 지배 담론의 균열을 가시화하는 실천적 모색으로서 의미를 갖는 것이다.[8]

이 글에서는 박인환의 시에 드러나는 제국과 환상의 문제를 통해 그의 시쓰기를 이끌어가는 사유의 심층을 탐색해 보고자 한다.[9] 식민지,

---

7) 고모리 요이치, 송태욱 역, 『포스트 콜로니얼』, 민음사, 2002, 13면.
8) 이것은 '식민주의 자체가 균질적이고 동일성의 장으로 편재하지 않는다'는 사실을 인식하고, 식민주의에 내장된 균열과 자기 분열의 틈새에서 탈식민의 계기 혹은 저항의 거점을 발견'하려는 노력과도 통한다. 하정일 「탈식민의 역학」, 『실천문학』, 2006 여름 참조.
9) '실패한 모더니스트'로 명명되었던 박인환의 시세계는 최근 연구자들의 조명을 받기 시작했다. '모더니즘의 코스츔에 경도된 센티멘탈리스트'라는 기존의 평가는 그의 해방기 시에 드러나는 현실인식에 초점을 맞추면서 서서히 변화되고 있

해방, 전쟁을 거쳐 온 박인환의 시쓰기는 제국과 주체 사이에서 발생하는 끊임없는 충돌과 긴장의 양상을 투시함으로써 식민의 무의식을 균열시키는 탈식민적 사유의 도정을 보여준다. 특히 '아메리카 기행'에서 그가 보여준, 열망과 환멸이 착종된 언어 풍경은 제국에 대한 모방과 저항의 욕망 사이에서 흔들리는 탈식민적 주체의 고뇌를 잘 드러내준다는 점에서 주목해 보아야 한다. 흥미로운 것은 여기서 박인환이 모더니티의 표면을 훑어보는 시선에 자신을 가두어 둘 뿐, 제국을 둘러싼 견고한 환상을 뚫고 들어가지 못한다는 것이다. 제국의 표면을 스치는 이러한 '풍경' 읽기의 시선에 내포된 의미를 물어야만, 우리는 아메리카라는 타자가 '흔들리는 주체'로서의 자아의 무의식을 어떻게 지배하는지를 해명할 수 있게 될 것이다. '텍스트의 언술'적 표면을 뚫고 들어가,[10] 텍스트 생산에 관여하는 시적 주체의 내밀한 자의식이

다. 특히 탈식민주의의 관점에서 박인환의 시세계를 다루는 논문들이 최근 발표되기 시작하였다는 점이 주목된다. 그러나 이러한 논문들은 주로 박인환의 시에서 드러나는 현실인식의 측면을 조명함으로써, 텍스트 생산에 관여하는 내밀한 지점까지 해명하지 못하고 있다.
정문선, 「'거리'의 화자와 '익명'의 타자」, 김욱동 편, 『전후 문제시인연구』, 예림기획, 2005.
맹문재 편, 『박인환 깊이 읽기』, 서정시학, 2006.
박현수, 「전후 세계의 검은 비전과 '역사의 천사'」, 『박인환전집』, 예옥, 2006.
방민호, 「박인환 산문에 나타난 미국」, 『박인환전집』, 예옥, 2006.
10) 현대시 시분야에서 진행된 탈식민주의 연구는 주로 텍스트의 언술을 분석하는 방향으로 이루어져 왔다. 대표적으로 김승희의 「김수영 시와 탈식민주의적 반언술」(『현대시 텍스트 읽기』, 태학사, 2001)을 들 수 있다. 이 글은 이성 중심주의를 겨냥한 포스트모더니즘적 해체를 탈식민주의 담론의 주요한 전략으로 수용하여, 김수영의 시에서 드러나는 해체적 언술의 특성을 밝혀내고 있다. 이 글에서는 남근적 타자의 상징적 표상체계에 저항하는 김수영의 분열적이고 잡종적인 반언술의 특징을 분석함으로써, 이러한 반언술이 타자 중심성을 전복하고

현실의 언어와 어떻게 충돌하고 길항하는지, 그 내면의 드라마를 추적
해 보는 작업은 탈식민적 텍스트 읽기의 새로운 양상을 보여줄 수 있
을 것으로 기대된다.

2. 아메리카, 마야코프스키, 박인환

소비에트의 미래파 시인 마야코프스키는 1925년 5월 멕시코를 거쳐
미국에 첫발을 디딘다.[11] 석 달의 여행을 마친 후 출판된 여행기에서,
그는 미국사회의 단면들을 세밀하게 관찰하고 활달한 과장과 특유의
풍자를 동원하여 새로운 제국으로 떠오르는 아메리카의 풍경을 세밀

교란시킨다는 점에 주목하고 있다. 이러한 언술 분식은 지배담론에 저항하는 반
언술의 실천적 가능성에 주목하여 능동적인 텍스트 해석의 길을 열어놓는다는
점에서 의미를 갖는다. 그러나 이러한 논의는 지배 / 저항이라는 이분적 구도를
차용함으로써, 지배 / 피지배, 중심 / 주변, 타자 / 주체 사이의 대립을 공고화할
수 있다는 문제가 제기된다. '이성, 남근, 합리성'이라는 기표로 요약되는 단일
한 근대'를 상정하게 될 때, 근대 내부에 존재하는 모순과 균열의 양상을 보지
못하게 될 뿐만 아니라, 저항의 문제 역시 '언술적 차원'에 국한되는 것이다. 이
러한 '탈식민주의적 텍스트 읽기'에 대하여 지배 / 저항의 문제를 '담론' 간의 갈
등으로 치환시키는 텍스트의 물신주의에 빠지게 되었다는 비판이 제기된다. 이
에 대해서는 하정일과 박수연의 논문을 참조할 수 있다(하정일, 「탈식민의 역학」,
『실천문학』, 2006 여름, 박수연, 「포스트식민주의론과 실재의 지평」, 『민족문학
사연구』 33호, 2007). 이들은 식민주의 담론에 동화되지 않으면서 차이를 보존
하려는 탈식민적 사유가 언술적 차원에 국한 되지 않음을 지적하고, 지배 / 저항
의 경계 지점에서 벌어지는 주체와 타자의 분열상과 그 차이에 주목하는 새로
운 독법이 요구됨을 강조하고 있다.

11) 그의 '호기심과 모험욕'으로 가득한 여행의 감상은 「나의 미국발견」이라는 제목
의 연작시와 '출판을 염두에 둔' 여행기에 꼼꼼하게 기록되어 있다. 블라디미르
마야코프스키, 김근식 역, 「러시아 혁명시인 마야코프스키의 미국 발견」, 『현대
문학』, 2003. 10.

하게 그려낸다. 우리의 시인 박인환이 아메리카를 처음으로 여행한 것은 1955년의 일이다. 사회주의 모국에 대한 근본적인 자부심으로 가득 차 있던 마야코프스키와, 식민지로부터 해방된 지 10여 년에 불과한, 그리고 그 사이 이념적 혈투와 파괴적인 전쟁의 시간을 지나온 박인환의 행로는 그 출발 지점에서부터 많은 차이를 담고 있었던 것으로 보인다. 그럼에도 불구하고 새로운 제국의 표상으로 출현한 아메리카를 향한 '타자'의 시선을 보여준다는 점에서 두 시인의 행보는 흥미로운 비교를 가능하게 한다. 혁명의 수레바퀴가 미래를 향해 치달아가는 격동의 시간을 살았던 마야코프스키가 아메리카라는 이질적 대상에게서 느꼈던 양가적 감정은, 전후의 피로에 시달리고 있었던 박인환의 그것과 근본적으로 다르지 않은 것처럼 보이기 때문이다.

마야코프스키의 여행기에서 흥미로운 것은, 사회주의라는 다른 체제의 시선을 통해, 자본의 제국을 들여다보는 시인의 이중적 의식이다. 이 글에서 제1차 세계대전과 혁명화의 과정에서 엄청난 파괴를 감수해야 했고, 막 산업화의 출발점에 서 있던 나라에서 온 이방인인 마야코프스키는, 미국의 문화가 임시로 지어진 가건물과 같은 허상적인 것임을 냉소하면서도 어쩔 수 없이 그 놀라운 발전의 스펙터클에 매혹 당했다는 사실을 무의식적으로 노출하고 있다.[12] '일시적 용도가 만료되자마자 폐기처분되어야 할 건물처럼 보이는' 아메리카적 모더니티의 일회적이고 환영적인 본질을 시인다운 직관을 통해서 포착해내는 한

---

12) 여기서 그는 자신이 매혹 당했다는 사실이 지나치게 눈에 뜨지 않도록 몹시 애를 써야만 했다. 엘스베트 볼프하임, 이현정 역, 『마야코프스키와 에이젠슈타인』, 아카넷, 2005, 84~90면.

편, 엄청난 규모의 생산라인을 갖춘 포드 회사를 방문한 뒤 그 기계화의 수준에 대해 경이와 찬탄을 보내는 식이다. 마야코프스키는 아메리카의 기계문명의 급진적 발전상에 혁명 이후 황폐해진 사회주의 모국의 미래를 투사하고 있었던 것이다.

어쨌든 마야코프스키에게 오랜 역사와 전통을 바탕으로 문화적 기층을 쌓아온 유럽과 달리, 아메리카는 자본의 현란한 기호들이 넘쳐나는 풍요와 낭비의 세계로 인식된다. 그 합리주의와 문명화의 이면에서, 그는 시간의 축적을 알지 못한 채 '영원히 현재'의 이미지로서만 존재해야 하는 죽음의 그림자를 읽어냈던 것이다. 마야코프스키 자신도 의식하지 못하는 이러한 균열은 아메리카라는 타자와 대면하는 주체의 흔들림의 징표로 읽을 수 있겠다. 그의 눈에는, 속도와 기술주의로 표상되는 아메리카가 뒤늦은 근대화를 추진하며 모너니티에 대한 열망을 막 불사르고 있던 자신의 조국에 비해서 '미래'의 시간을 살고 있는 것처럼 보였던 것이다.[13] 따라서 유럽을 관통하는 철도를 이용한 귀국의 여정은 첨단의 미래로부터 과거를 향한 역행의 도정이기도 하였다. 여행은 유럽의 '초라한 오두막'의 이미지가, '부르주아의 대의를 지켜주는' 미국이라는 벌거벗은 미래주의와 자본의 환상을 대치하는 진정한 '문화'의 공간임을 자각하는 것으로 귀결된다. 유럽과 자신의 조국이 시간의 축적 속에서 이루어온 유구한 전통에 대한 '자각'이야말로 마야코프스키로 하여금 자본주의라는 '미로'를 통과하여 고향으로 귀환할 수 있도록 하는 추동력이 되었던 것이다.

─────────────

13) 마살 버먼, 윤호병·이만식 역, 『현대성의 경험』, 현대미학사, 1994, 283면.

마야코프스키의 여행기가 발표된 후 30여 년의 시간차를 두고 박인
환의 「19일간의 아메리카」가 쓰인다. 사실 19일간의 짧은 여정은 사실
아메리카에 대한 깊은 사색을 드러내기엔 근본적인 한계를 지닌 것이
었다. 그러나 이후 아메리카를 소재로 십여 편의 시가 써졌다는 사실
에서 우리는 이 여행이 박인환의 시세계에 얼마나 깊은 영향을 주었는
지 가늠해 볼 수 있다. 흥미로운 것은 「19일간의 아메리카」[14]에서 아
메리카 문화에 대한 동경과 선망의 태도가 거의 드러나지 않는다는 점
이다. 식민지 시기와 해방, 그리고 전쟁에 이르는 역사적 격동의 시간
을 체험한 박인환 앞에 새로이 출현한 '아메리카'는 자본의 풍요로움을
앞세운 새로운 제국의 이미지로 다가선다. 근대 이후 많은 지식인들의
경험에 비추어 볼 때, 제국의 시스템과 경제적 발전 수준에 대한 피식
민지의 지식인의 동경과 문화적 차이에서 비롯되는 갈등은 여행을 떠
나기 이전에 이미 예견된 것이라 할 수 있다. 그런데 박인환은 이 글
에서 미국의 깨끗한 거리와 포스터들로 더럽혀진 한국의 벽들을 비교
하는 정도로 선진국에 대한 '준비된 감탄'을 표현하는 수준에 그치고
있다. 소위 '도회(문명)의 아들'로 자처한 모더니스트 박인환이 모더니티
의 종주국이라 할 수 있는 아메리카의 도회적 풍물에 관심을 갖기 보
다는 자연(산림)의 광대함에 대해서만 찬탄을 보낼 뿐이다.[15] 또한 상식

---

14) 박인환, 「19일간의 아메리카」, 『조선일보』, 1955. 1. 13 / 17.
15) 방민호는 박인환에게 유럽이 정신과 문화의 담지자로 인식되는 반면, 아메리카
　　는 물질적인 것이 지배하는 빈곤한 세계로 인식하고 있다고 지적한다. 그러나
　　이러한 인식은 팍스 아메리카나의 시대에 접어들고 있었던 미국에 대한 인식이
　　깊지 않음을 보여주는 것이며, 식민지 말기 대동아주의 논리에 침윤된 일본적
　　오리엔탈리즘의 소산이라고 보고 있다. 앞의 글, 589~590면.

적 수준에 머무른 아메리카의 대중문화에 대한 노골적인 경멸감을 내보이기까지 한다. 나아가 '우리들이 열심히 지식을 흡수한다면, 아메리카 문화와 다른 새로운 문화가 우리나라에 생기고, 사회와 가정생활이 높아질 것이다'라는 선언적 진술에 이르면, 그를 지배한 것이 아메리카 —제국에 대한 선망이 아니라,[16] 그것을 초극하고자 하는 강한 승부의 욕망이었음을 알 수 있다.

이렇듯 박인환의 여행기에서 제국에 대한 강한 부정의 태도가 일관되게 표출되고 있다는 점은 흥미롭다. 그런데 글의 서두에서 '(도시의 풍경을) 세부에 걸쳐서 관찰한다는 것은 내 자신이 피하고 말았다'(「19일간의 아메리카」)라고 시인 스스로 고백하듯, 이러한 표면적 부정의 이면에는 아메리카라는 타자의 응시를 회피하고자 하는 자아의 모습이 숨겨져 있다. 대상의 내부를 깊숙하게 투시하지 못하고, 눈앞에 스치는 인상만을 간단히 포착하는 이러한 태도를 지배하는 것은 일종의 '포기'의 자의식이다. 대상에 다가가기도 전에 스스로 눈을 감아버리는 이러한 포기의 자의식은 동일화의 실패에 대한 불안과 위기의 감정에서 비롯되는 것으로 이해된다. 이 지점은 '서구적 문화'에 대한 동경과 '아메리카'라는 현실 사이에 존재하는 간극에 대한, '피식민지' 지식인으로서의 박인환의 자의식을 보여주는 부분이기에 좀 더 섬세하게 읽어볼 필요가 있다.

관찰자로서의 주체의 포기 문제는, 스케치 형식의 산문보다는 시인의 심층적 내면이 표출되는 '아메리카' 시편들에서 좀 더 구체적으로

---

16) 오문석, 「박인환의 산문정신」, 『박인환 깊이 읽기』, 서정시학, 2006, 77면.

드러난다. 앞에서 살펴보았듯이, 산문에서 '유토피아'적 비전을 발견하고자 하는 동일화의 욕망과 그에 대한 부정의 자의식이 동시적으로 노출되었다면, 시에서는 이러한 욕망의 불가능성에서 비롯되는 내면의 파토스가 직접적으로 표출되고 있다. 따라서 아메리카에 대한 시인의 정서적 태도를 이해하기 위해서는 산문에 은폐된 욕망과 시에 투사된 욕망 사이의 간극에 주목해야 한다.

> 데모크라시와 옷 벗은 여신과
> 칼로리가 없는 맥주와 유행과
> 유행에서 정신을 희열하는
> 디자이너와
> 표정이 경련하는 나와
>
> — 「투명한 버라이어티」 부분

> 착각이 만든 네온의 거리
> 원색과 혈관은 내 눈엔 보이지 않는다
> 거품에 넘치는 술을 마시고
> 정욕에 불타는 여자를 보아야 한다.
>
> — 「충혈된 눈동자」 부분

아메리카에 대한 시인의 태도가 가장 잘 드러난 시가 바로 「투명한 버라이어티」이다. 이 시에서 '데모크라시, 옷 벗은 여신, 맥주와 유행품' 등 문화적 기호들을 환유적으로 배치함으로써, 시인은 아메리카라는 동일자로 환원되지 않는 기표의 분열을 보여준다.[17] '데모크라시'와 '옷 벗은 여신'이 동일한 지평에 나열될 때, 유행품에서만 정신적 희열을 느끼는 문화의 천박함과 정신적 가치의 타락에 대한 시인의 냉소가 극단적으로 표출된다. 이렇게 공허한 이미지와 기호들로 채워진 아메리카는 박인환에게 '타이프라이터의 신경질'(「투명한 버라이어티」)로 상징되는 신경증의 공간으로 다가온다. 도시를 지배하는 신경질적 소음은 '경련'하는 자아의 신체적 반응을 통해서 흔들리는 내면의 불안과 조우하고 있다.

'투명한 버라이어티'로 펼쳐지는 아메리카의 모습은, 시인에게 마치 손에 잡힐 듯 '투명하게' 들여다보이지만 사실은 아무것도 볼 수 없는 역설적 풍경이다. 모든 것을 투시할 수 있을 것처럼 '투명한' 제국의 표면이 사실은 아무것도 보여주지 않는 텅 빈 공백이라는 사실은, 타자(제국)의 자리가 사실상 주체와 대칭적인 저편에 놓이는 것이 아님을 보여준다. 즉 '투명한'이라는 수식어를 통해서 출현하는 자아의 투시적 시선은, 사실은 환영에 사로잡힌 '착각'과 '오해'에서 태어나는 것이며, 이는 결국은 제국/식민지 사이의 넘어설 수 없는 장벽18)의 표면에 머무는 맹목(盲目)에 불과한 것이다. 피식민지 지식인으로서의 박인환의 절망은 이러한 맹목의 시선으로 재현된다. 그 속에는 제국의 표상 공간에 의혹을 던짐으로써, 투명함으로 위장된 제국의 균열을 폭로하는 공격적 시선과,19) 동일화의 좌절로 인한 분열적 시선이 동시에 자리하고 있다. 그의 다른 시에서 '천사처럼/ 나를 매혹시키는 허영의 네온/

---

17) 이러한 산만한 쇼트의 나열은 자본주의 미국 문명의 혼란상을 강조, 극대화하는 역할을 한다. 정문선, 앞의 글, 119면.
18) 장석원, 「아메리카 여행 후의 회념」, 맹문재 편, 『박인환 깊이 읽기』, 서정시학, 2006.
19) 호미 바바, 앞의 책, 107면.

너에게는 眼球가 없고 情抒가 없다'(「새벽 한시의 시」)는 진술은, 매혹의 발원지인 타자의 응시가 텅 빈 환영에 불과한 것임을 폭로한다. '네온의 빛' 혹은 '정욕에 불타는 여자의 눈동자'로 표상되는 타자의 환영적 시선은, 시각을 상실한 맹목의 자아를 집어삼키는 공포의 대상으로 치환된다. 공포에 의해 붕괴된 자아의 시선이 자기의 내부로 되돌아 올 때, 시인이 마주서게 되는 것은 거대한 자기 부정이다. '나는 돌아가도 친구들에게 얘기할 것이 없구나'라는 진술이 환기하는 것은 타자의 환영 앞에서 난파된 자기 부정의 세계이다.

피식민 주체에게 있어서, 아메리카는 새로운 제국 곧 붕괴된 조국의 복원을 가능하게 하는 상상적 표상으로 인식된다. 아메리카를 둘러싸고 있는 것은, 타자에 대한 동일화를 통해 자신의 정체성을 구성하고자 하는 과정에서 요청되는 환영의 스크린이다.[20] 이러한 환상의 균열이 가시화되는 순간, 타자에 대한 동일화는 붕괴되고 자아의 추락이 시작된다. 마야코프스키와 박인환에게 아메리카는 '벌거벗은' 자본의 신이 지배하는 외설적 세계로 인식된다. 그곳은 유토피아의 환상으로 여행자의 눈을 가리고 유혹하는 자본의 마법이 지배하는 미로이다. 마야코프스키의 냉소적 시선은 기계의 노래와 그 속에 감추어진 죽음의 이미지를 동시에 읽어내고 있으며, 이 '성찰'의 힘으로 아메리카의 스펙터클을 관통한다. 마야코프스키가 관찰자로서의 자아를 견지하면서 자신의 조국으로 무사히 귀환하는 반면, 박인환은 모험→귀환이라는 성장의 플롯을 완결 짓지 못하고, 이 환영적 세계로부터 귀환하는 데

---

20) 슬라보예 지젝, 이수련 역, 『이데올로기라는 숭고한 대상』, 인간사랑, 2002, 219~221면

실패하고 만다. 마야코프스키가 모더니티라는 미로를 통과하여 자신의 조국으로 귀환하는 오디세이적 여정을 보여준다면, 폐허와 환멸의 고향을 등지고 떠났던 박인환의 여정은 이 미로의 변두리에 도달한 것만으로도 추락을 경험하는 이카루스의 실패를 보여준다고 할 수 있겠다.

고향으로의 귀환에 실패한 박인환의 여행은, 자본 / 제국과의 동일화의 실패에 대한 처벌이자 심판으로서의 죽음으로 귀결된다.[21] 그러나 이러한 실패의 도정은 단순한 지배 / 피지배, 억압 / 저항의 이분적 구조 속에서 포섭되지 않는 '회색의 지대'를 흘러가는 분열적 흐름에 의해서 새로운 의미를 얻게 된다. 이러한 분열적 흐름을 따라가 보는 일은 자본의 미로로부터 귀환하는 자와 귀환하지 못하는 자 사이에 놓인 깊고 먼 간극을 해명하는 일이며, 그것은 식민지배 담론에 대한 저항 주제의 존재양식을 살피는 일이 될 것이다.

3. 버려진 아이(棄兒)와 태평양 건너기

근대라는 신세계를 향해 실존의 모험을 시작했던 1920년대의 선배 시인들 앞에 '현해탄'이라는 공간이 놓여 있었다면, 전후의 박인환 앞에는 '태평양'이라는 거대한 심연이 가로놓여 있었다. 제국이라는 타자와 대면하기 위해서 이러한 위상학적 지점을 통과해야 한다는 것은 피

---

21) 박인환은 아메리카에서 귀환한 지 1년 뒤인 1956년 3월에 사망한다. 그러나 이러한 물리적 죽음은 시인으로서의 박인환의 시세계를 설명하는 데는 의미가 없다. 오히려 박인환의 본질적 죽음은 아메리카와 조국 사이의 간극, 그 심연에서 벗어나지 못한 것으로 이해되어야 한다.

식민지 지식인의 모호하고 불안한 실존을 해명하는 데 중요한 함의를 갖는다.[22)]

제국과 식민지를 둘러싼 충돌과 갈등의 공간으로서의 '바다'는 지배 / 피지배, 억압 / 저항, 타자 / 주체 사이의 이항적 분할이 불가능함을 보여주는 지점이다. 다시 말해 '바다'는 제국의 공간이면서 동시에 제국의 지배에서 벗어난 비동일성의 공간적 표상이라 할 수 있다.[23)] 이렇게 현해탄과 태평양은 제국과 고향 사이에서 고뇌하는 문학 주체들의 실존적인 '예외 공간'으로 우리 문학사에 등기된다. 그들은 고향도 아니고 제국도 아닌 거대한 바다 위에 던져진 채, 끊임없이 흔들리는 '선실(배)'이라는 임시적 공간 안에서 정체성의 균열을 감당해야 했던 것이다. 그런데 두 개의 바다 즉 '현해탄'과 '태평양' 사이에는 각각 식민 / 탈식민이라는 역사적 지각 변동에 상응하는 거대한 간극이 자리하고 있다. 이러한 간극은 식민지배가 가시적 억압으로 전면화 되었던 식민지 시기와 식민지 이후의 의식 변화를 가늠하게 해 주는 주요한 지표가 된다.

해방과 전쟁이라는 격동을 거친 후 이루어진 박인환의 '태평양 건너기'의 도정은, 현해탄의 계몽주의자들의 그것과는 많은 차이를 드러낸다. 먼저 임화의 시에 드러나는 '현해탄'의 이미지를 살펴보기로 한다.

---

22) 손종업은 이상적 유토피아로서의 캘리포니아와 우리의 현실 사이에 놓인 불안한 간극을 설명하기 위해서 '태평양 콤플렉스'라는 용어를 사용하고 있다. 「캘리포니아에 저항하기 : 대안으로서의 제3세계적 상상지리」, 『탈식민의 텍스트, 저항과 해방의 서사』, 이회, 2003, 32면.
23) 임병권, 「탈식민주의와 모더니즘」, 『민족문학사연구』 23집, 2003, 75면.

예술, 학문, 움직일 수 없는 진리……
그의 꿈꾸는 사상이 높다랗게 굽이치는 東京,
모든 것을 배워 모든 것을 익혀,

다시 이 바다 물결 위에 올았을 때
나는 슬픈 고향의 한 밤,
해보다도 밝게 타는 별이 되리라.
청년의 가슴은 바다보다 더 설래었다.

—「해협의 로맨티시즘」부분

주지하듯 식민지 시대 우리 문학의 무의식적 지형도는 '고향 상실'
과 '아비 찾기'의 모티프로 구성되는 모험과 귀환의 성장서사로 그려져
왔다. 이러한 성장서사는 개별 시인들에게 있어서는 균열된 자아 찾기
의 도정과 겹쳐지게 되는데, '현해탄'은 이러한 모험의 서사를 구축하
는 매개 공간으로 떠오른다. '일본(제국)'에 다가가기 위해서 건널 수밖
에 없었던 이 '검은 바다'는 시인들에게는 새로운 이념을 찾아가는 모
험의 출발점이자, 강렬한 자기 부정의 파토스를 체험하는 죽음의 공간
으로 인식되었다. 이들은 상실된 아비의 죽음을 목도하고, 자기 부정이
라는 존재의 죽음을 경유함으로써 비로소 제국의 근대에 상륙할 수 있
었던 것이다.

임화의 시에서 '바다'의 이미지에 투사된 '로맨티시즘'의 격동을 지
배하는 것은 새로운 세계에 대한 모험의 욕망이다. 근대―제국을 향한
열망에 바탕을 둔 그의 시적 도정은 '훤히 트이는 수평선은 희망처럼
넓구나!'와 같은 광대하게 열린 수평선의 세계를 향해 질주하려는 포

부로 채워진다. 피식민지의 지식인이 꿈꾸는 세계는 '玄海 바다 저쪽 큰 별 하나이 우리의 머리 위를 비칠 뿐'(「밤의 甲板 위」)에서와 같이, '큰 별'이라는 숭고한 이미지를 중심으로 축조되는 이념적 동일성의 세계로 환기된다. 시인은 이념의 세계를 향한 출발점에 선 자아의 감격을, '두 손을 벌리어 하늘을 안고, 목적한 땅 위에서 물결치는 태평양을 향하여/ 고함을 지른다'(「海上에서」)와 같은 역동적인 행위로 표출하고 있다.

임화에게 제국은 '프롤레타리아 혁명이라는 보편성, 세계성을 향한 공부와 훈련'의 공간으로 인식된다. 그리하여 식민지의 청년으로서의 임화는 자신이 '꿈꾸는 사상'을 배우기 위해 '학생'이라는 자리를 기꺼이 승인함으로써 제국의 내부로 진입하고자 한다. 그런데 이러한 학생 되기의 과정에서 작동하는 제국/피식민 주체 사이의 의식의 변전은 좀 더 따져볼 필요가 있다. 먼저 '학생 되기'의 의식 내부에 자아를 이념의 아들로 호명하는 상징적 타자의 응시가 작동하고 있음이 지적되어야 한다. 타자의 호명에 응답하는 학생―자아의 존재는 반제국주의의 이념조차도 제국 내부에서 배워올 수밖에 없었던 피식민지 지식인의 아이러니한 운명을 환기시켜 준다. 이 점에 주목하지 못한다면 '초라한 식민지의 청년'에서 '이념적 전사'로 재탄생하려는 의지의 내부에, 제국을 닮아가고자 하는 모방에의 욕망이 자리하고 있다는 진실은 은폐될 수밖에 없다. 식민 지배에 대한 저항과 모방이라는 착종된 의식은 피식민지 지식인들에게서 특징적으로 드러나는 자기모순의 딜레마를 환기시킨다.

임화의 시에서 주목할 것은 상상적 제국의 이미지가 식민지라는 현실과 겹쳐지는 순간 환상의 균열이 시작된다는 점이다. 이 시에서 현해탄은 제국의 언어와 피식민의 언어가 충돌하는 격전의 공간으로 환기된다. 이것이 제국에 대한 피식민지 지식인의 분열과 정서적 혼란을 포착할 수 있는 중요한 지점이다.

'반사이'! '반사이'! '다이닛'……
이등 캐빈이 떠나갈듯한 아우성은,
감격인가? 위협인가?
깃발이 '마스트' 높이 기어올라갈 제,
청년의 가슴에는 굵은 돌이 내려앉았다.

어떠한 불덩이가,
과연 층계를 내려가는 그의 머리보다도
더 뜨거웠을가?
어머니를 부르는, 어린애를 부르는,
南道 사투리,
오오! 왜 그것은 눈물을 자아내는가?

— 「해협의 로맨시티즘」 부분

앞에서 살펴보았듯이, 임화에게 이념적 사유는 '남의 운명의 모방에서 자기 운명의 개척'을 위한 과정이었으며,24) 현해탄은 이러한 존재

---

24) 현해탄을 매개로 한 임화의 존재 변화에 대해서는 김윤식의 『임화연구』를 참조할 수 있다. 여기서 김윤식은 『현해탄』(1938)의 시편들을 혁명적 낭만주의의 범주에 들지 못하는 범람하는 낭만주의로 평가하고 있다. 현해탄 건너기는 "조선적, 우리오빠, 네거리의 순이, 카프서울본부 등으로 이어지는 사적이자 개별적이며 민족적 과제와 일본적, 국제적 보편성으로서의 무산계급으로 이어지는 공적인 과제'를 결합시키기 위한 것이었으며, 이러한 임화의 여정이 시인적인 것을

전환의 제의적 공간 즉 죽음과 재생의 공간으로 표상된다. 그러나 '학생'으로서의 자아를 지배하는 계몽적 열망은, '선실' 안을 채운 언어의 충돌을 경험하는 순간에 균열되기 시작한다. 억압적인 일본어의 아우성은 '굵은 돌'처럼 시적 자아의 가슴을 억누르고, 피폐한 '남도의 사투리'는 연민의 눈물을 자아낸다. 제국의 언어 앞에서 자아가 '감격'과 '협위'(위협)이라는 양가적 감정으로 흔들리고 있다면, 사투리 앞에서 그는 '눈물'이라는 연민의 정서로 돌아선다. '감격과 협위'가 피식민 주체의 정서적 동일화를 이끌어냄으로써 침략적 본질을 은폐하려는 제국의 지배전략인 반면,[25] '눈물'은 낭만적 열정과 현실의 고통스런 풍경과 겹쳐놓음으로써 자아로 하여금 식민지인으로서의 자기 존재를 확인하게 하는 징표로 기능한다. 식민지의 모던 보이들은 '우리는 스스로 명령에 순종하는 靑年이다'라고 감격에 찬 자기선언을 하고 있지만, 그의 정체성은 내면 깊은 곳에서부터 이러한 분열을 경험하고 있었던 것이다.

그런데 이 시에서 눈 여겨 보아야 할 것은, 식민지배의 극복이라는 계몽적 열망이 이러한 피식민 주체의 분열을 봉합해 버린다는 점이다. '학생', '청년'은 식민지 / 피식민지 사이에 놓인 갈등과 충돌을 수렴하는 최종적인 이념의 기호로 기능한다. 이들 '학생'에게 '이념'이란 현해탄이라는 낯선 바다로부터, 고향으로 귀환하기 위해 붙들고 있어야 하는

탈각하고 새로운 존재의 변화를 일으키는 것이었다고 본다. 『임화연구』, 문학사상사, 1989, 271~298면.
25) 이경훈, 「서울, 임화 시의 좌표」, 『임화문학의 재인식』, 문학과사상연구회, 소명, 2004, 135면.

실타래와 같은 것이다. 이념적 동일성의 세계를 향한 열망을 임화는 '로맨티시즘'이라 명명한다. 텍스트를 지배하는 강렬한 이 '로맨티시즘'의 열정은 식민/피식민 사이의 경계를 지워버림으로써 갈등과 균열을 봉합하고, 타자와 주체 사이에 놓인 지배/저항의 무의식적 역학관계를 흐릿하게 만든다. 이러한 로맨티시즘은 미래의 상상적 이미지를 향해 자아를 투사하게 함으로써, 주체를 포획하는 식민 지배의 동일화 전략과 내밀하게 공모하게 된다.

이렇게 식민지의 모던 보이들이 '현해탄'을 낭만적 열정의 공간으로 전유함으로써, 식민지배의 억압에 내밀하게 공모하는 출구를 찾았다면, 전후의 박인환은 모든 열망과 희망이 거세된 채 홀로 '태평양'이라는 어두운 심연에 맞서게 된다.[26] 그의 시에서 아메리카를 향한 도정은 미래를 향해 열려진 시간의 흐름을 따라가는 것이 아니라, 비좁은 공간에 갇힌 채 환각과 싸우며 몸부림치는 수인(囚人)의 고통스런 몸짓으로 나타난다. 이렇게 '태평양'은 분열된 피식민 주체의 혼돈과 갈등을 드러내는 무대로 우리 문학에 출현한다.

> 깨끗한 시이트 위에서
> 나는 몸부림을 쳐도 소용이 없다

---

26) 박인환의 여로는 탈식민주의 소설로 이해되는 콘라드의 『어둠의 핵심』과 상반되는 여로를 가지고 있다. 『어둠의 핵심』은 제국에서 식민지의 내부로 들어가는 것이라면, 박인환은 식민지에서 제국을 향한다. 이 소설에서 '어둠', '암흑'은 식민지배의 폭력성을 노출하는 장소이자 죽음과 혼돈의 토포스이며 외설적 공간이다. 콘라드는 식민지 내부에서 공포와 두려움으로 인해 분열되는 주체를 통해서 식민지배담론의 균열을 보여준다. 장정훈, 「탈식민주의 독법으로 콘라드의 '어둠의 핵심' 읽기」, 『현대영어영문학』 48권, 2004.

공간에서 들려오는 공포의 소리
좁은 방에서 나비들은 날은다
그것을 들어야 하고
그것을 보아야 하는
儀式.
오늘은 어제와 분별이 없건만
내가 애태우는 사람은 날로 멀건만
죽음을 기다리는 수인과 같이
권태로운 하품을 하여야 한다.
(…중략…)
위스키 한병 담배 열 갑
아니 내 정신이 소모되어간다.
시간은
십오일 간은 태평양에서는 의미가 없다

— 「십오일간」 부분

박인환은 제국 / 식민지의 틈새에 놓인 자신의 존재를, 벗어날 수 없는 비좁은 공간에 갇힌 '수인'의 이미지에 투사하고 있다. 수인은 미래를 꿈꿀 수 있는 가능성을 박탈당한 채 현재에 포박당한 존재이다. 영원히 자아를 포박한 현재의 시간에[27] 대한 자아의 유일한 대응은 '권태로운 하품'뿐이다. 권태와 절망 속에 유폐된 수인이 경험하는 공포와 불안의 감각은 비좁은 공간을 날아다니는 나비의 환각적 이미지로

---

27) 박인환의 시에서 드러나는 수인의 시간은 변화가 없는 봉인된 시간이다. 바바에 의하면, 피식민자의 시간은 미래가 부재하는 영원한 현재이며, 지배권력의 시간을 균열시키는 현재의 폭발적 힘이 거세된 죽음의 시간이다. 이에 대해서는 이기성, 『모더니즘의 심연을 건너는 시적 여정』, 소명, 2006에서 논의하였다.

표출되고 있다. 이렇게 태평양은 열망의 공간이 아니라 정신적 소모의 공간이며, 고갈되어 가는 육체의 고통으로 채워진 공간이다. '밤', '몸부림', '소모' 등 그의 시에 등장하는 고통스런 이미지들은 제국을 향한 피식민 주체의 동일화의 욕망에 내장된 절멸의 위기감을 전면화하는 기능을 한다.

불안과 공포, 죽음이 뒤섞인 박인환의 시는 선배 시인들의 계몽의 열정이 소진 된 자리에 남은 우울한 얼룩과도 같다. 현해탄을 채운 '청년'의 감격과 열정은 박인환의 시에서는 '버려진 아이'의 절망으로 치환된다. '청년-학생'의 위상과 대비되는 이 '버려진 아이(棄兒)'의 존재는 미래의 전망 속으로 자아를 투사하는 성장서사의 실패를 보여주는 징표이며, 제국과 식민지 사이에서 끊임없는 소외와 분열을 경험할 수밖에 없는 피식민 주체의 표상이다. 이렇게 박인환의 태평양 건너기는 '소모되는 정신'의 무의미한 쇄락으로 귀결될 뿐, 정신적 모험과 성장의 플롯을 구성하는 데 실패하게 된다. 그의 시에서 제국-식민 사이의 환영적 원근법이 파괴되고, 식민화된 자아의 어두운 그림자 속에서 분열되는 주체의 호흡이 전면화 되는 것은 이러한 실패에서 기인한다. 식민화의 지배전략에 포획된 성장서사를 파열시키는 이러한 소외된 자아를, 우리는 바바의 용어를 빌어 탈계몽적 주체라 명명할 수 있겠다.[28]

> ① 태평양에 안개끼고 비가 내릴 때
> 검은 날개에 검은 입술을 가진
> 갈매기들이 나의 가까운 시야에서 나를 조롱한다

---

28) 호미 바바, 앞의 책, 102면.

<환상>
나는 남아 있는 것과
잃어버린 것과의 비례를 모른다.

—「태평양에서」 부분

② 연필처럼 가느다란 내 목구멍에서
내일이면 가치가 없는 비애로운 소리가 난다
……
혼란과 질서의 반복이
물결치는 거리에
고백의 시간은 간다

—「투명한 버라이어티」 부분

시 ①에서 시인은 '남아 있는 것과 잃어버린 것'을 분별할 수 없는 지극한 혼돈의 상태를 경험한다고 고백한다. 시의 전면을 채운 '안개와 비'는 현실/환상, 제국/식민, 주체/타자의 경계를 지워내고, 깨어 있는 의식을 덮어버리는 죽음의 그림자이다. 이렇게 박인환에게 태평양은 '검은 입술'을 통해 발화되는 죽음의 언어로 가득한 공간으로 인식된다. 시 ②에서는 '광란한 음악', '입 맞추는 신사와 창부'들의 거리에 놓인 자아의 불안을 보여주고 있다. 시인의 가느다란 '목구멍에서 흘러나오는 소리'는 자본의 소음에 묻혀 '가치가 없는' 비애의 노래로 전락한다. 이 '비애로운 소리'는, 혼란과 질서의 반복이라는 아메리카적 삶의 리듬에 의해 끊임없이 침식됨으로써 자아의 위기감을 심화시킨다.[29]

이렇게 신경질적인 거리의 소음 속에서 자아의 내면을 '고백'하는 것은 불가능해진다. 고백의 불가능성이라는 언어적 상황은, 피식민 주체로서의 박인환의 시쓰기를 이해하는 데 중요한 관건이 된다. 고백하는 주체의 내면성에 기원을 둔 근대적 언어형식으로서의 고백은,[30] 역설적으로 고백이라는 발화의 형식을 통해서 고백해야 하는 내면을 주조해낸다. 이것은 내면성이라는 허구의 형식에서 출발하는 고백의 언어가, 사실은 자아의 무의식을 관통하는 상징적 타자의 언어에 지배되고 있음을 의미하는 것이다. 「해협의 로맨티시즘」에서 '청년―학생'으로서 자아가 보여주는 고백적 언어는 지배언어인 일본어와 식민지의 '남도 사투리'의 충돌을 강력한 주관성으로 흡수한다. 다시 말해 학생―자아의 강렬한 열망에 의해서 발현되는 '로맨티시즘'의 정조는, 이념적 타자의 언어를 자신의 것으로 온전히 승인함으로써 얻어지는 동일성의 언어에 의해 구축된다. 그리하여 임화의 낭만적 고백은 제국과 식민지 사이의 간극과 충돌 그리고 현해탄 위에서 자아가 겪어야 하는 실존적 위기감을 봉합하는 기능을 하는 것이다.

선배 시인들의 '고백'이 붕괴된 지점에서, 죽음을 향해 걸어가는 박인환의 시적 언어가 출현한다. ②의 시에서 박인환은 타자의 언어에

---

29) 이러한 의식의 현기증은 일찍이 프란츠 파농이 피식민 주체의 의식을 탐사하면서 남긴 다음과 같은 진술에서도 울려나온다. "나는 공간을 점유했다. 나는 타자를 향해 움직였다…… 그리고 덧없는 타자, 적대적이지만, 불분명한 것이 없는 투명한 타자는 그곳에 있지 않고 사라져버렸다, 메스꺼움." 투명한 타자의 부재 속에서 주체의 분열적 계기로 작용하는 이 '메스꺼움'이 바로 태평양을 건너기의 기본 정조가 되는 것이다. 프란츠 파농, 『검은 피부, 하얀 가면』, 이석호 역, 인간사랑, 1998과 호미 바바, 앞의 책, 116~117면 참조.

30) 고백의 수사학과 주체의 문제에 대하여는 가라타니 고진, 박유하 역, 『일본근대문학의 기원』, 민음사, 1997과 나병철, 『탈식민주의와 근대문학』, 문예출판사, 2004, 283~286면 참조.

의해 승인되는 '고백'이 불가능함을 인식하고 있다. 고백의 불가능은 아메리카라는 타자의 허구성에 대한 자각과 긴밀하게 연관되어 있다. 물질적 기호들이 폭력적으로 난무하는 제국의 거리에서, 시인은 자아가 경험하는 소외와 불안의 음성에 귀를 기울임으로써 타자와 자아 사이에 놓인 깊은 간극을 드러낸다. 이러한 인식은 피식민 주체의 언어가 결코 지배적 언어와 동일화 될 수 없다는 자각에서 비롯되는 것이다. 그리하여 시인은 타자의 언어가 완전히 소거된 내면의 공간에서 홀로 중얼거리는 '독백'의 언어를 선택하게 된다. 위의 시에서 현재의 시간에 고립된 수인의 언어는 내면의 공간에 유폐된 자의 '독백'으로 발화되고 있다. 이렇게 그의 시에 지속적으로 출몰하는 죽음과 환멸의 언어는 상징적 언어의 질서를 거부하는 자폐적 나르시스의 독백이며, 이는 피식민지 주체의 정체성 구성의 실패를 보여주는 흔적으로 이해된다.

아메리카 기행으로 상징화되는 박인환의 시쓰기는 궁극적으로 타자의 시선에 포획되지 않는 개별자의 언어 곧 죽음의 언어를 발견해가는 과정이 된다. 죽음의 언어는 지배자의 언어에 포획되지 않는 내밀성의 언어이며, 그것은 타자─시선의 포획을 미끄러져가면서 제국 / 식민지 사이의 간극을 파고들어 탈식민적 시쓰기의 새로운 지점을 열어준다. 박인환의 시를 지배하는 '센티멘털리즘'은 이러한 언어적 층위와 무관하지 않은 것처럼 보인다. 이에 대해서는 다음 장에서 자세히 살펴볼 것이다.

4. 노스탤지어, 불귀(不歸)의 노래

박인환의 시에서 아메리카 여행이 갖는 중요한 의미는 익숙한 세계
인 고향을 떠나는 체험이라는 점에 있다. 친숙한 공간을 떠나 이질적
인 세계와 마주치는 순간, 시인은 자기 자신은 물론 자신이 속해 있던
고향까지도 낯선 질감으로 인식되는 변화를 겪게 된다. 우리 시에서
이러한 낯설음의 지리적 표상이 바로 '현해탄'과 '태평양'이다. 시인이
고향을 떠나 처음으로 대면하게 되는 바다는 낯설고 섬뜩한 이물감으
로 자아를 위협하는 '어둠'의 이미지로 출현한다. 친숙한 세계가 낯선
것의 출현으로 인해 전혀 다르게 감지되는 이러한 전환의 순간, 시인
이 경험하는 전율과 불안은 탈식민적 주체의 존재양식을 설명해 줄 수
있는 주요한 정조가 된다.[31]

거룩한 자유의 이름으로 알려진 토지
무성한 삼림이 있고
飛廉桂館과 같은 집이
연이어 있는 아메리카의 도시
시애틀의 네온이 붉은 거리를
실신한 나는 간다
아니 나는 더욱 선명한 정신으로
티아반에 들어가 향수를 본다

---

31) 바바는 이러한 순간을 '현존화가 시작되는 다리와 같은 순간'이라고 말한다. 친
숙한 세계(고향)가 낯설고 공포스럽게 경험되는 순간은 낯선 것의 침입을 받는
역사적 지점이라 할 수 있는데, 이러한 '고향을 떠난 낯설음(unhomely)'이야말로
탈식민지적 사유의 출발지점이 된다는 것이다. 앞의 책, 41~42면.

이지러진 회상
불멸의 고독
구두에 남은 한국의 진흙과
상표도 없는 「공작」의 연기
이것은 나의 자랑이다
나의 외로움이다.

—「여행」 부분

박인환은 이 시에서 유혹적인 자본의 도시 한복판에 던져진 이방인의 불안과 외로움을 형상화하고 있다. 네온의 불빛으로 붉게 물든 거리는 미로처럼 시인의 의식을 둘러싸고 불안의 그림자를 드리운다. 도시적 이미지의 강렬함으로 인해 과부하 된 감각은 자아를 '실신' 상태로까지 이끌어간다. 자아로 하여금 물신이 내뿜는 안개로 자욱한 폐허를 빠져나갈 수 있도록 해주는 것은 '향수'에 의해 소환된 과거의 이미지들이다. '한국의 진흙'과 '상표도 없는' 국산 담배 연기는 자본의 유혹으로부터 살아남기 위해 자아가 붙들고자 하는 기억의 파편들이다. 아메리카라는 미래의 도시에서 느껴지는 낯설음은 '불멸의 고독'이 환기하는 고립과 유폐의 정조로 치환되고 있다. 낯선 현재가 불러일으키는 이러한 고립의 정조는 시인으로 하여금 고향으로 되돌아가고자 귀향에의 욕망을 촉발시킨다.32)

---

32) 정효구는 박인환이 자칭 모더니스트였지만, 당시 가장 대단한 모던한 사회 중 하나였던 미국에 큰 호감을 보이지 않았으며, 그가 미국에서 대단한 정도로 향수에 사로잡힌다는 점에 주목한다. 이를 통해서 볼 때 박인환은 서구적인 것을 지향하는 속성을 갖고 있으면서도 실제로는 한국 땅에의 지향성을 강하게 갖고 있는 이중성을 띤다고 지적한다(정효구, 「해방 후 한국시에 나타난 미국의 이미

　귀향이란 정처 없이 유랑하던 존재가 자신의 진정한 거처를 찾아 가는 행위이다. 그런데 떠도는 자에게 귀향에의 의지를 촉발하는 것은, 외부로부터 주어진 물음 곧 '너는 누구인가'라는 타자의 물음이다. 이방인은 자신의 고향에 도달함으로써 비로소 자신의 정체성을 둘러싼 타자의 물음에 대해 응답할 수 있게 된다. 시 「어느 날의 시가 되지 않는 시」에서 '당신은 일본인이지요?/ 차이니이즈?'라는 흑인의 물음은 서로를 응시하는 제국과 식민지 사이의 긴장을 전면화한다. 질문의 형식으로 던져진 제국의 시선을, 시인은 '당신은 아메리카 시민입니까'라는 물음의 형태로 되돌려 준다. '흑인'인 상대가 아메리카의 시민으로 인정받지 못하는 차별적 상황은, '자유와 민주주의' 표상으로서의 아메리카의 환부를 드러내는 균열지점이다. 대상을 향해 되돌려지는 이러한 물음—응시는 제국을 둘러싼 환상을 관통하면서, 그 허구적 본질을 가시화한다. 문제는 이러한 응시가 타자의 균열만을 드러내는 것이 아니라, 동시에 피식민 주체인 자아의 분열을 전면화 한다는 데 있다. 시에서 자아는 '우리 민족과 말이 단일하다는 것'을 자랑삼아 내세우지만, 이러한 자긍심은 자기 존재를 증명해줄 수 있는 '민족'이라는 거점이 '낡아빠진 역사'에 불과하다는 모멸의 자의식으로 치환되는 순간 붕괴되고 만다. 자긍심의 이면에 자리한 것은 이러한 '자조'와 '냉소'이며 시인의 자의식은 그 간극에서 파열되고 있다. 이러한 의식의 균열 지점에서 '서울로 가고 싶다'는 귀향의 욕망에 내장된 자기기만이 전면화

지」, 『한국현대시와 문명의 전환』, 새미, 2002, 144~145면). 이와 연관하여 중요한 문제는 박인환의 의식을 강하게 사로잡는 미국에 대한 부정의 태도와 향수 사이에 놓인 의식의 변이를 추적해 보는 일일 터이다.

된다. 이 점을 살펴보기 위해서 우리는 박인환 시를 지배하는 귀향에의 의지 곧 노스탤지어의 정조를 더 세밀하게 읽어 보아야 한다.

아메리카 기행에서 시인의 의식을 관통하는 것은 고향을 상실한 자의 비애인 노스탤지어의 정조이다. 제국에 대한 동일화의 좌절은 거대한 상실감을 낳고, 이 상실의 감각은 고향으로 돌아가고자 하는 노스탤지어를 촉발한다. 여기서 노스탤지어가 제국을 둘러싼 환상의 파열, 그리고 그것을 경험하는 자아의 균열과 동시적으로 발생하다는 점에 주목할 필요가 있다.

> ① 나는 돌아가도 친구들에게 얘기할 것이 없구나
> 　유리로 만든 인간의 묘지와
> 　벽돌과 콘크리트 속에 있던
> 　도시의 계곡에서
> 　흐느껴 울었다는 것 외에는.
>
> —「새벽 한시의 시」 부분

> ② 바람에 날려온 먼지와 같이
> 　이 이국의 땅에선 나는 하나의 미생물이다
> 　아니 나는 바람에 날려와
> 　새벽 한시 기묘한 의식으로
> 　그래도 좋았던
> 　부식된 과거로 돌아가는 것이다.
>
> —「새벽 한시의 시」 부분

아메리카의 환영적 이미지에 대한 매혹의 이면에는 '흐느껴' 우는 행위로 표현되는 환멸의 정조가 자리한다. ①에서 미래에 대한 '착각', '환영'이 찢겨지는 순간, 시인이 감지하는 절망의 씁쓸한 맛은 과거를 향한 회귀의 욕망을 촉발한다. 아메리카라는 미래를 향한 여행이 좌절된 지점에서 과거를 향한 내면의 여행이 시작되는 것이다. 그러나 '부식된 과거'는 이미 사라진 시간이며, 더 이상 되돌아갈 과거는 존재하지 않는다.

일차적으로 노스탤지어는 '좋았던 과거'마저도 부재한다는 도저한 상실의 의식에서 비롯된다. 즉 잃어버리지 않은 것은 추억될 수 없는 것이며, 이것은 추억이라는 매개를 통해 자아가 되돌아가고자 하는 '고향'이 이미 상실된 것임을 의미한다. 그리하여 '고향'은 상상할 수 있을 뿐 결코 되돌아가거나 회복할 수 없는 대상이 된다. 그러나 시인은 '부식된 과거'라는 텅 빈 자리를 '그래도 좋았던'이라는 자기 위안의 정조로 채운다. 상실된 과거를 상상적 대상으로 대치하고자 하는 기억의 욕망이야말로 노스탤지어의 발원지이다. 그런데 고향으로 돌아감으로써 벗어나고자 하는 이 영원한 상실의 상태야말로, 노스탤지어의 정조가 성립될 수 있는 역설적 조건인 것이며, 이러한 모순 속에서 현재의 상실 상태를 벗어나고자 하는 귀향에의 욕망은 필연적으로 실패할 수밖에 없는 것이다.[33]

---

[33] 노스탤지어는 근원적 고향의 상실에서 비롯되는 정서이다. 대상을 상실하지 않는다면, 그것을 향한 욕망인 노스탤지어가 발생할 수 없는 것이다. 즉 노스탤지어는 대상이 부재하는 빈 구멍에 대해서 발생하는 욕망이라 할 수 있는데, '망각은 과거의 부재라는 빈 구멍을 창조하고 그 어두운 자궁으로부터 노스탤지어라는 독특한 욕망을 산출한다.' 서동욱, 「노스탤지어, 외국인의 정서」, 『문예중앙』, 2005 봄호.

노스탤지어는 고향에서 추방된 자들 혹은 타향을 떠도는 이방인의 독특한 정서이다. 사회를 규율하는 합리적 이성의 원칙에 귀속되지 않는 유랑자의 정조인 노스탤지어는, 박인환의 시를 지배하는 센티멘털리즘의 다른 얼굴이기도 하다. 박인환의 시에 지속적으로 등장하는 우울, 비애 그리고 절망은 제국／식민지 사이의 간극에서 파열된 존재의 노스탤지어적 징후들이다. 이러한 우울한 정조 속에서 우리는 영원히 '고향을 벗어난 낯선 느낌'을 가지고 떠돌다가 난파하고 마는 피식민지 주체의 비극적 운명을 읽을 수 있다.

<blockquote>

다리 위의 사람은
애증과 부채를 자기 나라에 남기고
암벽에 부딪치는 파도 소리에 놀래
바늘과 같은 손가락은
난간을 쥐었다.
차디찬 鐵의 고체
쓰디쓴 눈물을 마시며
혼란된 의식에 가랁아버리는
다리 위의 사람은
긴 항로 끝에 이르는 정막한 토지에서
신의 이름을 부른다
(…중략…)
다리 위의 사람은
흔들리는 발걸음을 걷잡을 수가 없었다.

― 「다리 위의 사람」 부분

</blockquote>

'다리'는 공간적으로 이곳과 저곳을, 시간적으로는 과거와 미래를 연

결하는 공간이라는 점에서 '태평양'과 동일한 공간적 위상을 갖는다. 박인환의 시적 자아는, 태평양이라는 광활한 바다에서 비좁은 '선실'에 갇혀 고통과 환각을 경험했던 것처럼, 이 시에서도 불안한 발걸음을 옮기지 못하고 '다리'라는 폐쇄된 공간에 붙박여 있다. 앞으로 나아가야 할 미래도, 되돌아가 안식을 취할 과거도 부재하다는 절대적인 상실감에 휩싸인 채 자아는 발밑에서 위협적으로 밀려오는 검은 물결을 바라보고 있는 것이다. 이렇게 박인환에게 '다리'는 더 이상 열린 공간이 아니라 '닫힌 방'과 같은 수인의 공간으로 인식되는데, 이 밀폐된 공간을 채우는 고통스런 죽음의 이미지들이 텍스트의 전면으로 분출되면서 그의 시쓰기를 장악해 간다. '바늘과 같은 손가락'이 상징하는 고갈된 육체의 이미지는 죽음의 검은 힘에 잠식당하는 존재의 위기감의 표출로 읽혀진다. 이렇게 상상적 고향으로의 귀환이 실패한 지점에서 시인은 강렬한 죽음에의 욕망 속으로 걸어간다.

많은 논자들이 지적했듯이, 죽음과 절망, 애수와 비애의 정조로 착색된 센티멘털리즘은 박인환의 시쓰기를 관통하는 주요한 흐름이 이룬다. 아메리카로 상징되는 타자와의 동일화에 실패함으로써 우울과 권태 속으로 침잠하는 가운데 표출되는 이 센티멘털리즘의 정조는, 거대한 상실을 경험한 자의 멜랑콜리에 다름 아니다.[34] 프로이트는 멜랑콜리를 애도의 정조와 비교하고 있는데, 그의 말을 빌면 애도와 멜랑콜리 모두 타자의 상실이라는 상태에서 출발한다. 그런데 애도가 이러한 상실의 공허한 상태를 인정함으로써 그 상실을 극복하고 자신을 투

---

34) 상실된 대상을 내면화함으로써 자기 자신을 그 상실된 대상으로 인지한다는 점에서 멜랑콜리는 노스탤지어와 유사한 정서적 출발점을 갖는다고 하겠다.

사할 새로운 대상을 찾아나서는 반면, 멜랑콜리의 경우는 상실된 대상이 여전히 자기를 지배하게 된다. 다시 말해 멜랑콜리는 새로운 대상을 찾아 상실을 대치하고 상실로부터 벗어나는 대신에 상실한 대상과 자아를 동일시함으로써 회복할 수없는 나르시시즘에 빠지게 된다는 것이다.35) 박인환의 시를 지배하는 자폐적 나르시시즘은 피식민 주체의 상실감과 그 공허를 채우는 거대한 멜랑콜리의 발현으로 이해된다.

그런데 주목해 보아야 할 것은, 멜랑콜리가 상실된 대상에 집착하는 상태일지라도, 그 이면에는 억압적인 현실에 더 이상 순응하지 않으려는 비판적인 감정이 놓여 있다는 점이다.36) 멜랑콜리아는 자신의 상실을 회복하려고 하기 보다는 그 상실의 절망과 권태 속에 거주함으로써 역설적으로 진보 이념에 은폐된 균열을 가시화한다. 이렇게 멜랑콜리는 '상실'을 인식하고 그것을 문제화 한다는 점에서 근대적 동일성의 억압에 대응하는 전략이 될 수 있다. 이렇게 멜랑콜리는 합리성에 대한 낙관적 비전으로 무장한 근대의 세계관의 틈새를 드러내주는 한편,37) 지배적 담론인 식민주의에 은폐된 심연을 불러낸다는 점에서 탈

---

35) 기존의 연구에서 박인환의 시적 한계로 지적되어온 것이 바로 이 센티멘털리즘의 문제이다. 이는 박인환의 시를 새롭게 조명하려는 연구에서도 크게 다르지 않은데, 그의 시의 기조를 이루는 센티멘털의 정조는, 모더니스트로서의 박인환의 시적 능력의 결여를 증거하는 것이자, '불철저한 모더니즘'이라는 당대의 모더니즘 시 전반에 대한 비판적 준거로 끊임없이 지적되어 왔다. 정영진의 글에서 이 센티멘털리즘에 대하여 '폭압적 현실사회와 싸우기 위해 요청되는 미학적 전략'으로 새로운 조명을 시도하고 있으나, 더 이상의 논의가 진행되지 않아서 아쉬움을 남기고 있다(정영진, 「박인환 시의 탈식민주의 연구」, 『반공주의와 한국문학』 상허학회편, 깊은샘, 2002).
36) 김홍중, 「멜랑콜리와 모더니티」, 『한국사회학』 40집, 2006.
37) 최문규, 「근대성과 '심미적 현상'으로서의 멜랑콜리」, 『뷔휘너와 현대문학』 24집, 2005.

식민주의를 추동하는 주요한 정조로 해석될 수 있는 것이다.

그런데 문제는 멜랑콜리가 처음부터 소유하고 있었던 대상을 상실한 데서 발생하는 것이 아니라, 애초부터 결핍되었던 대상을 마치 소유하고 있었던 것처럼 착각하고, 이후에 그것을 상실한 것처럼 생각하는 오인에서 비롯된다는 점에 있다. 지젝의 논법에 따르면, 멜랑콜리는 결핍된 대상을 마치 과거에 소유했었지만 나중에 잃어버리고 만 것처럼 행하기 때문에 일종의 기만이라는 것이다. 그것은 대상이 출현하는 것은 언제나 대상의 결핍과 동시적이라는 사실을 은폐하는 자기기만일 터인데,[38] 아메리카라는 타자의 상실에 대응하는 박인환의 자기 모순적이고 분열적인 내면의식 역시 이러한 기만적 의식의 전도와 무관하지 않다.

앞에서 살펴보았던 것처럼 박인환의 아메리카 기행은 제국이라는 타자를 발견해 가는 도정이었으며, 이러한 발견의 플롯은 타자를 경유함으로써 피식민지 주체의 정체성으로의 귀환을 전제한 것이었다. 그런데 문제는 시인이 상상한 아메리카란 처음부터 부재하는 타자, 곧 결핍된 존재였다는 사실에 있다. '자유의 이념', '민주주의의 이상' 등 근대적 가치로 표상되는 아메리카의 이념은 시인의 시야를 가린 환상의 스크린 위에 상영되는 허구였던 것이다. 그리하여 시인이 '너는 안구가 없다'에서와 같이, 제국의 응시 속에서 텅 빈 시선을 발견하는 순간, 그것은 애초에 소유했던 대상을 상실한 것이 아니라 처음부터 그 대상이 존재하지 않았다는 사실을 확인하는 것이 된다. 이미 상실한

---

38) 최문규, 앞의 글, 211면.

것을 발견하는 이 순간, 성장의 서사는 몰락의 서사로 치환된다. 타자
의 사악한 응시로부터 벗어나기 위해 스스로 걸어 들어가는 죽음의 지
대—나르시시즘의 유폐된 공간—가 그 귀결이다. 상실된 타자 대신
자신을 끌어안는 나르시시즘적 당착은 타자의 부재를 은폐하는 멜랑
콜리적 기만의 징표이다.

그런데 흥미로운 것은 자기 파괴적 타나토스로 가득한 박인환의 시
쓰기가, 이러한 몰락의 서사를 지연하기 위해 부재하는 대상을 상실한
것으로 상상하면서 그것을 끌어안는 멜랑콜리적 자기기만을 다시 한
번 전복시킨다는 데 있다. 아메리카—제국에 대한 동일화의 좌절 속에
서, 박인환은 '처벌'로서의 죽음을 스스로에게 선고한다. 이러한 죽음
의 선고는, 카프카의 아버지가 아들에게 죽음을 선고했던 것처럼, 외면
적으로 식민지배의 시선으로부터 이탈한 존재에 대한 권력적 심판의
형태를 띠지만, 그 내부에서는 제국의 세계로의 복속을 스스로 포기하
기 위한 자기 처벌이라는 역설을 품고 있다. 이렇게 박인환의 소멸의
식이 피식민 주체의 자기 처벌로서의 매저키즘적 충동과 연관된다는
점은, 그의 시쓰기가 제국 / 식민지의 간극에서 충돌하는 모순적 역학
속에 놓여 있음을 보여준다. 그것은 제국에 대한 동일화의 욕망과 실
패라는 단선적 흐름을 따라가는 것이 아니라, 제국 / 식민지, 타자 / 주
체, 지배 / 종속, 억압 / 저항 사이의 봉인된 경계를 흘러넘치는 힘이다.
그리하여, 귀환의 서사를 구성하지 못하는 박인환의 여정은 차가운 응
시의 형태로 출현하는 아메리카의 '사악한 눈'을 지워버리고 제국과 식
민지 사이의 어두운 심연 속으로 가라앉는 적극적인 행위로 의미화 된
다. 제국의 환상이 찢겨지는 지점에서 출현하는 죽음은 자기 성장의

플롯을 붕괴시키고 제국의 지배를 철회시킨다. 이러한 경계를 흘러넘치는 박인환의 시쓰기는 죽음의 언어로 발화되는 영원한 불귀(不歸)의 노래가 된다. 그는 최후의 귀환처, 곧 조국이라는 상상적 고향으로 귀향하지 않는 다 / 못한다.

제국에 대한 심미적 저항으로서의 죽음이라는 사건은 박인환이라는 개별 시인의 문제로만 환원되는 것이 아니다. 그것은 식민지배 담론의 파열과 피식민 주체의 균열을 전형으로 드러내 주는 사건이다. 피식민 주체들에게 '태평양'은 죽음의 공간, 불귀의 공간으로 각인된다. '태평양'은 자기기만과 모순으로 가득 찬 피식민 주체의 의식이 주름진 내면의 공백이기도 하다. 이 주름의 결에 따라서 주체의 양가성은 모호하게 흔들리면서 다양한 의미를 교차시킨다. 그것들은 걸코 하나의 의미체로 포착할 수 없는 자아 내부의 혼란과 스스로도 이해할 수 없었던 의식의 모순을 끌어안고 있는 것처럼 보인다. 제국에 대한 동경과 좌절 그리고 죽음이라는 동일성의 서사에 수렴되지 않는 잉여의 지대가 그 내부에서 모호하게 흔들리고 있다. 그곳이 탈식민적 서사의 발원지이며 또한 최종적 귀결 지점이다.

5. 통속, 돌아오지 못한 자의 윤리학

> 서적은 황폐한 인간의 풍경에 광채를 띠었다.
> 서적은 행복과 자유와 어떤 지혜를
> 인간에게 알려주었다.

— 「서적과 풍경」 부분

주지하듯 '서적'은 모더니티의 숭고한 상징이며, 제국의 권력적 표상
이다. 권력으로서의 '서적'을 매개함으로써 피식민지 지식인의 의식이
구성된다는 점은 이미 지적되어 왔다. '서적'으로 상징되는 제국의 권
력에 대응하는 자의식은 당대의 라이벌 김수영과 박인환 모두에게서
발견된다. 김수영에게는 '아메리카 타임지', '보그'가 유혹과 선망의 대
상인 동시에 죽음을 가르치는 위험한 대상으로 인식된다. 그에게 '제
국'의 표상으로서의 책은 주변적 주체로서의 나와 제국의 권력적 시선
이 충돌하는 투쟁과 긴장의 장이었다. 김수영의 시적 갱신은 '아메리카
타임지'라는 숭고한 대상을 '전통'으로 대치시키는 데서 발휘된다. 그는
'현대식교량'에서 미래를 향한 기투를 통해서 '사랑'의 의미를 배웠다.
피식민지 주체의 분열과 혼란을 관통하여, '주체'로서의 자아를 구성하
고자 하는 욕망은 궁극적으로 책−숭고에 대한 열망에 의해 추동된다.
그러나 박인환의 경우, 서적의 숭고한 이데올로기는 '통속한 잡지'의
풍경으로 치환된다. '낡은 雜誌의 표지처럼 通俗'(「목마와 숙녀」)한 이
세계에 대한 박인환의 인식은 제국의 시선에 숨겨진 모더니티에 대한
경멸을 드러내 준다. '통속'은 숭고한 이념의 환상이 거세된 세계의 표
면에 남은 얼룩이다.

김수영이 '현대식 교량'에 도래할 미래를 투사했다면, 박인환은 자신
을 끊어진 현재의 '다리' 위에 수인으로 결박한다. 이 '끊어진 다리'가
'현대식 교량'이 되기까지의 우리 시사의 고투는 온전히 김수영의 몫으
로 남았다. 대신 박인환은 죽음의 파토스를 언어화함으로써 우리 시사
에서 탈식민주의의 새로운 지대를 열어보였다. 김수영이 경멸해마지
않던, 그 코스츔/통속의 내부에는 소멸의 자의식으로 식민의 장력을

견디는 언어의 고뇌가 자리하고 있다. 제국의 시선에 대한 동일화에 '실패하기', 그리고 죽음의 언어와 나르시시즘의 심연에 거주하기. 그것을 우리는 돌아오지 못한 자의 윤리학이라 부를 수 있을 것이다.

박인환 산문에 나타난 미국

1. 서론–박인환 타계 50주년과 박인환 문학의 규모

올해는 박인환 타계 50주년이 되는 해다. 박인환은 1926년 8월 15일에 출생하여 1956년 3월 20일 밤 9시 자택에서 이른 나이에 영면에 들었다. 올해 들어서 박인환에 대한 관심이 증대되고는 있지만 김수영 (1921. 11. 27~1968. 6. 16)에 대한 고평가 속에서 박인환에 대한 관심은 매우 저조한 상태를 면치 못하고 있다. 그러나 최근에 새로 발견, 정리된 시와 산문들의 총목록에 비추어보면 박인환에 대한 기존의 평가는 너무 인색하다는 것을 알 수 있다.

1960년대 이래 지속되어 온 김수영에 대한 열광 속에서 박인환의 선

---

* 방민호 / 서울대학교 국어국문학과 교수

구적인 노력이나 문학적 가치는 충분히 조명되지 못했다. 김수영이 전위적 시인으로 명성이 날로 높아가는 동안에 그는 이름만 떠들썩한 풍문의 시인, 전후의 폐허를 허무주의로 대변한 시인으로 남겨졌다. 이러한 맥락 때문인지 박인환 문학에 대한 연구는 그다지 활성화되어 있다고 보기 어렵다. 이것은 물론 박인환 문학에 대한 엄정한 가치 평가에 바탕한 것이기도 하겠지만 박인환 문학에 대한 조명 노력이 그만큼 부족한 데도 원인이 없지 않은 것으로 판단된다.

학위논문 20여 편은 대체로 박인환 시를 중심으로 모더니즘의 차원에서, 시적 기법의 차원에서, 죽음의식의 차원과 실존주의 관련 차원 등에서 분석한 것이 대종을 이루고 있으며, 학술지 발표 논문 역시 그러한 범주에서 멀리 벗어나 있지 않은 것으로 보인다. 이러한 흐름에서 다소 예외적인 것은 김영철이나 김은영 같은 연구자에 의해서 이루어진 것으로, 박인환 문학을 현실 비판의식 또는 리얼리즘의 관점에서 파악한 것이 있다.[1] 그러나 박인환 연구는 아직까지 전면적으로 이루어지고 있다고 보기 어렵다. 더욱이 박인환 산문에 대한 연구는 전무하다시피하다.

이러한 흐름 속에서 박인환 문학은 무엇보다 그 전체적인 규모조차 제대로 해명되지 못한 채 오늘에 이르렀다. 박인환 사후 출간된 박인환 전집이나 선집으로는 『목마와 숙녀』(근역서재, 1976), 『박인환 전집』(문학세계사, 1986), 『한국대표시인 101인 선집—박인환 편』(문학사상사, 2005) 등이 있는데 모두 작품목록의 정리 면에서 불충분한 상태를 보여준다.

---

1) 김영철, 「박인환의 현실주의 시 연구」, 『관악어문연구』, 1996 ; 김은영, 「박인환 초기 시의 서사정신과 현실비판의식」, 『사림어문연구』, 1999.

우선 그가 남긴 작품의 양적인 면에서 박인환은 재평가될 필요가 있다. 지금까지 발견, 정리된 작품들을 모두 합하면 박인환이 남긴 작품은 서지사항만 남아 있고 확인되지 않은 것을 제외하면 시 80편, 산문 67편 등으로 상당한 수준이다. 여기에 번역 등까지 고려하면 박인환 문학의 규모는 더 커지게 된다. 참고로 기존의 『박인환 전집』에 수록된 것은 시 70편, 산문 8편이었고, 문학사상사 편 『선집』에 실린 것은 시 76편, 산문 10편 등이었다.

박인환은 질적인 측면에서 보아도 매우 우수한 문학인 가운데 한 사람이었다. 박인환 문학을 전체적으로 살펴보면 시인으로서의 박인환만큼이나 산문가로서의 비중이 크다는 사실을 깨닫게 된다. 단적으로 말해서 그는 시인 이전에 비평가라고 해도 좋을 정도다.

그가 남긴 문학 비평적인 산문, 영화 비평적인 산문 등을 총괄해 보면 박인환은 해방공간에서 1950년대 중반에 이르는 10년 동안 당대 다양한 분야의 문화에 진취적인 관심을 유지하면서 한국 문화와 문학의 미래를 디자인해 나간 사람이었다. 다시 말해서 그는 총체적 문화인의 면모를 보여준, 해방 이후 한국 사회에서 가장 우수하고 중요한 문학인 가운데 한 사람이다. 이 글은 박인환의 산문에 나타난 미국의 의미를 중심으로 그의 문학세계를 문명 비평[2]의 측면에서 검토해 보고자

---

2) 야만 상태에서 벗어나 인간의 삶이 진보한 상태를 가리키는 문명(civilization)과 문화(culture)는 전자가 물질적 뉘앙스가 강한 반면 문화는 정신적인 뉘앙스가 강조되어 있는 것으로 사용되곤 한다. 이러한 논법은 우리의 경우 식민지 시대 이광수의 경우에도 마찬가지였다. 이광수는 문명을 정신적 문명과 물질적 문명으로 나누어 사고하였는데 이때 문화라는 말은 곧 전자에 가까운 뜻으로 사용되었다. 김현주는 이러한 정신과 물질의 이분법 및 정신의 우위성에 바탕한 문화 또는 정신

하는 것이다.

적 문명의 강조를 이광수의 주체화 기획으로 보았다. 김현주, 「식민지 시대와 '문명'·'문화'의 이념—1910년대 이광수의 '정신적 문명'론을 중심으로」, 『민족문학사연구』, 2002 참조. 하랄트 밀러(Harald Muller)에 따르면 서구에서 문화라는 말은 독일어권에서 지배적으로 사용되는 데 반해서 문명이라는 말은 영어권과 프랑스어권에서 많이 쓰인다고 한다. 그런데 이것은 우연의 산물이 아니라 정신사에 뿌리를 둔, 근본적으로 상이한 구상을 반영하고 있다는 것이다. 즉 영국, 프랑스, 미국에서 문명은 "한 사회가 어느 특정한 역사적 시기에 존재의 문제를 해결하기 위해 사용한 모든 도구를 가리키는 개념"이다. 그것은 "사회적 행위를 가리키는 포괄적 개념"이다. 이러한 개념이 정착하게 된 것은 영국과 프랑스의 해방된 시민 계층이 사회진보의 주체로, 정치·경제 권력의 주체로 발전하면서 문화라는 개념 속에서 삶의 각 영역을 애매모호하게 분리하는 대신에 문명이라는 개념으로 한 시대를 각인하는 특성 전체를 파악하려 한 데 그 이유가 있었다. 그리하여 이 구상은 하나의 문명 안에 모인 민족과 인간의 삶과 삶의 지속, 생존에 기여하는 사회적 수단 전부를 가리키게 된다. 하랄트 밀러, 이영희 옮김, 『문명의 공존』, 푸른숲, 2000, 45~49면.

한국에서는 전통적으로 이광수의 예에서 볼 수 있듯이 문명과 문화를 구분하면서 문명이라는 말은 물질 중심적으로, 문화라는 말은 정신 중심적으로 사용하였고, 따라서 문명이라는 말에는 다소 부정적인 함의가 포함되는 경향이 있는 것으로 보인다. 그런 때 문화는 문명의 이상화된 측면을 가리키는 것처럼 사용된다. 또한 여기에 덧붙여 문명이라는 말은 좀 더 지역적으로 넓은, 몇 개 국가나 사회를 아우를 수 있는 개념으로 사용되는 경우가 많고 문화는 특정한 국가나 사회의 차원에 국한되어 사용되는 경향이 있다. 문명 비평이라는 말은 매슈 아놀드나 엘리엇 등에서 볼 수 있듯이 영문학 비평에서 중요한 개념으로 자리를 잡아왔다. 엘리엇이나 오든, 스펜더의 문학론을 적극적으로 받아들인 최재서는 비평에 대해서 "Criticism은 '판단' 또는 '결정'을 의미하는 라틴 동사 'criticus'에서 유래하였다. 그런데 이 어원으로부터 '위기'를 의미하는 'crisis'도 파생하였다. 현대가 한편에서 위기라 불리워지고, 다른 편에서 비평적 시대라고 불리어지는 것은 결코 우연이 아니다."라고 하면서 "현대가 위기에 직면하여 판단적 직능을 확보하려 하는 데서 현대비평의 성격이 그 동기를 가진다."라고 했는데 이것은 문학 비평을 총체적인 사회 상황에 대한 판단 및 대응으로 본다는 점에서 하랄트 밀러가 말한 문명의 개념에 근거하고 있다고 말할 수 있다. 최재서, 「현대비평의 성격」, 『문학과 지성』, 인문평론사, 1937 참조. 김기림에 오면 이 점은 더욱 분명하게 된다. 그는 시와 비평을 아울러 모두 문명비평적인 실천행위로 파악했다.

2. 다면적 문화 비평가이자 문명 비평가로서의 박인환

박인환의 산문들을 그 유형별로 일별해 보면 문학 비평, 영화 비평, 연극 비평, 사진 비평, 시사 비평 등 비평적인 성격이 강한 일련의 글들과 기행문, 서한문, 기사문, 기타 칼럼 및 잡문 등에 이르기까지 실로 다종다양하다. 이 다채로움이야말로 김수영이라는 이름에 의해서 쉽게 가리어질 수 없는 산문가 박인환의 넓이를 보여준다. 그러나 이 가운데에서도 가장 중요한 의미를 띠는 것은 문학, 영화, 시사 등 세 분야의 비평 산문과 일련의 기행문들이다. 이 장에서는 먼저 이들의 면면을 전체적으로 살펴보고자 한다.

먼저 문학 비평 분야의 중요 산문으로는 「김기림 시집 『새 노래』 평」(「조선일보」, 1948. 7. 22), 「『새로운 도시와 시민들의 합창』 서문」(『새로운 도시와 시민들의 합창』, 1949. 4), 「현대시의 불행한 단면」(『주간국제』, 1952. 6), 「현대시의 변모」(『신태양』, 1955. 2), 「『선시집』 후기」(『선시집』, 1955. 10) 등이 있다.3)

이들 산문에 따르면 박인환은 무엇보다 자신의 시작 활동을 문명 비평적인 실천행위로 파악했던 것으로 나타난다. 그는 한국전쟁 전에 쓴 「『새로운 도시와 시민들의 합창』 서문」에서 "나는 불모의 문명 자본과 사상의 불균정한 싸움 속에서 시민정신에 이반된 언어작용만의 어리석음을 깨달았었다."4)라고 하였으며, 한국전쟁 후에 쓴 「『선시집』 후

---

3) 이외에도 장문에 속하는 「사르트르의 실존주의」(『신천지』, 1948. 10) 등이 있지만 사르트르의 실존주의와 박인환 문학의 구체적 관련성을 밝히는 일은 쉽지 않은 작업으로 보인다.

4) 박인환, 「『새로운 도시와 시민들의 합창』 서문」, 도시문화사, 1949. 이하에서의 박인환 문헌 직접 인용들은 원문을 직접 확인한 후 이것을 현대 문법에 맞추어

기」에서도 "나는 지도자도 아니며 정치가도 아닌 것을 잘 알면서 사회와 싸웠다."[5]라고 했다. 이처럼 시민정신 및 사회와의 싸움을 시창작의 제1원리로 삼은 박인환의 사상적 거점은 오든(Wystan Hugh Auden, 1907. 2. 11~1973. 9. 29)이나 스펜더(Stephen Harold Spender, 1909. 2. 28~1995. 7. 16)에 정통했던 김기림(1908. 5. 11~?)과 마찬가지로 엘리엇(Tomas Stearns Eliot, 1988. 9. 26~1965. 1. 4), 오든, 스펜더 등의 문명 비평적인 시운동이었다.

즉 「현대시의 불행한 단면」에서 그는 현대를 "불안의 세계"로 규정하면서 "지적 불안"이야말로 주로 1920년대에 출생한 '후반기' 그룹 시인들의 공통적 특질이라고 했고, 따라서 그 자신과 마찬가지로 불안한 현대를 살아가면서 황폐한 현대문명에 대한 시적 대응을 시도했던 엘리엇, 오든, 스펜더 등을 좇아서 "전후적인 황무지 현상과 광신에서 더욱 인간의 영속적 가치를 발견하는 데 현대시의 의의가 존재된다고" 했다.[6] 또한 「현대시의 변모」에서도 그는 오든과 스펜더 등을 가리켜 "현대의 정치와 사회의 심연에서 허덕이는 인간의 정신과 행위를 노래한 이들이 훨씬 오늘의 시인."이라고 치켜세우면서 이들의 정신을 적극적으로 수용할 것을 주장하고 있다.[7]

이러한 논의를 종합해 볼 때 박인환은 김기림과 마찬가지로 영국 모

교정하고 꼭 필요한 경우에만 한자를 병기한 것임을 밝혀둔다.
5) 박인환, 「『선시집』 후기」, 산호장, 1955, 238면 ;『박인환 전집―사랑은 가고 과거는 남는 것』(이하, 『전집』), 예옥, 2006, 300면.
6) 박인환, 「현대시의 불행한 단면」, 『주간국제』, 1952. 6. 6, 24면 및 27면 ;『전집』, 274면.
7) 박인환, 「현대시의 변모」, 『신태양』, 1955. 2, 222~223면 ;『전집』, 297면.

더니스트들의 문명 비평적인 시각과 문제의식을 해방 이후의 한국 문단에 접맥시키려 했다고 평가해 볼 수 있다. 그러나 이것은 이미 낡은 것으로 치부한 김기림의 문제의식이기도 했다는 것, 특히 김기림은 이미 1930년대에 스티븐 스펜더를 수용하고 있었다는 점 등에 비추어보면 박인환의 시사적인 이해가 충분치 못했다고 말할 수도 있다.8)

문학 비평가로서의 박인환이 논리의 정밀함을 보여주지 못하는 데 반해서 뜻밖에 우수한 비평가적 자질을 드러내 보여준 분야가 바로 영화 비평 쪽이다. 영화 비평에 해당하는 박인환의 중요 산문으로는 「아메리카 영화 시론」(『신천지』, 1948. 1), 「한국 영화의 현재와 장래—무세(無稅)를 계기로 한 인상적인 전망」(『신천지』, 1954. 5. 2), 「한국 영화의 전환기—영화 「코리아」를 계기로 하여」(『경향신문』, 1954. 5), 「서구와 미국 영화—「로마의 휴일」, 「마지막 본 파리」를 주제로」(『조선일보』, 1955. 10. 9, 11) 등을 꼽을 수 있다.

그러나 이것은 위에서 열거한 산문들이 상대적으로 더 중요하다는 뜻일 뿐이다. 여기서 특별히 밝히지 않은 다른 많은 글들 역시 소홀히 다룰 수 없는 가치가 있음을 밝혀두고 싶다. 지금까지 발견, 정리된 산문들 가운데 약 절반에 해당할 만큼 압도적 분량을 차지하고 있는 박인환의 영화 비평은 질적인 측면에서도 그의 역량이 가장 잘 드러나는 분야다. 박인환의 영화 비평들은 진취적이고 개방적인 체질을 갖춘 전방위적 문화기획자로서 그 자신의 성격을 잘 드러내 보여준다.

윤석산에 따르면 박인환은 경기공립중학 시절부터 영화에 심취했고

---

8) 김용직, 「1930년대 한국시의 스티븐 스펜더 수용」, 『관악어문연구』, 1979, 참조.

장 콕토에 열광했으며 1953년경에는 이봉래, 유두연 등과 함께 영화평론가협회를 결성하기까지 했다고 한다.9) 그만큼 그는 영화에 지대한 관심을 가지고 있었다. 28편의 산문이 보여주듯이 구라파 및 미국의 감독들, 배우들, 작품들, 각종 제작 환경에서부터 한국의 그것들에 이르기까지, 그리고 무성영화, 토키, 시네마스코프 등으로 변천되어 간 영화사적인 측면에 이르기까지 박인환은 실로 해박한 식견을 갖추고 있었으며 영화에 관련된 제반 문제와 양상을 그 특유의 문명 비평론적 시각에서 해석하고 전망할 수 있는 능력을 갖추고 있었다.

무엇보다 영화에 대한 각별한 관심은 박인환을 문화적 전위로 만들어주었던 것으로 보인다. 영화는 박인환으로 하여금 문명에 대한 이해와 수용의 축을 구라파에서 미국으로 옮겨가도록 해준 주요 매개체이자 통로였다. 그는 영화를 통해서 구라파 중심의 심상지리10)를 미국 중심으로 재편하면서 한국 문화의 현재와 미래를 새롭게 설계해 나갔던 것이다. 이에 관해서는 장을 바꾸어 살펴보게 될 것이다.

한편 시사 비평에 해당하는 중요한 글로는 「자유에서의 생존권—동부 백림 반공폭동의 진상」(『수도평론』, 1953. 8), 「동란수기—암흑과 더불어 3개월」(『여성계』, 1954. 6), 「고전 『홍루몽』의 수난—작품을 둘러싼 사

---

9) 윤석산, 『박인환 평전』, 도서출판 모시는사람들, 2003, 48~50면 참조.
10) Imaginative Geography. 실제 지리와는 달리 인간의 역사적 경험의 바탕 위에서 상상적으로 구성되어 나타나는 지리적 인식과 감정과 감각을 총체적으로 지칭하는 에드워드 사이드의 용어로서 『오리엔탈리즘』에 자세히 설명되어 있다. 『오리엔탈리즘을 넘어서』의 저자인 재일학자 강상중은 이를 "심상지리"로 번역했다. "심상" 지리라는 번역은 "상상" 지리라는 번역어보다 대상이 인간의 마음속에서 영상적으로 재현된다는 뉘앙스를 강하게 내포하는 것으로 보인다.

상의 대립」(『자유신문』, 1955. 3. 18~20) 등 세 편의 글을 꼽을 수 있다.[11]

이들 세 편의 글은 국제 정세를 읽어내는 박인환의 예리한 현장감각을 보여주는 데 손색이 없다. 이 글들에서 그는 동구권 및 중국 사회주의의 위기와 야만을 읽어내고 한국전쟁기 인민군 치하의 서울을 고통과 죽음이 만연하던 공간으로 회상한다. 그리고 이것은 외면상으로만 보면 박인환은 이른바 자유주의적인 지식인에 불과했다는 식으로 간편하게 재단해 버릴 수 있는 소지를 제공하는 것처럼 보인다.

그러나 해방공간에서부터 한국전쟁기에 이르는 박인환의 사상적 편력은 단순치 않아 보인다. 그 중요한 근거는 「인천항」, 「남풍」, 「인도네시아 인민에게 주는 시」 등을 비롯한 여러 시편들과 비평적 산문에 나타나는 반제국주의적이고 반자본주의적인 태도와 시각이다. 물론 이것은 오든이나 스펜더 류의 현대문명 비판의 연장선에서 해석될 만한 것이기도 하지만 그들이 유럽 중심적인 사고에서 얼마나 자유로웠던가는 검토해 보아야 할 문제다. 현대 자본주의를 혁명적인 시각에서 철저히 비판했던 마르크스조차 오리엔탈리즘적인 사고방식에서 자유롭지 못했다는 것은 잘 알려진 사실이 아니던가. 인도네시아처럼 오랜 식민지 경험을 가진 아시아 나라와 한국 사이에 가로놓인 운명적 공동성을 인식하고 표현한 것은 해방공간의 박인환만이 보여준 급진적 현상이다.

또한 1949년 7월경 박인환이 자유신문 기자의 신분으로 다른 네 명의 기자들과 함께 국가보안법 위반 혐의로 내무부 치안국에 체포되었

---

11) 「동란수기―암흑과 더불어 3개월」은 비평이라기보다는 회상담에 가깝지만 그 가치에 비추어볼 때 시사비평의 범주에 포함시키는 것이 좋으리라고 판단된다.

던 사건은 그가 미군 점령 하에서 단독정부가 수립되어 간 과정에 대해서 남로당의 반체제적인 입장에 가까운 반감을 갖고 있었음을 시사해 준다.12) 같은 맥락에서 1949년 4월경 그는 「『새로운 도시와 시민들의 합창』 서문」에서 "자본의 군대가 진주한 시가지는 지금은 증오와 안개 낀 현실이 있을 뿐"이라고 썼다. 이것은 박인환의 현실비판적인 면모를 다시 한 번 확인하게 해준다.

이처럼 기자적인 감각으로 남북 분단과 고착화에 따른 정세 판단을 중요시하고 시대와 체제의 추이를 예민하게 지켜보고 또 그에 대응해 나가고자 했던 박인환의 시각은 분단과 전쟁을 거치면서 좌익 계열과

---

12) 당시 신문을 비롯한 여러 기록에 따르면 박인환은 1949년 7월 16일에 다른 네 명의 기자들과 함께 내무부 치안국에 체포된다. UNCOK, 즉 유엔한국위원회에 소속되어 있던 이들 다섯 명의 기자들은 남로당의 평당원(normal member)으로서 당시의 국가보안법 2항을 위반한 혐의로 체포된 것으로 나타난다. 『조선중앙일보』 기사에 따르면 이들 가운데 서울타임스 기자 최영식, 고려통신 기자 이문남, 조선중앙일보 기자 허문택 등 3인은 구속되고 국도신문 기자 심내섭, 자유신문 기자 박인환, 공립통신 기자 정중안 등은 석방되었다. 이들 명단에서 공립통신 기자 정중안은 7월 16일에 체포된 기자 명단에는 없었던 새로운 사람이다. 필자가 확인할 수 있었던 최영식에 대한 외신기자 인터뷰에 따르면 그는 실제로 남로당 당원이었던 것으로 밝혀졌으며 조사 및 수감 과정에서 전향의 뜻을 밝힌 것으로 되어 있다. 그는 서울 타임스를 "a liberal paper"로 만드는 임무를 띠고 있던 남로당 하급 조직의 세포원이었다. 또한 그는 그 자신이 군정에 불만을 가졌음을 밝히고 있다. 이러한 기사들에 따르면 박인환은 곧 석방된 것에 비추어볼 때 남로당과는 거리가 있는 사람이었지만 언론사에 침투해 있던 좌파 인사들과 어울리면서 남한 단독정부 수립에 불만을 가지고 있었던 것으로 짐작해 볼 수 있다. 기사, "유엔한국위원단 출입기자 3명, 국가보안법 위반 혐의로 송청", 『조선중앙일보』, 1949. 8. 4. 및 American Embassy, "Foreign Press Interview with Choi Yung Sik Reporter for The Seoul Times Arrested July 16th for Violation of the National Security Law", 1949. 8. 2, 국사편찬위원회의 한국사데이터베이스 참조.

분명한 선을 긋고 문학 비평이나 영화 비평 계열의 여러 산문들이 보여주듯이 미국 중심의 현대성에서 한국 사회와 문화의 가능성을 찾는 쪽으로 자신의 입장을 정리해 나갔다. 앞에서 열거한 세 편의 시사 비평적인 산문들은 해방 정국의 혼란에서 벗어나 서구, 특히 미국 중심의 국제적 감각을 획득해 나간 박인환의 정세관을 잘 보여준다. 이 글들에 나타난 박인환은 동구 공산주의의 반민주적 성격과 중국 문화혁명의 반지성적 성격을 정확히 읽어내는 냉철한 지성의 소유자다.

마지막으로 박인환의 기행문으로 중요한 것으로는 「19일간의 아메리카」(「조선일보」, 1955. 5. 13, 17), 「아메리카 잡기—서북미주의 항구를 돌아」(『월간 희망』, (1955. 7), 「몇 가지의 노트」(『30인의 기행문—세계의 인상』, 진문사, 1956) 등 세 편의 글을 꼽을 수 있다. 박인환의 말년은 그야말로 숨 가쁘게 흘러갔다고 말할 수 있지만 이 가운데 가장 중심적인 경험으로 남아 있는 것이 바로 아메리카 기행이다. 그는 말년의 이상이 도쿄행을 감행했던 것처럼 홀연히 남해호라는 화물선을 타고 아메리카에 갔다 오게 된다.

1955년 3월 5일 정오에 부산을 떠난 남해호는 8시간 후에 일본의 시모노세키와 모지 사이를 빠져나가고 다음 날인 6일 새벽 5시경에 세토나이카이를 따라가서 오전 11시에는 고베에 입항하게 된다. 여기서 그는 4일 동안 고베, 오사카 교토 등지를 전차를 타고 다니며 관광을 하다가 9일 야반에 태평양을 향해 나아가 13일간에 걸친 긴 항해 끝에 마침내 22일 오전, 그로서는 "아메리카 최초의 항구"가 되는 올림피아에 입항하게 된다. 22일 새벽 4시에 빅토리아섬과 워싱턴주의 좁은 해협을 통과한 남해호는 시애틀항 앞을 지나쳐서 22일 오전 11시 45분경에 워싱턴주의 주도인 올림피아에 도착했던 것이다. 여기서 이틀을 머물 그는 남해호가 차례로 기항하게 되는 터코마, 시애틀, 에버렛을 거쳐 3월 28일에는 아나코테스와 포트앤젤리스, 4월 4일에는 포틀랜드까지 가게 되며 이들 항구를 따라 인근 도시와 부락 10여 개소를 함께 방문하게 된다. 특히 포틀랜드는 태평양에서 콜롬비아강을 따라서 150마일을 올라가야 하는 곳으로, 여기서 그는 그레셤 인근의 오리엔탈 부락에 살고 있는 한국인 이민 가족을 방문하기도 한다. 아내인 이정숙에게 보낸 서신 등을 종합해 보면 그는 포틀랜드에서 3, 4일간 머물다가 대략 4월 9일경에 한국을 향해 회항하여 4월 17일 또는 18일경에 한국으로 돌아오게 된다.[13]

이들 기행문의 중요성은 당초 반제국주의적이고 반자본주의적인 시각에서 출발한 박인환이 긴 정신적 항해를 거쳐 새로운 아메리카상이라는 하나의 종착점에 도달하게 됨을 상징적으로 보여준다는 점에 있다. 이 점에서 이들 기행문들은 단순한 기행문이 아니라 심상지리 차원에서 새롭게 해석되어야 한다. 이들에는 박인환의 정신세계의 심부에서 진행된 세계인식상의 진화적 변화의 결말 부분이 기록되어 있다.

이 점은 매우 중요하다. 실로 영화 비평과 이들 기행문에 나타난 아메리카는 한국 문학과 문화의 다방면에 걸쳐서 새로운 현대성을 구축해 나가고자 했던 박인환의 문화적 기획의 전모를 헤아릴 수 있게 해주는 가장 중요한 사고 자료다. 이 점에 대해서는 장을 바꾸어 상론해

---

13) 윤석산의 평전에 따르면 박인환은 3개월 여행 끝에 5월 초순에 부산항으로 귀항한 것으로 되어 있으나 산문이나 서신을 통한 근거는 명확하지 않다. 윤석산, 『박인환 평전』, 도서출판 모시는사람들, 2003, 262면 참조.

보고자 한다.

3. 영화 비평에 나타난 박인환의 구라파와 아메리카

박인환의 영화 비평에 속하는 산문들이 보여주는 큰 특징 가운데 하나는 그것이 구라파와 아메리카라는 이항 대립적 구분법을 구사하고 있다는 점이다. 이것은 해방공간에서 말년에 이르기까지 일관되게 나타난다. 그에 따르면 구라파는 정신적인 세계인데 반해 아메리카는 물질적인 세계이고 구라파는 역사와 전통의 담지자인 데 반해서 아메리카는 그것이 결핍되어 있거나 빈핍할 뿐인 세계로 특징지어진다. 이처럼 뿌리 깊은 이분법은 박인환의 영화 비평 산문들 곳곳에 산포되어 있는데, 다음과 같은 대목은 박인환의 이러한 이분법이 매우 체계적임을 보여준다.

구라파의 영화와 아메리카의 영화의 예술을 우리는 평가할 때 구라파 영화(구라파의 영화 이것은 주로 불란서 영화를 말한다)는 내향성이고 아메리카 영화는 외연성extensieur이라 한다. 현대의 아메리카 문학의 특색을 문학자들이 표현할 때 '외연적 방법'이라는 용어를 쓰는 것처럼 아메리카 영화는 외연성과 밀접히 관련되어 있다. 아메리카 영화에서 불란서 영화의 내향성을 찾고 그것이 보이지 않는다는 이유로 예술을 부정하는 것은 틀린 일이다. 그러나 구라파의 예술유산과 주지主知를 많이 알고 있는 우리로선 간혹 이러한 생각을 하게 된다. 이것은 아메리카의 문화뿐만 아니라 아메리카의 영화에 접할 때에는 더욱 주의할 문제다. 그러나 그렇다고 해서 우리는 아메리카 영화를 전적으로 훌륭한 예술이라고는 할 수 없다. 이유는 사회기구의 혼란과 개인의 윤곽이 똑똑치 못한 데다 예술을 창조하려는 근본적인 예술가의 정신이 없다.[14)]

구라파와 아메리카를 구분하면서 구라파 영화와 아메리카 영화를 내향적인 것과 외연적인 것으로 대별해 나가는 박인환의 평가방법은 서양인들이 자기들 세계 외부의 공간을 동양으로 대분류한 후 이를 다시 세분하면서 각각의 지리 공간에 고착적인 이미지를 부여해 나간 과정을 상기시킨다. 역사 과정이 진전되면서 서양인들은 동양을 근동과 극동 등으로 세분화하면서 그들의 심상지리를 체계화해 나갔다.

클로드 레비스트로스를 참조한 에드워드 사이드에 따르면 특정한 질서는 객관적 사실이라기보다는 그것을 필요로 하는 인간의 주관적 산물이다. 즉 질서란 "환경을 형성하는 대상과 주체로 형성되는 구성되는 기구(economy) 속에서 사물의 각각에게 그것이 수행해야 할 역할을 부여함으로써 처음으로 수립된다."[15)] 그리하여 "많은 사물이나 장소 또는 시간"은 "최초로 역할과 일정한 의미를 할당받고, 그 할당이 행해진 '뒤에야' 비로소 그러한 역할과 의미가 객관적인 유효성을 확보한다."[16)] 이처럼 자의적으로 형성되어 사후적으로 객관화되는 지리학적 지식 체계를 가리켜 에드워드 사이드는 상상적이라고 명명했다.

여기서 문제는 이러한 상상적 지리학이 특정한 시공간이나 역사 및

14) 박인환, 「아메리카 영화 시론」, 『신천지』, 1948. 1, 149면 ; 『전집』, 318면.
15) 에드워드 사이드, 박홍규 역, 『오리엔탈리즘』 증보판, 2003, 106면.
16) 에드워드 사이드, 위의 책, 106~107면.

지리에 관한 실제적인 지식이 증가한다고 해서 쉽게 수정되는 성질의 것이 아니라는 점이다. 오히려 심상지리는 실제적이거나 실증적인 지식과 대립하기는커녕 그러한 지식을 창출하는 능동적인 인식 체계라고까지 말할 수도 있다.

에드워드 사이드의 이러한 지적은 오리엔탈리즘을 향한 것이었지만 박인환의 구라파와 아메리카의 경우에도 똑같이 이야기할 수 있을 것이다. 구라파와 아메리카로 구성되는 서구세계, 그리고 그 안에서 각각의 지리적 영역이 할당받은 본질적 속성들은 그것들에 대한 박인환의 언급들을 생산, 조절하는 능동적 기제로 작동하게 된다. 1948년경의 시점에서 박인환의 구라파는 정신과 전통과 내향성의 담지자인 반면에 아메리카는 물질적 풍요를 구가하고 있지만 기댈 만한 전통이 없고 따라서 외연성이 지배하는 빈곤한 공간으로 나타난다.

> 아메리카는 350년의 새로움을 가질망정 더 한층 복잡하다. 여기에 오늘의 아메리카의 비극이 있다. 콜로니의 세계의 전형적인 절망이 있다. 아메리카가 신세계였으므로 기다릴 만한 전통을 가지지 못했으므로 아메리카 영화의 이면은 더욱 비참한 것이다. 우리는 콜로니 문명을 절대적으로 알지 못하면 아메리카, 즉 콜로니의 세계를 말할 수 없다. 오늘의 아메리카의 표정, 그 비극성은 다른 어떤 예술보다도 늦게 영화에 나타났다. 무엇보다도 오늘의 감촉이 민감한 영화에서 가장 늦게 나타났다.17)

박인환은 아메리카를 전통이 구비되어 있지 못하다는 뜻에서 "콜로

---

17) 박인환, 「아메리카 영화 시론」, 『신천지』, 1948. 1, 146~147면 ; 『전집』, 314면.

니의 세계"로 명명한다. '콜로니'란 일반적으로 식민지, 곧 제국에 의해 지배되는 곳을 말하는 것이지만 박인환의 '콜로니'는 정신과 전통과 내향성의 결핍을 앓는 공간이라는 특수한 뜻을 갖는다. 당시에 팍스 아메리카나의 시대에 접어들고 있던 미국을 가리켜 "콜로니"로 명명한 것은 아이러니하다. 이것은 해방공간의 박인환의 현실인식이나 시대인식이 불충분했다는 증좌로 이해될 수도 있다. 그러나 이것은 해방을 계기로 재구성된 일본적인 오리엔탈리즘의 소산이다. 일제의 대동아주의 논리에 전면적으로 노출된 1920년대산 문학인이었던 그는 대동아주의의 근간을 이루는 정신의 일본과 물질의 서구라는 이분법을 정신의 구라파와 물질의 아메리카라는 이분법으로 재배치했다고 할 수 있다.18) 이러한 재배치를 통해서 박인환은 미국을 구라파에 대비되는 물질 중심적인 세계로 이른바 타자화한다. 구라파는 일본화하고 미국은 일본화한 구라파의 대립항으로 작용하게 된다.

그런데 이러한 타자화는 자기 동일성을 획득해 나가는 매개적 과정이다. 이것은 부정을 통한 자기 수립의 방법이다. "물질문화가 극도로 발전하고 전통의 배경은 없는 아메리카는 예술의 온상은 되지 못한다."19)라는 단정적인 부정은 미국을 타자화하면서 한국 문화의 아이덴

---

18) 일제 말기 일본은 이른바 아시아적 가치라는 명분 아래 대동아주의를 내세우면서 태평양 전쟁에 아시아 각 지역을 동원해 나갔다. 이 아시아적 가치의 논리에 따르면 일본과 서구는 정신 중심적인 세계와 물질 중심적 세계인 세계로 대별된다. 박인환의 영화 비평에 나타나는 구라파와 아메리카의 이미지 대립은 일본과 서구의 이미지 대립이 변주된 형태로 이해된다. 박인환의 구라파에는 제국 일본의 정신성이 투사되어 있으며 아메리카에는 서구의 물질 중심적 성격이 투사되어 있다. 이러한 이미지 변주는 박인환이 1926년생으로서 제국 일본의 대동아주의의 논리에 전면적으로 노출된 세대에 속한다는 사실을 상기시킨다.

티티에 대한 다소 확신적인 사고로 연결된다.

아메리카 영화를 감상하는 데 가장 중요한 것은 우리들의 의식을 뺏기지 않는 것이다. 아메리카가 자본주의 문명이 극도로 발달한 나라라는 것은 누구나 다 잘 아는 일이다. (…중략…) 아메리카 문명은 우리의 생활과 사고와는 너무도 떨어져 있고 아메리카의 영화 정책은 될 수 있는 한에서 국가 정책과 동행하고 있는 것이다. 우리는 아메리카인의 기계화되고 모노폴리화된 영화가치보다도 흥행가치에 중점을 둔 영화로 잠시간은 재미있게 보내나 그 고화考畵가 우리에게 주는 한 가지 의문은 자기 계급이 어디 있는지 똑바로 생각하라는 것이다. (…중략…) 지금까지 생각해 온 단순한 아메리카니즘도 아닌 면에 비통속적인 예술도 있는 한편 관객의 신념을 쉽사리 부수게 하는 오락도 있는 것을 우리는 날카롭게 판단하지 않으면 못 쓴다. 아메리카 영화에 있어서는 탄압을 당한 몇 명의 예술가의 영화 외에는 모두 우리의 사상보다도 퇴보된 것을 그리고 있다.[20]

박인환에 따르면 아메리카는 자본주의가 극도로 발달한 나라이고 영화 역시 그러한 자본주의적 국가 기제의 통제 아래 있다. 아메리카 영화는 정신적인 면에서 몇몇 예외를 제외하면 "모두 우리의 사상보다도 퇴보한 것을 그리고 있"다. 이런 미국 영화들을 접함에 있어 가장 중요한 것은 "우리들의 의식을 뺏기지 않는 것"이다. 그에 따르면 아메리카 문명은 "우리의 생활과 사고와는 너무도 떨어져 있고" 우리는 "자기 계급이 어디 있는지 똑바로 생각"해야 한다.

---

19) 박인환, 「아메리카 영화 시론」, 『신천지』, 1948. 1, 149면 ;『전집』, 317면.
20) 박인환, 위의 책, 317면.

그러나 이러한 박인환의 주장은 2차대전에서 패배해 버린 제국 일본의 낡은 심상지리를 엿보게 한다. 그것은 일종의 흔적처럼 작용하고 있어서 해방공간이라는 새로운 현실에 탄력적으로 대응할 수 없는 비현실적인 논리로 읽힌다.

그가 1956년 3월에 타계하기 약 5개월 전에 발표한 「서구와 미국 영화—「로마의 휴일」, 「마지막 본 파리」를 주제로」는 1948년의 판단과는 전혀 다른 양상을 보여준다는 점에서 확연히 대비된다.

오래도록 미국 영화는 남의 것을 가지고 많은 좋은 자기의 것으로 만들어냈다. 즉 처음에 말한 것과 같이 훌륭한 구라파의 예술인을 불러다가 미국 영화의 예술적인 지반을 닦고 이제 와서는 자기 자신의 완성의 길로 지향하고 있는 것이다. (…중략…) 이러한 독창적인 스타일은 구라파를 그리고 전통이라는 것을 미국이 완전히 이해하고 배웠다는 것을 의미하는 새로운 증좌이다. (…중략…) 구라파, 정신과 문화의 기원지로 알려진 파리와 로마에 오늘날 미국의 카메라는 마음대로 진출해서 지난 날 그들이 보고 헤매고 배우고 하던 것을 다시 관찰하고 있다. 과거라는 것이 회상을 위하여 있는 것처럼 마치 파리와 로마는 미국인이 그 쾌활한 기질로 새로운 자기의 것을 발견하기 위해서 있는 것 같다. 「로마의 휴일」의 소재를 다른 곳으로 옮길 수도 없고 「내가 마지막 본 파리」 역시 어디까지나 배경은 파리여야만 한다. 앤 왕녀는 어빙이 준 기념사진을 들고 눈물을 참고 퇴장했다. 그는 구라파의 모국으로 돌아갈 것이다. 넓은 응접실에 혼자 남은 조 브래들리도 걸어 나온다. 무거운 발걸음으로…… 이것은 「내가 마지막 본 파리」의 주인공 찰스의 경우처럼 미국인은 미국으로 돌아가는 것이다. 구라파에 한없는 매혹과 잊지 못할 회상이 남아 있다 하더라도 미국인에게는 이젠 오랜 전통과는 다른 새로운 우월 감정이 앞서게 되었다. 그리하여 이 두 작품은 어디까지나 미국인이 아니면 제작할 수 없론 일이며 오랜 전통에서 새로운 자기의 예술을 찾고 있는 미국의 모습인 것이다.[21]

위의 인용문에 나타난 박인환의 아메리카는 1948년의 아메리카와는 판이하게 다르다. 그것은 정신과 전통의 결핍을 앓고 있는 "콜로니"가 아니라 타자를 전유(appropriate)하여 새로운 창조적 삶을 만들어가고 있는 활력적인 주체로 나타난다. 박인환은 이것을 「로마의 휴일」과 「내가 마지막 본 파리」라는 두 편의 영화에 대한 분석을 통해서 아주 효과적으로 보여준다.

그는 미국 남성과 구라파 여성의 러브스토리를 아주 상징적으로 읽어내면서 두 영화를 구라파의 몰락과 아메리카의 부상이라는 세계사적인 추이를 나타내는 대표적인 작품으로 부각시킨다. 사랑하는 여인을 구라파에 남겨두고 떠나야 하고 또 떠나버리는 미국 남성의 모습에서 그는 구라파라는 어머니의 탯줄을 떼어내고 어느덧 성장해 버린 남성적인 미국 문화의 자신감을 읽어낸다.

이렇게 하여 새롭게 이해된 박인환의 아메리카는 문화적 "콜로니"의 비애라고는 찾아볼 수 없다. 그것은 구라파적 전통을 완전히 습득한 바탕 위에서 자신 있게 미래를 향해 성큼성큼 걸어가는 거인의 이미지를 갖게 된다.

이것은 말년의 박인환이 한국을 둘러싼 세계들에 대해 새로운 심상지리를 획득했음을 의미한다. 그리고 이때 중요하게 부각되는 것이 바

---

21) 박인환, 「서구와 미국 영화—「로마의 휴일」, 「마지막 본 파리」를 주제로」, 『조선일보』, 1955. 10. 11 ; 『전집』, 401면.

로 박인환의 아메리카 기행이다. 왜냐하면 바로 아메리카 기행을 통해서 그는 그 자신의 문명 비평론적 세계관의 근저에 놓여 있던, 일본적으로 재구성된 오리엔탈리즘과 결별할 수 있었던 것으로 보이기 때문이다.[22]

4. 아메리카 기행문에 나타난 아메리카니즘과 아이덴티티 문제

앞에서 설명했듯이 박인환의 아메리카 기행 산문들은 1955년 3월 5일부터 4월 하순경에 이르는 약 한달 반 동안 일본을 경유하여 미국 워싱턴주와 오리건주를 돌아보고 온 경험을 쓴 것이다. 물론 한 달 반이라는 시간은 박인환 스스로 이야기하듯이 미국을 이해하기에는 너무 짧은 기간이다. 헨리 제임스의 『미국기행』 같은 심도 깊은 문명 비평서가 20년 만에 다시 찾은 조국을 약 1년에 걸쳐 동부에서부터 서부까지 순례한 결과물임을 상기한다면[23] 박인환의 아메리카 기행문은 애초부터 피상성을 면키 어려운 것이었다고 해도 무리가 아니다. 그러나 문학인으로서 미국 체류 경험을 직접 자세하게 기술한 것은 박인환이 최초일 것이라는 점, 태평양 횡단이라는 상징적 행위를 통해서 위에서 살펴본 것과 같은 심상지리적인 인식의 변화가 야기된다는 점 등을 감

---

22) 오리엔탈리즘의 일본적인 재구성이라는 것은 재일사회학자인 강상중의 개념이다. 그에 따르면 근대 일본의 동일성은 아시아와 일본의 관계를 동일성과 차이의 변증법으로 심상지리화하는 과정에서 형성, 발전되었다. 강상중·이경덕 외 옮김, 『오리엔탈리즘을 넘어서』, 이산, 1997 참조.
23) 최경도, 「『미국기행』-헨리제임스의 미국 읽기」, 『미국학논집』, 34권 1호, 2001, 191~194면 참조.

안하면 이들 산문의 자료적 가치는 매우 높은 편이다.

그렇다면 이들 기행 산문에 나타난 아메리카의 모습은 어떠한가. 그것은 일찍이 그가 아메리카를 정신과 전통과 내향성이 결핍된 물질적 풍요의 공간일 뿐이라고 보았던 것과는 그 뉘앙스 면에서 상당한 차이가 있다. 그가 본 미국인들은 물질적인 풍요를 구가하고 있을 뿐만 아니라 "범죄의 나라 아메리카라고 생각했던 것과는 너무도 판이하"게 질서를 존중하고 약속시간을 엄수하며 선량하고 양심적이고 타인에게 친절하기까지 하다. 여성들은 건강하고 인물이 곱다. 박인환은 아메리카 기행담을 여러 번에 걸쳐서 조금씩 다르게 발표했는데 그 마지막 기록에 해당하는 「몇 가지의 노트」는 아메리카를 다음과 같이 총괄적으로 평가하고 있다.

> 아메리카에는 전통이 없다, 또는 경박하다, 역시 우리들을 매혹시키는 곳은 서구라고 하는 사람이 많다. 하지만 이것은 어디까지나 정신적인 면에서만 하는 말이지 그 외의 아무것도 아니다. 실상 우리들의 개념으로서의 전통이란 무엇일까. 여기에 대해서 동양 사람인 우리들은 하루 이틀에 서구적인 전통이 없다는 것을 곧 아메리카에 말할 수는 없을 것이다.24)

이 글에서도 아메리카와 물질성을 결부시키는 박인환의 예전 논법은 꽤나 완강하게 남아 있는 것처럼 보인다. 그럼에도 아메리카에는 전통이 없다는 말을 함부로 운위할 수 없으리라는 문장은 그의 의식

---

24) 박인환, 「몇 가지의 노트」, 『30인의 기행문—세계의 인상』, 진문사, 1956. 5, 176면 ; 『전집』, 472면.

속에서 아메리카에 대한 재인식이 이루어지고 있음을 강하게 시사해 준다. 19일간의 경험은 그에게 간접적인 지식으로는 결코 충당할 수 없는 아메리카의 실상을 직접 보고 듣는 새로운 충격을 야기한다. 미국의 삼림에 대한 경탄은 그 대표적인 사례 가운데 하나다.

> 삼림
>
> 우선 놀라운 것은 산이 푸르다. 우리나라와 같이 붉은 산만 보던 나로서는 무서울 정도로 산의 수목들이 무성한 데 감탄하지 않을 수 없다. (…중략…) 여기서 생각되는 것은 오늘의 아메리카의 원동력은 삼림에 있지 않는가 느껴지는 것이다. 최근의 아메리카 영화가 사진砂塵의 서부극에서 삼림과 하천의 서부극으로 옮겨진 것과 같이 재목은 집을 만들고 예전의 다리가 되고 철도의 침목이 되고 지류紙類로 변했다. 건물과 철도와 신문 잡지는 문명국으로서의 아메리카와 결부시킬 수 있으며 오늘의 서부 영화가 도달한 풍물도 이러한 데 있지 않은가 한다. 창해와 같은 삼림은 아메리카의 웅대성을 말하는 동시 그 민족성을 나타내고 있다.25)

이처럼 그에게 아메리카는 삼림으로 상징되는 건물과 철도와 신문 및 잡지가 흘러넘치는 "문명국"으로 인식된다. 이것은 박인환의 고착화된 심상지리지에 커다란 파열구가 생겨남을 의미한다. 더욱 흥미로운 것은 이처럼 미국의 위상이 높아진 것과는 달리 그가 경유해 간 일본에 대한 평가는 매우 인색하다는 점이다. 세토나이카이를 따라 고베로 들어가 그곳에서 며칠을 머물면서 오사카, 교토 등지를 구경한 그

---

25) 박인환, 「19일간의 아메리카」, 『조선일보』, 1955. 5. 13 ; 『전집』, 446면.

는 전후의 빠른 복구와 건설에도 불구하고 "일본은 기묘한 새로운 형태의 현실을 만들고 있다."고 하면서 일본을 "토이의 나라"로 진단한다.

> 생산을 훌륭히 하고, 예술적이고, 많은 좋은 점이 있으나 결국 일본은 대수롭지가 않는 것 같다. 더욱 미국을 보고 난 후인 지금 일본을 생각할 때 일본이 낸 토이(완구)가 세계적으로 우수한 것처럼 일본은 토이의 나라밖에 되지 않는다. 파친코로 소란스러운 거리는 장난감 자동차가 왔다 갔다 하는 것을 상기시키며 아직 성숙치 않은 토이의 주인공들이 남의 흉내만 내고 있는 것 같다.26)

일본을 "성숙치 않은 토이의 주인공들이 남의 흉내만 내고 있는 것"으로 보는 이러한 대목은 아메리카 기행을 통해서 박인환의 심상지리에 새로운 서열(hierarchy) 체계가 자리를 잡게 됨을 보여준다. 이로써 정신성이라는 본질적 속성을 중심으로 구라파의 배후에서 힘을 행사하고 있던 제국 일본의, 상위 문명으로서의 이미지 잔재는 소거되고 대신에 원시적인 남성적 힘을 바탕으로 물질문명을 구가하면서 새로운 전통을 수립해 나가고 있는 아메리카 문명이 최고의 위치로 격상된다.

문학사적으로 보면 이것은 현해탄 콤플렉스가 효력을 상실해 가는 자리에 한국적인 형태의 아메리카니즘(Americanism)이 들어서서 새로운 기제로 작용하게 됨을 의미한다고 할 것이다. 아메리카니즘이란 본래 미국인의 자기중심적 심상지리를 설명하는, 그러면서 동시에 아메리카 외부의 지역을 타자화하는 그들의 의식 양태를 표현하는 용어다.

---

26) 박인환, 「아메리카 잡기—서북미주의 항구를 돌아」, 『월간 희망』, 1955. 7, 182면 ; 『전집』, 457면.

그러나 해방 이후 오랜 시간에 걸쳐 미국화(Americanization) 과정을 거치면서 한국 문화는 대중문화, 문학, 영화 및 연극 등 제반 분야에 걸쳐 아메리카니즘의 영향력 아래 놓여 있었고 그 결과 아메리카니즘을 한국적으로 내면화하는 상태를 보여준다고 할 수 있다.[27] 이런 맥락에서 보면 박인환의 시와 산문에 나타난 새로운 아메리카관은 그 초기적 징후 가운데 하나로 읽힐 수도 있을 것이다.[28]

실로 미국 영화에 대한 박인환의 폭넓은 접촉과 열광은 한국 문화의 아메리카나이제이션 과정에서 나타난 하나의 특수한 현상이라고 평가해 볼 수도 있다. 문원립에 따르면 전쟁에서 해방된 세계는 미국 영화의 잠재적 시장이 되었고 미국 정부는 이미 1930년대부터 무역은 영화를 따라간다는 의식에서 그들의 사상과 함께 상품을 수출하기 위해 할리우드 영화를 적극적으로 지원했으며 이 과정은 2차대전 중에 영화의 선전적 기능에 주목하게 되면서 더욱 심화되었다.[29] 물론 이것은 미국 정부가 영화를 아메리카니즘의 전파 또는 세계의 아메리카나이제이션을 위한 유효한 도구로 인식하고 적극 활용했음을 의미한다.

다시 문원립에 따르면 한국의 경우 미국 영화는 일제 말기 몇 년 동

---

27) 이러한 면모에 대해서는 최근 들어 활발한 조명이 이루어지고 있다. 김덕호, 「해방 이후 한국에서의 소비와 미국화 문제」 ; 김미영, 「한국(근)현대소설에 나타난 미국 이미지에 대한 개괄적 연구」 ; 최성희, 「자유부인, 블랑쉬를 만나다 : 전후 한국여성의 정체성과 미국 드라마의 수용」 ; 이상 『미국학논집』 37권 3호, 2005 겨울.
28) 김미영, 「한국(근)현대소설에 나타난 미국 이미지에 대한 개괄적 연구」, 『미국학논집』 37권 3호, 2005년 겨울, 46면 참조.
29) 문원립, 「해방 직후 한국의 미국 영화의 시장 규모에 관한 소고」, 『영화연구』, 2002, 165~167면 참조.

안에는 상영 금지 상태였고 해방 직후에는 반대로 일본 영화가 상영 금지 상태에 있었다. 미국 영화가 한국에 배급 채비를 갖춘 것은 1946년 4월경이었다. 그러나 1949년 1월경에는 한국에서 미국 영화의 상영시간 점유율이 이미 50퍼센트가 되고 있으며 1948년 유네스코 자료에 따르면 미국 영화의 한국 영화시장 점유율이 무려 95퍼센트에까지 이르렀다고 한다.[30] 여기에 군정청의 교육용 영화까지 포함하면 해방공간의 미국 영화는 압도적인 독점적 지위를 누리고 있었다고 할 수 있다.

박인환의 새로운 아메리카상은 이러한 미국 영화와의 전면적인 접촉 과정에서 나타난 것이고 그의 아메리카 기행은 이러한 과정을 완결짓는 계기로 작용했다고 할 수 있다. 그러나 이러한 미국화 및 아메리카니즘의 수용이란 근본적으로 자기 소외적인 과정이며 따라서 문화적 아이덴티티 문제를 둘러싼 불안이 없을 수 없다. 박인환은 아메리카 기행문 몇몇 부분에서 이러한 고민의 단편들을 보여준다.

> 나는 그들이 정신적으로 연령이 어리다고 여기서 말할 수는 없으나 우리 한국의 어떤 일부의 대표적인 사람과 그곳 일부의 동일한 자격의 인간을 비한다면 오히려 우리들이 정신적으로 지식적으로 높은 위치에 있지 않는가 생각한다. 물론 아메리카 전반의 대가大家의 문화수준은 우리와 비할 수가 없으나 그러나 우리들이 조금도 정신적으로 뒤떨어져 있다고는 믿고 싶지가 않다. 그들이 노래하고 춤추고 자동차로 드라이브를 할 때 우리들은 열심히 지식을 흡수한다면 아메리카 문화와 다른 새로운 문화가 우리나라에 생기고 사회와 가정의 생활이 높아질 것이다.[31]

---

30) 문원립, 앞의 글, 169~174면 참조.

이러한 문장은 구라파와 미국을 이분법적으로 대립시키면서 미국을 아메리카로 타자화하고자 했던 해방공간의 심상지리의 흔적을 보여준다. 이러한 이분법을 구사할 때 박인환의 아이덴티티 의식은 다소 안정되어 보인다. 그러나 이처럼 주관적 구도와 바람을 통해서 유지되는 안정감은 압도적인 형상으로 그 앞에 박두해 있는 아메리카의 모습에 비추어볼 때 무력하거나 피상적이고 잠정적인 대응 이상의 의미를 갖지 못하는 것처럼 보인다.

그리고 이때 참조해 보아야 할 것이 바로 그의 아메리카 시편들이다. 기행 산문이 보여주는 아메리카니즘의 직접적인 영향력과는 달리 아메리카 시편들은 미국이라는 형상 앞에서 고민하고 있는 박인환의 내면이 훨씬 깊이 있게 투영되어 있는 것으로 보인다. 특히 아메리카 기행의 막바지에 이른 포틀랜드에서 착상을 얻은 「새벽 한 시의 시」는 아메리카를 전적으로 수긍할 수도 없고 한국이라는 이름의 과거로 돌아가 안주할 수도 없는 박인환의 존재론적 불안을 잘 드러내고 있다는 점에서 주목된다.

> 나는 돌아가도 친구들에게 얘기할 것이 없고나
> 유리로 만든 인간의 묘지와
> 벽돌과 콘크리트 속에 있는
> 도시의 계곡에서
> 흐느껴 울었다는 것 외에는……

---

31) 박인환, 「19일간의 아메리카」, 『조선일보』, 1955. 5. 17 ; 『전집』, 449면.

천사처럼
나를 매혹시키는 허영의 네온.
너에게는 안구眼球가 없고 정서가 없다.
여기선 인간이 생명을 노래하지 않고
침울한 상념만이 나를 구한다.

바람에 날려온 먼지와 같이
이 이국의 땅에선 나는 하나의 미생물이다.
아니 나는 바람에 날려와
새벽 한 시의 기묘한 의식意識으로
그래도 좋았던
부식된 과거로
돌아가는 것이다.32)

위 시에서 아메리카는 인공적이고 메마른 문명세계로 묘사되는 반면 한국이라는 존재 역시 "부식된 과거"라는 시어가 보여주듯이 결코 안정적으로 긍정되지는 못한다. 시적 화자는 그 자신을 "바람에 날려온 먼지", "이국의 땅에선", "하나의 미생물"이 될 수밖에 없는 존재로 인식하다가 "그래도 좋았던", "부식된 과거"로 돌아간다고 한다. 그러나 이것은 표층적 의미와는 달리 돌아갈 수 없음에 대한 역설적 표현으로 보는 것이 차라리 타당할 것이다. "기묘한 의식"이라는 시어에 유의해 보면 이 시는 인공적인 물질문명의 세계에 머물 수도 없고 그렇다 해서 "부식된 과거"의 정신성으로 회귀할 수도 없는 시적 화자의 고립의식과 불안을 표현하고 있다고 보아야 할 것이다. 그리고 이것은

---

32) 박인환, 「새벽 한 시의 시」, 3~5연, 『한국일보』, 1955. 5. 14 ; 『전집』, 142면.

그가 더 이상 미국을 하급의 물질문명으로 치부할 수 없게 되었음을 반증한다. 그에게 아메리카행이라는 태평양 횡단은 일종의 문명 횡단이었다. 이 횡단의 경험을 통해서 그는 아메리카의 위용에 맞닥뜨리면서 자기가 나아가야 할 방향에 대해 심각하게 고민하지 않을 수 없었던 것이다.

이 시적 화자의 존재론적 불안이야말로 아메리카를 직접 목도한 박인환의 내면적 정황을 잘 표현해 주고 있는 것으로 보인다. 그리고 이것은 박인환이 좀 더 살아서 더 많은 시와 산문을 쓸 수 있는 기회가 주어질 수 있었다면 그의 문학이 그때까지 보여준 것보다 더 깊은 성찰을 담은 시를 남겼을지도 모른다고 예상케 한다. 그러나 그는 해방과 함께 방문한 미국 문화를 깊이 있게 성찰할 여유를 얻지 못하고 타계해 버렸다.

5. 결론—문명 비평론의 측면에서 본 박인환 산문

서지적인 기록에 따르면 박인환은 김기림의 시집에 대한 서평을 두 번 발표한 것으로 알려져 있다. 「김기림 시집 『새 노래』 평」(『조선일보』, 1948. 7. 22)과 「『기상도』 전망, 김기림 장시집 서평」(『신세대』, 1949. 1)이 그것이다. 이 가운데 후자의 글은 새로 발견되지 않은 까닭에 접할 수 없는 상태이지만 박인환이 이렇게 두 번씩이나 김기림을 주제로 삼은 것은 그만큼 그의 문학에 대한 관심이 깊었음을 의미한다. 또 다른 글들에서도 박인환은 해방 이전의 문학인들 가운데 이상과 김기림에 대해서만 상세하게 다루고 있음을 볼 수 있다.

그렇다면 박인환 문학과 김기림 문학의 관련성을 짚어볼 필요가 있을 것이다. 요약적으로 보면 김기림에 대한 박인환의 평가는 그의 시사적 위치를 높이 평가하면서도 그의 시적 작업은 이미 새로운 세대에게 요구되는 동시대성을 충족시키지 못한 것으로 보았다는 점에서 양면적이다. 그러나 그가 김기림을 가리켜 "어느 한 시대에 있어서 씨는 완전한 의미의 서구적 지성의 혼혈시인이었다."[33]라고 높이 평가한 것은 박인환이 김기림의 서구 지향적인 개방성에 깊은 인상을 받고 있었음을 알려준다.

박인환 자신이 현대적 동시대성에 목말라하면서 김기림과 마찬가지로 엘리엇으로부터 뉴컨트리 운동을 주도한 오든 및 스펜더로 이어지는 영국 모더니스트의 문명 비평적 태도를 적극적으로 수용했다는 점은 그가 김기림 문학의 계보를 잇는 문학인임을 입증한다.

1930년대 초부터 해방공간에 이르기까지 김기림이 보여준 문학적 궤적은 "한 편의 시는 (…중략…) 항상 청신한 시각에서 바라본 문명 비평이다"[34]라는 단언이 보여주듯이, 그리고 「모더니즘의 역사적 위치」(『인문평론』, 1939. 10), 「조선문학에의 반성」(『인문평론』, 1940. 10), 「동양에 관한 단장」(『문장』, 1941. 4), 「시와 민족」(『신문화』, 1947), 「문화의 운명」(『문예』, 1950. 3) 등의 평론들이 보여주듯이 항상 조선 및 한국의 문학과 문화를 세계사의 안목 속에서 바라보면서 동양과 서양이라는 이분법을 넘어서 인류 문명의 보편성에 도달할 수 있는 길을 가늠하는 문명 비평적 성

---

33) 박인환, 「김기림 시집 『새 노래』 평」, 『조선일보』, 1948. 7. 22 ; 『전집』, 249면.
34) 김기림, 「포에시와 모더-니티」, 『신동아』, 1933. 7, 164면.

격을 지닌 것이었다.[35]

해방공간에서부터 1950년대 중반까지 약 10년에 걸쳐 문제적인 활동을 펼쳐나간 박인환 역시 이러한 문명 비평적 차원에서 검토될 수 있을 것이다. 그는 특히 미국 영화와 기행을 통해서 해방 후 김기림과 같은 개방적 태도로 아메리카의 현대적 활력을 체득하고 그럼으로써 한국 문화의 향방을 가늠하고자 한 문학인이었다. 이것은 그가 신상옥의 영화 「코리아」를 고평하면서 "안이한 향토성", "한국적이라고 자랑하던 것", "일련의 개념성"을 버리고 "새 시대가 욕구하는 현실과 미래에 걸친 참다운 인간사회"를 지향해야 한다고 했던 데서 단적으로 드러난다.[36]

지금까지 고찰한 것처럼 박인환 문학은 충분히 성숙할 수 있는 기회를 얻지 못한 채 그의 요절과 함께 마감되어 버렸다. 그럼에도 양질 면에서 실로 다채로운 그의 산문이 보여주듯이 박인환은 해방 후 한국 문학이 낳은 가장 우수한 문명 비평가의 한 사람이었다고 말할 수 있을 것이다.

---

35) 졸고, 「김기림 비평의 문명비평론적 성격에 관한 고찰」, 『우리말글』, 2005. 8 참조
36) 박인환, 「한국 영화의 전환기―영화 「코리아」를 계기로 하여」, 『경향신문』, 1954. 5. 2 ; 『전집』, 369면.

박인환 시의 현실인식과 탈색의 과정

1. 머리말

광복 이후 좌우익의 첨예한 대립 속에서 모더니즘의 기치를 세우고 전통주의적인 시 질서에 반기를 들었던 박인환은 우리 시사에서 여러 가지 모습으로 다가선다. 표면적으로는 <신시론>과 <후반기> 동인으로서 에콜운동을 표방한 모더니즘 활동이 그렇고, 시 세계의 원천에 해당하는 도저한 낭만성과 그의 초기 시를 관통하는 현실적인 문맥이 그러하다. 서로 이질적인 것이 낯설게 공존하는 것이 바로 박인환의 시라 할 수 있겠다. 한편 이러한 이질적인 드러남이 그의 대한 접근을 제약하는 이유가 되기도 했는데, 때문에 그의 시적 지향을 '멋의 추구'

* 홍성식 / 재능대학교 조교수

라고 손쉽게 재단해버리는 오류를 도출하기도 했다. 이의 연장선상에서 문단에서의 왕성한 교류와 그 속에서 생산된 무수한 에피소드는 "상투적 이미지를 찍어내면서 그의 다른 이미지에 대한 억압으로 작용"[1]하여 그의 독특한 아우라를 거세하였다.

최근의 연구는 그의 시의 현실적인 문맥에 주목하고 있다. 특히 박인환 서거 50주년 기념으로 마련된 『문학사상』의 특집에서는 그의 시와 산문을 중심으로 그를 리얼리즘 시인으로 규정하고 있다. 비참한 식민지에서 성장하여 정치적 혼란기를 거쳐 전쟁의 참상을 경험하며 <후반기> 등의 동인활동을 주도하며 시민정신의 렌즈로 혼란한 해방정국의 현실을 보려하였고 전쟁의 생체험이나 전후의 상황을 구체적 실존의 문제로 보려고 노력했다는 것이다.[2] 이러한 측면은 김영철에 의해 이미 지적된 바 있고,[3] 그 역시 박인환에 정당하게 접근하기 위해서는 두 개의 베일을 벗겨야 한다고 말하고 있다. 하나는 앞서 지적한 바 있는 문단사적 베일이고 다른 하나는 모더니즘의 베일이다. 전자의 근거는 "경박한 포즈로 문단 주변에 화제를 뿌렸을망정 시세계 역시 경박하라는 법은 없다."는 것이고, 후자에서는 그의 시를 모더니

---

1) 오문석, 「박인환의 시정신과 산문정신」, 『문학사상』, 2006. 3, 36면. 이 글에서는 박인환을 당대로서는 다소 비정상적인 "서점 '마리서사'를 통해 문단에 등장한 사교집단의 총아이자, 전설적인 「세월이 가면」 에피소드의 주인공이며, 31살의 나이로 요절한 댄디 시인으로 기억되고" 있으며, "그러한 기억의 무게는 박인환에 대한 상투적 이미지를 찍어내"고 있다고 설명하고 있다.
2) 공광규, 「치열한 현실인식과 사실주의 시」, 『문학사상』, 2006. 3, 35면. 그는 박인환의 국제적인 시사감각에 주목하여 지구적, 아시아적 상상력을 통해 국내 현실을 유추하는 방법으로 사실주의 시를 창작했다고 보고 있다.
3) 김영철, 『박인환─한국 전후문학의 기수』, 건국대학교 출판부, 2000.

즘으로만 평가할 수 없으며 그 이면에는 리얼리즘의 시세계가 펼쳐져 있다는 것이다.4)

이들의 시도는 분명 기존의 박인환 시에 대한 제한된 접근을 확대한 의의가 있다고 본다. 그러나 문제는 이는 박인환의 초기 시에 한정될 뿐, 그의 시를 관통하고 있지는 않다는 것이다. 초기의 강렬한 현실인 식이 뒤로 갈수록 현실의 제한된 국면과 만나면서 점점 탈색되어 가고 있다. 여기서 제한된 국면이란 한국전쟁과 그 이후의 시대상황이 되겠 는데, 내면적인 혹은 논리적인 지향성에 상관없이 그의 시에서는 현실 적인 문면 대신에 애상과 감상이 더 크게 자리했다고 본다.5)

그렇다면 박인환의 초기 시에서 지배적으로 드러나는 현실인식을 어떤 시각에서 봐야 하는가가 중요한 문제인데, 이 글에서는 '시의 세 계적인 동시성'에서 찾는다. 광복 이후 모더니즘 운동에서 관건의 요소 는 전대 모더니스트들이 연출했던 폐쇄적이고 개별적인 활동을 극복 하고 시대의 동시성 속에서 총화를 이루어 확고한 에폭(epoch)을 형성하 는 문제였다.6) 여기서 시의 세계적인 동시성은 변화된 사회 속에서 어

---

4) 김영철, 「한국 모더니스트의 기수, 박인환의 삶과 시」, 『박인환』, 문학사상, 2005, 242면.

5) 박인환 시의 감상성과 허무, 죽음의식에 대한 연구는 다음과 같다. 이홍섭, 「박인 환, '검은 신'에 담긴 진정성」, 『시인세계』 제14호, 2005년 겨울 ; 김지선, 「폐허의 도시와 센티멘털리즘」, 『한국문학평론』 제29호, 2005 상반기 ; 권계영, 「박인환 시의 허무의식 연구」, 『인문논집』 제6집, 2003. 1 ; 한명희, 「박인환 시의 정신분석 적 접근」, 『어문학』 제81호, 2003. 9 ; 허금주, 「박인환 시에 나타난 죽음의식 연구」, 『한국언어문화』 제19집, 2001. 6.

6) 김경린, 「인환과 나와 그리고 현대시 동인」, 김광균 외, 『세월이 가면』, 근역서재, 1982, 28면. 물론 이에 대한 방법론은 같은 동인들 간에도 동일한 지향을 확보하 지 못했다. 공통의 강령을 만들지도 못했고, 거기에 <신시론>에서 <후반기>로

떻게 현대성을 확보할 수 있느냐 하는 문제의 연속선상에 있다. 박인환의 국제적인 감각과 서구지향적인 경향은 이러한 노력의 소산으로 본다. 특히 오든파와 스티븐 스펜더를 비롯한 일군의 모더니스트와 실존주의에 대한 관심은 그의 시를 이루는 원천이 되었다는 판단이다. 이들에 대한 관심이 그의 생래적 낭만성 혹은 감상성을 제어하며 현실주의 시를 창작하게 된 원천이 되었다. 하지만 극한의 한국전쟁을 직접 경험하면서 그의 비교적 객관적 현실인식은 주관적 감상적 접근으로 굴절되고, 원천적으로 존재했던 그의 낭만적 의식이 그 자리를 대신했다고 본다. 이 글에서는 그의 초기 시에 나타난 현실인식을 반영한 시와 그 원천을 살펴보고, 이후 과정에서 그것이 어떻게 탈색되어 갔는가 하는 점을 집중적으로 조망할 것이다.

2. 박인환 시의 현실인식과 그 원천

박인환은 좌우익의 첨예한 대립 속에서 제3의 길을 선택한다. 오장환에게 서점 마리서사를 물려받으면서도 좌익의 문학과 거리를 두었으며, 청년문학가협회측의 전통주의적인 문학에도 저항하며 <신시론> 동인 결성을 주도한 것이다.[7] 그러나 당시 그의 시적 지향은 리얼리즘

이어지면서 동인들이 탈락한 것도 확고한 지향을 마련하는데 방해로 작용하였다.

7) 신경림은 『시인을 찾아서』, 우리교육, 1999, 231~233면에서 박인환을 기질적으로 진보주의자였다고 보고, "그는 자칫 오장환 시인을 따라 북으로 갔을 법한 사람."이라고 설명한다. 김규동도 "오장환을 초월한 곳에 박인환의 시가 존재."(「한 줄기 눈물도 없이」, 김광균 외, 앞의 책, 50면)한다고 보고 있다. 이로 미루어 박인환의 초기 리얼리즘 시에는 오장환의 영향도 상당한 것으로 짐작된다.

적인 경향이 다분하다. 기존의 연구에서 이미 지적되었듯이 사화집『새
로운 도시와 시민들의 합창』에 실린 다섯 편의 시는 당대 거대한 유무
형의 폭력과 제국주의의 침략전쟁에 맞서 식민지와 반식민지 민족들의
저항과 투쟁의식을 독려하고 있다. 문학에서 리얼리즘이 사람답게 사는
삶을 추구하고 그려내는 것이라면, 그의 시에서는 당시 현실적 삶을 제
약하는 근본적인 요소를 꿰뚫어 보며 비판적 시선을 유지하고 있다.

> 가난한 사람들의 슬픈 관습(慣習)과
> 봉건(封建)의 터널 특권(特權)의 장막(帳幕)을 뚫고
> 피비린 언덕 넘어 곧
> 광선의 진로(進路)를 따른다
> 다음 헐벗은 수목(樹木)의 집단(集團) 바람의 호흡(呼吸)을 안고
> 눈이 타오르는 처음의 녹지대(綠地帶)
> 거기엔 우리들의 황홀(恍惚)한 영원(永遠)의 거리가 있고
> 밤이면 열차(列車)가 지나온
> 커다란 고난(苦難)과 노동(勞動)의 불이 빛난다
> 혜성(彗星)보다도
> 아름다운 새날보다도 밝게

— 「열차(列車)」 부분

스티븐 스펜더의 「Express」에서 자극받은 이 시는 "꽃의 질서(秩序)를
버리고/ 공규(空閨)한 나의 운명(運命)"처럼 떠난 열차가 "검은 기억(記憶)"
을 지나고 "서슴없이 죽음의 경사(傾斜)"를 지나 새로운 세계를 열어줄
것을 희망하고 있다. 현실의 질곡의 넘어 지향하는 "처음의 녹지대(綠
地帶)"와 "황홀(恍惚)한 영원(永遠)의 거리"는 사화집의 제목처럼 '새로운

도시'의 구체적인 실체라고 하겠다.

40년대 후반과 50년대 문단에서 <신시론>과 <후반기>는 동인의 형태로 묶여 있었지만, 공통적인 지향성을 갖지 않았을 뿐만 아니라 시론 자체를 고정된 틀에 한정하지도 않았다. 30년대 모더니즘이 상황의 제약과 전위적인 소수의 문화 엘리트에 의해 형성된 것에 비해, 전후 모더니즘은 전문단적으로 확산되어 저변을 확대함과 동시에 다양한 의식의 지향성을 보여주었다. 특히 50년대의 문단에서 탈이데올로기 혹은 순수라는 전통미학에 반기를 들고 이데올로기에 관심을 두었다는 사실은 시사하는 바가 크다.[8] 당시 <후반기> 동인들은 30년대 모더니스트를 비판하면서 그들과 구별되는 문학의 현대성을 다양한 서구이론을 바탕으로 보여주고 있다. 여기서 박인환은 모더니즘의 기법에는 인간의 정신과 행동의 문제를 담아야 한다고 주장했는데, 이는 현실의 상황을 외면하지 않는 지성적인 비판정신을 의미한다. 그는 이것이 바로 현대성이라고 했다.[9] 다시 말해 박인환은 현대성으로 무장된 '새로운 도시'를 꿈꾸고 있었고, 그 꿈을 가능하게 할 방법론을 스티븐 스펜더를 비롯한 오든파에서 찾았던 것이다.

박인환에게 '새로운 도시'를 가장 질곡하는 것은 무엇일까. 이는 시민들이 한 목소리로 새 시대를 노래하는 합창을 거세하는 것이니, 바로 제국주의의 음험한 식민지 지배 정책이라고 하겠다.

---

8) 이승훈, 『한국모더니즘시사』, 문예출판사, 2000, 190면.
9) 이진영, 「전후 한국 모더니즘 문학론 연구」, 명지대 박사학위논문, 2001, 42~43면.

밤이 가까울수록
성조기(星條旗)가 퍼덕이는 숙사(宿舍)와
주둔소(駐屯所)의 네온사인은 붉고
짠그의 불빛은 푸르고
마치 유니언 잭이 날리는 식민지(植民地) 향항(香港)의 야경(夜景)을
닮아간다.
조선(朝鮮)의 해항(海港) 인천(仁川)의 부두(埠頭)가
중일전쟁(中日戰爭) 때 일본(日本)이 지배(支配)했든
상해(上海)의 밤을 소리 없이 닮아 간다.

— 「인천항(仁川港)」 부분

민족(民族)의 운명(運命)이
쿠멜 신(神)의 영광(榮光)과 함께 사는
앙코르와트의 나라
월남인민군(越南人民軍)
멀리 이 땅에도 들려오는 항쟁(抗爭)의 총(銃)소리

가슴 부서질 듯 남풍(南風)이 분다
계절(季節)이 바뀌면 태풍(颱風)이 온다

아세아(亞細亞) 모든 위도(緯度)
잠든 사람이여
귀를 기울여라
눈을 뜨면
남방(南方)의 향기가
가난한 가슴팍으로 스며든다.

— 「남풍」 부분

우리의 처지와 별반 다를 게 없었던 동남아시아 국가들에 대한 제국주의의 식민지 지배의 폭력성을 비판하고 국제적인 연대성을 확인하는 시편들이다. 「인천항」에서 "사진잡지(寫眞雜誌)에서 본 향항(香港) 야경(夜景)을 기억(記憶)"하고 "중일전쟁(中日戰爭) 때/ 상해부두(上海埠頭)를 슬퍼"하는 이유는 이곳과 인천항의 모습이 겹쳐지기 때문이다. 인천항의 불안한 미래를 향항과 상해부두를 통해 내다보고 있다. 인천항은 광복 이후 해외동포들이 새로운 희망에 벅차 첫발을 내딛는 재기의 공간이지만, "태평양(太平洋)을 건너 무역풍(貿易風)을 탄 칠면조(七面鳥)가/ 인천항(仁川港)으로 나침(羅針)"을 돌린 다음부터는 모래배들로 가득 찬 절망의 공간으로 변화한다. 이처럼 우울한 전망은 비단 이곳에만 한정되는 것이 아니니 「남풍」의 프랑스의 식민지였던 베트남과 「인도네시아 인민(人民)에게 주는 시(詩)」의 네덜란드의 식민지였던 인노네시아와도 동일시되고 있다.

그런데 중요한 것은 밑 모를 절망 속에서도 희망의 전언을 들려주고 있는 점이다. "거북이처럼 괴로운 세월"을 살아왔지만 남풍이 불어 "남방(南方)의 향기"가 "가난한 가슴팍"에 스며들 것이라는 연대감, "부숴내기 위(爲)해 반항(反抗)하는 인도네시아 인민(人民)이여/ 최후(最後)의 한 사람까지 싸워", "붉은 칸나 꽃이" 피면 "죽음의 보람은 남해(南海)의 태양(太陽)처럼/ 조선(朝鮮)에 사는 우리에게도 빛이려니/ ……/ 평화(平和)를 울리는 종(鍾)소리와 함께 가메란에 맞추어 스림피로 새로운 나라를 맞이하리라"(「인도네시아 인민에게 주는 시」)라고 하는 새로운 전망을 제출하고 있다.

박인환에게 있어 그러한 희망은 어디에서 기인하는 것일까. 광복 이후의 상황에 비추어 보면 이런 전망은 상당히 이례적이다. 미군정의 통치와 반공반북이데올로기로 무장한 이승만 정권의 출현이 박인환에게 과연 '새로운 도시와 시민들의 합창'의 토대로 작용했는가. 아마도 그의 전망은 여기에 기인한 것은 아닌 듯하다.

> 나는 불모의 문명 자본과 사상의 불균정한 싸움 속에서 시민 정신에 이반된 언어 작용만의 어리석음을 깨달았다.
> 자본의 군대가 진주한 시가지는 지금은 증오와 안개 낀 현실이 있을 뿐…… 더욱 멀리 지난날 노래하였던 식민지의 애가이며 토속의 노래는 이러한 지구에 가라앉아 간다.10)

박인환은 이 글에서 남한 사회의 상황을 아직까지 청산되지 않은 부정한 일제의 잔재와 서서히 불거지는 전쟁의 현실, 이를 명목으로 정착하기 시작한 왜곡된 자본주의가 둘러싸고 있는 것으로 본다. 그런데 당대 시는 시민의 정서를 제대로 반영하지 못한 채, 일제 강점기의 언어 형식과 상황과는 유리된 청록파류의 전통적인 자연시가 주류를 이루고 있다고 비판한다. 그의 모더니즘에 대한 인식은 전대의 모더니즘 시 형식은 물론 당대의 시적 흐름과도 다른 자리에서 출발해야 한다는 것이고, 여기에는 투철한 현실인식이 매개되어야 함을 강조하고 있다. 즉 시의 사회적 역할을 강조한 것이다.

박인환의 이러한 입장은 뉴컨트리파의 이론을 수용하면서 그 근거를 강화하고 있다. 그는 "현대시의 불행한 단면"에서 T. S. 엘리어트와

---

10) 박인환, 「장미의 온도」, 『새로운 도시와 시민들의 합창』, 김경린 편저, 『한국모더니즘 시운동 대표동인시선』, 앞의 책, 1994, 51면.

뉴컨트리파의 W. H. 오든, S. 스펜더를 소개한다. 그는 먼저 엘리어트에 대한 평가에서 재래의 시 형식과 사고를 전면적으로 거부하고 현대의 불모성과 파멸되어 가는 인간 풍경에서 새로운 시의 방향을 제시했다고 판단한다. 그런데 정작 그가 의도했던 것은 <후반기> 동인의 중요한 과제로 부여한 '엘리어트 이후의 경향과 문제를 어떻게 정리하느냐'라는 화두였다. 이 말은 당대 현실에서는 엘리어트의 입장이 더 이상의 규정력을 가질 수 없다는 것을 암시하는 동시에 박인환의 시적 지향은 이미 뉴컨트리파의 입장에 있다는 것을 의미한다.

3. 한국전쟁기 신의 죽음과 가치 변화의 표출

한국전쟁 시기 박인환은 대구로 피난을 갔다가 종군작가단의 활동을 거쳐 다시 부산으로 거주지를 옮긴다. 그의 전체 작품에서 전쟁을 소재로 형상화한 작품군이 가장 큰 비중을 차지하는 바, 데뷔 초기의 감상적인 작품과 전쟁 이후 「아메리카 시초(詩抄)」와 그 이후 몇 작품을 제외하면 이 시기에 가장 왕성한 창작활동을 수행했다고 할 수 있다.

그런데 전쟁을 경험하면서 그는 『새로운 도시와 시민들의 합창』 이전의 적극적인 현실인식에서 다소 멀어지는 모습이다. 1955년에 출간한 『선시집』에서는 전쟁의 참상과 인간성의 폐허를 목격하고 난 후 오히려 강화되어야 할 그의 인식이 감당할 수 없는 거대한 벽을 감지한 듯 불안과 죽음의 감수성을 짙게 형상화하고 있다. 고은이 "한국문학에 비극, 비극적, 비극성 따위의 용어와 비극의식이 처음으로 나타난

것은 1950년대의 의식과의 아날로지"[11]의 관계라고 설명하였듯이, 박
인환의 시에서 비애의 감정이 더욱 도드라지는 것이 바로 이 시점이
다. 그런데 실존의 문제만 가슴 저리게 형상화하고 있을 뿐 아무런 전
망도 보여주고 있지 못하고 있다는 것이 문제이다. 전쟁의 상처를 개
인의 트라우마로만 받아들여 폐허가 된 도시의 스산한 풍경만을 제시
하고 있는 것이다.

> 멀리선 회색사면(灰色斜面)과
> 불안(不安)한 밤의 전쟁(戰爭)
> 인류(人類)의 상흔(傷痕)과 고민(苦悶)만이 늘고
> 아무도 인식(認識)지 못할
> 망각(忘却)의 이 지상(地上)에서
> 더욱 더욱 가라앉아간다.
>
> 처음 미끄럼판에서
> 내려달린 쾌감(快感)도
> 미지(未知)의 숲 속을
> 나의 청춘(靑春)과 도주(逃走)하던 시간(時間)도
> 나의 낙하(落下)하는
> 비극(悲劇)의 그늘에 있다.

— 「낙하(落下)」 부분

이 시에서는 "나는 고독(孤獨)한 아킬레스처럼/ 불안(不安)의 깃발 날
리는/ 땅 위에 떨어"지는 것 같은 끝없는 낙하를 형상화하고 있다. "불

---

11) 고은, 『1950년대』, 향연, 2005, 305면.

행(不幸)과 비참(悲慘)과 굴욕(屈辱)에의 반항(反抗)도 잊고" 절망의 구렁텅이로 가라앉고 있는 것이다. 미지 혹은 새로운 도시를 꿈꾸던 나의 쾌감과 청춘과 시간은 전쟁이라는 비극의 소용돌이로 여지없이 꺾이고 부러져 비극의 그늘만이 그 자리를 대신한다. 이러한 비극적 이미지는 죽음의 담론을 생산하게 된다. 특히 신의 죽음을 형상화한 그의 시들은 더 이상 의타할 곳이 없는 막다른 의식의 절정을 보여주기에 충분한다. "날개 없는 여신(女神)이 죽어버린 아침"(「영원(永遠)한 일요일(日曜日)」)이나 "불행(不幸)한 당신이 있으므로/ 나는 최후(最後)의 안정(安定)을 즐"(「불행(不幸)한 신」)긴다는 역설은 급기야 "하루의 1년의 전쟁(戰爭)의 처참(悽慘)한 추억(追憶)은/ 검은 신(神)이여/ 그것은 당신의 주제(主題)일 것(「검은 신(神)이여」)"이라고 절규하고 있다. 이처럼 전쟁은 박인환에게 온통 절망과 불안과 죽음이다. 급기야 신까지 죽음으로 내몬 전쟁의 현실에서 미래는 철저하게 부정된다.

전쟁(戰爭)이 머무른 정원(庭園)에
설레며 다가드는
불운(不運)한 편력(遍歷)의 사람들
그 속에 나의 청춘(靑春)이 자고
절망(絶望)이 살던
오 그대 미래(未來)의 창부(娼婦)여
너의 욕망(慾望)은
나의 질투(嫉妬)와 발광(發狂)만이다.

향기(香氣)로운 짙은 젖가슴을
총(銃)알로 구멍 내고

> 암흑(暗黑)의 지도(地圖) 고절(孤絶)된 치마 끝을
> 피와 눈물과
> 최후(最後)의 생명(生命)으로 이끌며
> 오 그대 미래(未來)의 창부(娼婦)여
> 너의 목표(目標)는 나의 무덤인가.
> 너의 종말(終末)도 영원(永遠)한 과거(過去)인가.
>
> —「미래(未來)의 창부(娼婦) – 새로운 신(神)에게」 부분

사실상 『박인환 시선』에서 「목마와 숙녀」, 「센티멘털 자니」 등 몇 작품을 제외하고는 온통 전쟁으로 야기된 죽음과 공포와 불안, 절망을 형상화하고 있다.

한편 흥미로운 것은 『선시집』의 「서적(書籍)과 풍경(風景)」에서는 대상이 모호한 추상적인 문명의 폭력에 대해 간접적으로 반응했다면, 「영원(永遠)한 서장(序章)」에 수록된 시편 대다수는 전쟁의 체험을 보다 직접적으로 그리고 있다는 점이다.[12] 이 작품들의 특징은 보다 구체적인 형상을 띠고 있다는 것과 전쟁을 다분히 가치적인 문제로 바라보고 있다는 것이다. 여기서 가치적인 문제란 종군작가로 참여한 경험 때문인지 앞선 작품에서 보이던 개인적 감상적인 접근 대신 적아를 선명히 구분하는 반공주의라고까지 할 색채를 띤다는 것이다. 전쟁 자체가 가

---

12) 박인환은 『선시집』 자서에서 작품의 분류를 "단지 서로의 시가 가지는 관련성과 나의 구분해 보려는 습성에서 온 것"이라고 설명한다, 그런데 1부의 「서적과 풍경」과 3부의 「영원한 서장」은 공통적으로 죽음과 소멸의 이미지를 담고 있음을 알 수 있다. 다만 「서적과 풍경」의 시편이 추상적인 대상으로 설정되어 있고, 「영원한 서장」의 경우 한국전쟁이라는 보다 명확한 실체를 대상으로 하고 있다는 점이 차별된다. 또한 화자가 반응하는 방식 역시 「영원한 서장」의 경우가 직접적이고 구체적으로 반응하고 있다는 점이 다르다.

져온 슬픔을 보다 명료하게 설정하고 한편으론 공산주의에 대한 적개심을 숨기지 않는다.

이 시간(時間) 전쟁(戰爭)은 나와 관련(關聯)이 없다.
광란(狂亂)된 의식(意識)과 불모(不毛)의 육체…… 그리고
일방적(一方的)인 대화(對話)로 충만(充滿)된 나의 무답회(舞踏會).

나는 더욱 밤 속에 가라앉아 간다.
석고(石膏)의 여자(女子)를 힘 있게 껴안고

새벽에 돌아가는 길 나는 내 친우(親友)가
전사(戰死)한 통지(通知)를 받았다.

—「무답회(舞踏會)」부분

이 시의 황제(皇帝)는 불안한 샹들리에 아래서 어떤 시체와 술보다 진한 피가 흐르는 운하를 보며 광란의 춤을 추고 있다. 이 시간 전쟁은 나와 무관하다고 단정 짓고 있지만, 화자는 전쟁의 불안한 그림자에서 한 발도 자유로울 수 없다. 스스로는 끝없이 외면하며 일방적인 대화로 충만하고자 하지만, 현실의 전쟁은 나에게 친구의 참혹한 전사 통지서를 날린다. 이 시에서 전쟁은 더 이상 남의 이야기가 아니며 따라서 기존의 감상적인 접근은 철저히 가로막힌다. 전쟁의 무자비한 포화는 박인환이 발 딛고 서 있는 구체적인 현실도 비껴가지 않은 것이다. 전쟁 중에 태어난 딸의 불안한 미래를 생각하면 박인환의 두려움은 더욱 커진다.

엄마는 전쟁(戰爭)이 끝나면 너를 호강시킨다 하나
언제 전쟁(戰爭)이 끝날 것이며
나의 어린 딸이여 너는 언제까지나
행복(幸福)할 것인가.

나의 어린 딸이여
너의 고향(故鄕)과 너의 나라가 어디 있느냐
그때까지 너에게 알려줄 사람이
살아 있을 것인가.

―「어린 딸에게」 부분

"기총(機銃)과 포성(砲聲)의 요란함을 받아가면서/ ……/ 주검의 세계(世界)"에 "잘 울지도 못하고" 태어난 딸, 3개월 간 일곱 번이나 이사를 하고 벌거숭이로 "화차(貨車) 위 별을 헤아리면서 남(南)으로" 갈 수밖에 없는 딸의 비참한 운명이 감성적인 아버지 박인환에게는 감당하기 어려운 슬픔이었을 것이다. 고통 속에서도 웃는 호수 같은 순결한 눈은 전쟁의 비참한 현실과 극명하게 대비되고, 이로 인해 아버지로서의 자괴감은 더욱 증폭되었으리라 짐작된다. 더욱 큰 슬픔은 이 전쟁이 언제 끝날지도 모른다는 답답함이며 딸의 미래를 확언해 줄 그 무엇도 없다는 점이다. 이와 같이 딸의 실존적 상황에 화자인 아버지의 불안한 현재와 미래가 겹쳐, 어쩌면 자신과 가족의 존재가 송두리째 사라질지도 모른다는 총체적인 난국에 처해 있다.

딸의 미래에 대한 근원적인 불안은 바로 고향의 상실에서 기인한다. 그의 존재를 증명해 줄 유일한 존재이자 혈육인 부모의 암담한 현실과 삶의 거처가 될 구체적인 장소인 고향의 초토화가 박인환의 불안을 더욱 가중시키고 있다.

> 갈대만이 한(寒)없이 무성(茂盛)한 토지(土地)가
> 지금은 내 고향(故鄕).
>
> 산(山)과 강(江)은 어느 날의 회화(繪畵)
> 피 묻은 전신주(電信柱)위에
> 태극기(太極旗) 또는 작업모(作業帽)가 걸렸다.
> 학교(學校)도 군청(郡廳)도 내 집도
> 무수한 포탄(砲彈)의 작렬(炸裂)과 함께
> 세상(世上)엔 없다.
>
> 인간(人間)이 사라진 고독(孤獨)한 신(神)의 토지(土地)
> 거기 나는 동상(銅像)처럼 서 있었다.
> 내 귓전엔 싸늘한 바람이 설레고
> 그림자는 망령(亡靈)과도 같이 무섭다.
>
> 밝은 달빛
> 은하수와 토끼
> 고향(故鄕)은 어려서 노래 부르던
> 그것뿐이다.
>
> —「고향(故鄕)에 가서」부분

이 시는 전쟁의 포화 속에 고향은 흔적도 없이 사라지고 따라서 나의 존재도 다만 그림자로만 떠돌아다니는 절망의 현장을 그리고 있다. 고향에 대한 향수는 어린 시절 부르던 노랫가락에서만 명맥을 유지하고 현실은 마음속에 갈대가 서걱이는 "비창(悲愴)한 합창(合唱)"만이 구슬프게 들릴 뿐이다.

이렇듯 한국전쟁은 박인환에게 실존을 위협하는 구체적인 형태의 폭압으로 작용한다. 새로운 시대와 문명에 대한 희망찬 전망도 세상에 대한 정의에 찬 연대감도 전쟁이 남김없이 굴절시키고 만 것이다. 이 지점에서 박인환은 전쟁의 참상을 앞서 살펴본 바와 같이 자신과 가족의 삶에 한정되는 것이 아니라 구체적인 개인의 불행으로 형상화함으로써 폭력의 실체를 보다 사실적으로 드러낸다. "수색대장(搜索隊長) K중위(中尉)는 신호탄(信號彈)을 올리며 적병(敵兵) 30명(名)과 함께 죽었다. 1951년(年) 1월(月)"이란 부제를 단 「신호탄(信號彈)」은 어떤 장교의 전사를 소재로 죽음의 과정을 구체적으로 형상화하고 있다.13) 「어떤 날」에서도 "이중위(李中尉)의 만가(輓歌)를 대신(代身)하여"라는 부제로 전장에서 죽어간 한 장교의 죽음을 애도하고 있다. 물론 이러한 작품은 육군 정훈부 종군작가단의 일원으로 그 임무에 충실했다는 것을 반증하는 것이기도 하다.

그런데 이렇게 전쟁을 구체적으로 그리는 과정에서 그의 현실인식의 변화를 암시하는 대목이 눈에 띈다는 것에 주목한다. "단순(單純)에서 더욱 주검으로/ 그는 나와 자유(自由)의 그늘에서 산다."(「신호탄」)라는 마지막 대목은 한 장교의 죽음이 자유를 위한 투쟁에서 기인한 것이고, 이 점에서는 화자 자신도 공감하고 있음을 드러내고 있다.

---

13) 이는 "윤을수 신부에게"라는 부제가 붙은 「서부전선(西部戰線)에서」와 같은 시에서도 그러하다.

옛날이 아니라 그저 절실(切實)한 어제의 이야기
침략자(侵略者)는 아직도 살아 있고
싸우러 나간 사람은 돌아오지 않고
무거운 공포(恐怖)의 시대(時代)는 우리를 지배(支配)한다.
아 복종(服從)과 다름이 없는 지금의 시간(時間)
의의(意義)를 잃은 싸움의 보람
나의 분노(憤怒)와 남아 있는 인간(人間)의 설움은
하늘을 찌른다.

—「새로운 결의(決意)를 위하여」부분

이 시에서 박인환은 한국전쟁을 "의의(意義)를 잃은 싸움의 보람"이
라고 명확히 규정하고 있으며, 전쟁에 대한 분노와 살아남은 사람들의
설움이 급기야 하늘을 찌른다고 말하고 있다. 한국전쟁을 어떤 시각에
서 볼 것인가 하는 문제에 대해선 여러 전제와 부연이 필요하겠지만,
전쟁을 경험하면서 박인환의 현실인식은 많은 변화를 겪은 것이 분명
하다. 비극적 상황에 대한 휴머니즘적인 시각이 지배적이지만 전쟁의
본질적인 문제보다 현상적인 여러 상황에 집착해 균형감각을 상실한
인식을 표출하기도 하기 때문이다.

이 거리에는
채찍도
철조망(鐵條網)도
설득공작(說得工作)도
없다
이 거리에는
독재(獨裁)도

모해(謀害)도
강제노동(强制勞動)도
없다
가고 싶은
거리에서
거리에로
가라

―「이 거리는 환영(歡迎)한다 ― 반공청년(反共靑年)에게 주는 노래」 부분

이 시가 박인환의 다른 시와는 눈에 띄게 차별되는 것은 행갈이다. 이 시는 간명한 목소리로 이어나가 선언적인 경쾌함을 전달한다. 속도감 있게 전개되는 시의 흐름과 단정적인 어조는 확신에 찬 화자의 전망을 뚜렷하게 부각시킨다. '반공청년에게 주는 노래'라는 이 시의 목적성에 적합한 형식이 아닐까 싶다. 이 시와 박인환을 결합시키는 것은 참으로 낯설다. 이러한 명확한 목소리는 『새로운 도시와 시민들의 합창』의 「장미의 온도」 이후 처음 보이는 음성이기 때문이다. 전장에서 벌어지는 살육전을 박인환의 수성적(水性的) 감수성으로는 감당하기 어려웠던 탓일까. 상황에 대한 비교적 분명한 가치판단은 「어떤 날까지」에서 "싸움과 단절(斷絶)의 들판에서/ 나는 홀로 이단(異端)의 존재(存在)처럼 떨고 있음을 투시(透視)한다"라고 했으나, 더 이상 그는 이단의 어떤 존재가 아닌 현실의 구체적인 존재로 변화했다.

박인환의 시에서 리얼리즘적인 인식이 탈색되는 시점은 바로 한국전쟁 시기로 보인다. 전쟁 이후 휴머니즘적인 시각이 현실에 압도되었다고 판단한다. 이러한 인식의 시가 집중된 『선시집』의 「영원한 서장」

은 당대에 대한 박인환의 고민이 엿보인다. 그야말로 '영원한 서장'일 수밖에 없는 것, 항상 새로운 것을 추구하며 '새로운 도시'의 건설을 꿈꾸던 그가 한 발자국도 앞으로 나가지 못한 한계, 중간 표제는 이런 상징을 담고 있다. 범박하게 말하면 시작과 중간과 끝이 있으되, 한국 전쟁의 다층적인 폭압에 의해 우리 혹은 우리의 현실은 미래가 없는 서장에만 계속적으로 맴돌고 있다는 것이다.

> 신조(信條) 치고 동요되지 아니한 것이 없고, 공인되어 온 교리 치고 마침내 결함을 노정(露呈)하지 아니한 것이 없는 것처럼 나의 시의 모든 작용도 이 10년 동안에 여러 가지로 변하였으나, 본질적인 시에 대한 정조(情操)와 신념만은 무척 지켜 온 것으로 생각한다.[14]

『선시집』의 자서에 따르면 그는 "참으로 기묘한 불안정의 언대"에서 10여 년 동안 시를 쓰면서 시에 대한 본질적인 정조와 신념이 변화하지 않았다고 썼다. "시를 쓴다는 것은 내가 사회를 살아가는 데 있어서 가장 의지할 수 있는 마지막 것"인데, "나는 지도자도 아니며, 정치가도 아닌 것을 잘 알면서 사회와 싸웠다"라는 것이다. 앞서 박인환의 시를 현실주의 시로 이해하는 논의 중 공광규는 '사회와의 싸움'에 주목해 "그가 현실주의 시 정신을 향상 가지고 있었다는 것으로 이해할 수 있다."[15]라고 말했다. 그러나 이를 맥락 그대로 받아들이는 것은 중대한 오류이다. 문제는 어떤 사회와의 싸움인가이고 더불어 시에 대한

---

14) 박인환, 「『선시집』자서」, 김광균 외, 앞의 책, 253면.
15) 공광규, 앞의 글, 25면.

본질적인 정조와 신념의 실체가 무엇인가 하는 점이다. 같은 지면의 오문석은 이를 박인환이 추구한 '시의 원시림'이라고 보고, 이는 "개인적인 차원으로 고립되지도 않으면서, 또한 사회적 발언으로 시를 환원하지도 않는 것, 그러면서도 사회와 개인, 사회와 시, 자본과 예술 사이에 어떤 식으로든 '다리'를 놓는 방식"[16]이라는 입장이다. 오문석은 개인과 사회의 문제를 통합적으로 이해했다고 보고 있으나, 역으로 생각하면 확고한 지향성을 갖지 못한 어정쩡한 포즈로 볼 수도 있다. 앞서 지적한바 전쟁의 생체험 속에서 페이소스가 짙게 작동하여 개인적인 고통과 비애의 감정이 그의 시의 주된 요소로 작용한 것이다.

4. 박인환 시의 이념적 거처와 불완전성

박인환은 이념의 혼란기를 거쳐 폐허의 도시에 이르는 격동의 역사에서 누구보다도 강렬한 서구적인 지향성을 표출하였다. 규정할 수 없이 좌충우돌하는 그의 행동을 김규동과 이봉래는 댄디즘으로,[17] 이봉구는 콤플렉스로, 윤석산은 '선두의식'[18]으로 설명하기도 한다.[19]

---

16) 오문석, 앞의 글, 41면.
17) 김규동은 「한 줄기 눈물도 없이」, 김광균 외, 앞의 책, 49면에서 "허무와 통하는 정신의 귀족주의"로, 이봉래는 「박인환과 댄디즘」, 김광균 외, 앞의 책, 109면에서 박인환을 모더니스트로 불러야 할지에 대한 혼란이 있다고 보는데 이런 것은 개념적인 것에 불과하므로 그리 중요한 문제가 아니며, 따라서 그를 댄디즘으로 규정한다고 하였다.
18) 윤석산은 『박인환 평전』, 모시는 사람들, 2003, 56면에서 박인환의 일련의 문학 활동과 문단에서의 교제를 선두의식으로 설명하고 있다. "이러한 선두의식이 그를 다소 침착하지 못하고 버릇없는 젊은이로 보이게 한 요인이 되기도 했지만,

그 어떤 규정이더라도 서구 지향적인 그의 문학을 관통하고 있는 것은 시의 세계적인 동시성 문제였다. 이념의 혼란과 제국주의의 음모 속에서 우리를 지켜낼 수 있는 것은 바로 현대성으로 무장할 수밖에 없는 노릇이었다. 그리고 그 세계적 동시성 혹은 현대성은 바로 박인환의 비롯한 모더니즘 그룹의 공통된 과제였다.

> 오든은 그의 사회적인 책임은 시를 쓰는 데 있고, 인간에 성실하려면은 이 세계 풍조를 그대로 묘사하여야만 한다고 생각하고 있을 것이다. 이는 오든뿐만이 아니라, 현대시의 발전을 위하여 한국의 일각에서 손가락을 피로 적시며, 시의 소재와 그 경험의 세계를 발굴하고 있는 '후반기' 멤버의 당면된 최소의 의무일지도 모른다.[20]

박인환은 우리 시의 한계를 극복하는 이념적 근거를 오든파의 문학에서 찾고 있음은 지적한 바 있다. 사회적인 책임을 가지고 시를 쓰는 세계적인 풍조를 "손가락을 피로 적시며" 따라해야 하는 것, 이것이 그의 당면한 과제였다. 그에게는 단순한 휴머니즘보다는 보다 적극적인 형식의 휴머니즘이 필요했던 것이다.

이러한 의식은 곧 그의 지적 탐구에 남다른 노력을 가하게 했던 것이다. 그의 노력은 문학을 향한 예술적 충동을 충족시키기 위한 노력이었다. 스티븐 스펜더, 오든 등의 영미시(英美詩)를 알기 위해서 그는 독학으로 영어를 공부했다. 그런가 하면, 환상적이리만치 그의 마음을 끌리게 했던 몽마르트르의 예술가, 그들의 예술적 세계를 알기 위해서 늘 불어(佛語) 암기장을 지니고 다녔다."

19) 같은 인식의 소산이겠지만, 윤석산을 비롯해 이봉구와 이봉래 등은 이를 박인환의 콤플렉스에 기인한 것이라고 본다. 강원도 촌놈이란 출신성분, 전문학교 중퇴의 학력, 이씨 조선의 혈통인 아내 이정숙에 대한 열등감 등의 한계를 극복하기 위한 노력이 튀는 행동의 원천이었다는 설명이다.

20) 박인환, 「현대시의 불행한 단면」, 김광균 외, 앞의 책, 262면.

　　그런데 박인환은 오든보다는 스티븐 스펜더에 더 큰 관심을 집중하였다. 스펜더를 선호하는 태도에서 그의 문학 의식을 엿볼 수 있다. 이러한 현상은 문단에서도 그러하였는데, 스펜더는 오든에 비해 "단순하고 리리컬한 측면이 많아 접근이 보다 용이했기 때문."21)이다. 30년대 오든은 '공격하는 휴머니스트', 스펜더는 '수호하는 휴머니스트'로 오든이 조형적이고 미학적이고 고전적인 시인이라면 스펜더는 생명적이고 서정적이고 낭만적인 시인이라 하겠다.22) 이들의 세계관과 행동방식에 결정적인 영향을 미친 스페인내전에 관해서도 오든은 「스페인, 1937」에서 이지적이고 이념적인 투쟁의 견고의 시로 보여준 반면, 스펜더는 다소 회의적이고 감상적 연민에 찬 시로 표현하였다. 이와 같이 스펜더가 표출한 상대적으로 감상적인 측면이 당시 문단과 특히 박인환의 정서에 더 친근하게 다가왔을 것이다.

　　또한 유종호와 고석규에 의해 동시에 번역된 「모더니스트運動에의 弔辭」는 당시 모더니즘 운동에 상당한 영향을 미친 것으로 판단한다. 이 글에서 스펜더는 랭보가 말한 "「우리는 絶對的으로 現代的이어야한다」"23)란 명제를 모토로 모더니즘 초기의 강한 실험성과 현대성 그리고 정치적 반항성의 회복을 주장하고 있는데, 이러한 입장이 박인환에게 강한 인상을 남겼으리라 생각한다.

　　또한 스펜더의 시론은 당시 전통적인 서정시를 비판하는 데 하나의

---

21) 문혜원, 「전후 모더니즘 문학의 성격규명을 위한 시론」, 『관악어문연구』 제16집, 1991, 92면.
22) 범대순, 『범대순전집 8-백지와 기계의 시학』, 전남대학교 출판부, 1994, 298면.
23) 스티븐 스펜더, 유종호 역, 「모더니스트運動에의 弔辭」, 『문학예술』, 1955. 11, 126면.

근거가 되기도 하였다. 정창범은 시의 두 경향 즉 정통시와 현대시의 성과와 한계를 설명하는 자리에서 현대시, 더 구체적으로는 모더니즘 시의 일반론을 분석하는 근거로 스펜더를 거론하였다. 특히 시의 소재로 정통시와 현대시를 구분할 때, 그는 "개인(個人) 보다도 훨씬 큰 하나의 생활. 개인적(個人的)인 생활보다 더 큰, 만약 그것이 이루어지지 않거나 발전(發展)되지 않을 경우 개인적(個人的) 생활을 무너뜨릴 두려움을 머금은 시대(時代)의 전체적(全體的)생활"이라는 스펜더의 말을 인용하여, 정통시의 소재가 자연과 인생임에 반하여 모더니즘 시에서는 객관적인 현실 자체가 소재임을 설명하고 있다.

이와 같은 맥락에서 박인환이 스펜더를 비롯한 오든을 입에 달고 다닌 궁극적인 이유는 바로 이들의 시적 방법론을 한국 현대시에 접목시키려는 의도로 보인다. 그러나 그가 서구 모더니즘의 정신과 방법론을 올바르게 인식하여 수용했다고 보기는 어렵다. 그는 서구사회의 문화적 상황이나 한국 사회의 역사적 현실 모두에 대해 피상적으로 인식하고 있었으므로, 수사적 모방에 급급할 뿐 문화적인 차이를 고려한 창조적인 수용의 세계로 나가지는 못했다. 시대적 불안과 위기에 대한 인식이 지적인 성찰에 의해 형상화되지 못하고 대부분 개인적인 센티멘털리즘의 차원에 머문다는 한계가 있는 것이다.[24]

이러한 수용과 인식의 한계로 "풍토와 개성과 사고의 자유를 즐겼던 시의 원시림"[25]으로 대표되는 그의 감상성 혹은 낭만성이 한국전쟁 기

---

24) 김종윤, 「전쟁체험과 실존적 불안의식―박인환론」, 한국문학연구회 편, 『1950년대 남북한 시인 연구』, 국학자료원, 1996, 132~133면.
25) 박인환, 「장미의 온도」, 김광균 외, 앞의 책, 51면.

간을 거치면서 다시 부상했다고 하겠다. 당대 김경린은 박인환의 초기 시에서 봉건, 특권, 자본 등 어휘의 남용은 광복 직후 사회적인 혼잡상을 그가 직감으로 받아들인 것일 뿐, 사회 저항의식으로까지 발전하지 않았던 것은 그의 성격과 현대적인 생활철학과 사고방식에 기인한 것이라고 본다. 그리고 1950년대 초에 가서야 그러한 경향에서 완전하게 벗어나 자유주의적인 초연한 입장에 섰다고 하였다.26) 김차영도 그가 가장 활발한 활동을 보였던 한국전쟁 이전 시적 경향을 세 시기로 구분하고,27) 『새로운 도시와 시민들의 합창』에서 보인 동반적 경향성 이후에는 에즈라 파운드의 이미지즘으로 돌아갔다고 본다.28) 조향도 박인환의 시를 "서정성에서 탈피하지 못한, 즉 체질화된 서정성에 약간의 지적인 의상을 감싸놓은 것에 그의 모더니스트로서의 특징"29)이 있다고 하였다. 즉 박인환은 한국전쟁의 시기를 거치면서 문학의 사회적인 역할보다는 개인의 주체할 수 없는 절망과 비애를 형상화하는 낭만

---

26) 김경린, 「인환과 나와 그리고 현대시 동인」, 앞의 책, 24~25면.
27) 김차영, 「박인환의 높은 시미학의 위치」, 앞의 책, 79~80면. 김차영은 박인환의 시를 한국전쟁을 기점으로 전후로 나누고, 가장 활발하게 활동한 전기의 3~4년 정도를 크게 세 시기로 구분한다, 먼저 「전원」 연작 중심으로 리리시즘의 세계에서 탈피하지 못한 습작기의 작품이다. 둘째는 『새로운 도시와 시민들의 합창』에 담은 5편의 시들로 동반적 경향성을 띤 작품들로 매우 소아병적인 의식 과잉과 기분적인 리버럴리즘을 관념적 모더니티로 다룬 것이다. 마지막은 「서적과 풍경」 속의 6편으로 에즈라 파운드의 이미지즘의 강령에 부합하는 작품들로, 「목마와 숙녀」가 대표적이라고 본다.
28) 이들은 공통적으로 박인환이 초기 시에서 강한 현실인식으로 불안한 연대에 활발하게 문제를 제기한 원천을 '하나의 멋'의 가능성 혹은 '모던보이의 멋'으로 증언하고 있다. 물론 박인환의 시를 이와 같이 단정 짓기는 힘들다는 점은 앞서 지적한 바 있다.
29) 조향, 「인환과 후반기」, 김광균 외, 앞의 책, 126면.

성과 감상성이 충만한 박인환으로 돌아가고 있었다고 할 수 있다.

5. 맺음말

이 글에서는 광복 이후와 전후의 시기에서 시의 세계적인 동시성과 현대성을 확보하려 했던 박인환의 모더니즘 시의 원천과 그 한계를 살펴보았다. 문단에서 박인환의 여러 돌출적인 활동은 그에 대한 정당한 접근을 방해하는 요소였는데, 최근의 연구를 통해 비교적 객관적인 견지에서 그를 다룰 수 있게 되었다. 하지만 박인환의 초기 시에 주목해 그를 리얼리즘 시인으로 인식하는 것에는 문제가 있음을 지적하였다.

박인환은 광복 이후 기질적인 진보성과 적극적인 현실인식을 바탕으로 리얼리즘 시를 활발하게 창작하였고, 이것의 이념적 원천은 오든 파와 스티븐 스펜더가 제공하였다. 초기『새로운 도시와 시민들의 합창』에「장미의 온도」라는 제하의 반제국주의와 식민지 민중의 국제적 연대성을 형상화한 일련의 시가 이를 반증한다.

그러나 한국전쟁을 직접 경험하면서 객관적인 상황을 주관적인 페이소스의 절대성으로 받아들이면서 이러한 인식은 탈색된다. 특히『선시집』의「서적과 풍경」에서는 죽음과 비애의 추상적인 이미지를 주로 형상화했고,「영원한 서장」에서는 전쟁의 비극을 개인적 경험의 차원에서 구체적으로 형상화하고 있다. 그런데 이 지점에 오면 이전의 객관적인 현실인식은 상당히 거세되고 전쟁의 폭력과 비극에 압도된 개인의 밑 모를 허무와 비애만이 가득한 것을 살펴보았다. 그리고 이후「아메리카 시초」와 돌아가기 전까지의 시들은 센티멘탈 시로 완전히 자리하는 모습이라고 하겠다.

이와 같은 변화는 시의 세계적인 동시성 확보라는 과제 앞에 작동한 그의 성급함과 새것을 좋아하는 기질적인 특성에서도 기인하지만 보다 본질적인 것은 외부 상황을 치열한 고민의 여과장치 없이 수용하는 태도 때문이라고 본다. 이를 하나의 멋으로 치부하는 것은 그에 대한 편향된 인식의 소산임이 분명하지만, 뚜렷한 자기 지향성을 갖지 못하고 굴절하고 만 것은 그가 축성하려 했던 모더니즘 시의 한계라고 하겠다.

제 4 부
작품론 : 박인환 시 읽기

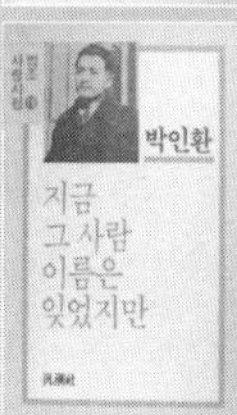

근대 문학의 '도서관 환상'과 '책'의 숭배

—박인환의 「서적과 풍경」을 중심으로

1. 근대 문학 형성 과정의 '책'의 절대화

개화기 이후 일본 유학을 했던 근대 지식인들에게 독서를 통한 사상과 지식의 습득은 전공 공부 못지않게 중요한 것이었다. 동경은 동양에 있어 서양 문화의 수입 창구였고, 동경의 학술계는 조선 학술계와 사상계의 지도적 역할을 하는 곳으로 인식되었다. 초창기에는 입신출세의 수단으로 서양 근대 학문을 받아들이는 경향도 없지 않았으나 점차 민족 독립과 해방이라는 실용적인 목적에서 유학의 목표를 세우는 단계로 나아간다.[1] 일찍부터 동경 유학생들은 서구 사상과 지식을 섭

---

* 조영복 / 광운대학교 문화산업학부 교수

렵, 수용해서 조선 신문화 건설의 초석을 닦고자 했기에 '책'에 대한 절대적인 숭배열은 지극히 당연한 현상으로 이해된다. 당시 유학생들은 전공을 불문하고 서구 문학, 철학, 사상 습득에 열을 올렸다. 학문의 수련은 단지 전공 공부뿐 아니라 독서, 강연, 여행, 답사 등의 실천적 행위를 통해 가능하다는 인식이 널리 퍼지게 되는데, 이 중 특히 강조되었던 것이 바로 독서였던 것이다. 동경 유학생 중 홍명희 등은 독서가, 장서가 등으로 이름을 날리기도 한다. 근대 초기부터 신문과 잡지를 통해 소개된 서적 광고 역시 민족 자강과 계몽의 열정을 표방하고 있었다. 책이 순수 독물의 성격보다는 정신적 개조를 위한 계몽적 근대 매체의 성격을 지니고 있었던 것이다.[2]

그런데 '책'이 기호나 취향의 문제, '계몽'을 위한 도구로 이해되는 차원을 넘어 절대적인 가치지향성을 띤 것으로 내면화 되는 것은 근대 문학사에서 주목할 만하다.[3] '책'이 일종의 상징성을 띠고 근대적 미의 개념으로 포괄되는 것이다. '책'은 단순히 '읽을거리'라는 '대상'이 아니라 이른바 작가의 사유 및 세계관에 깊이 개입하는 '타자'로서 존재하게 된다. 특히 문학이 지식과 학문의 영역에서 분리되어 '독자적인 미학적 영역'으로 인식되는 과정에서, '책'은 '정신'과 '영혼'의 은유적 표

---

1) 박찬승, 『식민지 시기 도일 유학생과 근대 지식의 수용, 지식 변동의 사회사』, 문학과 지성사, 2004, 151~157면.
2) 김한식, 「잡지의 서적 광고와 내면화된 근대―『청춘』과 『개벽』을 중심으로」, 『상허학보』 16집, 2006. 2, 120~125면.
3) 이 책이 중점적으로 다룬 것은 박인환의 시 「서적과 풍경」이지만, 1950년대 문학과 식민지시대 문학의 계보학적 연결점을 찾는 선에서 박영희, 김기림, 임화 등의 '책 인식'을 동시에 논한다.

상으로 놓이게 된다. 이때 '책'은 '사상', '경륜'을 담은 실용적이고 실천적인 그릇, 즉 도구로서의 성격보다는 '절대 정신'이나 '고귀한 영혼'과 같은 상징성을 갖는 표상이다. 『장미촌』의 창간사는, 문학(시)이 상징과 은유의 언어로 이루어지는 것임을 유려하게 보여주는데, 이때 '장미'는 바로 '책'이자 문학 언어, 곧 '시'이다. '장미'는 '책'의 연금술적 변용인데, 이때 '장미의 향연'은 바로 '문학의 향연'이다.[4] 책을 소유한 자는 고귀함을 소유한 것을 표상하는 것[5]이며, 이는 우리 근대시가 그 출발점에서부터 '숭고하고 고귀한 책무'라는 방향성을 가지고 있었음을 의미한다.

> 우리들은 인간으로서의 참된 苦惱의 村에 들어왔다. 우리들의 밟아가는 길은 고독의 끝없이 渺漠한 큰 雪原이다. 우리는 이곳을 개척하여 우리의 靈의 영원한 평화와 안식을 얻을 村, 薔薇의 香薰 높은 神과 인간과의 慶賀로운 花婚의 饗宴의 얽히는 村을 세우려 한다. 우리는 이곳을 다못 우리들의 젊은 靈의 熱湯같이 뜨거운 괴로운 땀과 또는 鐵火 같은 高度의 淨한 정열로써 개척하여 나갈 뿐이다. 薔薇, 薔薇, 우리들 손에 의하여 싹이 나고, 길리고 또 꽃 피려는 薔薇

플라톤은 『향연』에서 감각적이고 미학적인 언어유희의 경연장을 '향연'이라는 축제적 미학으로 제시한다. 근대 문학(시)의 전문적인 장을

---

4) 졸고, 『1920년대 초기 시의 이념과 미학』, 소명출판, 2004, 153면.
5) Buschman John & ELeckie Gloria J. Westport(ed), *The Library as Place; History, Community, and Culture,* Conn.: Libraries Unlimited, 2007, pp.210~211. / E.C Thomas(tr.) *The Love of Books: The Philobiblon of Richard de Bury*, Chatto & Windus: London, 1907, p.49.

펼쳐가는 잡지를 창간하면서 '장미'의 '철화같은 정열과 땀'을 강조한 것은 이들 동인들의 미적 세계 인식이 정열과 고투 속에 자리 잡은 축제적 맥락이 있음을 의미한 것이며, 일종의 경건한 책무 의식을 동반한 것임을 보여준다. '장미'는 '문학의 영이며 인간이 고귀하게 펼쳐나가는 높은 정신의 경지'를 상징하면서 그 자체로 '문학'의 절대성을 구현한다. 즉 '장미촌'은 '고뇌의 장'인 '문학' 그 자체의 세계, 일종의 '책우주'에 다름 아니다.

고귀하고 절대적인 가치를 지니는 '문학을 하겠다'는 선언을 하면서 '장미'의 감각적이고 육체적인 형상이 강조되어 있는 것은 '장미' 그 자체가 갖는 원질료적인 특성에서 비롯한다. '장미'의 문화적 종교적 표상은 '완전하고 원질료적인 것'이라는 서구적인 관념의 토대 위에서 파생된 것으로, '책'에 대한 절대적 숭배와 '완전한 꽃'으로서의 '장미'라는 관념이 중층적으로 결합된 것이다. '장미촌'의 선언은 궁극적으로 시(문학) 그 자체, 사상 그 자체, 은유 그 자체의 절대성을 의미화 하는 '책'의 선언이다. 그러나 이는 낭만주의나 신비주의적인 전통에서 기원한 비의적 개념으로서의 '책'을 의미하는 것이기 보다는[6] 오히려 '현실적인 문맥'을 갖고 있는 것이다. '내면성과 개인성'이 존재하는 미적 자율성을 가진 문학의 '건설'을 위해 근대 문인들은 '책 세계'를 꿈꾸었다. "이광수 문학의 '계단'을 넘어선 다음 '계단'의 문학"이라는 박영희의 개념은 여기서 도출된 것이다.[7] 『장미촌』에서 '고뇌'는 '영(靈)의 영원한 평화와 안식을 얻'기 위해 그들이 가진 모든 정열을 '장미촌'을

---

6) 모리스 블랑쇼, 최윤정 옮김, 『미래의 책』, 세계사, 1993, 366면.
7) 졸고, 앞의 책, 128면.

건설하는 데 투사함으로써 비롯한다. 미, 문학, 예술을 등가적인 것으로 이해하고 이것의 절대적 가치를 믿었던 그들은 오스카 와일드 류의 '악마주의'를 포함한 광범위한 의미의 유미주의 문학에 깊게 경도된다. 박영희, 황석우 등의 근대 초기의 시인들은 '장미'의 상징성에 경도되었으며, 그들은 신성성을 띤 '장미'의 세계가 바로 책이자 책을 통해 구현되는 '美'의 세계라고 인식한다. 이들 신문학(신문화) 운동의 관념성과 이상주의는 여기에서 비롯한다.

융은 고대로부터 내려오는 책의 상징성을 주목하면서, 책은 어머니이며 원초적 우주라는 질료적 특성을 갖는다고 말한다. 그래서 책은 신성한 존재로서 현실을 뛰어 넘어 초월적인 성격을 갖는다. 최인훈은 '책－도서관－우주선－지구기지－아기집'이라는 연쇄적인 고리를 통해 책의 관념적 세계를 그린 바 있다.8) 근대 초기 시인들에게 책은 '모성적인 것'이며 그들 '가슴' 한 가운데 '책'이 존재한다. 마치 켈트족들이 성배의 체스판을 가슴 한 가운데 펼치듯9) 일제시대 시인들은 책을 가슴 한 가운데 묻고 거기다 절대적인 신성을 부여한다. 책은 이 세계에 존재하는 유일한 것이며, 책이 곧 세계이다.10) 책의 세계와 현실의 세계는 명백히 구분되지 않는다. 책의 세계는 현실보다 우위에 있는 절대적인 가치를 내재한 세계라는 점은 1920년대 문인들의 공통된 인식론적인 특징이다. 뒤에서 다시 지적하겠지만, 이 두 세계가 착종되거나

---

8) 최인훈, 『화두』 1부, 민음사, 1994, 45면.
9) 폴 조르주 상소네티, 전혜정 옮김, 『성배와 연금술』, 문학동네, 2005, 179~182면.
10) 보르헤스, 정경원 옮김, 「책의 숭배」, 『보르헤스와 관념의 거울』, 태학사, 2002, 87면.

혼동이 일어나는 경우는 없다는 점에서, 현실을 책의 환상 속에서 동일화 해버리는 1950년대 박인환의 경우와는 차이가 있다.

'책'에 여성적 이미지가 부여된 것은 이름난 책광이었던 박영희나 김기림에게 동일하게 나타나는 현상이다. '책'은 박영희에게는 '달'의 신화적 모티프와 연결된 '소녀'의 환영 속에 비춰지며, 김기림에게는 '바다'의 신화적 모티프와 연결된 모성적 세계를 의미한다. 흥미롭게도 두 시인에게 다 '책'은 여성적인 세계를 구현하는 것으로 상징화 된다. 박영희, 홍사용 등의 1920년대 초기 시에서 보이는 소녀, 어머니 등의 여성 및 모성 숭배의 맥락은 향후 한국 근대 문학의 성격을 해명하는 데 중요한 시사점을 던져준다고 하겠다. 당대의 대표적 책광이었던 박영희는 '책'을 절대적이고 신성한 것으로 이해한다. 당시 유행했던 인물평에서 박영희는 '진실한 서재의 포로'로 지징될 만치 학구적이고 사색적인 면모를 보여준다.[11] 두문불출 서재에 묻혀 'modern library'나 'everyman's library' 등의 영어 문고본이나 일어로 된 이론서를 읽었으며 그의 서재에는 금박으로 된 천여 권의 장서가 있었다고 전해진다.[12] 대리석 조각같이 싸늘하고 창백한 그의 인상은, 그에게 '창백한 서재인'으로서의 신성성을 부여하기에 충분했다. 박영희에게는, 책에서 묘한 향기가 난다는 신화적이고 연금술적이며 중세적인 이미지가 있다.[13] '섭취한 영양분이 피를 만들지 않고 사고력을 만드는 데 소비된다'라는 언급은 한편으로는 육체와 분리된 정신 혹은 영혼에 절대적

---

11) 이선희, 「조선작가군상」, 『조광』 2권 5호, 175면.
12) 김윤식, 『박영희 연구』, 열음사, 1989, 25~27면.
13) 헨리 페트로스키, 정영목 옮김, 『서가에 꽂힌 책』, 지호, 2001, 323면.

가치와 신성성을 부여하던 시대정신과 관련이 있다.

　1920년대 시, 소설에서 육체와 영혼의 분리, 불결한 육체와 순결한 영혼이라는 이분법은 특징적으로 드러난다. 『백조』파의 박영희를 비롯, 노자영, 나도향, 박종화 등의 시, 소설에는, 현실 및 실리적 가치는 '육체'와 동일한 것으로서 추하고 비천한 것이며, 정신과 영혼은 순결하고 아름다운 절대적 미의 세계에 속한다는 인식이 분명하게 나타난다. 당시 소설 주인공들이 보여주는 문학, 음악, 미술 등의 예술 영역에 대한 절대적 동경은, 이들 예술이 영적이고 정신적인 것에 밀접하게 결속되는 것으로 이해되었기 때문이다.[14] 특히, 유미주의적 예술을 통해 영혼과 정신의 절대성을 모색하던 박영희에게서 '책'은 신비주의적 이상과 절대주의적 숭배의식의 맥락을 띠고 나타난다. 이는 당시 박영희 등 근대문인들의 지식 수용 과정과도 관계가 깊다. '달을 냉각된 우주의 상징이라고 생각하며 달을 고적의 향로라고 환상하여' 그의 아호, '회월(懷月)'을 지었다는 기록은, 달에 영원성과 절대성을 부여함으로써 완전한 책 세계를 탐색하고자 하는 서재인의 이상주의를 보여준다. 한 권의 책 속에 우주가 존재한다고 보고, 책을 통해 그 우주를 해독하겠다는 서재인이 그 절대적인 우주로 상정하고 있는 것은 달이다.[15] 책은 무한히 반복된다는 점에서 '거울'의 상징성을 가지며, 무한 반복의 생산성은 여성의 육체성과 연결된다. 책은 여성이며 달이며 우주인 것이다. 황금 탑 위에 고귀하고 성스럽게 서 있는 '소녀'의 환몽이 박영희의 시에 자주 나타나는 이유이다.[16] '달'이 던져주는 미묘한

---

14) 최일수, 「1920년대 동인지 문학의 심리적 기초」, 『대동문화연구』 제37집, 83면.
15) 낸시 케이슨 폴슨, 「달La Luna」, 『보르헤스와 거울의 유희』에서 재인용, 54면.

상징의 느낌들을 그는 영원성과 완전성의 가치로 절대화 하고 이를 시적인 것, 미의 세계라 확신하게 된다. 박영희가 말한 '달'은 '책의 세계'이며 '여성'의 세계인 것이다. 문예사조상으로 '유미주의'라 지칭되는 이 같은 박영희 사상의 기저에는 근대 초창기 문인들이 공통적으로 가졌던 책 세계에 대한 강렬한 동경이 내재해 있었던 것이다.

책이 여성(모성)과 바다와 달과 우주와 관련되어 있다는 것은 이것이 원형심상이기 때문이다. 연금술사들은 이것들이 원질료(메르쿠리우스)로서의 동의어라고 말하기도 한다.[17] 신화적 모티프를 갖는 책은 모성성과 신성성을 동시에 가진다. 이교도 신화는 책과 성배가 동질적인 형상임을 알려주는데, 이것과 관련된 도상들은 도처에 존재한다. 리스모어에 있는 여인상 기둥에서 가슴은 전체가 펼쳐져 있는 책으로 묘사되어 있고 성스런 분위기를 띠고 있다. 몸통이 있는 지리 곧 심장이 있는 자리에 '열림'(책을 펼침)의 모티프가 표현되어 있는데, 이는 성베드로의 심장에 열쇠를 그려 넣은 중세의 그림과 유사한 맥락을 가지고 있다. 책은 세계를 여는 열쇠이자 세계의 중심임을 상징하는 것이다. 신화 시대의 상징물로 거슬러 올라가면 이는 성배를 운반하는 성스런 여성의 이미지와 연결된다. 성배를 든 여자는 우주의 잔을 든 여자이다.[18] 이것과, 성스러운 힘이라 불리면서 우주의 근본적인 물질로 이

---

16) 박영희의 시 「환영의 황금탑」, 「꿈의 나라로」, 「월광으로 짠 병실」은 소녀와 꿈과 미의 삼각형 구도가 끊임없이 교체되는 것을 확인할 수 있다. 졸고, 앞의 책, 3장 참조.

17) 융, 『연금술에서 본 구원의 관념』, 한국 융연구원 C. G. 융 저작번역위원회 옮김, 솔, 2004, 128면.

18) 융, 위의 책, 97면.

해되는 인도의 샤크티 여신을 비교할 수 있다. 성배론 우주의 중심 곧 태양을 상징하는 것이며 그것이 신체적 기관으로 대체된 심장은 성배 모티프를, 그것을 펼치는 것은 '우주의 열림'과 '창조'를 상징한다. 그 제의를 집행하고 있는 자가 바로 우주의 어머니 곧 샤크티인 것이다. 우주의 여신으로서 여성은 성스러운 존재이며 책의 세계는 바로 어머니의 세계, 모성의 세계이다. 그래서 책은 지식의 중심과 절대적 사유의 한 가운데를 차지한다. '책'은 곧 '성배'로서 절대적인 신성을 갖는다.

고대의 연금술사들은 '학문'을 표상하는 '책'에 '성배'의 상징을 접합시킨다. 융은 연금술이 신비주의적인 사고의 산물이 아니라 과학적인 사고의 심리적 투영이라고 말하면서, 현대 과학(학문)은 그런 점에서 연금술을 통해 완전한 지식에 이르고자 했던 '중세의 자식들'이라고 말한다.

> 만월은 철학자(현자)의 물이고 학문의 뿌리이다. 왜냐하면 달은 습기의 지배자이고 완전하고 둥근 돌이며 바다이기 때문이다. 거기서 나는 이 달이 여기 숨겨진 학문의 뿌리임을 알았다. 달은 이시스처럼 습기의 주인으로서 물의 형상을 한 원질료이며 그래서 물-돌hydroliths의 어머니이다. 그리스도와 유사한 라피스의 동의어이다. '시엔시아scientia(학문)'와 '프리마마테리아prima materia(원질료)'는 흔히 동일한 것으로 사용되므로 '학문scientia' 혹은 '지혜sapientia'는 여성 원리로서 달과 동일하게 발견된다.19)

물, 달, 돌, 여성, 어머니가 학문 혹은 지혜와 동의어라는 진술은 매우 흥미롭다. 이는 우리 근대 문학 및 지식 형성 과정에서 문인들 및

---

19) 융, 앞의 책, 237~238면.

지식인들이 품었던 이상과 유사한 측면이 있다. 박영희의 '달'에 대한 매혹은 '미'의 절대성을 추구한 당대적 에피스테메를 담고 있지만 본질적으로는 '책 우주'에 대한 동경이며. 정신과 지식의 바탕에 성스러운 책을 둔 '서재인'으로서의 감각에서 온 것임을 확인할 수 있다.

 '책'에 정신주의적 가치의 절대성을 부여한 것은 뿌리 깊게 이어진다. 박영희를 육친의 어버이로 삼고, 공산주의 사상을 정신의 어버이로 삼은 임화 역시 이 책의 세계의 자식임을 부정할 수 없었다. 임화는 '카프 해산'을 겪고 절망과 패퇴의 자의식과 죽음의 환상을 넘나들면서 '책'을 통해 정신적 결핍감을 보충하고자 한다.

> 나는 참을 수 없는 침묵에서 몸을 빼어 뒤척일 때,/ 거짓 손에 닿는 조그만 옛 책자를 머리맡에서 집었다.// 책장은 예와 같이 활자의 縱隊를 이끌고,/ 비스듬히 내 손에서 땅을 향하여 넘어간다.// 이 곳 저 곳에 굵게 내리 그은 붉은 줄,/ 틈틈이 빈 곳을 매운 낯익은 내 서투른 글씨,/ 나는 방 안 그득히 나를 사로잡은 침묵의 城돌을 빼는,/ 그 귀여운 옛 책의 날개 소리에 가만히 감사하면서,/ 프르륵 최후의 한 장을 헛되어 닫칠 때,/ 나는 천지를 흔드는 포성에 귓전을 맞은 듯,/ 꽉 가슴에 놓인 氷囊을 부여잡고 배개의 깊은 가슴에 머리를 파묻었다.// (…중략…) 밝은 것까지도 밤의 질서로 운행되어 가는/ 이 괴롭고 긴 밤,/ 주검까지도 사는 즐거움으로 부둥켜안은 청년의 아픈 행복을,/ 나는 두 눈을 감아 아직도 손바닥 밑에 고요히 뛰고 있는,/ 내 정열의 옛 집에서 똑똑히 엿들었다.[20]
>
> — [옛책] 부분

---

20) 김외곤 엮음, 『임화 전집』 1, 박이정, 2000, 108~109면(단, '/'는 행구분, '//'는 연구분으로 논자가 표시 : 이하 동일).

이 시는 신동아 1935년 9월호에 발표되고, 『현해탄』에 수록된 것이다. 1934년 6월 전주사건(카프 제 2차 검거 사건)으로 카프 맹원들은 대부분 검거되었으나 임화는 폐병으로 쓰러져 '검거'를 피할 수 있었다. 이 사건으로 그는 카프 맹원들 사이에 불신을 받게 되고 이북만의 여동생 이귀례와도 결별하게 된다. 1935년 4월 29일 임화는 김남천, 김기진과 함께 동대문 경찰서 고등계에 카프 해산계를 제출한다. 임화는 이 사건으로 카프 맹원들에게 어떤 윤리적 도덕적 책무감에 시달리게 되는데, 위 시는 이 같은 당시 정세와 거기에 폭풍처럼 놓인 임화의 정신적 미로의 흔적들을 잘 보여준다.

절망한 임화의 심정처럼 책의 활자는 땅을 향하여 곤두박질치고 있다. 책이 살아서 펄럭이는 순간은 책장이 펼쳐지는 순간이다. 방안 가득 고여 있던 고통과 침묵의 시간들은 책이 펼쳐지는 순간에 사라진다. 임화는 '귀여운 옛책의 날개 소리에 감사한다'고 쓴다. 그러나 그 책은 '헛되어' 닫힌다. '프르륵' 책장이 열리는 소리와 책의 마지막 페이지가 닫히는 소리는 '귀여운 책의 날개소리'와 '포성에 귓전을 닫은 듯한 소리'에 명백히 대응되어 있다. 임화는 그 순간 가슴에 '氷囊'을 부여잡았다고 쓴다. 책을 펼칠 때의 행복감은 그 책을 덮자마자 얼음 주머니를 단 것 같은 괴로운 심정으로 변한다. 길고 어두운 밤처럼 절망적인 상황이 책을 덮었을 때의 어두운 심정에 투영되어 있다. '밝은 것까지도 밤의 질서로 움직여 간다'는 진술은 일상적 삶의 의지들이 어둠 속으로 파묻히면서 소멸해가는 것을 지켜보는 자의 쓸쓸한 내면 고백이 아닐 수 없다. 임화는 현실에서 잃어버린 삶의 의욕들을 그렇게 어둡고 절망적으로 노래한다.

　그런데 흥미로운 것은, '책'의 세계만이 그 얼음같이 차갑고 주검처럼 무거운 가슴을 달래준다는 데 있다. '아픈 행복'이라는 옥시모론적 어법이 여기서 돌출된 것은 결국 '책' 때문이다. 옥시모론은 대극적 상황을 초월하고자 하는 무의식적 기제로써의 상징적 수사이미, 기교의 문제라기보다는 '상반의 결합을 실천'하려는 심층수사학(rhetorique profonde)이다.[21] 임화는 자신의 내면을 짓누르는 그 고통스런 밤에 몽환처럼 펼쳐지는 옛 책의 세계, 도서관의 세계를 경험한다. 임화는 그 책의 세계를 '정열의 옛집'이라 부르고, '똑똑히 엿들었다'는 확신에 찬 어조로 책 세계의 동경을 마무리한다. '손바닥 밑에 고요히 뛰고 있는' 무의식의 바다는 '정열의 옛집'이다. 임화의 무의식에서 억눌려 있던 책의 세계는, 이 한 밤에 의식으로 끌어올려진다. 책은 임화에게는 카프 해산기의 정치적 인간적 고뇌를 달래주는, 고통과 절망의 치유제였던 것이다.

　1930년대의 문학이 '거리의 문학'임은 이상과 김기림이 증언해 주고 있다.[22] 소비와 일상의 축제 한 가운데서 만보하던 1930년대의 산책가들이 일제말기에 마주한 풍경은 시장에서의 '책'의 질식이다. '책과 현실'의 이분법적 구도가 이어지고 있으나 관념적이고 선험적이었던 1920년대 초기에 비해 보다 구체적이고 객관적인 현실의 매개항을 마련하고 있다는 점이 차이점이다. 책으로 상징되는 정신의 세계는 일제말기의 물자부족과 불안사조와 황국화 정책의 한 가운데서 황폐하게 이지러져 있다. 거리에서 책은 시장의 거대한 소음에 묻혀 질식당하는

---

21) 유평근, 「옥시모론연구」, 『외국문학』, 1986년 봄.
22) 신범순, 「도시 거리의 작은 축제」, 『한국 현대시의 퇴폐와 작은 주체』, 신구문화사, 1998 참조.

듯하다. 김기림은 정신적 가치와 물질적 가치의 세계를 책과 시장이라는 대립항으로 제시하면서, 소유와 과시의 자본주의적 가치가, 책과 정신 그리고 인격을 대체하는 현실을 우울한 표정으로 훑어 내린다. 책 대신 핸드백과 파라솔로 무장한 채 종로 네거리와 진고개를 오가는 '숙녀'들에게서, 그리고 다방이나 차안에서 지도와 청사진을 들고 거래를 시작하는 투기꾼들에게서 그는 거대한 근대적 시장의 확장을 본다. '바다'와 '도시', 고향과 경성(서울)은 김기림의 근대적 사유에 대한 미로의 표지판 위에 존재하면서 김기림의 사유를 혼돈스럽고 불분명하게 끌고 가는 것인데,23) 그 미로 위에서 줄곧 서성이던 김기림의 불안정한 태도는 일제말기에 오면 '시장화된 거리'의 추하고 속된 표정 속에서 단호한 선언과 확신을 준비하는 밑거름이 된다. '인격조차 小切手와 爲替가 대신하는 사회, 거리 전체가 시장 아닌 데가 없다'는 그의 절망적 진단은 책에서 인격과 정신을 키워 온 근대 문인들의 낭만적 정신주의가 현실에서 어떻게 굴절을 겪게 되었나를 보여준 것으로, 이는 현실에 대한 환멸의 선언서가 되기에 족한 것이었다.24) 특히 1930년대의 대표적인 언론인이자 서적인인 그가 '책 세계의 부재'를 경고한 것은 이 같은 현실 상황과 관련이 있다. '시장화된 거리'의 건조성과 결핍감은 모성적 바다인 낭만적 책 세계와 분명한 대립을 이루고 있는 것이다.

일제말기 이태준, 이병기, 정지용 등은 『문장』지를 통해 고전 문적(文籍)의 세계에 빠져든다. 식민지 체제를 상징하는 '무너진 父(전통)의

---

23) 졸고, 문인기자 김기림과 1930년대 '활자-도서관'의 꿈, 살림, 2007, 111~128면.
24) 김기림, 「시장」, 『조선일보』, 1940. 5. 7.

세계'에서 과거의 회고를 통해서만 전통은 회고되거나 복원된다는 점에서 '책'은 상상적 산물이다. 이 같은 회고적 취미와 초월적인 '문적 취향'을 비판할 수는 있지만, 이는 다른 한편으로는, 자본주의적 시장의 지배로 인한 책의 계몽적 가치 자체의 쇠퇴를 반증하는 것이며, 다른 한편으로는, 일제말기 조선어 금지 및 조선어 신문 잡지 폐간되는 과정에서 근대적 지식을 수용하는 활로가 상실된 것임을 보여준다. 현실의 활력은 소실되었고 죽어있는 '고전'을 통해서 그 같은 부정적인 현실은 초월될 수 있는 것이다. 이태준의 '책만은 '책'보다 '冊'으로 쓰고 싶다'는 선언은, 책은 모든 인공물 가운데 '꽃이요 천사요 제왕'으로 책을 절대화했던[25] 일제시대 근대 지식인들이 시대의 어둠을 '고완'으로 치환함으로써 그 정신적 좌절을 유예하고자 하는 욕망을 드러낸 것이다.

일제시대를 거치면서, 문인, 지식인들에게 '책'은 분명한 가치지형적인 대상이 된다. 박영희에게는 '달'의 신화적 모티프와 연결된 '소녀'의 환영 속에서 절대화된 '문학'의 다른 이름이며, 임화에게 '책'은 사상운동의 정신적 성소이자 그 실패와 좌절을 위무하는 위안소였다. 김기림에게는 '바다'의 신화적 모티프와 연결된 모성적 세계를 의미하는 것이었다. 일제시대 문인들이 절대화 한 '책'의 세계는 박영희에게는 유미주의 운동의 시효 소멸로, 임화에게는 사상운동의 실패로, 김기림에게는 식민지 소비문화의 전면적 확대와 일제말기 식민지 정책의 탄압으로 점차 그 현실적 동력을 잃는다. 이는, 일제시대 일본을 통한 서구

---

25) 이태준, 「冊」, 『무서록』, 서음출판사, 192면.

지식 형성의 종언을 의미하는 것이기도 했다.

2. '전쟁'의 환멸과 '책'의 위안

1950년 전후의 지식 사회의 풍경은 일제시대와는 차이를 보인다. 해방공간과 한국전쟁 전후로 미국의 지식 문화가 전면적이고 직접적으로 수용되는 것이다. 일본 유학을 통해서 서구 지식을 접하고, 대체로 일어 중역을 통해 서양 지식을 흡수하고, 일본의 유명한 원서 서점에서 서양 책을 사던 '동경 시대'가 일단 마감한다. 대신 직접 미국 유학을 가거나 미국을 왕래하면서 직접 미국 문화를 접할 기회가 확산된다. 미국에서 발간되는 잡지가 한국으로 바로 수입되거나 'PX 문화'의 일원으로 유통되는 현상이 나타난다. 1950년대 전후 문인들의 지식 수용 및 지식 체험은 미국 문화의 수용과 밀접한 관련이 있고, 문학적 영향 또한 영어 원서나 미국에서 발간된 잡지를 통한 것이다.26) 근대 지식의 수용 과정에서 주로 읽혔던 독서물이 톨스토이, 도스토예프스키 등의 러시아 작가들이나 졸라, 니체 등의 유럽 작가 및 사상가들의 것이었던 데 비해, 1950년대 오면 미국 문화 및 미국을 통한 지식 수용이 직접화 된다. 이는 문학뿐 아니라 영화 등의 대중문화, 소비문화 전반에 이르는 미국화(Americanization) 과정의 일환이라 할 수 있다.27) 김

---

26) 실존주의에 대한 이해도 상당 부분 미국 잡지에 의존한 것으로 이해된다. '실존주의 운동은 현재 사르트르를 제외하고서는 어느 정도인지는 모르나……금년 5월의 『라이프』지가 소개하고 있는……'에서 확인된다. 박인환, 「사르트르의 실존주의」, 『사랑은 가고 과거는 남는 것―박인환 전집』, 예옥, 2006, 261면.

수영, 박인환, 박태진 등 대부분 시인들은 영어에 능통했을 뿐 아니라 미국 문화에 익숙했고, 미국 잡지를 직접 구해볼 수 있는 언어 실력을 가졌던 인물들이다.[28] 그들의 작품에는 미국 관련 정보나 미국 문화 체험에 대한 흔적들이 빈번하게 나타나 있다. 이는 1950년대 서구 지식의 수용 및 체험의 지형이 일제시대와는 분명한 차이가 있음을 보여주는 것이다. 그러나 1950년대 문인들 또한 여전히 '성스러운 책'의 경배자들이라는 점에서는 일제시대 지식인들과 다를 바 없었다.

김수영은 「가까이 할 수 없는 서적」(1947)과 「아메리카타임지」(1947)에서 미국 잡지와 서적에 대한 한없는 갈망과 그것에서 벗어나고자 하는 갈등에 대해 말한다.[29] 가까이 할 수 없는 그 서적은 미국에서 왔다. 시인은 그저 서적을 멀리 바라보고만 있을 뿐인데, 그것이 괴롭다는 것이다. 책장을 바라보고만 있는데도 책은 그 자체로 번쩍인다. 그토록 '책'이 시인의 정신을 지배하고 있는 탓이다. 그는 그 책들에 '가까이 할 수 없다'는 신성성을 부여한다. 왜 책은 번쩍이고 손을 댈 수 없을 정도의 순결함을 가지는가? '가까이 할 수 없다'는 관조의 괴로움은 '서적'에 대한 한없는 동경과 겹쳐있다. 서적의 책장은 발레리에게

---

27) 김덕호, 「해방 이후 한국에서의 소비와 미국화 문제」, 『미국학 논집』 37권 3호, 2005 겨울 ; 방민호, 「박인환 산문에 나타난 미국」, 『한국현대문학연구』 19, 2006. 6.
28) 이들은 일본어 번역이나 한국어 번역을 통한 외국시 접촉보다는 원서를 통한 접촉과 그 영향을 분명하게 내세운다. 박태진은 '외국어에 환장했다'는 표현을 쓰기도 한다. 뿐만 아니라 박태진은 영국을, 박인환은 미국을 직접 다녀오기도 한다. 영어 환경에 직접 노출되면서, 그들은 신문, 잡지에 외국 문단의 동향을 소개하는데, 일제시대에 비해 미국 문단 소개가 활발해진 것을 볼 수 있다. 박태진, 「외국시와 나」, 「미국시인론」, 『현대시와 그 주변』, 정우사, 1976, 24~35면.
29) 김윤식, 「모더니티와 소시민성」, 『근대시와 인식』, 시와 시학사, 1992, 220~221면.

서도, 임화에게서도 그러했듯, 황금처럼 빛이 나고 생명처럼 펄럭이고 있다. 책은 신성성과 생명력을 갖는다는 점에서 '성배'의 모티프를 그대로 간직하고 있다. 책에 가까이 가는 것에 대한 일종의 망설임과 부끄러움이 '악'으로 과장되어 나타나는 것이 오히려 반어적으로 보인다. 김수영의 소시민 의식은 '책'을 대하는 태도에서도 나타나고 있는 것이다.

사변적 지식, 곧 활자에 대한 끝없는 동경과 부끄러움은 초기 시인 「공자의 생활난」(1949)이나 「死靈」(1959)에서도 특징적으로 나타난다. 두 시는 책과 활자에 대한 일종의 경배 의식을 보여주고 있다. 「공자의 생활난」은 논어의 경구를 자신의 삶의 철학적 근원으로 삼아 반란과 실험을 꿈꾸는 자의 사변을 보여준다. 「사령」에서 김수영은 그가 항상 절대적 가치를 부여하는 '자유'라는 말이 항상 '활자'로 살아 역동적으로 움직이면서 자신의 '죽은 영'과 대립하고 있다고 말한다.[30] 자신이 서적인이면서도 그 같은 사변적 지식인인 스스로에 대한 부끄러움이 김수영 시에는 존재한다. '서적의 아들'이면서 서적에 대한 동경 자체를 일종의 속죄 의식으로 치환하는 것이 김수영의 부끄러움이다.

박인환의 경우는 김수영 같은 부끄러움이 없다. 오히려 박인환은 스스로 '책의 후예'임을 직접적으로 내세운다. 김수영은, "그가 죽은 뒤에도 살아있을 동안에도 나는 그 책가게를 빼어놓고는 인환이나 인환이의 시를 생각할 수가 없었다."고 밝힌 바 있다. 그러나 김수영은, 박인환의 지적 취향을 '포즈에 불과한 코스튬'이라 비판하고 '속물'이라 경

---

30) 염무웅, 「김수영론」, 『김수영의 문학』, 황동규 편, 민음사, 1992, 140~155면.

멸한다. 김수영이 언급한 박인환의 '코스츔과 포즈와 귀족취미'는 박인환의 겉멋 취향을 상징하는 용어가 돼버렸는데, 이는 박인환 시 분석뿐 아니라 실제 박인환에 대한 문학사적 평가에도 부정적 영향을 미친다. 그러나 오히려 박인환의 서양 지식, 특히 책 문화와 관련된 '코스츔'은 미국 잡지와 서적에서 당대 지식을 수용한 그의 화려한 문학적 경력을 보여주는 것이어서 부정적인 평가의 근거가 될 수는 없다. 박인환의 '책'에 대한 몰입은 그의 시에 난해한 현대 용어들이 나열되어 있는 사정과도 관련이 있다. '멋진 식물, 동물, 기계, 정치, 경제, 수학, 철학, 천문학, 종교의 요란스런' 시어들로 이루어진 박인환의 시는 당시 유행한 난해시를 해방 후 본격적으로 시작한 면모를 보여주었다는 것이다.

그런데 김수영이 지적한 박인환의 '겉멋' 취미는 '책 취미'의 현란한 장식적 수사에 불과하다. 김수영을 제외하면 박인환의 당대 문우들은 대체로 박인환의 사고의 깊이와 정신적 취향에 대한 상당한 증언을 남기고 있는데, 이것들은 대체로 박인환의 '서적' 취미를 언급한 것이다. 그간 박인환 연구가 박인환 시의 피상성이나 겉멋 취향 등의 부정적 평가가 지배적이었던 점에서 보면 박인환의 '서적 취미'는 박인환 연구의 새로운 관점과 연결될 수 있다.

박인환 주변의 회고에서 두드러지게 나타나는 것은, 박인환이 해방공간과 6·25를 전후한 당대의 지적 분위기와 정신적 취향을 전방위에서 보여주었다는 것이다. 이는 박인환의 시가 6·25 전후의 실존주의적 불안, 죽음 의식을 전형적으로 보여준다는 시각과 접합된다. 박인환의 시는 1950년 전후 실존주의 영향이 강했던 문단 및 지식인 사회의 지적 세계의 형성 과정과 긴밀하게 결합되어 있다. 그러나 이 글에서는 박인환의 실존주의 수용의 과정이나 질적 정도 등을 해명하고자 하지 않는다. 사상이나 지식의 근원과 원형(원본성 : originality)을 강조하는 맥락이 아니라면, 당대 실존주의 수용의 피상성과 경박성을 주장하는 것은 이 글에서 벗어난다고 판단된다. 그것 또한 '결핍과 미달로서의 실존주의 수용'이라는 부정적 가치평가에 궁극적으로 도달함으로써 '지적 식민주의'에 그칠 가능성이 높은 것이다. 따라서 여기서는, 앞에서 제기한 '책'에 대한 박인환의 사유를 통해 일제시대 '책 세계'에 대한 관념과 태도 및 지식 형성과정이 1950년대와 어떻게 차이나고 등질화 되어 있는지를 살펴볼 것이다.

박인환의 시 「서적과 풍경」에는 박인환의 지적, 정신적 세계의 면모뿐 아니라 1950년대 지식인 사회의 '책 문화의 풍경'이 드러나 있다. 이는 당대 지식 수입 및 수용 과정을 보여줄 뿐 아니라, 시인과 세계의 관계가 '책'이라는 매개를 통해 어떻게 드러나 있는지를 알려준다.

서적은 황폐한 인간의 풍경에 광채를 띠웠다/ 서적은 행복과 자유와 어떤 지혜를/ 인간에게 알려주었다// 지금은 살육의 시대/ 침해된 토지에서는 인간이 죽고/ 서적만이/ 한없는 역사를 이야기해준다// 오래도록 사회가 성장하는 동안/ 활자는 기술과 행렬의 혼란을 이루었다/ 바람에 퍼덕이는 여러 페이지들/ 그 사이에는/ 자유 불란서 공화국의 수립/ 영국의 산업혁명/ F. 루즈벨트 씨의 미소와 아울러/ 뉴기니아와 오키나와를 거쳐/ 전함 미주리호에 이르는 인류의 과정이/ 모두 가혹한 회상을 동반하며 나타나는 것이다// 내가 옛날 위대한 반항을 기도하였을 때/ 서적은 백주의 장미와 같은/ 창연하고도 아름다운 풍경을/ 마음속에 그려 주었다/ 소련에서 돌아 온 앙드레 지드씨/ 그는 진리와 존엄에 빛나는 얼굴로/ 자유는 인간의 풍경속에서/ 가장 중요한 요소이며/ 우리는 영원한 '풍경'을 위해/ 자유를 옹호하자고 말하고/ 한국에서의 전쟁이 치열의 고조에/ 달하였을 적에/ 모멸과 연옥의 풍경을/ 응시하며 떠났다// 1951년의 서적/ 나는 피로한 몸으로 백설을 밟고 가면서/ 이 암흑의 세대를 휩쓰는/ 또 하나의 전율이/ 어데 있는가를 탐지하였다/ 오래도록 인간의 힘으로 인간인 때문에/ 위기에 봉착된 인간의 최후를/ 공산주의의 심연에서 구출코자/ 현대의 이방인 자유의 용사는/ 세계의 한촌 한국에서 죽는다/ 스코틀랜드에서 애인과 작별한 R. 지미군/ 잔 다르크의 전기를 쓴 페르드난드 씨/ 태평양의 밀림과 여러 호소의 질병과 싸우고/ 바타안과 코레히도르의 준열의 신화를/ 자랑하던 톰 미첨군/ 이들은 한 사람이 아니다 신의 제단에서/ 인류만의 과감한 행동과 분노로/ 사랑도 기도도 없이/ 무명고지 또는 무명계곡에서 죽었다// 나는 눈을 감는다/ 평화롭던 날 나의 서재에 군집했던/ 서적의 이름을 외운다/ 한 권 한 권이/ 인간처럼 개성이 있었고/ 죽어간 병사처럼 나에게 눈물과/ 불멸의 정신을 알려준 무수한 서적의 이름을⋯⋯/ 이들은 모이면 인간이 살던/ 원야와 산과 바다와 구름과 같은/ 인상의 풍경을 내 마음에 투영해주는 것이다// 지금 싸움은 지속된다/ 서적은 불타오른다/ 그러나 서적과 인상의 풍경이여/ 너의 구원한 이야기와 표정은 너만의 것이 아니다/ F. 루즈벨트 씨가 죽고/ 더글러스 맥아더가 육지에 오를 때/ 정의의 불을 토하던/ 여러 함정과 기총과 태평양의 파도는 잔잔하였다/ 이러한 시간과 역사는/ 또다시 자유 인간이 참으로 보장될 때/ 반복될 것이다/ 비참한 인류의/ 새로운 미주리호에의 과정이여/ 나의 서적과 풍경은/ 내 생명을 건 싸움 속에 있다.[31]

— 「서적과 풍경」 전문

박인환이 그리는 '풍경'은 책과 도서관만이 존재하는 세계이다. 현실

---

31) 『박인환 전집』, 92~96면.

은 그 속에 중첩되거나 동일화 되어 있다. 그것은 현실을 내면화함으로써 현실을 부재한 것으로 치환하는 심리적 기제와 관계가 있다. 이는 '전쟁'에 대한 공포와 환멸을 보상하고자 하는 욕망에서 기인한다. 박인환이 '서적과 풍경'이라는 제목을 붙이고 있음을 상기할 필요가 있다. '풍경'은 주체와 대상, 주관과 객관의 이분법적 구도를 전제한다. 가라타니 고진은 구니키다 돗포의 「잊을 수 없는 사람들」(1898)을 설명하면서, '풍경'이 사생이 아니라 가치의 전도임을 주장하고, '풍경'이 고독하고 내면적인 상태와 긴밀하게 연결되어 있다는 점을 강조한 바 있다. '풍경'을 발견하는 자들은 타인, 사회, 세계에 냉담하기 이를 데 없다. '풍경'은 주위의 외적인 것에 무관심한 '내적 인간(inter man)'에 의해 발견되는 것이며, '바깥'을 보지 않는 자에 의해 발견되는 것이다.32)

　박인환에게 서적(책)은 풍경을 발견한 자의 세계처럼 그려진다. 전쟁의 참혹한 현실과 '바깥'의 세계를 자신으로부터 멀찍이 떼어놓는 것은 '책'이다. 책은 시인의 내면에서 현실로부터 자신을 철저하게 떼어놓아 현실을 '풍경'처럼 바라보게 한다. '풍경'이 강조된 것도 인상적이다. 전쟁으로 인해 '황폐한 인간'의 풍경이 '광채'를 띠게 되는 것 역시 '서적'을 통해서이다. 서적은 자유와 평화와 행복과 지혜를 알려주기 때문이다. '알려준다'는 것에서 '책'을 '통한' 경험의 집적이라는 사변성이 강하게 인지된다. 시인은 서적을 통해 인간의 역사를 떠올린다. 인간의 역사는 그 자체로 회상되지 않고, 서적이라는 매개물을 통해서만이 존재한다. 오랜 시간 동안 축적된 활자의 행렬 곧 서적을 통해서만이 역

---

32) 가라타니 고진, 박유하 역, 『일본근대문학의 기원』, 민음사, 1996, 34~45면.

사는 존재할 수 있다. 프랑스 혁명의 주요 이념인 '자유'의 가치, 영국 산업 혁명이 가져다 준 물질적 '행복'의 가치, 태평양전쟁에서 한국 전쟁으로 이어진 한국의 역사 또한 책에 있다. '기술'과 '행렬의 혼란'을 이루는 활자는 바람에 퍼득이면서 시인의 환상을 조각해 낸다. 이 '가혹한 인간의 역사'는 바람에 나부끼는 책의 페이지 페이지에 기록되어 있다. '가혹한 인간의 역사'는 현실에 있기보다는 책장을 펼쳐 인간의 역사를 추체험하는 시인의 환상 속에 있다. '활자는 기술과 행렬의 혼란을 이루었다/ 바람에 퍼덕이는 여러 페이지들' 같은 구절은 환상처럼 펼쳐지는 책의 세계를 이미지화 한 것이다. 현실 세계는 죽음의 세계지만, 책의 세계는 살아있다. 시인 앞에 펼쳐져 있는 것은 '전쟁의 현실'이 아니라 책 페이지 마다 살아서 움직이는 활자들의 세계, 곧 거대한 도서관 우주, 관념의 우주이다. 관념의 거울을 통해서만 도서관 밖의 세계 또한 존재할 수 있다. 그런 점에서 박인환의 도서관 '밖'의 세계는 도서관의 세계에 환원된 '풍경'의 세계이다. '바깥'은 사실 '안'이다. 고진이 지적하는 것처럼, '바깥'과 '안'은 내면적 자의식에 의해 구분된 '풍경'의 공간이다.

'도서관 세계'에 인간은 살지 않는다. 보르헤스는 현실 세계가 가려 버리는 삶을 지탱시켜주는 창조된 거짓 세계로서의 도서관을 그린 바 있다. 보르헤스는 도서관 밖의 세계를 삶의 무의미한 반복과 비현실성으로 인해 아무도 살 수 없는 텅 빈 공간이 되게 함으로써 도서관의 세계를 지극히 현실적인 세계로 만들어 버린다.[33] 그런데, 박인환에게

---

33) 낸시 케이슨 폴슨, 『보르헤스와 거울의 유희』, 42면.

도서관 '밖'의 세계는 비참과 참혹의 인간이 존재하는 세계이며 '눈을 감음으로써' 그 세계는 존재한다. 그 실재성은 도서관 '안'으로 환원된 '밖'의 세계라는 테마의 변주에 근거하고 있는 셈이다. '관념과 지식'의 저장고로서 '지적 완전성'을 의미하는 '도서관 세계'는 거의 비슷한 시기에 한국전쟁 체험을 한 최인훈에게도 나타난다. 최인훈은 '도서관은 큰 책이다'는 명제를 제시하며 도서관 환상을 그려낸 바 있다. 최인훈의 도서관 환상은, '책—도서관—우주선—지구기지—아기집'의 연쇄적인 관념의 사슬을 만들어 내는데, 도서관 세계는 현실의 거울이 아니라 그 '자신으로서의 현실'로 홀연히 독자적으로 존재하는 세계를 말한다. 따라서 '쾌락', '풍요', '편안' 같은 정서적인 것조차 오직 책 속에 존재한다.[34] 일제시대 지식인들이 책과 세계를 정신과 육체, 영혼과 물질로 구분하면서 양 세계에 독자성을 부여했던 것과는 다르게, 최인훈은 현실세계의 가치들조차 오직 도서관 세계 속에서만 존재한다고 말한다. 즉 '도서관 세계'만이 진정한 현실인 것이다. 최인훈의 이 같은 '도서관 환상'은 일제시대를 거치고 해방공간과 한국전쟁을 겪으면서 형성된 것인데, 박인환이 '현실'을 타자화 해서 내면의 공간으로 '풍경' 화 한 것과는 다르게 최인훈은 '현실'과 철저하게 분리된 세계로서 도서관을 구성한다. 즉 '그 자체의 세계'라는 관념의 성채를 하나 세워두고 있는 것이다. 박인환과 최인훈의 이 같은 차이는, 일차적으로는 서정양식과 산문양식의 차이에서 비롯된 것이겠지만. 둘 다 그 계기가 '한국전쟁'이라는 '현실'의 문제가 중요하게 작용한다는 점을 주목할 수

---

34) 최인훈, 앞의 책, 45~114면.

있겠다. 전쟁을 겪는 과정에서 '책'의 기능이나 역할은 현실을 '거부하는 정신'으로 나타나고 있는 셈이다.

'전쟁'이라는 맥락에서 다시 박인환의 시에 주의를 기울여 보자. 전쟁의 참화가 계속된다. 극도의 불안과 죽음의 공포를 안고 사람들은 '밖'의 소리에 귀를 기울인다. 벽 너머에서 들리는 줄었다 커지는 포성소리에 생과 죽음의 경계가 무화된다. 치마는, 전쟁이 나면 보통 사람들은 라디오에 귀를 기울이지만, 시인은 책에 귀를 기울인다고 말한다. 그는, "인간들은 서로 욕설을 퍼붓고 죄를 뒤집어씌우는 일에만 야단법석이며, 상호 이해에 대해서는 침묵한다."고 말한다. 서가 저 높은 곳에 올려진 책들은 인간들 사이의 증오와 불신과 전쟁과 불협화음을 침묵으로 거부한다. 시인의 이 커다랗고 두꺼운 시인의 서고는 '이해의 서고'이며, 그 완벽한 침묵에 의해 '현실(전쟁)에 대한 거부'의 정신을 가장 잘 표현한다는 것이다.[35] 시인의 도서관 환상은 바로 현실을 거부하고 현실의 질문에 대해 침묵하는 세계인 것이다.

박인환은 '황폐한 인간의 풍경에 광채를 띠웠다'고 이 빛나는 도서관의 세계를 그려간다. 현재 현실의 불안과 죽음의 공포를 망각할 수 있는 것은 현실 저 너머의 우주가 펼쳐지는 서적의 세계, 곧 도서관의 세계가 존재하기 때문이다. 도서관의 세계는 몽환과 환상의 세계이다. '도서관 환상' 속에서 현실의 불안과 고통은 잠시 자리를 물러간다. 그래서 도서관은 현실을 관조하는 바로 '풍경'의 세계이다. 살육의 시대, 참해된 토지에서는 인간의 죽음이 있지만, 서적은 행복과 자유와 지혜

---

35) 알렉산다르 치마, 장희창 옮김, 『책 그림책』, 민음사, 2001, 89면.

를 인간에게 알려준다. 그리고 서적만이 한없는 역사를 이야기 해준다. 서적만이 생명과 영원성을 갖는다. 전쟁에서 인간은 죽지만 책은 살아남아 인류 역사를 증언한다. 책은 현재가 아니라 역사이자 과거이기에, 그것이 설혹 '가혹한 회상을 동반하'고 나타나더라도 창연하고 아름다운 풍경을 이루는 것이다.

3. '서적과 풍경'─절대화한 '책'의 세계

행복과 자유와 지혜를 보장하는 책의 세계는 발레리가 「해변의 묘지」에서 읊었던 생명의 세계이다. 바람에 퍼득이면서 인간의 지성과 생명의 언어를 증언하는 발레리의 '이 지상에 존재하는 단 한 권의 책'이 박인환의 시에 반향되어 있다. 이 시에서 책의 세계가 가장 아름답게 묘사된 장면은 4연 부분이다.

> 서적은 백주의 장미와 같은
> 창연하고도 아름다운 풍경을
> 마음 속에 그려 주었다

서적은 '백주의 장미'처럼 창연하고 아름답다. 시인은 마치 연금술사처럼 책을 통해 '장미'를 몽상한다. 연금술사들에게 장미는 최초의 불, 최초의 물처럼 원질료적 형상이자 영원성의 진리를 상징한다. 장미는 카오스의 우주처럼 둥글고 완전한 세계를 상징하는 꽃이다. 현자들의 실험실은 대개 '장미원'이란 이름이 붙는다. 진실하고 성스러운 연금술의 작업은 신적인 것인데, 연금술의 작업처럼 책은 그렇게 고독하고 외롭게 그러나 정성스럽게 씌어진다. 한 권의 책은 여러 가지 관련 서적들을 소개하고 있고 그런 진실된 책을 읽는 작업 또한 연금술사의 그것처럼 성스럽지 않을 수 없다.[36] 시인의 '반항'이 위대할 수 있는 것도, 그 '위대한 반항'을 완성시킬 수 있었던 것도 '책'인 것이다.

> 장미는 강가에 핀 나의 이름
> 집 집 굴뚝에서 솟아나는 문명의 안개
> '시인' 가엾은 곤충이여
> 너의 울음이 도시에 들린다.

—「기적의 현대」 부분

박인환은 「기적의 현대」에서 문명의 도시에서 가여운 시인의 울음을 곤충의 그것에 비유한다. 시인의 울음이 아름다운 이유 또한 '장미'의 이름을 시인이 소유하기 때문이다. 위 시에서 '곤충'의 '변신' 이미지는 '장미'로 변신된 '책'의 이미지와 반조되 지극히 아름다운 장면을 이룬다.

박인환은, '활자는 기술과 행렬의 혼란을 이루었다/ 바람에 퍼덕이는 여러 페이지들'이라고 활자가 생명처럼 움직이고 지적인 활력으로 넘치는 '책의 세계'를 그린다. 혼란과 참혹의 인류 역사를 증언하는 활자조차 생명처럼 나부낀다. 그러나 생명력 넘치는 에너지가 존재하는 책의 세계는 그러나 시인의 '마음 속에' 풍경으로 존재하는 세계이다. 그

---

36) 융, 앞의 책, 123~126면.

것은 1950년대 시인들의 사변 취향과 실존주의 지식의 수용 등으로 어우러져 '영원한 풍경'이라는 차원으로 절대화 한다. 앙드레 지드가 소련을 기행하고 와서 '자유'가 중요하다고 말했을 때 그것은 구체적인 실감으로 남은 것이었으나 박인환은 '책'을 통해 듣는다. '자유는 인간의 풍경 속에서 가장 중요한 요소이며 우리는 영원한 풍경을 위해 자유를 옹호하자'는 지드의 선언은 1950년대 시인들에게는 사변의 욕망을 채워주는 당의정 같은 것이었다. '영원한 풍경'은 '행복과 자유와 어떤 지혜'가 보장된 세계를 의미하지만, 그것은 전쟁을 겪고 있는 지금 현실에서는 불가능하다. '1951년'의 한국 전쟁의 와중에서는 특히 그러하다. 박인환이 5연에서 현재가 '암흑의 세대'라고 말한 현실 진단은 정확하지만, 그 구체적인 문제는 지적되지 않는다. 전쟁의 공포나 실존적 인간의 고뇌 또한 '풍경'처럼 그려진다. 진정으로 존재하는 세계는 언제나 책의 세계이며 책 밖의 세계는 관조와 풍경으로 존재한다. '평화'는 서적에만 있고, 인간이 살던 원야와 산과 바다 같은 세계 또한 서적에만 존재한다. 최인훈이, 풍요, 편안, 쾌락 등을 책 밖에서 구할 필요가 없다고 말한 문맥보다는 완화된 것이지만 현실을 괄호 치거나 부정하는 맥락은 유사하다 하겠다. 시인의 인상에 포착된 세계이므로 시인은 이를 '인상의 풍경'이라고 부른다. 풍경으로 포착된다는 것은 간접적으로 체험된다는 뜻이며 시인의 원근법적인 시선에 의해 굴절된다는 뜻이다.

서적은 곧 바로 인간이 된다. 서적에 이름이 붙게 되며, 이름이 붙는다는 것은 실존하는 것이다. 박인환 '한 권 한권이 이름이 있고 인간처럼 개성이 있다'고 쓴다. '책이 책을 만든다'는 조지 오웰의 명제처럼 그것은 '책'의 생명력과 영구 불멸성을 증언해 준다.[37] 이 개성 있는 서적이 모여 인간이 사는 세상의 '인상의 풍경'을 이룬다. 그러나 그 풍경은 사실 시인의 마음속에 투영된 것이다. 시인은 '매 마음에 투영해 주는 것이다'고 쓰고 있다. 현실에서 인간은 전쟁으로 살육과 죽임을 당한다. 현재 전쟁은 계속되지만, 서적은 시인의 내면화된 '풍경' 속에서 정의를 위해 불타오른다. 즉 전쟁이라는 불의를 구축하는 인류 정신의 희생제의인 것이다. 책은 스스로 '인신공양'함으로써 정의를 구현한다. 책만이 정의를 보장할 수 있다는 것은 '책'이 '시간과 역사'를 관통하는 성스러운 신적 주체임을 의미하는 것이다.

이 시에서 가장 현실적인 문맥을 보여주는 것은 박인환 시대의 역사적 사건이 평면적으로 진술된 5연이다. 마치 신문 지상에 실린 한국전 참전 용사의 프로파일을 읽는 듯한 느낌을 준다. 박인환의 책 세계는 현실과 따로 떨어져 홀로 존재하는 최인훈의 책 세계와는 다르게, 현실에 의해 끝없이 영향을 받는 세계이다. 그래서 책이 절대적인 가치를 지닌다 해도 항상 현실의 문제가 개입돼 영향을 받는다. 이는 신문기자였던 박인환이 이력과도 관계가 있다. '바타안'과 '코레히도르'는 2차 세계대전 당시 연합군이 승전을 기록한 곳이다. 군함 미주리호는 2차 세계대전과 한국전쟁 다시 큰 활약을 했던 군함으로, 일본 천황이 미주리호 선상에서 맥아더 장군과 니미츠(Nimitz) 장군 앞에서 항복 문서에 서명하는 역사적인 장면의 사진이 지금도 남아있다. 6·25 전쟁 와중에는 청진항 함포 사격 등으로 그 명성을 날리기도 했다. 신문기자였

---

37) 헨리 페트로스키, 앞의 책, 344면.

던 박인환은 2차 세계대전 전황이나 세계정세에 대해 손쉽게 알 수 있었을 것이다. 이 같은 감각은 신문기사형 언어 감각을 보여준 김기림에게도 동시에 해당되는 것이었다.[38]

김수영의 증언에 다시 귀를 기울여보자.

> "그는 일본말이 무척 서툴렀고 조선말도 제대로 아는 편이 못되었지만, 그 대신 그의 시에는 내가 모르는 멋진 식물, 동물, 기계, 정치, 경제, 수학, 철학, 천문학, 종교의 요란스러운 현대 용어들이 마구 나열되어 있었다. 요즘의 소위 '난해시'라는 것을 그는 벌써 그 당시에 해방 후 처음으로 본격적으로 시도하고 있었다."[39]

근대문화가 수용되는 단계에서 선진적인 것으로 인식되고 지식인들 사이에 일종의 유행이 된 것은 '말(용어)'의 수용이다. '용어 풀이'가 잡지, 신문 지상에 중요한 카테고리로 등장하는 것은 일제시대 서구 지식 수용 과정에서의 일반적인 경향이다. 식자층들이 '첨단 문화'적 자질의 하나로 이 같은 낯선 용어를 사용하고 유행시키는 것은 엘리트 의식의 일환일 수도 있겠지만, 특히 1950년대 미국 문화에 경도된 예술가들에게 이것이 하나의 '코스츔'이 될 만큼 이는 지적 유행이 되고 있었다.[40] 해방 이후 세대들에게 이 문제는 일제말기를 거치면서 '모국어로서의 한국어'를 구사하기 어려운 사정과도 밀접한 관계를 갖는다. 1950년대 시인들의 경우, 우리말 사용 능력이 1930년대 시인들에

---

38) 이명찬, 『1930년대 한국시의 근대성』, 소명출판, 2000, 155면.
39) 김수영, 「말리서사」, 이동하 편저, 『박인환 평전』, 문학세계사, 1986, 92면.
40) 김덕호, 앞의 글, 163면.

비해 떨어진다는 점은 박인환뿐 아니라 김수영, 박태진 등에게서도 나타나는 현상이다. 김수영은 그의 우리말 실력에 대해, 「아름다운 우리말 열개」에서 그 어려움을 토로한 바 있다. 김수영은 자기가 써 온 언어는 '어머니에게서 배운 본능적인 언어를 제외하면 대부분 서적이나 신문에서 배운 시사어이며 그것이 일상어'라고 말할 정도이다.41) 이 점은 시적 의장에서도 분명한 특징을 보여준다. 야콥슨의 '은유와 환유' 이론에 따른다면, 언어의 선택이나 배열에 있어 이들 시인들의 시는 축약과 응집의 언어를 보여주기보다는 배열과 치환의 언어를 보여준다. 그래서 시 언어가 갖는 고도의 집약적 언어 형식인 '은유'의 원리보다 산문적이고 일상적인 언어의 배치가 두드러지게 나타난다는 점을 확인할 수 있다. 그래서 반복이 지배적이다. 김수영의 많은 시에서 산문적이고 반복적인 시어 배열을 확인할 수 있으며 그래시 시가 묘사적 성격을 갖기보다 관념적 특징이 두드러진다. 우리말 구사 능력의 부족은, 한자어 의존 경향과 시의 전반적인 사변성과 관념성을 두드러지게 하는 결과를 낳는다.

그래서 1950년대 난해시 논란은 사실은 유년기에 일본어를 공식 언어로 배우고 사용했던 1950년대 시인들의 우리말 언어 구사력과 보다 밀접한 관계가 있다. 박인환의 경우는, 김수영이 밝힌 바대로 '다양한 현대 용어들이 마구 나열되어 있는' 시의 지적 토대와 지식 기반을 참조하지 않을 수 없다. 박인환은 앞에서 이미 언급한 대로 독서광이자 장서가였다. '현대 용어'들은 그가 접한 서양 책이나 지적 인프라 속에

---

41) 김수영, 「작가는 말한다」, 『한국전후문제시집』, 신구문화사, 1964. 이에 대해서는 졸고, 『한국 현대시와 언어의 풍경』, 태학사, 1999, 225면.

서 이해될 수 있을 것이다. 그리고 다른 한편으로는, 그가 당시 세계정
세나 정치 경제 일반에 대한 지식을 폭넓게 인지할 수 있었던 신문기
자라는 사실을 지적할 수 있을 것이다. 박인환의 신문기자 감각을 시
적 방법론의 차원에서 적극적으로 평가한 이는 동시대인이자 박인환
과 절친했던 김규동이다. '그의 날랜 센스와 명쾌한 화술은' 박인환의
신문기자적 감각에서 나왔을 것이다.42) 박인환의 말이 예언자적 구술
을 닮았다거나, 김수영이나 조향, 김경린의 시에 비해 연설적 성격이
짙다거나, 마지막 한 줄부터 쓰는 그의 기지가 예기치 않은 조화를 이
루어내고 있다거나 하는 박인환의 선취적 특질도 이와 관련이 있다.
　다시 박인환의 시에서 이 같은 저널리즘적 '사건'들이 '풍경'의 세계
와 어떻게 연결되어 있는지 살펴보자.

　　나는 눈을 감는다/ 평화롭던 날 나의 서재에 군집했던/ 서적의 이름
　을 에운다/ 한권 한권이
　　인간처럼 개성이 있었고/ 죽어간 병사처럼 나에게 눈물과/ 불멸의 정
　신을 알려준 무수한 서적의 이름을……/ 이들은 모이면 인간이 살던/
　원야와 산과 바다와 구름과 같은/ 인상의 풍경을 내 마음에 투영해주는
　것이다

'눈을 감는' 것은 밖의 소리를 차단하고, 세계를 거부하는 행위이며
책 세계로의 몽상을 의미한다. 눈을 감아버림으로써 현실은 책의 세계
속으로 소멸하고 그는 환몽에 빠져든다. 평화롭던 서적의 세계에서 그

---

42) 김규동, 이동하 편저, 「박인환 론—신화와 창백한 마법의 법칙」, 『박인환 평전』,
　　129면.

는 '죽어간 병사'에 대한 눈물이 아니라 서적의 세계에 안착한 자의 감격의 눈물과 책이 가진 불멸의 정신을 확인한다. 서적이 모이면 '인간이 살던/ 원야와 산과 바다와 구름과 같은' 풍경의 세계가 펼쳐진다. 그것이 곧 자신의 마음에 투영된 원야(자연)이며 우주이다. 자유와 정의를 지키는 루즈벨트와 맥아더 장군의 이야기도 결국 책 속에서 살아남아 반복될 것이다. 책만이 시간을 반복하고 그를 통해서 영원한 생명을 얻는다. 책을 펼치면 생명처럼 책장이 나부끼는 것은 책이 영원한 생명력을 갖는 것임을 의미한다. 따라서 신문 지상에 보도된 실재적인 사건조차 박인환의 시에서는 일종의 '풍경'으로 존재할 뿐이다.

시인은 현재의 시기를 '비참한 인류의 새로운 미주리호에의 과정이여'라고 썼다. '미주리호'는 미국이 평화와 자유를 보장하기 위해 전장에 투입했던 군함인데, 박인환은 비침한 인류의 역사가 '미주리호의 과정'으로 반복된다고 말한다. 프랑스 혁명, 산업혁명, 태평양 전쟁 등 세계사적인 사건들과 한국전쟁은 현실 세계에서 일어난 '가혹한' 것이란 점에서 동일한 것이다. '전쟁'과 다를 바 없다. 그러나 시인은 이를 '풍경'으로 내면화 한다. 박인환은 작금 일어나는 상황조차 서적의 세계로 치환해 버린다. 이들 인류사적 사건들은 '바람에 퍼덕이는 여러 페이지들' 속에서 존재한다. 시인은 서적이나 회상을 통해서 그것을 인지할 뿐이다. 일종의 '환유적 욕망'의 밀어내기이다.[43) 욕망의 동인을 현실에서 구하지 않고, 결핍과 부재의 상황에서 계속 욕망의 실현을 지연시킴으로써 가상의 안정을 누릴 수 있기 때문이다. 이를 통해 시인은

---

43) 자크 라캉, 민승기 외 옮김, 『욕망이론』, 문예출판사, 1994, 44~45면.

관념의 세계, 서적의 세계 속에서 현실의 고통을 대체하는 기제를 찾아낸다. 박인환이 마지막에 말한 '싸움'은 현실과 이상의 싸움, 전쟁과 서적의 싸움이라기보다는 서적의 세계를 절대화 하고 동일화하기 위한 자기 내면의 싸움이다. 이 점에서 서적은 거울의 환영이며 '전쟁'은 거울의 세계에 빠져있는 박인환의 세계에 언뜻 침입하고 사라진 몽환의 시, 공간이다.

전쟁의 와중에서도 오직 '서적과 풍경'의 세계만이 창백한 장미의 창연한 아름다움을 전해준다. 시인은 그래서 전쟁에 대항하고 전쟁의 비참에 저항하는 것이 아니라 책 속의 세계를 위협하는 현실의 세계, 관념과 마음의 세계를 위협하는 구체성의 세계에 대립하고 있다. 책의 세계를 절대화 하고 물신화함으로써 박인환은 현실을 대체하는 관념의 거울을 떠나지 못하고 만다. 그 거울의 세계를 단단하게 받쳐 준 것이 바로 실존주의다. 박인환의 세계는 실존주의 지식의 전반적 확장을 통해 공고한 자기중심을 획득한다. 박인환의 시 「서적과 풍경」은 '책'의 환상을 통해 전쟁의 불안을 초월하고자 했던 1950년대 지식인들의 지적 사변적 사고가 바탕이 되어 있다. 일제시대부터 형성되어 있었던 '책의 숭배와 연금술적 이미지'를 여전히 등질적으로 가지고 있으면서, 오히려 일제시대보다 현실과 책 세계를 분리하고자 하는 욕망은 강했음을 확인할 수 있다. '전쟁'을 현실과 등질적인 것으로 보고 현실 혹은 전쟁이라는 상황을 책 속의 세계로 동일화함으로써 전쟁이라는 현실, 현실의 고통과 불안을 초월하고자 했던 것이다.

4. 마무리

이 글은 한국 근대 문인들의 '책' 숭배열과 인식론을 통해 그것이 어떻게 '책'의 연금술적 상상력과 연결되고 시대정신의 맥락 속에 놓이게 되는지를 살펴보았다. 근대문학사의 이름난 책 숭배자인 박영희, 김기림, 임화 등의 '책' 인식은 지식인으로서의 책무와 시대정신과도 밀접한 관련이 있는 것이었다. '책' 모티프가 근대시의 미학적 개념과 연결되는 박영희의 경우, 정치와 문학의 매개항이자 문학이 좌절되는 순간에 최고의 정신적 경지를 보성해주는 것으로 상징된 임화의 경우, 자본주의적 물화인 '시장'과 대립되는 것으로 '책'의 세계를 그린 김기림의 경우는, 근대문인들의 '책 인식' '시대'를 읽는 하나의 거울로써 작동하고 있음을 보여준 것이다.

이 글에서 중점적으로 살펴본 것은 박인환의 경우이다. 이는 일제시대와 1950년대와의 '책 숭배'의 공통점과 차이점을 해명하는 것인 동시에 일제시대와 1950년대의 서구 지식의 수용의 배경 및 시대정신의 차이점을 밝히는 것이기도 한 것이다. 결론적으로, 박인환의 경우 일제시대부터 형성되어 있었던 '책의 숭배와 연금술적 이미지'를 여전히 등질적으로 가지고 있으면서, 오히려 일제시대보다 현실과 책 세계를 분리하고자 하는 욕망은 강했음을 확인할 수 있다. 박인환은 '책'의 환상을 통해 한국 전쟁으로 인한 불안과 죽음 의식을 넘어서고자 했던 것인데, 이는 당대의 실존주의 수용의 지식사회학적 배경과 근본적으로는 유사한 것이다.

박인환 시 「아메리카 시초」에 대하여

1. 문제제기

이 글은 박인환의 73편의 시 중 「아메리카 시초」라는 이름아래 씌어진 12편을 주요 대상으로 한다. 「아메리카 시초」는 1955년 3월에 미국을 여행한 후 쓴 일련의 시편들로 그의 모더니스트로서의 면모와 더불어 현실 인식, 특히 민족의식을 강하게 드러내는 것이어서 주목된다. 또한 그간 박인환 시의 중요한 결함으로 지적되어 온 몇 가지 요소들을 극복한 시들이라는 점도 주목할 만하다. 예를 들어 "시에 사용된 이미지들이 생생한 체험에 의해 뒷받침된 것이 아니라 그냥 막연한 공상에 근거를 두고 있어 통일된 질서를 이루지 못하고 있다."[1]거나, "시

---

* 한명희 / 강원대학교 스토리텔링학과 교수

적 성취에서 볼 때는 미완의 수준에 머물고 있다.",[2] 또 "불가해 한 시"[3]라는 평가는 「아메리카 시초」의 여러 시편들에는 해당되지 않는다고 판단되는 것이다. 박인환의 시를 여러 시기로 구분함에 있어 「아메리카 시초」가 중요한 분기점이 되는 것도 이 시가 지닌 중요성을 말하는 것이라고 할 수 있다.[4]

이렇게 여러 가지로 주목할 만한 점이 많음에도 불구하고 그간 「아메리카 시초」에 대한 관심이 부족했던 이유는 이 시들이 단순히 '일종의 기행시',[5] '이국 취향의 기행시'[6]로 취급되어 왔기 때문일 것이다. 본문에서의 논의를 통해서 드러나겠지만 「아메리카 시초」는 미국 여행을 소재로 하고 있는 것은 분명하나 미국의 풍물보다는 화자의 내면의식이 더 강하게 드러나고 있어 단순한 기행시로 취급할 수 없는 면

---

1) 이동하, 『박인환』, 문학세계사, 1993, 26면.
2) 한계전, 「한국 전후시에 있어서 모더니즘적 특성과 그 가능성」, 『시와시학』, 1991년 여름호, 405면.
3) 이주형, 「박인환 시고」, 이동하, 앞의 책, 150면.
4) 박민수는 박인환의 시를 네 단계로 나눈다. 초기(전쟁 이전)의 시, 전후의 시, 미국 여행시기의 시, 말기의 시가 그것이다(박민수, 『한국현대시의 리얼리즘과 모더니즘』, 국학자료원, 1996, 212면). 김은영은 초기시, 중기시, 말기시의 세 가지로 나누는데 말기시에 해당하는 것이 바로 미국 여행시에서부터다(김은영, 「1950년대 모더니즘 시 연구―<후반기> 동인을 중심으로」, 창원대 박사학위논문, 2000, 89면).
5) 김영철, 『박인환』, 건국대학교 출판부, 2000, 188면. 김영철은 박인환 연구에 있어 가장 많은 성과를 낸 연구자 중의 한 사람이라고 생각된다. 이 책과 더불어 「박인환의 현실주의 시」도 박인환의 시를 "모더니즘의 자로만 평가하려는 경향"에 이의를 제기하고 모더니즘 이면에 있는 "암울한 리얼리즘의 시세계"가 있다는 점을 설득력 있게 분석한 글이라는 점에서 주목을 끈다(김영철, 「박인환의 현실주의 시」, 『한국 현대시의 좌표』, 건국대학교 출판부, 2000). 그러나 두 논문 모두에서 「아메리카 시초」에 대해서는 자세히 언급하지 않고 있다.
6) 이건청, 「박인환과 모더니즘적 추구」, 『한국현대시사연구』, 일지사, 1983, 625면.

이 있다. 박인환이 쓴 시가 73편이고 그 중 「아메리카 시초」에 실린 시가 12편이면 이들 작품이 그의 시세계에서 차지하는 비중이 결코 작다고 할 수 없다. 그럼에도 불구하고 이 시들에 대한 연구가 적은 보다 근본적인 이유는 박인환에 대한 연구가 그의 작품세계에 대한 것보다 <후반기> 동인을 중심으로 한 모더니스트로스의 면모에 더 초점이 맞추어져 왔기 때문일 것이다. 박인환이 "<신시론> 동인을 구성하여 동인 사화집 『신시론』, 『새로운 도시와 시민들의 합창』을 내면서 모더니즘을 제창했고, <후반기> 동인을 결성하여 전란 이후 현대시가 갈 길을 모색, 특히 이러한 일에 핵심 중추 역할"7)을 했다는 점에는 이론의 여지가 없을 것이다. 그러나 이러한 평가가 박인환의 시를 모더니즘의 테두리 안에서만 해석하고 평가하는 편견을 낳았다는 점 또한 부정할 수 없다.

소극적이나마 「아메리카 시초」에 의미를 부여한 연구들을 살펴보면 연구자들의 견해가 크게 두 가지로 갈라지는 것을 발견할 수 있다. 먼저 이들 시를 긍정적으로 바라본 경우다.8) 박윤우는 「아메리카 시초」를 "박인환 시에 나타난 문명비판이 감상주의와 어떻게 결합되며, 그가 추구한 '시의 원시림'과 '영원한 일요일'의 세계가 어떻게 관념화되

---

7) 윤정룡, 『전후시의 미로』, 도서출판 호민, 2000, 86면.
8) 「아메리카 시초」에 대해 가장 먼저 주목한 사람은 김광균이 아닌가 한다. 그는 "나는 박인환의 작품 속에선 이 합동 시집의 것보다 대한해운공사의 사무장이란 가칭으로 승선하여 미국을 다녀와 쓴 「아메리카 시초」의 것을 들고 싶다./ 격정하는 고독한 동양 청년이 찾아가 발견한 미국은 우리 시에 보지 못하던 것이었다./ 박인환의 시는 그 후에도 이 길로 지향하는 것이 옳았을 것 같다. 그러나 그것은 이내 개화하지 못하였다."고 하였다(김광균, 「마리서사 주변」 ; 김영철, 『박인환』, 앞의 책, 142면). 그러나 이 글은 본격적인 연구가 아니고 일종의 회고록이다.

어 가는지를 엿볼 수 있는 대표적인 예"9)로 들고 "「아메리카 시초」라
는 제목으로 엮여진 일련의 시들은 모두 이국 체험에 대한 호기심과
함께 엄연한 생활현실로서 다가온 문명의 실상에 대한 미묘한 갈등이
담겨 있다는 점에서 문제적이다."10)는 지적을 하고 있다. 그러나 박윤
우는 이 정도의 언급에 그칠 뿐 구체적인 작품 분석을 보여주고 있지
않다. 양애경은 "그 기본적 정신이 자본주의에 대한 비판적 시각과 주
체적인 인식인 박인환의 「아메리카 시초」는 30년대 이미지스트인 김
기림과 김광균의 이국적 풍물시와는 분명히 구별될 수 있다고 생각된
다."11)고 하여 「아메리카 시초」의 의의를 한층 더 강조하고 있다. 그러
나 양애경의 연구 역시 「아메리카 시초」의 작품들에 대한 구체적인 분
서이 미흡하여 아쉬움을 남겨주고 있다.

　이 두 연구자들과 달리 김은영과 박민수는 「아메리카 시초」에 대해
부정적으로 접근하고 있다. 김은영은 박인환이 미국 기행을 통해 허무
적 세계를 더욱 심화하게 되었으며 이렇게 한층 심화된 허무주의적, 감
상적, 낭만적 색채가 박인환의 시 「목마와 숙녀」, 「세월이 가면」, 「죽은
아포롱」, 「옛날의 사람들에게」, 「가을의 유혹」 등에 나타나게 된다고
본다.12) 그는 특히 「아메리카 시초」 중의 「여행」, 「태평양에서」, 「십오
일간」 등의 시를 두고 "당대의 역사현실에 대한 통찰의지를 찾는다는

---

9) 박윤우, 『한국현대시와 비판정신』, 국학자료원, 1999, 66면.
10) 박윤우, 위의 책, 66면.
11) 양애경, 「50년대 모더니즘 시의 미적 구조」, 『한국퇴폐적낭만주의시연구』, 국학
　　 자료원, 360~361면.
12) 김은영, 「1950년대 모더니즘시 연구-<후반기> 동인을 중심으로」, 창원대 박사
　　 학위논문, 2000, 138면.

것은 무리."13)라고 하여 필자의 논지와는 다른 주장을 하고 있다. 박민
수도 "결국 「아메리카 시초」를 통해 박인환이 드러내고 있는 것은 여
행자의 고독과 이국적 정조, 문명사회에 대한 비판 의식 등인데, 이러
한 모든 것들이 당시의 국내 상황에서 벗어난 단순한 여행자의 관점에
서, 또는 문명 비판자의 시각에서 이루어지고 있다."14)고 하여 김은영
과 마찬가지로 박인환이 당대의 역사적 현실을 정확하게 바라보고 있
지 못하다는 점을 비판하고 있다.

　다른 연구자들의 견해 중, 「아메리카 시초」에 문명사회에 대한 비판
이 드러난다는 점에는 동의하지만 "「아메리카 시초」 전편에서 드러나
는 박인환의 정신 내용은, 여행자의 고독과 이국적 정서, 그리고 문명
대국으로서의 미국이 드러내고 있는 문명 현상에 대한 부정 의식 등으
로 요약될 뿐이다."15)는 지적에는 동의할 수 없다. 「아메리카 시초」의
주조를 이루는 것은 눈앞의 현실로 맞이한 문명에 대한 '동경'과 '부정'
사이에서의 갈등, 그리고 자신의 민족적 정체성에 대한 자각이기 때문
이다. 필자는 박인환의 「아메리카 시초」의 시편들이 박인환의 다른 시
들에서 나타나는 결함들을 상당히 극복했으며, 무엇보다 그의 현실인

---

13) 김은영, 앞의 글, 136면.
14) 박민수, 앞의 책, 213면. 특히 박민수는 박인환의 미국 여행이 "전후의 황폐화한
　　국내 상황으로부터 벗어남으로써 이러한 절대 절망의 허무주의가 어느 정도 다
　　른 모습을 보일 수 있을 것이라는 기대를 가질 수 있고, 한편 6·25 전쟁 당시
　　이른바 우방국으로서 참전한 미국에 대하여, 박인환이 직접 그 미국을 방문함으
　　로서 한국전쟁과 관련지어 어떤 반응을 보이는지 확인할 수 있는 기대를 가질
　　수 있는 것이다. 여기서 후자는 박인환의 역사의식을 살필 수 있는 계기가 될 수
　　도 있을 것."(박민수, 위의 책, 211면)인데, 이것을 활용하지 못했다고 비판한다.
15) 박민수, 위의 책, 213면.

식의 일단을 엿볼 수 있는 중요한 작품이라고 생각한다. 이 글의 다음
장들은 이러한 점을 규명하는데 바쳐질 것이다.

2. 미국 체험과 민족의식

박인환은 생전에 단 한 권의 시집 『선시집』을 내는데, 이 시집은
"書籍(서적)과 風景(풍경), 아메리카 詩抄(시초), 永遠(영원)한 序章(서장),
抒情(서정) 또는 雜草(잡초)"의 네 부분으로 이루어져 있다.16) 이 중 「아
메리카 시초」에는 11편의 시가 실려 있는데,17) 시 끝에 '太平洋(태평양)
에서', '올림피아에서', '에베렛트에서' 등 시를 쓴 장소를 표기함으로써
이 시가 미국 여행의 소산임을 보여주고 있다.18) 박인환은 산문에서 미

---

16) 박인환, 『선시집』, 산호장, 1955.
17) 『선시집』을 낼 당시에는 「아메리카 시초」에 11편의 시가 실려 있었으나 1976년
    에 간행된 『목마와 숙녀』에는 「이국 항구」가 한편 더 추가되었다. 이 글은 12편
    의 시 모두를 대상으로 한다.
18) 「아메리카 시초」를 쓸 당시, 더 정확히는 박인환이 대한해운공사에서 화물선
    '남해호'의 사무장을 위촉받아 미국에 가게 될 당시의 상황은 박인환이 미국 여
    행을 마치고 돌아와 『조선일보』에 쓴 다음의 글에 잘 나타나 있다.
    솔직한말로서 나는 아무計劃도期待도없이 「南海號」라는 배로떠났다 詩를쓴다는
    것이나 映畫評論을한다는일이 이나라에서는 生活的인職業이 되지못하여 나는大
    韓海運公社의 그늘진冊床옆을 몇개월간을나갔다 勿論 固定된收入도없이 漠然히
    生活은어떻게되겠지하며 親友들이말리는것도 뿌리치고 月給의날을 기다렸다 그
    러한 어느날 별로 일같은일도하고있지않던나에게 배를타고 아메리카를 한번 가
    보는것이어떠냐는社長의말이 떨어졌다 꿈같은일이라고하기에는 너무도우스운일
    이었다
    모든일을 善意로 解釋하자는 것이 나의 今年에 들어서의 信條였다 會社에 하루
    종일 나가있는댓자 神通한일도 없고 暫時나마 이곳을 벗어나는것은 별로 不快
    한일은아니다 그러면 떠나자 여기저기서 빚을 얻어가지고 몇푼의美貨로 바꾸고

국을 "事實에있어서 偉大한나라로 온世界에알려진 아메리카"[19]로 표현하고 있다. 그러나 이 시들에서 두드러지는 것은 미국의 위대성이나 여행자의 눈에 비친 미국의 풍물이 아니라 미국 속에서 느끼는 한국인으로서의 민족적 자각이다.[20] 먼저 「어느 날의 詩가 되지 않는 詩」를 살펴보자.

> 당신은 日本人이지요?
> 챠이니이스? 하고 물을때
> 나는 不快하게 웃었다.
> 거품이 많은 술을 마시면서

三日俟인 三月五日에는 釜山港과作別을했다 그翌日인 六日에는 日本 神戶港에 寄港 九日夜牛에 내가탄배는 태평양으로나갔다
十四日間을 孤獨과 風浪과싸우며 나는나로서 二十二日아침에 「워싱톤」州의 首俯인 「올림피아」의 거리를 바라다 볼수가있었다 어찌된셈인지 어떤目的인지 나도 모르는 사이에 아메리카에 오고 배의 한人員이된 義務로서 그후寄港한 「타코마」 「에베레트」 「아나코데스」 「크로에ㄴ제르」과 그附近의都市 村落十餘個所를 求景했다 交通費가 비싸서 먼곳은 갈수도 없고 細部에걸쳐 觀察한다는것은 내自身이 避하고 말았다(박인환, 「19일간의 아메리카 1」, 『조선일보』, 1955. 5. 13).
19) 위의 글, 같은 곳.
20) "오늘날 '민족'이라는 용어가 너무나 광범위하고도 부정확하게 쓰이기 때문에 민족주의라는 어휘를 사용하는 것이 사실상 의미가 없다."는 홉스봄의 견해에 따라(E. J. 홉스봄, 강명세 역, 『1780년 이후의 민족과 민족주의』, 창작과비평사, 1994, 24면), 그리고 "내셔날리즘은 본래 극히 감정적이고 탄력적인 개념이기 때문에 추상적으로 정의하는 것은 어려운 일이다. 그것은 민족주의, 국민주의, 국가주의와 같이 여러 가지로 번역되어 각각 어느 정도 정당한 그러나 어느 것이나 일면적인 번역어"라는 마루야마 마사오의 견해에 따라(마루야마 마사오, 김석근, 역, 『현대정치의 사상과 행동』, 한길사, 1997, 322~323면) '민족' 개념에 대한 자세한 고구는 하지 않았다. 이 글에서 '민족'이라는 말은 같은 지역에서 오랫동안 공동생활을 함으로써 언어나 풍습 따위 문화 내용을 함께 하는 인간 집단이라는 보편적인 의미로 쓰였다.

나도 물었다
당신은 아메리카 市民입니까?
나는 거짓말 같은 낡아빠진 歷史와
우리 民族과 말이 單一하다는 것을
자랑스럽게 말했다.
黃昏.
타아반 구석에서 黑人은 구두를 닦고
거리의 少年이 즐겁게 담배를 피우고 있다.

女優<갈보>의 傳記冊이 놓여있고
그 옆에는 디덱티이브·스토오리가 쌓여있는
書店의 쇼오위인드
손님이 많은 가개안을 나는 들어가지 않았다.

비가 내린다.
내 모자위에 重量이 없는 抑壓이 있다.
그래서 뒷길을 걸으며
서울로 빨리 가고 싶다고
센치멘탈한 소리를 한다.

―「어느 날의 詩가 되지 않는 詩」 전문

　이 시는 박인환이 한국인으로서의 정체성 문제를 뚜렷하게 의식하고 있다는 점을 보여준다는 점에서 문제적이다. 구두를 닦는 흑인, 즐겁게 담배를 피우는 소년이 그려지는 한편, 서점의 모습도 묘사되고 있지만 이 시가 초점을 맞추고 있는 것은 미국의 그러한 풍경이 아니다. 미국 속에서의 한국인으로서의 자기 인식, 그것이 이 시의 주요 테마가 되고 있는 것이다. 화자는 술집에서 "당신은 일본인이지요?/ 챠이니이스?"라는 질문을 받는다. 술집에서 술을 마시고 있던 '아메리카 시민'은 화자를 일단은 일본인으로, 그 다음에는 중국인으로 추정한 것이다. 이러한 질문에 대한 화자의 반응은 우선 '불쾌하게 웃'는 것이며, 질문자를 향해 '당신은 아메리카 시민입니까?'하고 묻는 것이다. 그리고 우리나라에 대해 설명하는 것이다. '국적'을 묻는 질문에 '민족'으로 답하는 형국이 되어버렸지만, 이 경우 '민족'은 '국가'의 다른 이름이라고 보아도 좋을 것이다.[21] 화자는 '아메리카 시민'에게 자신의 나라는 오랜 역사를 지니고 있으며 '민족과 말이 단일하'다는 것을 말해준다. 이 두 가지가 화자가 자신의 정체성을 확인하는 중요한 요소로 작용하고 있다는 점을 일단 지적해두기로 하자.[22] 질문자가 화자의 나라에 대해 잘 알고 있었다면 화자가 굳이 이러한 설명을 할 필요가 없었을 것이다. 여기서 일단 화자의 이국인, 특히 약소국의 국민으로서의 소외감이 드러난다고 보아야 할 것이다. 화자는 우리 민족에 대해 '자랑스

---

21) 우리나라의 경우, '민족'과 '국가'는 구별 없이 쓰이는 경우가 많다. 임지헌은 "국가가 없다는 것이 집단적 삶의 정상적 조건이었던 식민지의 비정상적 역사 상황 속에서 민족은 사실상 국가의 공백을 채워주는 실체이자 신화였다."고 한다(임지헌, 『민족주의는 반역이다』, 소나무, 1999, 350면). 그는 20세기 한반도의 담론 체계에서 민족이 국가를 대체한 것은 당연한 것이라고 본다(임지헌, 위의 책, 5면).
22) 민족의 구성 양식은 정치, 경제, 사회, 문화, 영토, 종교, 언어 등 다양한 사회적 관계의 총합에 의해서 규정된다(임지헌, 위의 책, 26면). 그러나 우리나라에서는 민족주의라고 하면 "단일한 언어와 혈통에 의해 형성된 공동체로서의 민족을 흔히 상상하게 된다(윤형숙, 「역자해설」, 베네딕트 앤더슨, 『상상의 공동체』, 나남출판사, 2002, 280면). 박인환의 시를 통해서 드러나는 바, 그의 경우도 혈통과 언어의 문제를 가장 중요하고 생각하고 있음을 알 수 있다.

럽게 말했다'고 하고 있지만, '거짓말 같은 낡아빠진 역사'라는 표현은
화자가 결코 자신의 민족에 대해 자랑스럽게만 생각하고 있지 않다는
점을 알게 해 준다. 화자가 술집을 벗어나 거리로 나와서 '서점'의 '손
님이 많은 가개안'을 들어가지 않는 것, 또 '뒷길' 걷는 것, '서울로 빨
리 돌아가고 싶다'고 말하는 것은 모두 미국에서 느끼는 소외감 때문
에 비롯된 것이라고 할 수 있을 것이다. 다음에 인용할 시 역시 미국
에서 느끼는 화자의 한국인으로서의 자기 인식 문제를 다루고 있다.

거룩한 自由의 이름으로 알려진 土地
茂盛한 森林이 있고
飛廉桂舘과 같은 집이
連이어 있는 아메리카의 都市
샤아틀의 네온이 붉은 거리를
失神한 나는 간다
아니 나는 더욱 鮮明한 情神으로
타아반에 들어가 鄕愁를 본다.
이즈러진 回想
不滅의 孤獨
구두에 남은 韓國의 진흙과
商標도 없는 <孔雀>의 연기
그것은 나의 자랑이다
나의 외로움이다.

또 밤 거리
거리의 飮料水를 마시는
포오트랜드의 異邦人

저기

가는 사람은 나를 무엇으로 보고 있는가.

―「旅行」 부분

이 시의 끝부분 "저기/ 가는 사람은 나를 무엇으로 보고 있는가"는
앞의 시 「어느 날의 詩가 되지 않는 詩」에서 화자가 받았던 질문, "즉
당신은 일본인이지요?/ 챠이니이즈?"의 변용이라고 할 수 있다. 타인에
게서 직접 질문을 받는 대신 자기 스스로 타인의 눈에 자신이 어떻게
비칠지를 생각해 보는 것이기 때문이다. "구두에 남은 한국의 진흙과/
상표도 없는 <공작>의 연기"가 나오는 것으로 보아서도 화자의 자문
은 '국적'의 문제가 중심에 놓인다고 볼 수밖에 없다. 그런데 이 시에서
도 '한국인'이라는 사실은 화자에게 '자랑'인 동시에 자신을 초라함을
느끼게 하는 요소로 작용한다. 화자가 보고 있는 '아메리카의 도시', '샤
아틀'(시애틀)은 '거룩한 자유의 이름으로 알려진 토지'이며 '무성한 삼
림'과 '비렴주관과 같은 집'이 연이어 있으며 '네온이 붉은 거리'가 있
는 곳이다. 시애틀의 화려함은 오히려 화자에게 한국인이라는 자각을
불러일으킨다. 화자가 거리를 벗어나 혼자만의 공간, '타반'에 들어가
는 것은 스스로를 시애틀과 분리해서 생각하려는 행동이라고 볼 수 있
다. 타반에서 화자는 '구두에 남은 한국의 진흙과/ 상표도 없는 <공
작>의 연기'를 보는데 이것이 화자에게는 '한국'의 상징이 되고 있다.
화자는 이것을 '나의 자랑이다/ 나의 외로움이다'로 표현하고 있는데,
여기에는 미국 문명을 눈앞에 한 화자의 복잡한 심정이 그대로 드러나
있다. 자신은 한국인이라는 자부심이 있지만 그 자부심의 이면에 물질

문명에 압도당하는 초라한 자신의 모습이 있는 것이다.

① 水夫들은 甲板에서
　갈매기와 이야기한다
　……너희들은 어데서 왔니……
　和蘭성냥으로 담배를 붙이고
　싱가폴 밤 거리의 女子
　지금도 생각이 난다
　銅像처럼 서서 埠頭에서 기다리겠다는
　얼굴이 까만 입술이 짙은 女子
　波濤여 꿈과 같이 부숴지라
　헤아릴수 없는 純白한 밤 이면
　하모니카 소리도 처량하고나
　포오트랜드 좋은 고장 술집이 많아
　구레용 칠한 듯이 네온이 붉은 밤
　아리랑 소리나 한번 해보자

— 「水夫들」 전문

② 芬蘭인 미스터— 몬은/ 自動車를 타고 나를 데리러 왔다./ 에베렛
트의 日曜日/ 와이샤스도 없이 나는 韓國노래를 했다./ 거저 쓸쓸
하게 가냘프게/ 노래를 부르면 된다/ ……파파·러브스·맘보……
/ 춤을 추는 돈나/ 개와 함께 어울려 湖水가를 걷는다.// 테레비죤
도 처음 보고/ 카로리가 없는 맥주도 처음 마시는/ 마음만의 紳士/
즐거운 일인지 또는 슬픈 일인지/ 여기서 말해주는 사람은 없다./
浪漫을 연상ㅎ게 하는 時間. /미칠 듯이 故鄕생각이 난다.// 그래서
몬과 나는/ 이야기 할것이 없었다 이젠/ 헤져야 된다.

— 「에베렛트의 日曜日」 전문

「수부들」은 '한국 노래'를 부르는 행위가 한국인으로서의 자기 확인으로 나타내는 시라고 할 수 있다. 이 시에서 화자가 "아리랑 소리나 한번 해보자"고 말하게 되는 것은 수부들의 갈매기를 향해 한 질문, "너희들은 어데서 왔니"와 관련된다. 그러나 이에 대한 대답은 나오지 않고 '화란 성냥으로 담배를 붙이'는 것, '싱가폴 밤 거리의 여자'가 생각난다는 얘기가 나온다. 이것으로 미루어 '어데서 왔니'라는 질문은 '국적'의 문제와 관련되어 있다고 볼 수 있다. 이 시의 화자는 화란과 싱가포르의 이미지를 각각 '성냥'과 '밤거리의 여자'로 떠올린다. 미국은 '술집이 많은 곳'이 그 이미지가 되고 있다. 화자가 시의 끝에서 한국의 국민가요라고 할 수 있는 '아리랑' 소리를 해보자고 하는 것은 이것이 한국의 상징이기 때문이다. 즉 '나는 한국에서 왔다'는 자기 인식이 '아리랑'으로 이어지고 있는 것이다.

「에베렛트의 일요일」 역시 '한국 노래'를 부르는 것이 화자 스스로 한국인임을 되새기는 일이 되고 있다. 핀란드인 미스터 몬 앞에서 화자가 굳이 '한국 노래'를 부르는 것은 미스터 몬과의 차별성을 전제로 한 것으로 보아야 할 것인데, 이때 차별성이 바로 자신은 한국인이라는 것이다. 국가나 국민가요를 부르는 것은 그것을 부르는 사람들 사이에 화합의 기회, 민족이 메아리치며 물리적으로 실현되는 기회를 제공한다고 한다.23) 위의 시 「수부들」과 「에베렛트의 일요일」은 모두 한국 노래를 부르는 형태로 화자의 한국인으로서의 정체성을 드러내는 시라고 할 수 있을 것이다.

---

23) 베네딕트 앤더슨, 앞의 책, 187면.

四月十日의 復活祭를 위하여/ 포도酒 한병을 산 黑人과/ 빌딩의 숲속을 지나/ 에이브람·린컨의 이야기를 하며/ 映畵館의 스칠 廣告를 본다./ ……카아멘·죤스……// 미스터·몬은 트럭을 끌고/ 그의 아내는 쿡크와 입을 맞추고/ 나는 <지렡> 會社의 테레비죤을 본다.// 韓國에서 戰死한 中尉의 어머니는/ 이제 처음 보는 韓國사람이라고 내 손을 잡고/ 샤아틀 市街를 救景시킨다.// 많은 사람이 살고/ 많은 사람이 울어야하는/ 아메리카의 하늘에 흰구름./ 그것은 무엇을 依微하는가.// 나는 들었다 나는 보았다/ 모든 悲哀와 歡喜를.// 아메리카는 휫트맨의 나라로 알았건만/ 아메리카는 린컨의 나라로 알았건만/ 쓴 눈물을 흘리며/ 부라보… 코리안 하고/ 黑人은 술을 마신다.

—「어느 날」 전문

이 시는 화자가 미국에서 만난 세 사람을 대상으로 하고 있다. 1연과 4연의 '흑인'과, 2연의 '미스터·몬', 3연의 '한국에서 전사한 중위의 어머니'가 그들이다. 2연의 '미스터·몬'은 이 시만으로는 어떤 사람인지 잘 드러나지 않지만 「에베렛트의 일요일」과의 상호텍스트적 읽기에 의하면 핀란드계 미국인이며 트럭(자동차)을 모는 인물임이 확인된다.24) '미스터 몬'은 이 시의 다른 인물들과 달리 화자가 동질감을 느끼지 못하는 사람이다. "미스터 몬은 트럭을 끌고", "그의 아내는 쿡크와 입을 맞추"는 동안 화자는 "<지렡> 회사의 테레비죤을" 볼 뿐이다. 그러나 다른 두 인물, 한국 전쟁에 나가 전사한 아들을 둔 어머니와 흑인에 대해서는 화자가 충분한 공감대를 형성하고 있다. 먼저 '어머

---

24) 「에베레트의 일요일」은 "芬蘭인 미스터 몬은/ 자동차를 타고 나를 데리러 왔다"로 시작한다. 이 시에서도 '미스터 몬'이 '트럭'을 끈다고 한 것으로 보아 두 사람은 같은 인물로 추정된다.

니'는 화자의 손을 잡고 시애틀 시가를 구경시켜 준 사람이다. 그가 화
자에게 이러한 친절한 베푸는 것은 그의 아들이 한국전쟁에서 전사했
기 때문이며, 또 화자가 '처음 보는 한국 사람'이기 때문이다. 그에 있
어 화자는 '한국'을 대표하는 인물이며, '한국'은 '전쟁'을 치른 나라로
인지되고 있는 것임에 틀림이 없다. 그런데 한국의 이러한 위상을 더
정확히 깨닫게 해주는 것이 바로 '사월십일의 부활제를 위하여/ 포도
주 한 병을 산 흑인'이다. 이 흑인은 부활제지만 포도주 한 병만을 살
만큼 가난한 인물이다. 이런 흑인에게서 화자는 '아메리카의 비애'를
느끼기도 한다. 그러나 휘트먼의 나라, 링컨의 나라로 알았던 미국에
이런 면에 있다는 것을 알게 되었다는 것보다 더 중요한 문제는 흑인
이 한국에서 온 화자에게서 동질감을 느끼고 있다는 것이며, 또 화자
가 흑인과 동질감을 느끼고 있다는 것이다.[25] 그러니까 이 시는 한국
인인 자신과 미국의 흑인의 처지가 비슷하다는 인식을 보여주고 있다
고 할 수 있겠다. 미국인들을 통해 화자는 자신이 '전쟁'을 치른 나라
에서 온 한국인이며, 흑인과 비슷한 처지의 사람이라는 것을 깨닫게
되는 모습을 보여주고 있는 것이다.

「아메리카 시초」는 일단 미국을 여행함으로써 쓰인 시이다. 시편들
이 미국 풍경을 담고 있는 것은 어쩌면 당연하다. 그러나 이 시들이

---

25) 양애경은 이 시에 대해 "자유와 민주주의는 모두의 것이 아니라 특정집단만의
   것이라는 것을 비탄에 잠긴 흑인은 증명해 보여준다."고 하였고(양애경, 앞의
   책, 394면) 박민수는 "민주주의 국가에서의 흑인 차별이라는 모순을 지적하는
   것."(박민수, 앞의 책, 212면)이라고 하였다. 그러나 이 시는 흑인의 비애에 대한
   공감보다 흑인을 통해 본 한국인으로서의 화자의 비애에 더 초점이 맞추어져야
   한다고 생각한다.

환기하는 것은 미국의 풍물이라기보다는 그것을 통해 바라보게 된 한국인으로서의 자신의 모습이다. 많은 시들이 '나는 어디서 왔는가'라는 질문을 담고 있으며 이것은 곧 '나는 한국인'이라는 인식으로 이어지고 있다. 이 '한국인'이라는 인식은 일단 단일 민족에 단일 언어를 쓰고 역사 또한 오래되었다는 긍정적인 측면을 지닌다. 그러나 '낡아빠진 역사', '구두에 남은 한국의 진흙', '상표도 없는 <공작의 연기>' 등의 부정적인 측면 역시 지니고 있다. 「아메리카 시초」가 단순한 풍물시로 떨어지지 않을 수 있는 것은 이러한 자기 인식 때문이다.

3. 물질문명에 대한 동경과 저항

앞 장에서 필자는 박인환의 「아메리카 시초」가 단순히 미국 풍물을 그려내는 기행시가 아니라 자신의 정체성 문제, 특히 한국인이라는 민족적 자의식을 드러낸 시라는 점을 강조하였다. 그리고 박인환의 한국인으로서의 자의식이 미국 문명을 비판하고 우리 것에 대해 긍지를 느끼는 국수주의적인 태도로 드러나는 것이 아니라는 점도 확인하였다. 이 장에서 필자가 강조하려고 하는 것은 「아메리카 시초」에 드러나는 화자의 미국에 대한 입장이 매우 복잡한 갈등 양상을 보이고 있다는 점이다.

> ① 테레비죤도 처음 보고/ 카로리가 없는 맥주도 처음 마시는/ 마음만
> 의 紳士/ 즐거운 일인지 또는 슬픈 일인지/ 여기서 말해 주는 사람
> 은 없다/ 浪漫을 연상ㅎ게 하는 時間./ 미칠 듯이 故鄕생각이 난

다.// 그래서 몬과 나는/ 이야기 할것이 없었다 이젠/ 헤져야 된다.

—「에베렛트의 日曜日」 부분

② 많은 사람이 살고
　　많은 사람이 울어야하는
　　아메리카의 하늘에 흰구름.
　　그것은 무엇을 意味하는가.

　　나는 들었다 나는 보았다
　　모든 悲哀와 歡喜를.

—「어느 날」 부분

③ 混亂과 秩序의 反覆이
　　물결치는 거리에
　　告白의 時間은 간다.

—「투명한 바리에이티」 부분

위의 세 시는 모두 미국의 거리, 문물, 넓게는 미국 문명에 대한 화자의 태도를 엿볼 수 있게 해준다. ①에서 화자는 '테레비죤도 처음 보고', '카로리가 없는 맥주도 처음' 마시는 새로운 경험을 한다. 이러한 일에 대해 화자는 '즐거운 일인지 또는 슬픈 일인지 말해 주는 사람은 없다'고 말하고 있다. 즐거운 일이라는 것은 한국에서는 접해보지 못한 것들을 처음 접하게 된 즐거움일 것이다. 슬픈 일이라는 것은 텔레비전이니 칼로리가 없는 맥주니 하는 것들이 한국에는 없다는 점에 기인한 것일 터이다. '마음만의 신사'는 이러한 화자의 심정을 단적으로 대

변해주는 것이라고 할 수 있다. 인용시 ②, ③에서 확인할 수 있는 것
은 화자가 미국 문명에 대해 긍정적인 것과 부정적인 면을 함께 인지
하고 있다는 것이다. 화자는 미국에서 '비애와 환희'를 듣고 보는가 하
면(인용시 ②), '혼란과 질서'가 반복(인용시 ③)되고 있는 것도 본다. 그러
니까 미국 문명에 두 가지 양면성이 함께 있다는 것을 확인하고 있는
것이다. 이렇게 박인환은 미국에서 긍정적인 측면과 부정적인 측면을
함께 보려고 애쓰고 있지만 이것은 그의 내면에 심각한 갈등을 일으키
기도 한다. 미국의 양면적인 모습이 화자의 내면세계의 갈등과 더불어
나타나면 시는 한결 더 복잡한 양상을 띠게 된다.

> 대낮 보다도 눈부신
> 포오트랜드의 밤 거리에
> 單調로운<그렌·미이라>의 라브소디이가 들린다.
> 쇼오위인드에서 울고 잇는 마네킹.
>
> 앞으로 남지 않은 나의 暫時를 위하여
> 紀念이라고 진·휘이즈를 마시면
> 녹슬은 가슴과 뇌수에 차디찬 비가 내린다.
>
> 나는 돌아가도 친구들에게 애기 할 것이 없고나
> 유리로 만든 人間의 墓地와
> 벽돌과 콩크리트 속에 있던
> 都市의 溪谷에서
> 흐느껴 울었다는 것 외에는……
>
> 天使처럼

나를 魅惑 시키는 虛榮의 네온.
너에게는 眼球가 없고 情緒가 없다.
여기선 人間이 生命을 노래 하지않고
沈鬱한 想念 만이 나를 救한다.

바람에 날려온 먼지와 같이
이 異國의 땅에선 나는 하나의 微生物이다.
아니 나는 바람에 날려와
새벽 한時 奇妙한 意識으로
그래도 좋았던
腐敗된 過去로
돌아가는 것이다.

―「새벽 한時의 詩」 전문

　이 시는 3연의 "유리로 만든 인간의 묘지와/ 벽돌과 콩크리트 속에 있던/ 도시의 계곡"이라는 표현 때문에 일견 미국 문명을 비판하는 것으로 여겨진다. 그러나 문명 비판보다 중요한 것은, 미국이 주는 '매혹'과 자신의 왜소함 사이의 갈등이다. 화자가 지금 와 있는 포틀랜드는 밤거리가 '대낮 보다도 눈부신' 곳이다. 이 거리에는 랩소디도 들려오고 마네킹이 진열된 쇼윈도우도 있다. 돌아갈 날이 얼마 남지 않았으므로 기념으로 화자는 '진·휘이즈'를 마신다. 마시면서 돌아가서 친구들에게 어떤 얘기를 할 것인지 생각해본다. 화자의 머리에 떠오르는 것은 "유리로 만든 인간의 묘지와/ 벽돌과 콩크리트 속에 있던/ 도시의 계곡에서/ 흐느껴 울었다는 것"뿐이다. 그러나 이것이 미국에 대한 당당한 비판이라면 시의 끝 연에서처럼 자신을 "바람에 날려온 먼지"와 같은 "하나의 미생물"로 생각할 필요가 없다. 물론 화자는 "여기선 인간이 생명을 노래 하지 않고/ 침울한 상념 만이 나를 구한다"고 하여 물질화된 미국을 비판하고 있기는 하다. 또 "허영의 네온/ 너에게는 안구가 없고 정서가 없다"는 비판도 하고 있다. 그러나 역시 그 허영의 네온은 "천사처럼/ 나를 매혹 시키는" 네온이다. 화자가 스스로를 '하나의 미생물'로 격하시키고 마는 이유는 포틀랜드 거리의 '매혹'에서 찾을 수밖에 없다. 미국이 '정서가 없고', '인간이 생명을 노래 하지않'는다는 점을 들어 비판하려고 하지만 역시 '대낮보다도 눈부신' '네온'에 대해서는 매혹당하지 않을 수 없다는데 화자의 혼란이 있는 것이다. 다음의 시에서도 화자의 미국에 대한 양면적 태도와 함께 분열된 의식을 발견할 수 있다.

> STRAIT OF JUAN DE FUCA를 어제 나는
> 지냈다.
> 눈동자에 바람이 휘도는
> 異國의 港口 올림피아
> 피를 吐하며 잠 자지 못하던 사람들이
> 幸福이나 기다리는 듯이 거리에 나간다.
>
> 錯覺이 만든 네온의 거리
> 原色과 血管은 내 눈엔 보이지 않는다.
> 거품에 넘치는 술을 마시고
> 情念에 불타는 女子를 보아야 한다.
> 그의 떨리는 손 가락이 가리키는
> 무거운 沈默속으로 나는

벌버둥 치며 달아 나야 한다.

世上은 좋았다
피의 비가 내리고
주검의 재가 날리는 太平洋을 건너서
다시 올수 없는 사람은 떠나야 한다
아니 世上은 不幸 하다고 나는 하늘에
고함친다
몸에서
베고니아처럼 화끈거리는 慾望을 위해
거짓과 진실을 마음대로 써야한다.

젊음과 그가 가지는 奇蹟은
내 허리에 悲哀의 그림자를 던졌고
都市의 溪谷 사이를 다름박질 치는
육중한 바람을
充血된 눈동자는 바라다 보고 있었다.

—「充血된 눈동자」 전문

이 시는 미국의 항구 올림피아에 도착하는 것에서 시작되고 있다. '피를 토하며 잠 자지 못하던 사람들'도 항구에 도착하자 '행복이나 기다리는 듯이' 거리로 나간다. 그 거리는 '눈동자에 바람이 휘'돌 만큼 화려한 곳으로 '네온', '거품에 넘치는 술', '여자'가 인상적인 곳이다. 그러나 화자는 올림피아의 거리를 부정적으로 바라본다. 네온의 거리는 '착각이 만든' 거리로, '여자'는 '정념에 불타'는 여자로 그려지고 있는 것이다. 화자는 '보이지 않는' 것, 그러니까 '원색과 혈관'과 보아야 하는 것, 즉 ‘정념에 불타는 여자’ 사이에서 갈등하고 있다. ‘원색과 혈관’이 무엇을 뜻하는지 정확히 파악하기는 어렵다. 그러나 ‘혈관’은 앞에서 인용한 시 「새벽 한시의 시」에 나온 ‘생명’과 비슷한 것으로 추정해 볼 수 있을 것 같다. 어쨌든 2연에 화자가 보고 싶지만 보이지 않는 것과 보기 싫지만 보아야만 하는 것 사이에서의 갈등이 드러나고 있는 것만은 확실하다. 화자의 이러한 갈등은 다음 행에서 더 심화되어 나타난다. 화자는 ‘세상은 좋았다’고 말한다. 그러나 곧 ‘아니 세상은 불행 하다고 나는 하늘에/ 고함친다’고 말한다. 이러한 분열된 의식은 ‘몸에서/ 베고니아처럼 화끈거리는 욕망을 위해/ 거짓과 진실을 마음대로 써야한다’는 것에까지 이어진다. 화자의 미국 도시 ‘올림피아’를 대하는 태도가 부정적이기만 한 것이라면 ‘세상은 좋았다’와 ‘아니 세상은 불행하다’의 상반된 진술이 나올 필요가 없을 것이다. ‘올림피아’를 긍정적으로 바라본다고 해도 마찬가지다. 화자의 이러한 혼란된 의식이 ‘거짓’과 ‘진실’을 마음대로 써야한다는 판단으로 이어지고 있는 것이다. 화자가 이렇게 혼란을 겪게 되는 것은 미국 문명을 마주하고 자신의 정체성의 흔들리고 있기 때문이다. 다음에 인용할 시에서는 화자의 흔들리는 위치가 ‘다리 위의 사람’이라는 상징을 통해 드러나고 있다.

다리 위의 사람은
愛憎과 負債를 자기 나라에 남기고
岩壁에 부딪히는 波濤소리에 놀래
바늘과 같은 손가락은
欄干을 쥐었다.
차디찬 鐵

의 固體
쓰디쓴 눈물을 마시며
混亂된 意識에 가랁아 버리는
다리 위의 사람은
긴 航路 끝에 이르른 寂寞한 土地에서
神의 이름을 부른다.

그가 살아오는 동안
風波와 孤節은 그칠줄 몰랐고
오랜 歲月을 두고
DECEPTION PASS 에도
비와 눈이 내렸다.
또다시 헤어질 宿命이기에
만나야만 되는 것과 같이
지금 다리 위의 사람은
로사리오海峽에서 부러오는
凄凉한 바람을 잊으려고 한다.
잊으려고 할때 두 눈을 가로막는
새로운 不安
화끈거리는 머리
絶壁 밑으로 그의 意識은 떨어진다.
太陽이 레몬과 같이 물결에 흔들거리고
州立公園 하늘에는
에메랄트처럼 빤짝거리는 機械가 간다.
변함없이 다리 아래 물이 흐른다
絶望된 사람의 피와도 같이
파란 물이 흐른다
다리 위의 사람은

흔들리는 발걸음을 것잡을 수가 업었다.

— 「다리 위의 사람」 전문

이 시는 '잊으려고 하는 것'과 '잊을 수 없는 것'의 대립, '하늘'과 '물'의 대립을 통해 화자의 불안정한 내면 심리를 보여주고 있다. 화자는 지금 '자기 나라'에 '애증과 부채'를 남기고 '긴 항로'를 떠나 '적막한 토지'의 한 다리 위에 서 있다. '적막한 토지'는 물론 미국땅이다. 화자는 '바늘과 같은 손가락'으로 난간을 쥐고 살아온 과정을 되돌아본다. 화자가 돌아본 자신의 삶은 '풍파와 고절'의 연속이었다. 이때 화자는 '로사리오해협에서 불어오는/ 처량한 바람'을 잊으려고 한다. 그러나 잊으려고 할 때 '새로운 불안'이 두 눈을 가로막기 때문에 그렇게 할 수가 없다. 잊으려고 하는 것과 잊을 수 없는 것 사이의 갈등은 '하늘'과 '다리 아래 물'의 대립을 통해 강조되고 있다. '하늘'에는 '에메랄트처럼 빤짝거리는 기계'가 지나가고 있다. 화자가 서있는 다리 아래로 지나가는 것은 '물'이다. 하늘에 기계가 에메랄트처럼 반짝거리며 지나간다면, 다리 아래의 물은 '고절된 사람의 피'처럼 흘러간다. 이 두 가지의 선명한 대조는 바로 화자의 내면 심리가 반영된 것이라고 할 수 있다. 화자가 서 있는 '다리'는 '하늘'과 '물'을 매개하는 것이라고 할 수 있다. '다리 위'는 하늘의 '반짝거리는 기계'와 '다리 아래 물'의 '고절된 사람의 피'와도 같은 '파란 물'이 함께 보이는 공간이다. 화자가 '흔들리는 발걸음을 걷잡을 수가 없'는 것은 바로 이 두 가지를 함께 보고 있기 때문이다.

지금까지 필자는 박인환 시에 드러나는 미국 문명에 대한 화자의 동경과 소외감을 강조해 온 셈이다. 박인환이 단순히 미국 문명을 비판한 것은 아니며 미국 문명을 어떻게 받아들일 것인가에 대한 갈등이 시의 주조를 이룬다는 것도 지적했다. 물론 그 갈등은 전쟁을 치른 '한국'이라는 나라에서 온 사람이라는 것 때문에 증폭되고 있다. 박인환이 보여준 미국에 대한 태도는, 소극적이기는 하지만 민족주의의 일환으로서의 '빈곤에 대한 반항'26)을 포함하고 있다고 생각된다. 박인환 시가 그려내는 미국의 정경은 주로 물질적 풍요에 초점이 맞추어져 있기 때문에 화자가 느끼는 초라함, 왜소함은 상대적으로 느끼는 물질적 빈곤에 기인한 것이라고 볼 수밖에 없을 것이다. 그가 미국 여행을 하고 돌아와 쓴 산문에서는 '빈곤'의 문제가 보다 분명하게 드러나 있다.

다시 말하자면 그들은 새知識이나 文學또는 哲學에 精神을 돌리지않아도 人生을즐겁게 보낼수있는 時代와 生活속에서 살고있다는 것이다. 우리나라와같이 日常의 生活이 貧困하고 항상마음의불만이 있는 곳에서는 國民이 新聞을 관심히읽는다든가 小說을보고하면서 자기의새로운知識을 얻는 것이 다시없는 즐거움이되는데 그들은 이에反하여 (…중략…) 아메리카人은 여하튼常識的인것밖에 모르고사는 것이다. 常識的이란 결코 소홀히 할수없는것이지만 우리는 常識에서 어떤精神的年齡을 찾지는 못할 것이다. 自己가 맡은일에對한것외에는 알 필요도 없고 그 외의 더 以上의 것을 안다는것은 그들에게 있어서는 精神의 消化이다. 나는 그들이 精神的으로 年齡이 어리다고 여기서 말할 수는 없으나 우리 韓國

---

26) 마루야마 마사오는 아시아의 민족주의는 유럽의 그것에 비해서 사회운동의 성격이 강하다면서 "제국주의에 대한 반항, 빈곤에 대한 반항, 서양에 대한 반항"이라는 세 가지 반항이 섞여 있다고 하였다(마루야마 마사오, 앞의 책, 329면). 박인환의 시에서도 이러한 모습을 확인할 수 있다.

의 어떤 一部의 代表的인 사람과 그곳의 一部의 同一한 資格의 人間을
논한다면 오히려 우리들이 精神的으로 뒤떨어져있다고 믿고싶지가 않
다. 그들이 노래하고 춤추고 自動車로 드라이브를 할때 우리들은 熱心
히 知識을 吸收한다면 아메리카文化와 다른 새로운 文化가 우리나라에
생기고 社會와 家庭의生活이 높아질 것이다.[27]

정신적인 면에서는 우리가 미국에 앞선다는 주장을 하고 있기는 하
지만, 글의 대부분은 미국 문화에서 우리가 배워야 할 것에 대해 기술
하는 데 바쳐지고 있다. 특히 위에서 인용한 부분에서는 우리나라의
'빈곤'이 분명하게 지적되고 있고, 미국의 높은 '가정의 생활'에 맞설
수 있는 방법이 '열심히 지식을 호흡'하는 것밖에 없다는 하고 있는데
바로 이 점에서 가난한 약소민족의 구성원으로서의 자의식이 두드러
진다고 하겠다.

4. 결론―「아메리카 시초」의 중요성

지금까지 필자는 박인환의 「아메리카 시초」에 속하는 12편의 시들
이 한국인으로서의 정체성 문제를 정면으로 제기하고 있는 중요한 작
품이라는 점을 역설한 셈이다. 물론 이 시들이 박인환의 다른 시들에
비해서 완성도가 높은 작품이라도 점도 이 시들을 중요하게 평가하게
하는 요소로 작용했다.

「아메리카 시초」의 시편들은 미국 여행이라는 구체적인 체험을 바

---

27) 박인환, 『조선일보』, 1955. 10. 17.

탕으로 쓰인 것이고, 또 미국의 풍물이 상당히 많이 드러나고 있는 것이 사실이다. 그러나 필자가 더 주목해서 본 것은 이들 시에 드러나는 한국인으로서의 자의식이다. 「어느 날의 시가 되지 않는 시」, 「여행」, 「수부들」, 「어느 날」 등은 모두 '나는 어느 나라 사람인가'라는 문제를 제기하고 있는 시들이다. 그리고 그것은 자신은 단일한 민족, 단일한 언어를 쓰는 오랜 역사를 지닌 한국이라는 나라에서 왔지만, 그곳은 가난한 나라라는 자각을 불러일으키는 것으로 드러나고 있다. 「에베렛트의 일요일」, 「투명한 바리에이티」를 포함 대부분의 「아메리카 시초」의 시들을 통해 볼 때, 박인환이 본 미국의 대표적인 특징은 물질적인 풍요함이다. 그리고 그것은 그에게 동경의 대상임과 동시에 저항의 대상이 된다. 50여 년 전 박인환이 「아메리카 시초」를 통해 보여준 이러한 면들이 현재의 우리 한국인에게도 여전히 유효하다는 점에 이 시들의 매력이 있다.

박인환은 「아메리카 시초」 이후 몇 편의 시를 더 쓴 후 사망함으로써 우리에게 민족주의의 올바른 방향을 제시하지는 못했다. 더구나 그의 「아메리카 시초」는 세간의 주목을 받지 못함으로써 민족 담론을 파급하는데 영향을 미치지도 못했다. 그러나 식민지를 막 벗어난, 그리고 동족상잔의 전쟁을 치른 나라의 국민이 세계 자본주의의 종주국 미국에서 느껴야했던 동경과 열등감 사이의 긴장은 충분히 되짚어 볼만한 것이라고 생각된다. 「아메리카 시초」에서 보여주는 민족의식의 단초가 그의 초기작들에서부터―특히 「남풍」, 「인도네시아 인민에게 주는 시」 등에서부터 마련되어 있었으므로 이들 시와의 관련 양상을 살펴볼 필요가 있다는 문제를 새로 제기하면서 글을 마친다.

폐허의 도시에서 부른 '사랑'의 비가
「세월이 가면」

1.

전후(戰後)의 모더니스트 박인환이 자신의 유작(遺作) 가운데 하나로 남긴 「세월이 가면」은, 많은 이들의 기억 속에 한 편의 애잔하고도 아름다운 노래로 남아 있다. 잘 알려져 있듯이, 이 시편은 시인의 타계 직전인 1956년 이른 봄에 명동의 한 목로주점에서 씌어졌다. 발표 즉시 박인환의 친우였던 이진섭이 곡을 붙였고 테너 임만섭이 불러서 급속하게 대중들에게 파고든 노래가 바로 「세월이 가면」이다. 이 무렵

* 유성호 / 한양대학교 국어국문학과 교수

풍경을 작가 이봉구는 다음과 같이 증언한다.

> 1956년 이른 봄 명동 한복판 빈대떡집 깨진 유리창 안에선 새로운 사랑의 노래가 흘러나오기 시작하였다.
> "자 다시 한 번."
> 상고머리의 박인환이 작사를 하고, 이진섭이 작곡을 하고, 임만섭이 노래를 부르고, 첫 발표회나 다름없는 모임이 동방싸롱 앞 빈대떡집에서 열리게 되었다. 박인환은 벌써부터 흥분이 되어 대포잔을 서너 잔 들이키고, 이진섭도 술잔을 든 채 악보를 펼쳐놓고 손가락을 튕기는가 하면, 그 몸집과 우렁찬 성량을 자랑하는 임만섭이 목청을 가다듬기 시작했다.
>
> — 이봉구, 『명동, 그리운 사람들』, 일빛, 1992, 161면

그 후 이 노래는 가수 박인희에 의해 불려져 더욱 대중들에게 친숙하게 알려지게 된다. 이처럼 1950년대의 '명동 엘레지'로 한 시대를 풍미했던 「세월이 가면」은, 지속적으로 후대인들의 기억을 촉진하면서 지금도 많은 사람들의 애창곡으로 남아 있다.

이처럼 이 시편은 전후의 비극성을 온몸으로 돌파한, 시인의 말마따나 "검은 준열(峻烈)의 시대"(「후기」, 『박인환선시집』, 산호장, 1955)를 '멋'과 '자존심'으로 살아갔던 박인환의 대표작이다. 비록 사랑했던 사람의 이름은 잊었지만 그와 나눈 감각적 소통은 확연한 잔상(殘像)으로 가슴 속에 오래도록 남아 있다는 사실을 노래함으로써, 이 작품은 '사랑'의 아름다움과 허망함을 동시에 보여준다.

해방 직후에는 강렬한 리얼리즘적 지향과 탈식민주의적 지향으로 다수의 시편을 남긴 박인환이 우리 시사(詩史)에 허무주의적 로맨티스

트로 각인되어 있는 것은 그가 말년에 남긴 이러저러한 낭만적 작품들 때문이다. 그 가운데 가장 강한 인상을 준 작품이 아마도 「목마와 숙녀」와 「세월이 가면」일 것이다. 종로 한 모퉁이에 '마리서사'라는 아름다운 이름의 서점을 열어 김수영, 박일영, 임호권 등과 문학과 예술을 논하면서 사회와 시대에 대한 강렬한 관심을 표명하던 박인환은, 혹독한 전쟁과 가난을 경험하면서 급작스런 낭만주의적 경사를 보이게 된다. "전쟁 때문에 나의 재산과 친우가 떠났다./ 인간의 이지(理知)를 위한 서적(書籍) 그것은 잿더미가 되고/ 지난날의 영광도 날아가 버렸다./ 그렇게 다정했던 친우도 서로 갈라지고/ 간혹 이름을 불러도 울림조차 없다./ 오늘도 비행기의 폭음이 귀에 잠겨/ 잠이 오지 않는다."(「잠을 이루지 못하는 밤」)라는 시구에서 보이듯이, 전쟁과 가난은 그의 모든 존재 근거를 박탈해가면서, 그를 폐허의 도시를 노래하는 로맨티스트로 몰아갔다. 그 후 그는 김수영이 그렇게 비판해마지 않았던 '코스튬'으로 자신의 시편들을 장식해갔고, 지금 생각해보면 그다지 영예로운 호칭이 못 되는 '명동 백작'이라는 애칭도 얻게 된다.

이처럼 우리가 박인환의 시적 범주를 크게 리얼리즘적 경향과 낭만주의적 경향으로 대별한다고 할 때, 「세월이 가면」은 후자 곧 전후의 폐허에서 부른 낭만적 비가(悲歌)를 대표하는 작품이라고 할 수 있을 것이다.

2.

많은 이들의 뇌리 속에 살아 있는 「세월이 가면」의 전문은 다음과 같다. 나중에 이진섭이 곡을 붙인 노랫말은 '과거'가 '옛날'로 바뀌었고, 4연이 생략되었다는 것 외에는 원문 훼손이 거의 없이 그대로 불려졌다.

지금 그 사람의 이름은 잊었지만
그 눈동자 입술은
내 가슴에 있어

바람이 불고
비가 올 때도
나는 저 유리창 밖
가로등 그늘의 밤을 잊지 못하지

사랑은 가고
과거는 남는 것
여름날의 호숫가
가을의 공원
그 벤치 위에
나뭇잎은 떨어지고
나뭇잎은 흙이 되고
나뭇잎에 덮여서
우리들의 사랑이 사라진다 해도

지금 그 사람 이름은 잊었지만
그 눈동자 입술은
내 가슴에 있어

내 서늘한 가슴에 있건만

이 작품은 도회적 감각과 애잔한 서정으로 '사랑'의 기억을 노래한 시편으로서, 시인의 개성적인 멋과 일상어의 균형적 결합이라는 시적 성취를 이례적으로 낳고 있다. '사랑'이란 누군가에게 바쳐진 시간의 총체라는 말을 실감나게 하는, 뛰어난 감각성의 명편(名篇)이라 할 것이다. 또한 시적 감상성이 값싼 선정성으로 떨어지지 않고 그 나름으로 시적 긴장을 보여주는 흔치 않은 사례에 속하는 작품이기도 하다. 그만큼 「세월이 가면」은 일상적이고 감각적인 미의식의 결과로서, 이국취향과 감상성이 결합하여 사랑의 감각을 재생시키고 있는 경우라 할 것이다.

이 시편의 대위(對位)는 "잊다/ 가다/ 사라지다"와 같은 부재와 소멸을 지향하는 동사군(群)과, "있다/ 남다/ 잊지 못하다(기억하다)"와 같은 존재와 기억을 지향하는 동사군에 의해 형성되고 있다. 어떤 것들은 잊혀지고 사라져가지만, 또 어떤 것들은 끈질긴 기억으로 남는다는 것, 그 운명적 감각을 이 시편은 선명하게 보여주고 있는 것이다. 그렇다면 잊혀지고, (떠나)가고, 사라지는 것은 과연 어떤 것들인가? 그리고 완강하게 남아서 기억을 구성하고 있는 것은 어떤 것들인가?

먼저 잊혀지고 사라지는 것은 사랑하던 사람의 '이름'과 그와 나눈 애틋한 '사랑'이다. 사랑하는 사람은 시간의 경과에 따라 떠나갔고, 시인의 기억은 그 사람의 '이름'을 재생하지 못한다. 반면에 기억 속에 완강하게 남아 있는 것은 사랑하던 사람의 '눈동자 입술'과 그와 나눈 '과거'이다. 말하자면 사랑하던 사람은 그의 이름과 함께 사라지고 잊혀져도, 그와 나눈 감각적 직접성은 선명한 과거로 남아 자신의 기억을 구성한다는 것, 그것이 이 시편이 노래하는 '사랑'의 심리학이다. 이는 정신적 사랑을 지고의 가치로 삼는 사랑의 노래들과는 현저하게 변별되는 것으로서, '감각'을 사랑의 중심에 놓은 것이 이 시편의 독창성이자 아름다움의 요체임을 보여주는 것이다.

시인은 바람이 불거나 비가 오거나 "나는 저 유리창 밖/ 가로등 그늘의 밤을 잊지" 못한다고 고백한다. 그 "가로등 그늘의 밤"은 물리적으로는 그가 청춘을 탕진하고 스스로의 목숨을 재촉했던 명동의 밤거리일 것이다. "어두워지면 길목에서 울었다/ 사랑하는 사람과"(「나의 생애에 흐르는 시간들」) 같은 표현에서처럼 말이다. 하지만 창밖으로 보이는 뿌연 가로등은 "사랑은 가고/ 과거는 남는" 역설을 가능케 해준 상상적인 시적 공간이기도 했을 것이다. 마찬가지로 "여름날의 호숫가/ 가을의 공원/ 그 벤치" 역시 사랑하는 사람과 감각을 나눈 구체적 공간이기도 하겠지만, 낭만적 사랑을 가능케 해준 상상적 거소(居所)이기도 했을 것이다. 시간이 지나가듯이 "나뭇잎은 떨어지고/ 나뭇잎은 흙이 되고/ 나뭇잎에 덮여서/ 우리들의 사랑"은 사라졌다. 하지만 시인은 아직도 "내 서늘한 가슴에" 그 사랑의 기억이 선명하게 남아 있다고 고백함으로써, 기억을 완성하고 심미화한다. 그렇게 "세월은 가고 오는 것"(「목마와 숙녀」)이다.

구조적으로 볼 때, 첫째 연은 끝 두 연에서 되풀이되어, 이 시편의 시적 전언을 구성한다. 둘째 연에서는 잊지 못하는 마음을 고백하고 있고 셋째 연에서는 그 기억이 고조되다가 마지막 두 연에서 차분하게 가라앉는 구조를 취한다. 특히 마지막 행의 "서늘한 가슴"은 이 시편에 생명력을 불어 넣어주는 절묘한 감각적 표현으로서, 이 시편이 뜨거움과 열정의 사랑이 아닌 애잔한 그리움과 서늘한 폐허감을 모태로

하고 있음을 잘 드러내주고 있다.

이처럼 사라지고 잊혀져가는 것에 대한 그리움이라는 주제는 그의 또 다른 대표작 「목마와 숙녀」에도 나타나고 있으며, 그의 많은 후기 시편들을 관통하고 있다. 사실 「목마와 숙녀」에서도 "떠나다/ 떨어지다/ 부서지다/ 죽다/ 가다/ 시들다/ 작별하다/ 쓰러지다/ 늙다"라는 용언들이 지속적인 술어군(群)을 이루면서 떠나가는(사라져가는) 것들에 대한 각별한 애잔한 연민과 동경을 표현하지 않았던가. 사라지는 것들을 완상하고 자신의 운명과 동일시하는 박인환의 후기 시학은 "사라진 일체의 나의 愛慾아/ 지금 형태도 없이 정신을 잃고/ 이 쓸쓸한 들판/ 아니 이즈러진 길목 처마 끝에서/ 부드러운 목소리로 이야기한들/ 우리들 또다시 살아나갈 것인가."(「부드러운 목소리로 이야기할 때」) 같은 표현에서도 이어지고 있다. 그렇다면 왜 시인은 이처럼 도시의 밤을 배경으로 하여 지속적인 사랑의 비가를 노래하는가. 재미있는 유추적 증언이 하나 있다.

> 박인환은 강원도 두메산골에서 태어났다. 흔히들 말하는 촌놈이다. 그는 소위 촌놈티를 벗기 위해서 의식적으로 도시를 동경했고, 일상의 행동을 모던하게 하기 위해서 무진 애를 썼다. 그러나 그를 지배한 것은 어쩔 수 없는 콤플렉스였다
>
> — 이봉래, 「박인환과 댄디즘」, 이동하 편저, 『박인환』, 문학세계사, 1993

그의 도시적 감각과 모더니즘 지향 안에 심리적인 방어 기제(defense mechanism)가 잠복해 있다는 말이다. 하지만 박인환이 노래한 명동의 "가로등 그늘의 밤"이 인제 두메산골의 대척점에 있는 공간임에는 틀

림없겠지만, 그것은 화려한 '코스튬'에 의해 인위적으로 채택된 허구적 공간이 아니라, 전후 폐허의 도시 속에서 젊음과 문재(文才)를 동시에 탕진하고 있던 시인의 시선에 감각적 직접성으로 들어온 자연스런 배경이라고 해야 맞을 것이다.

시인의 타계 이후 그에 대한 부정적 평가가 많이 잇따랐지만, 그의 시편 속에서 표피적 댄디즘을 넘어서는 사회적 상상력을 읽어내는 것은 그리 어려운 일이 아니다. 따라서 내적 절규와 허무로 직조된 시편들을 대표적으로 거론하면서 그의 시편들을 단지 촌놈의 도시 콤플렉스나 '코스튬'으로 바로 등가화하는 것은, 그의 많은 작품들에 대한 정치한 작품 분석을 결여한 단견에 불과할 따름이라 생각된다.

3.

원래 '사랑'은 근본적으로 타자 지향성을 그 핵심적 성격으로 갖는다. 그런데 「세월이 가면」은 '사랑'의 자기애적인 측면의 불가피성을 암시하고 있다. 이처럼 '사랑'은 비(非)논리성이나 유아론(唯我論)적 성격을 그 핵심적 성격으로 갖기도 한다. 또한 '사랑'은 자신의 통합성(integrity)을 유지하는 조건하에서 이루어지는 어떤 결합이다. 그래서 "둘이 하나가 되면서도 여전히 둘인 상태로 남아 있는 것"(에리히 프롬)이라는 역설을 성립시키기도 한다. 그래서 살아 있는 생명체로서의 존재 증명에 '사랑'보다 더 명징한 것은 없다. 우리가 단테의 『신곡(神曲)』에서 처음으로 베아트리체를 보았을 때 "나의 삶은 새로워졌다."라고

한 경이의 순간을 '사랑'이라는 에너지 말고는 설명할 길이 없는 것이다. 박인환은 자신의 존재 증명을 가능케 해준 그 '사랑'의 힘을 "그 눈동자 입술"이라는 간명한 은유로 표현한 것이다.

이 작품이 명동에 울려 퍼지고 있을 무렵, 박인환은 이상(李箱)을 추모하는 행사를 준비하면서 자신의 마지막 작품이 되어버린 「죽은 아포롱」을 쓴다. "오늘은 3월 열이렛날/ 그래서 나는 망각의 술을 마셔야 한다/ 여급 '마유미'가 없어도/ 오후 세시 이십오 분에는/ 벗들과 '제비'의 이야기를 하여야 한다."라고 말이다. 그리고 그로부터 사흘 후 박인환이 떠나간다. 그의 뜻하지 않은 급서(急逝)를 생각할 때, 「죽은 아포롱」은 스스로에게 불러준 만가(輓歌)가 되어버린 셈이다.

「세월이 가면」은 이러한 비극적 시대를 살아간 한 시인이 우리의 "서늘한 가슴"에 남긴, '사랑'을 통한 존재 증명의 비가였던 것이다.

제 5 부
부　록

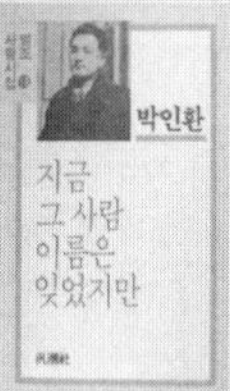

생애 연보

1926(0세) 8월 15일 강원도 인제군 인제면 상동리 159번지에서 아버지 박광
선(朴光善)씨와 어머니 함숙형(咸淑亨) 씨 사이에서 4남 2녀 중 맏
이로 출생.

1933(8세) 고향에서 인제공립보통학교에 입학.

1936(11세) 서울 종로구 내수동으로 이사하여 덕수공립보통학교 4학년에 편입.
얼마 후 종로구 원서동 134번지로 이주.

1939(14세) 덕수공립소학교를 졸업하고, 경기중학교에 입학

1940(15세) 종로구 원서동 134번지에서 같은 동 215번지로 이사. 시와 영화
에 관심을 갖기 시작.

1941(16세) 3월 경기공립중학교를 자퇴하고 한성학교 야간으로 전학.

1942(17세) 황해도 재령에 있는 명신중학교에 4학년으로 편입.

1944(19세) 명신중학교를 졸업하고 관립 평양의학전문학교에 입학.

1945(20세) 해방과 더불어 학업을 중단하고 서울행.

종로 3가 낙원동 입구에 서점 '마리서사'를 개업.

1946(21세) 시 「거리」를 발표하면서 등단.

1948(23세) 입춘 무렵 마리서사 폐업. 4월 덕수궁에서 이정숙(李丁淑)과 결혼
　　　　　식을 올리고 종로구 세종로로 이사. 자유신문사에 문화부 기자로
　　　　　입사. 동인지『신시론』창간. 12월 맏아들 세형(世馨) 출생.

1949(24세) 4월 '신시론' 동인들과 합동시집『새로운 도시와 시민들의 합창』
　　　　　출간. 7월 16일 국가보안법 위반 혐의를 받아 내무부 치안국에
　　　　　체포되었다가 곧 석방. 경향신문사 입사. <후반기> 동인 결성
　　　　　준비.

1950(25세) 1월 모더니즘 시동인 <후반기> 결성. 6월 한국전쟁으로 동인지『후반
　　　　　기』출간 무산. 출산을 앞둔 부인 탓에 피난을 가지 못하고 9·28
　　　　　서울 탈환까지 서울에서 지하생활. 9월에 딸 세화(世華) 출생. 12월
　　　　　에 가족을 동반하고 대구로 피난하여 동인동에 거주.

1951(26세) 경향신문사 종군기자로 활동함. 가을에 부산으로 가족 이주.

1952(27세) 경향신문사를 퇴사하고 대한해운공사로 이직. 6월『주간국제』에
　　　　　'후반기 문예 특집' 게재.

1953(28세) 5월 둘째아들 세곤(世崑) 출생. 부산에서 '후반기' 동인 해체 거론.
　　　　　7월 서울 옛집으로 돌아옴.

1955(30세) 3월 5일 대한해운공사의 상선 '남해호'의 사무장 자격으로 부산
　　　　　항을 떠나 미국행. 3월 22일 미국 워싱턴주 올림피아항에 도착하
　　　　　여 타코마, 시애틀, 에버렛, 아니코테스, 포트엔젤레스, 포틀랜드
　　　　　등을 여행하고 4월 18일경 한국 도착. 대한해운공사 퇴사. 10월
　　　　　15일 첫 개인시집『선시집』출간.

1956(31세) 3월 20일 밤 9시, 심장마비로 자택에서 영면. 9월 19일 문우들이
　　　　　망우리 묘소에 시비 건립.

1976(20주기) 시집『목마와 숙녀』가 장남 세형에 의해 출간.

작품 연보

연도	작품명	게재지	장르	비고
1946	거리	미확인 (1946.12.)	시	
1947	인천항	『신조선』(47. 4.)	시	
	남풍	『신천지』(47. 7.)	시	
	사랑의 parabola	『새한민보』(47. 10.)	시	
1948	나의 생애에 흐르는 시간들	『세계일보』(48. 1. 1.)	시	
	아메리카 영화 시론	『신천지』(48. 1.)	산문	
	지하실	『민성』(48. 3.)	시	
	고르키의 달밤	『신시론』(48. 4.)	시	
	시단 시평	『신시론』(48. 4.)	산문	
	인도네시아 인민에게 주는 시	『신천지』(48. 5.)	시	
	김기림 시집 『새노래』 평	『조선일보』(48. 7. 22.)	산문	
	사르트르의 실존주의	『신천지』(48. 10.)	산문	
	보도 사진 잡고	『민성』(48. 11.)	산문	
	언덕	『자유신문』(48. 11. 25.)	동시	
	전원시초	『부인』(48. 12. 15.)	시	
1949	열차	『개벽』(49. 3.)	시	
	정신의 행방을 찾아서	『민성』(49. 3.)	시	
	『새로운 도시와 시민들의 합창』 서문	『새로운 도시와 시민들의 합창』(도시문화사, 49. 4.)	산문	
	여성미의 본질―코	『부인』(49. 4.)	산문	
	전후 미·영의 인기배우들	『민성』(49. 11.)	산문	
1950	미·영·불에 있어 영화화된 문예작품	『민성』(50. 2.)	산문	
	1950년의 만가	『경향신문』(50. 5. 16.)	시	

연도	작품명	게재지	장르	비고
1951	경향신문 종군기자로 쓴 기사들	『경향신문』(51. 2. 12./ 2. 18./ 2. 20./ 2. 21.)		
	회상의 긴 계곡	『경향신문』(50. 6. 2.)	시	
	무도회	『경향신문』(50. 11. 20.)	시	
1952	종말	『신경향』(52. 1.)	시	
	「황금아golden boy」	『경향신문』(52. 4. 21.)	산문	
	신호탄	『창궁』(공군정훈부, 52. 6.)	시	
	서부 전선에서	『창궁』(공군정훈부, 52. 6.)	시	
	현대시의 불행한 단면	『주간국제』(52. 6. 6.)	산문	
	미래의 창부—새로운 신에게	『주간국제』(52. 7. 15.)	시	
	그들은 왜 밀항하였나?	『재계』(52. 8.)	산문	
	'신협' 잡감	『경향신문』(52. 8. 3.)	산문	
	조병화의 시	『주간국제』(52. 9.)	산문	
	새벽의 사선(윌리엄 아이리시)	『희망』(52. 9.)	번역소설	
	서울역에서 남대문까지	『신태양』(52. 11. 1.)	산문	
	살아 있는 것이 있다면	『수험생』(52. 11.)	시	
1953	S. 스펜더 별견	『국제신보』(53. 1. 30.~31.)	산문	
	자유에서의 생존권 —동부 백림반공폭동의 진상	『수도평론』(53. 8.)	산문	
	자기 상실의 시대	『경향신문』(53. 11. 29.)	산문	
1954	여성에게	『경향신문』(54. 1. 8.)	산문	
	「제니의 초상」 감상	『태양신문』(54. 1. 9.)	산문	
	로버트·네이과디·타레 : 제니 초상의 감독과 원작자	『영화계』(54. 2.)	산문	
	봄은 왔노라	『신태양』(54. 4. 1.)	시	
	미스터 모의 생과 사	『현대예술』(54. 3.)	시	
	눈을 뜨고도	『신천지』(54. 3.)	시	
	원시림에 새소리, 금강은 국토의 자랑	『신태양』(54. 4.)	산문	
	여자여! 거짓말을 없애라!	『여성계』(54. 4.)	산문	
	한국 영화의 현재와 장래	『신천지』(54. 5.)	산문	

연도	작품명	게재지	장르	비고
1954	5월달에 당신은?	『여성계』(54. 5.)	산문	
	한국 영화의 전환기 ―영화 「코리아」를 계기로 하여	『경향신문』(54. 5. 2.)	산문	
	우리는 한 사람이 아니다(제임스 힐튼)	『신태양』(54. 5.)	번역 소설	
	소련의 내막(존 스타인백)	백조사(54. 5. 15.)	번역 소설	단행본
	암흑과 더불어 3개월	『여성계』(54. 6.)	산문	
	남성이 본 현대 여성	『여성계』(54. 6.)	대담	
	밤의 미매장	『현대예술』(54. 6.)	시	
	현대시와 본질 ―병화의 『인간고독』	『시작』(54. 7.)	산문	
	도시의 여자들을 위한 노래(알렉스 컴포트)	『시작』(54. 7.)	번역 시	
	센티멘탈 저니	『신태양』(54. 7.)	시	
	앙케트	『신태양』(54. 8.)	산문	
	영화감상 독본	『현대여성』(54. 8.)	산문	
	1954년의 한국시	『시작』(54. 11.)	산문	
	버지니아 울프, 인물과 작품	『여성계』(54. 11.)	산문	
	「물랭루즈」	『신영화』(54. 11.)	산문	
	「챔피언」	『영화세계』(54. 12.)	산문	
	바다의 살인(헤밍웨이)	『신태양』(54. 12.)	번역 소설	
	미담이 있는 사회	『가정』(54. 12.)	산문	
1955	외화 본수를 제한―영화심위 설치의 모순성	『경향신문』(55. 1. 23.)	산문	
	행복	『동아일보』(55. 2. 17.)		
	현대시의 변모	『신태양』(55. 2.)	산문	
	최근의 외국영화 수준	『영화세계』(55. 3.)	산문	
	고전 『홍루몽』의 수난 ―작품을 둘러싼 사상의 대립	『자유신문』(55. 3. 18.~ 20.)	산문	
	봄 이야기	『아리랑』(55. 4.)	시	
	주말	『시작』(55. 5.)	시	

연도	작품명	게재지	장르	비고
1955	19일간의 아메리카	『조선일보』(55. 5. 13.~ 17.)	산문	
	새벽 한 시의 시	『한국일보』(55. 5. 14.)	시	
	충혈된 눈동자	『한국일보』(55. 5. 14.)	시	
	즐겁지 않은 계절	『서울신문』(55. 5. 29.)	산문	
	여행	『희망』(55. 7.)	시	
	태평양에서	『희망』(55. 7.)	시	
	어느 날	『희망』(55. 7.)	시	
	시네마스코프의 문제	『조선일보』(55. 7. 24.)	산문	
	아메리카 잡기—서북 미주의 항구를 돌아	『희망』(55. 7.)	산문	
	수부들	『아리랑』(55. 8.)	시	
	에버렛의 일요일	『아리랑』(55. 8.)	시	
	테네시 윌리엄스 잡기	『한국일보』(55. 8. 24.)	산문	
	산고 중의 한국 영화들—춘향전의 영향	『신태양』(55. 9.)	산문	
	회상의 명화선	『아리랑』(55. 9.)	산문	
	꿈같이 지낸 신생활	『여성계』(55. 10.)	산문	
	15일간	『신태양』(55. 10.)	시	
	목마와 숙녀	『시작』(55. 10.)	시	
	서구와 미국 영화 —「로마의 휴일」, 「내가 마지막 본 파리」를 주제로	『조선일보』 (55. 10. 9. / 10. 11.)	산문	
	1953년의 여자에게	『선시집』(산호장, 55. 10.)	시	
	거리	상동	시	
	검은 강	상동	시	
	검은 신이여	상동	시	
	고향에 가서	상동	시	
	구름	상동	시	
	기적인 현대	상동	시	
	낙하	상동	시	
	다리 위의 사람	상동	시	
	문제 되는 것	상동	시	
	밤의 노래	상동	시	

연도	작품명	게재지	장르	비고
1955	벽	상동	시	
	부드러운 목소리로 이야기할 때	상동	시	
	불신의 사람	상동	시	
	불행한 샹송	상동	시	
	불행한 신	상동	시	
	새로운 결의를 위하여	상동	시	
	서적과 풍경	상동	시	
	서정가	상동	시	
	식물	상동	시	
	식민항의 밤	상동	시	
	어린딸에게	상동	시	
	영원한 일요일	상동	시	
	의혹의 기	상동	시	
	일곱 개의 층계	상동	시	
	자본가에게	상동	시	
	잠을 이루지 못하는 밤	상동	시	
	장미의 온도	상동	시	
	전원	상동	시	
	종말	상동	시	
	한 줄기 눈물도 없이	상동	시	
	『선시집』 후기	상동	산문	
	어느 날의 시가 되지 않는 시	『아리랑』(55. 11.)	시	
	투명한 버라이어티	『현대문학』(55. 11.)	시	
	칭기즈 칸	『아담』(55. 11.)	산문	
	시에 대한 몇 가지 생각	『조선일보』 (55. 11. 28. ~ 29.)	산문	
	미국에 사는 한국이민	『아리랑』(55. 12.)	산문	
1956	현대 영화의 감각	『국제신보』(56. 1. 27.)	산문	
	자랑스런 마음(펄 벅)	『여원』(56. 2.)	번역 소설	
	백주의 악마(아가사 크리스티)	『아리랑』(56. 2.)	번역 소설	

연도	작품명	게재지	장르	비고
1956	인제	『조선일보』(56. 3. 11.)	시	
	죽은 아폴론	『한국일보』(56. 3. 17.)	시	
	세 사람의 가족	『한국일보』(56. 3. 25.)	시	
	최후의 회화	『연합신문』(56. 3. 29.)	시	
	회상의 명화선 ―「선라이즈」, 「어느 날 밤에 생긴 일」, 「자전거 도적」	『아리랑』(56. 3.)	산문	
	이국 항구	『경향신문』(56. 4. 7.)	시	
	옛날의 사람들에게	『한국일보』(56. 4. 7.)	시	
	세토 내해	『문학예술』(56. 4.)	시	
	침울한 바다	『현대문학』(56. 4.)	시	
	직언춘추	『신태양』(56. 4.)	설문	
	세토나이카이	『문학예술』(56. 5.)	시	
	5월의 바람	『학원』(56. 5.)	시	
	몇 가지의 노트	『30인의 기행문-세계의 인상』(진문사. 56. 5.)	산문	
	이태리 영화와 여배우	『여원』(1956. 6. 1.)	산문	
	회상의 명화선 ―「백설공주」, 「정부 마농」, 「자유부인」, 「유전의 애수」	『아리랑』(56. 7.)		
1957	3·1절의 노래	『아리랑』(57. 4.)	시	유작
	이별(윌라 카샤)	범문사(57. 10.)	번역소설	유작
1976	거리	『목마와 숙녀』(근역서재, 1976.)	시	유작
	이 거리는 환영한다	상동	시	유작
	어떠한 날까지	상동	시	유작
	가을의 유혹	상동	시	유작
	세월이 가면	상동	시	유작
1982	스코비의 자살	『세월이 가면』(근역서재, 1982.)	산문	유작
	밴 플리트 장군과 시	상동	산문	유작
	절박한 인간의 매력	상동	산문	유작
	서간문	상동	산문	유작

연구 목록

▌ 단행본 ▌

박인환, 『선시집』, 산호장, 1955.
박인환, 『목마와 숙녀』, 근역서재, 1976.
박인환, 『세월이 가면』, 근역서재, 1982.
박인환, 『박인환 시집』, 문지사, 1982.
박인환, 『목마와 숙녀』, 열음사, 1985.
박인환, 『박인환 전집』, 문학세계사, 1986.
박인환, 『목마와 숙녀』, 미래사, 1991.
박인환 외, 『한국전후문제시집』, 신구문화사, 1964.

EBS, 『명동백작』, EBS 미디어센터, 2004.
강계순, 『아! 박인환―사랑의 진실마저 애증의 그림자를 버릴 때』, 문학예술사, 1983.
고 은, 『1950년대』, 청하, 1989.
김광균 외, 『세월이 가면―시인 박인환과 문학과 그 주변』, 근역서재, 1982.
김규중, 『박인환과 고향사람들 : 박인환 시인 탄생 80주년 타계 50주년 기념』, 예맥,
      2006.
김영철, 『박인환』, 건국대학교 출판부, 2000.

김은영, 『박인환의 시와 현실 인식』, 글벗, 2010.
김재홍, 『한국전쟁과 현대시의 응전력』, 평민사, 1978.
맹문재 엮음, 『박인환 전집』, 실천문학사, 2007.
맹문재 편, 『박인환 깊이 읽기』, 서정시학, 2006.
문승묵 편, 『박인환 전집－사랑은 가고 과거는 남는 것』, 예옥, 2006.
서규환, 『박인환, 정치적 메타비판으로서의 시세계』, 다인아트, 2008.
윤석산, 『지금 그 사람 이름은 잊었지만 : 박인환 평전』, 영락, 1983.
이동하 편저, 『박인환』, 문학세계사, 1993.
이동하, 『목마와 숙녀와 별과 사랑』, 문학세계사, 1986.

▌학위논문▐

김성옥, 「박인환 시의 현실인식 연구」, 명지대 석사, 2002.
김원영, 「박인환 시 연구」, 호남대 석사, 2008.
김정임, 「박인환 시 연구」, 연세대 석사, 1993.
박경자, 「박인환 시에 나타난 죽음의식 연구」, 경기대 교육대학원 석사, 2004.
박귀례, 「박인환 연구」, 성신여대 석사, 1974.
박미용, 「박인환 시 연구」, 공주사대 교육대학원 석사, 1987.
박인환, 「박인환 시연구」, 한양대 석사, 1996.
박인환, 「박인환 시의 내면의식 연구」, 인하대 석사, 2003.
손원상, 「박인환 시 연구」, 영남대 교육대학원 석사, 1989.
손정수, 「박인환 문학에 나타난 청년상 연구」, 동국대 석사, 2010.
손홍기, 「박인환 시의 현실인식 연구」, 고려대 석사, 2008.
신정은, 「박인환·김수영의 1950년대 시 대비 연구」, 경북대 석사, 1994.
안진선, 「박인환 시 연구」, 한남대 교육대학원 석사, 2003.
양일웅, 「박인환 시 연구」, 전남대 석사, 1994.
육선영, 「박인환 시의 주제의식 연구」, 대구가톨릭대 석사, 2004.
윤향아, 「박인환 시 연구－실존적 시의식과 지적 서정을 중심으로」, 경희대 석사, 2001.
이준우, 「박인환 시의식의 변모 양상 연구」, 한남대 교육대학원 석사, 2008.
이준형, 「박인환 시에 나타난 현실인식 연구」, 강릉대 석사, 2008.
이홍섭, 「박인환 시 연구」, 경희대 석사, 2001.
임미화, 「박인환 시에 나타난 현실인식 연구」, 건국대 교육대학원 석사, 1997.

장수철, 「박인환 시 연구」, 한양대 석사, 1996.

정유미, 「박인환 시의 모더니티 연구」, 전북대 석사, 2007.

조용봉, 「박인환 시 연구」, 한국외대 교육대학원 석사, 2000.

최문식, 「박인환의 시의식 연구」, 단국대 석사, 2003.

최영민, 「박인환 시 연구」, 충남대 석사, 1997.

최혜숙, 「박인환 시 세계 고찰」, 조선대 교육대학원 석사, 1994.

황경숙, 「박인환 시 연구」, 효성여대 석사, 1991.

▌논문 및 평론▐

고명수, 「박인환론」, 『한국 모더니즘 시인론』, 문학아카데미, 1995.

공광규, 「치열한 현실인식과 사실주의 시」, 『문학사상』, 2006. 3.

곽명숙, 「1950년대 모더니즘의 묵시록적 우울－박인환의 시를 중심으로」, 『정신문화연구』, 2009.

권영민, 「해방공간의 시단 형성과 쟁점」, 김용직 외, 『한국현대시사의 쟁점』, 시와시학사, 1991.

김 훈, 「목마와 숙녀－가을, 술병의 공간성과 페시미즘」, 『시와시학』, 1992 가을호.

김 훈, 「박인환 시의 분석적 연구」, 『인문과학연구』, 강원대 인문과학연구소, 2001.

김강제, 「박인환 시의 의식 변화 연구」, 『동남어문논집』, 1997.

김규동, 「박인환론」, 『심상』, 1978. 1.

김병택, 「박인환 시에 있어서의 모더니즘 수용과 시대인식」, 『한국현대시인론』, 국학자료원, 1995.

김삼주, 「목마와 숙녀－절망과 희망의 변증법」, 『시와시학』, 1992, 가을호.

김수영, 「박인환」, 『김수영전집 2』, 민음사, 1981.

김연수, 「박인환 생각 : 센티멘털리즘의 기원」, 『문학과 사회』, 2003. 2.

김영기, 「박인환론」, 『시문학』, 1973. 5.

김영철, 「박인환의 현실주의 시 연구」, 『관악어문연구』 21집, 서울대 국문과, 1996.

김용성, 「박인환」, 『한국 현대문학사 탐방』, 현암사, 1984.

김용희, 「전후 센티멘털리즘의 전위와 미적 모더니티－박인환의 경우」, 『우리어문연구』, 2009.

김은영, 「박인환 초기시의 서사정신과 현실비판의식」, 『사림어문연구』, 창원대 국문과, 1999.

김은영, 「박인환의 실존주의 시 연구」, 『사람어문연구』, 창원대 국문과, 2000.

김은철, 「박인환 시의 현실과 시적 대응」, 『한민족어문학』, 2005.

김재홍, 「동인지 운동의 변천」, 『심상』, 1975. 8.

김재홍, 「모더니즘의 공과」, 이동하 편저, 『박인환』, 문학세계사, 1993.

김종윤, 「전쟁체험과 실존적 불안의식—박인환론」, 『현대문학의 연구』, 1996.

김차영, 「박인환에 대한 몇 가지 추억」, 『시문학』, 1975. 6.

김창평, 「박인환의 6·25 전후(前後) 작품 연구」, 『나랏말쌈』, 1997.

김춘수, 「후반기 동인회의 의의」, 『심상』, 1974. 2.

김해성, 「모더니즘과 도시적 비애고—박인환론」, 『현대한국시인연구』, 대학문화, 1985.

김흥규, 「검은 신이여」, 이동하 편저, 『박인환』, 문학세계사, 1993.

동아일보사, 「시인 박인환 30년의 재조명」, 『동아일보』, 1983. 10. 18.

맹문재, 「다시 보는 박인환」, 『내린문학』 18호, 2006.

맹문재, 「박인환의 전기 시작품에 나타난 동아시아 인식 고찰」, 『한국문학이론과 비평』, 2008.

문혜원, 「전후 모더니즘 문학의 성격 규명을 위한 시론」, 『관악어문논집』 16집, 서울대 국문과, 1991.

문혜원, 「오든 그룹의 시해석」, 김용직 편, 『모더니즘 연구』, 자유세계, 1993.

박몽구, 「박인환의 도시시와 1950년대 모더니즘」, 『한중인문과학연구』, 2007.

박민수, 「박인환론」, 『비평문학』, 1991.

박민수, 「박인환의 모더니즘 특성」, 『현대비평』, 1991.

박민수, 「박인환의 리얼리즘과 모더니즘」, 김용직 편, 『모더니즘 연구』, 자유세계, 1993.

박연희, 「'분실된 연대'의 자기표상」, 『상허학보』, 2009.

박연희, 「전후, 실존, 시민 표상」, 『한국문학연구』, 2008.

박영민, 「박인환 시에 나타난 '비'의 이미지 연구—전쟁체험을 중심으로」, 『겨레어문학』, 2004.

박의상, 「검은 시대와 순교」, 『현대시학』, 1973. 1.

박철석, 「박인환론」, 『한국현대시인론』, 민지사, 1998.

박철석, 「박인환론」, 『현대시학』, 1981. 2.

박현수, 「전후 비극적 전망의 시적 성취—박인환론」, 『국제어문』, 2006.

박혜숙, 「생과 사의 대립과 삶에의 치환—박인환의 "목마와 숙녀" 분석」, 『겨레어문학』, 1997.

박혜숙, 「생과 사의 대립과 삶에의 치환」, 정창범, 『전후시대 우리문학의 새로운 인식』, 박이정, 1997.

박호영, 「김기림과 박인환의 여행의식 비교 연구」, 『한국문예비평연구』, 2010.
방민호, 「박인환 산문에 나타난 미국」, 『한국현대문학연구』, 2006.
방민호, 「박인환 시인의 시 2편과 문승묵 씨에 대하여」, 『서정시학』, 2006, 여름.
백승철, 「현대시의 서구주의」, 『심상』, 1974. 2.
송기한, 「역사의 연속성과 그 문학사적 의미─박인환의 경우」, 『문학사와 비평』, 1991.
신경림, 「근원을 알 수 없는 슬픔과 외로움」, 『시인을 찾아서』, 우리교육, 1998.
신상철, 「박인환의 시 연구」, 『한국시문학』, 2001.
양애경, 「박인환 시 연구」, 『어문논집』, 1995.
엄동섭, 「해방기 박인환의 문학적 변모 양상」, 『어문논집』, 2007.
오문석, 「박인환의 시정신과 산문정신」, 『문학사상』, 2006. 3.
오세영, 「'후반기' 동인의 시사적 위치」, 『20세기 한국시 연구』, 새문사, 1989.
오정혜, 「박인환 시의 공간 기호 체계분석」, 『동남어문논집』, 2001.
유재천, 「박인환론」, 『배달말』, 1989.
이건청, 「박인환과 모더니즘적 추구」, 김용직 외, 『한국 현대시사 연구』, 일지사, 1983.
이건청, 「후반기 동인과 모더니즘적 추구─박인환의 시를 중심으로」, 『동아시아문화연
    구』, 1984.
이기성, 「모더니즘의 심연을 넘어서는 시적 여정─김수영과 박인환을 중심으로」, 『이화
    어문논집』, 2002.
이기성, 「제국의 시선을 횡단하는 시 쓰기─박인환 시의 탈식민주의」, 『현대문학의 연구』,
    2008.
이봉구, 「내가 알던 시인 박인환」, 『시문학』, 1956. 5.
이소영, 「박인환 시 연구」, 『한국문예비평연구』, 2004.
이승훈, 「1950년대 우리시와 모더니즘」, 『현대시사상』, 1995, 가을호.
이임규, 「박인환 시의 특성에 대한 일고─『아메리카 시초』를 중심으로」, 『한어문교육』,
    2006.
이재철, 「모더니즘 시론 소고」, 『시문학』, 1976. 9.
이주형, 「박인환 시고」, 『국어교육연구』 제10집, 1978.
이현원, 「박인환의 시 창작활동과 작품세계 연구」, 『어문학』, 2003.
이현원, 「박인환의 시에 나타난 실존적 신(神)관념」, 『계명어문학』, 1999.
장승엽, 「박인환의 모더니티의 본질과 한계」, 『한국문학논총』, 1982.
정문선, 「모더니즘 시와 영화기법─박인환 시의 시간의식과 화자의 시선이동을 중심으
    로」, 『시학과 언어학』, 2001.
정영진, 「박인환 시의 탈식민주의 연구」, 『상허학보』, 2005.

정유화, 「시의 원시림을 향한 시적 주체의 경계미학-박인환론」, 『어문연구』, 2005.

정유화, 「전쟁체험과 시론 주체의 존재방식 : 시론과 시의 관계를 중심으로-박인환론」, 『우리문학연구』, 2004.

정재찬, 「예술가의 초상에 관하여-박인환론」, 구인환 외, 『한국전후문학연구』, 삼지원, 1995.

조선일보사, 「박인환 30주기, 미완의 시세계 다각조명」, 『조선일보』, 1983. 10. 18.

조영복, 「근대 문학의 '도서관 환상'과 '책'의 숭배-박인환의 『서적과 풍경』을 중심으로」, 『한국시학연구』, 2008.

진창영, 「한국 모더니즘 시의 두 흐름」, 『비평문학』 제5호, 한국비평문학회, 1991.

최라영, 「박인환 시에서 '경사(傾斜)'의 의미」, 『한국현대문학연구』, 2007.

최하림, 「박인환의 찬란한 재치」, 『시인을 찾아서』, 프레스21, 1999.

최하림, 「새로운 도시와 시인들」, 이동하 편저, 『박인환』, 문학세계사, 1993.

최하림, 「한낮의 이카루스, 박인환」, 이동하 편저, 『박인환』, 문학세계사, 1993.

한계전, 「전후시의 모더니즘적 특성과 그 가능성」, 『시와시학』, 1991, 여름호.

한명희, 「1950년대 모더니즘시의 서정성-김수영, 박인환 시를 중심으로」, 『한국시학연구』, 2006.

한명희, 「박인환 시 『아메리카 시초』에 대하여」, 『어문학』, 2004.

한명희, 「박인환 시의 정신분석적 접근-'죽음'과 '여성'의 문제」, 『어문학』, 2003.

한명희, 「박인환과 김수영, 그 영향의 수수관계」, 『어문논총』, 2005.

한명희, 「새로 찾은 박인환」, 『플랫폼』, 인천문화재단, 2008.

허금주, 「박인환 시에 나타난 죽음의식 연구」, 『한양어문』, 2001.

홍성식, 「박인환 시의 현실인식과 탈색의 과정」, 『새국어교육』, 2006.

필 자(가나다순)

곽명숙   아주대학교 국어국문학과 교수
김용희   평택대학교 국어국문학과 교수
맹문재   안양대학교 국어국문학과 교수
박현수   경북대학교 국어국문학과 교수
방민호   서울대학교 국어국문학과 교수
엄동섭   중앙대학교 문학박사, 창현고등학교 교사
오문석   조선대학교 국어국문학과 교수
유성호   한양대학교 국어국문학과 교수
이기성   이화여자대학교 강사
조영복   광운대학교 문화산업학부 교수
한명희   강원대학교 스토리텔링학과 교수
홍성식   재능대학교 조교수

편 자

오문석

1965년 전북 정읍에서 출생
연세대학교 국어국문학과를 졸업하고 동대학원에서 석사 및 박사학위 수여
현재 조선대학교 국어국문학과 교수
주요 저서로는 『백년의 연금술』(2005), 『시는 혁명이다』(2006), 『근대시의 경계적 상상력』(2008) 등이 있고, 역서로는 『바흐친의 산문학』(공역, 2006), 『자크 데리다의 유령들』(2007), 『정치, 문화, 인간을 움직이는 95개 테제』(2010) 등이 있다.

글누림 작가총서

박인환

초판1쇄 인쇄 2011년 6월 16일 | **초판1쇄 발행** 2011년 6월 23일
엮은이 오문석
펴낸이 최종숙 | **책임편집** 임애정 | **편집** 이태곤 · 오수경 | **디자인** 안혜진 | **마케팅** 문택주
펴낸곳 글누림출판사
등록 제303-2005-000038호(등록일 2005년 10월 5일)
주소 서울 서초구 반포4동 577-25 문창빌딩 2층(우137-807)
전화 02-3409-2055 | **FAX** 02-3409-2059 | **이메일** nurim3888@hanmail.net
홈페이지 http://www.geulnurim.co.kr
ISBN 978-89-6327-127-9 93810
　　　978-89-6327-084-5(세트)

정가 : 20,000원

* 잘못된 책은 교환해 드립니다.